U0062152

中國詩歌故事大全

中國詩歌故事大全

◉ 金文明 等

商務印書館

中文簡體版由上海人民美術出版社出版發行
本書經上海人民美術出版社授權出版中文繁體字版

中國詩歌故事大全

作　　者：金文明 等
責任編輯：楊克惠
出　　版：商務印書館（香港）有限公司
香港筲箕灣耀興道 3 號東滙廣場 8 樓
http://www.commercialpress.com.hk
發　　行：香港聯合書刊物流有限公司
香港新界大埔汀麗路 36 號中華商務印刷大廈 3 字樓
印　　刷：中華商務彩色印刷有限公司
香港新界大埔汀麗路 36 號中華商務印刷大廈 14 字樓
版　　次：2015 年 6 月第 1 版第 2 次印刷
© 2013 商務印書館（香港）有限公司
ISBN 978 962 07 4489 1
Printed in Hong Kong

版權所有，不准以任何方式，在世界任何地區，以中文或其他文字翻印、仿製或轉載本書圖版和文字之一部分或全部。

目錄

先秦

漢代

魏晉南北朝

隋唐五代

宋代

遼金元

明代

清代

先秦

首陽山上的悲歌

殷商末年，有個諸侯國名叫孤竹國（在今河北盧龍）。孤竹國的國君有三個兒子，都是循守禮法、謙恭孝悌的賢德之士。孤竹君最寵愛三兒子叔齊，有意立他為太子，將來好繼承君位。可按當時的宗法規矩，一般應該立長子為太子。這叫孤竹君好生為難。不久，孤竹君因病去世。大臣們遵照遺願請三兒子叔齊繼位。叔齊認為按規矩應由長兄伯夷繼位，所以死也不肯接受遺命。兄弟倆推來推去，相執不下。不管伯夷怎麼勸，叔齊就是不肯繼位。但國不可一日無君，伯夷想只有自己逃走，才可以迫使叔齊就位。於是，第二天他就收拾行李逃出了孤竹國。叔齊並不認為伯夷自動放棄君位，自己就可以心安理得做國君了。他也學伯夷的樣，星夜偷偷逃出國都。大臣們沒有辦法，只好立老二做了孤竹國君。

叔齊在外面歷盡艱辛，終於找到了伯夷。兄弟倆抱頭痛哭。兩人商議下來，認為商紂王殘暴，不值得去投靠他，而西伯姬昌，禮賢下士，深得人心。所以決定去投奔西伯姬昌。他們來到西周，西伯知道兩人的身份來歷後，十分高興，就把他們留了下來。不久，西伯姬昌去世，兒子姬發繼位，史稱周武王。武王在姜太公輔佐下，準備出兵討伐無道的商紂王。伯夷、叔齊知道後，不顧一切攔住武王的車駕，勸阻道："父親死了不好好安葬，卻出兵去打仗，這能說是孝嗎？作為臣子，即去攻打君王，這能說是仁嗎？請大王三思而行！"武王左右衛士要殺伯夷、叔齊，被姜太公喝住，下令放了他們。兩年後，周武王消滅了商紂王。伯夷、叔齊不滿武王伐紂的舉動，不願做周朝的臣子，便來到人煙稀少的首陽山隱居。他們發誓不吃周朝地裏長出來的糧食，每天在山上挖野菜、採野果度日。

有一次，他們在採集薇菜時遇到一名婦女，那婦人見他們蓬頭跣足，面黃肌瘦，問清情況後，便勸他們下山去找糧食吃。他們對婦人說："我們已經發誓不吃周朝地裏長出來的糧食。"婦人聽罷，仰天大笑，説："現在普天之下沒有一塊土地不是周天子的，你們可以吃周朝山上長出來的薇菜，為什麼不能吃周朝地裏種出來的糧食呢？"伯夷，叔齊回答不出，訕訕走開了。

從此，他們連野菜、野果也不吃了。在行將餓死的時候，作歌唱道："……神農、虞、夏忽焉沒兮，我安適歸矣？……"大意是悲歎自己沒有趕上神農、虞、夏這些沒有欺詐與暴力的聖世，表現了與周朝不合作的決心和態度。沒多久，伯夷與叔齊終於餓死在首陽山上。

（凌曦）

原文

采薇歌

商•伯夷叔齊

登彼〔1〕西山兮〔2〕，采其薇〔3〕矣。
以暴易〔4〕暴兮，不和其〔5〕非矣。
神農〔6〕、虞〔7〕、夏〔8〕忽焉〔9〕沒兮，我安適〔10〕歸矣？
于嗟〔11〕徂〔12〕兮，命之衰矣！

註釋

〔1〕彼，那，指示代詞。
〔2〕兮，語氣助詞。用於韻文中間或句尾，相當於現代漢語中的"啊"。
〔3〕薇，菜名。即巢菜，又名野豌豆，蔓生，莖葉似小豆，可生食或做羹。
〔4〕易，替代。
〔5〕其，代詞，回指上文"以暴易暴"之事。
〔6〕神農，傳説中上古三皇之一，又稱炎帝。相傳神農遍嚐百草，將有毒的及可食用的草分辨開來。
〔7〕虞，即帝舜。是繼堯後華夏民族又一傑出的領袖。
〔8〕夏，指夏禹。禹受命於堯、舜治理水災。相傳他治理黃河時三過家門不入。終於平息水患。後受舜禪讓作了首領。
〔9〕焉，詞尾，然。忽焉，即忽然。沒，去世。
〔10〕安，疑問代詞，"哪裏"。適，到。

〔11〕于嗟，嘆詞，相當於現代漢語中的“唉”。
〔12〕徂，通“殂”，死亡的意思。

召伯頌歌

召公奭，又稱召伯，是周武王的同姓貴族。商朝末年，他和周公旦一起輔佐周武王出兵東征，推翻了商紂王的殘暴統治，成為西周王朝著名的開國功臣。周朝建立後不久，武王就因病去世，他的兒子成王繼承了君位。召伯和周公旦分別被任命為太保（相當於宰相）和太師（軍隊的統帥），兩人一文一武，同心輔政，對於穩定政局，鞏固周朝的統治，起了重要的作用。

商紂王的太子武庚，在商朝滅亡後被封在殷（今河南安陽）做諸侯。他看到周成王年紀幼小，不善治國，大臣們又忙於內政，無暇東顧，就乘機在殷地糾集商朝舊臣，起兵作亂。為了保衛剛剛建立的西周政權，周公決定代替年幼的成王攝政，並且親自到東方去調集軍隊，鎮壓武庚的叛亂。周公東征以後，召公就擔當起了治理內政、安定後方的重任。他源源不斷地把兵員、糧草和其他軍需物資運送到前線。在他的全力支持和配合下，周公經過三年的艱苦戰鬥，終於平定了武庚的叛亂，凱旋回到京城。平叛戰爭的徹底勝利，使西周王朝的統治得到了進一步鞏固和發展。周公成為舉國傳頌的英雄人物。與此同時，人們並沒有忘記召伯。這位在國事的緊急關頭給了周王全力支持的賢臣，也更加受到了人們的愛戴和崇敬。

幾年以後，成王已經長大，開始親自執政。他仍然把周公和召伯留在朝中，讓周公治理洛邑（今河南洛陽）以東的地區，召伯治理洛邑以西的地區，以表示對他們的尊寵和信任。召伯原來的封地位於洛邑西南，居住的宮室比較簡陋，他擔任太保以後一直沒有擴建過。大臣們認為這同召伯的身份不相稱，一致上疏朝廷，奏請為他重新營建宮室。成王立即同意，下詔克日動工。召伯知道以後，馬上去朝見成王，再三辭讓。可是，成王始終沒有同意他的請求。召伯見成王不肯收回詔命，就索性在野外築起幾間房屋，住到那裏聽政理事，了解民情，不再回到原來的宮室去。

召伯聽政的地方，有一棵甘棠樹，長得枝盛葉茂，很惹人喜愛，每當處理政務感到疲倦的時候，他就起來繞着甘棠散散步，或者靠在樹上休息一會兒。當地的人民出於對召伯的愛戴，紛紛相告說："這棵甘棠，是召伯聽政和休息的地方，可千萬別去損傷啊！"由於大家精心保護，而且經常有人為它澆水鬆土，甘棠樹長得越來越好，白花映着綠葉，隨風輕擺，顯得生意盎然。洛邑以西的廣大地區，在召伯的治理下，家家安居樂業，努力從事農業生產，出現了五穀豐登、六畜興旺的繁榮景象。召伯去世以後，人們想起了他的政績，經常會來到這棵甘棠下留連憑弔，寄託哀思。有位無名詩人還特地寫了一首《甘棠》詩："蔽芾甘棠，勿翦勿伐，召伯所茇。蔽芾甘棠，勿翦勿敗，召伯所憩。蔽芾甘棠，勿翦勿拜，召伯所說。"對這位賢臣表示了深切的懷念。

到了春秋時代，這首《甘棠》詩始終流傳不衰，召公的美德也一直受到人們的稱頌。公元前 540 年，晉國的執政韓宣子出使魯國，魯卿季武子在府裏設宴款待。飲酒之際，宣子忽見院中有棵大樹，長得濃蔭蔽空，十分壯觀。為了表示對主人的友誼，宣子當即舉杯向武子祝酒，極力把這棵大樹讚美了一番。武子聽了非常高興，站起身來回敬了一杯酒，說："我一定好好培植這棵樹，永遠不忘兩國的弟兄之情。"說罷又高聲吟誦起那首《甘棠》詩來。"蔽芾甘棠，勿翦勿伐，召伯所茇……"宣子一聽到這樣的詩句，馬上意識到武子是在把自己同召伯相比，就惶恐不安地站起身來，連連拱手說："不敢當，不敢當，我這個才德淺薄的人，怎麼能及得上召伯呢！"從《左傳·昭公二年》所記載的這個歷史故事中，人們可以看到，召伯的形象在當時一些著名政治家的心目中，仍然享有崇高的地位。正是由於這個原因，這首歌頌召伯的《甘棠》詩後來就被編入《詩經》，一直流傳到今天。

（金文明）

原文

詩經・召南・甘棠

蔽芾[1]甘棠，勿翦勿伐[2]，召伯所茇[3]。
蔽芾甘棠，勿翦勿敗[4]，召伯所憩[5]。
蔽芾甘棠，勿翦勿拜[6]，召伯所説[7]。

註釋

〔1〕 蔽芾，枝葉茂盛的樣子。
〔2〕 伐，砍伐。
〔3〕 茇，在草間住宿。
〔4〕 敗，折斷。
〔5〕 憩，休息。
〔6〕 拜，通“拔”。
〔7〕 説，休息，止息。

新台刺淫

公元前 719 年春天，衛國的公子州籲殺害了衛桓公，自立為國君。同年秋天，老臣石碏在陳國的幫助下，用計捕殺州籲，然後把避居在荊國的公子晉（桓公的弟弟）接回來繼承君位，史稱衛宣公。

宣公長得又矮又胖，頭頸又粗又短，説起話來甕聲甕氣，不但外貌非常難看，而且既無德又無才，只因為是莊公的兒子、桓公的弟弟，按照宗法制的規定，才被群臣推上了國君的寶座。宣公生性好淫。他父親莊公有個小妾叫夷姜，名義上是他的庶母，宣公竟在父親活着的時候就暗中和她通姦。現在一當上國君，立即公開地把夷姜立為夫人。不久，夷姜生下了太子伋。當太子伋長大成人以後，宣公為他聘了一位齊國貴族的女兒做妻子。不久，宣公聽說這位未來的媳婦生得花容月貌，頓時心裏就起了邪念。

宣公當即下令調集民工在都城東面的黃河岸邊建築一座規模宏大的高台，高台後面還要修建豪華的宮室。成千上萬的老百姓在官吏的監督下日夜不停地勞動，只經過短短的幾個月就把高台和宮室建成了。巍峨的高台和豪華的宮室淩空矗立，倒映在河水中，顯得十分美麗壯觀。宣公親自把這座高台命名為新台。當時衛國的群臣和百姓，誰也不知道宣公建這座新台和宮室究竟是為了什麼。過了一段時間，太子伋成親的日子將來臨，宣公特地派右公子職率領船隊順着黃河東下，到齊國去把新婦迎娶回來。等右公子職出發以後，他自己就帶着許多衛兵和侍從，住到新台的宮室裏去了。不久，右公子職從齊國迎親返回衛國。當船隊行近新台的時候，宣公早已派人等在岸邊，傳令右公子職先把新婦送上台去。宣公在台上仔細端詳新婦的容貌，見她果然長得如花似玉，馬上示意宮女把她扶進寢宮去。當天晚上，宣公就在新台後面的寢宮裏，把本來屬於太子伋的新婦佔為己有了。當太子伋在一個多月後得到消息時，已經是既成的事實。稟性軟弱的太子，不敢對父親有絲毫的反抗，只好默默地吞下了這個苦果。

可是，紙總是包不住火的。宣公的醜聞終於漸漸傳了開去。有人特地寫了一首《新台》詩，最後一章是“魚網之設，鴻則離之。燕婉之求，得此戚施！”藉着同情齊國新婦的口吻，對宣公這個亂倫的衣冠禽獸，作了辛辣的諷刺。

（金文明）

原文

詩經・邶風・新台

新台有泚[1]，河水瀰瀰[2]。燕婉之求[3]，籧篨不鮮[4]。

新台有洒[5]，河水浼浼[6]。燕婉之求，籧篨不殄[7]。

魚網之設，鴻則離之[8]。燕婉之求，得此戚施[9]！

註釋

〔1〕 有，助詞，《詩經》中多用在形容詞前。泚，形容色彩鮮明。

〔2〕 瀰瀰，形容水盛。

〔3〕 燕婉之求，意思是說，本來想求得一個美貌和順的人。

〔4〕 蘧篨，指身體臃腫而不能彎腰的人。不鮮，不漂亮。

〔5〕 洒，形容高峻的樣子。

〔6〕 浼浼，形容水盛。

〔7〕 殄，美好。

〔8〕 魚網之設，鴻則離之，設網捕魚，卻掉進了一個蛤蟆。鴻，“苦蠪”的合音，即蛤蟆。離，通“罹”，掉進。

〔9〕 戚施，貌醜而駝背的人。

衛宮悲劇

衛宣公在新台霸佔了太子伋的新婦以後，就日夜深居宮中尋歡作樂，長期不回到京城去。他那原來的夫人夷姜眼看宣公演完了父奪子妻的醜劇，接着又拋棄了自己，感到無顏為人，就上吊自殺了。

夷姜一死，宣公乾脆把這位奪來的新婦宣姜帶回京城，正式立為夫人。太子伋雖然由於失去生母而感到非常悲痛，但是在父親和這位庶母宣姜面前卻不敢有絲毫的流露。後來，宣姜生了兩個兒子，一個叫公子壽，一個叫公子朔。兩人雖是同胞弟兄，性格卻截然不同：公子壽為人寬厚善良，和太子伋非常友愛；公子朔卻為人刻薄殘忍，把太子伋看作眼中釘一樣。

為了鞏固自己的地位，宣姜一心想要害死太子伋，讓公子壽將來繼承君位。一天，她把自己的打算告訴給公子壽。公子壽聽了極力勸阻。事後，公子壽越想越不放心，就暗中去見太子伋的保母，吩咐她要小心保護太子。太子的飲食起居，保母要親自照料，不得讓別人插手。萬一發生什麼事情，保母要立刻告訴公子壽。宣姜曾經想用下毒的方法害死太子伋，但由於保母的悉心照料和防範，使她一直無法下手。後來她想出了一條妙計，決定派幾個人帶着太子伋乘船到河上去遊玩，等船駛向河心時，再把他推入河中淹死。

一個風和日麗的早晨，幾名侍衛來到太子宮中，說是宣姜正在河上遊覽，請太子伋立即前去同舟賞玩景色。太子聽說母后宣召，無法推託，只好隨着來人前往。保母在旁見此情景，知道其中必有蹊蹺，馬上轉身去找公子壽，把剛才發生的事情詳細地告訴給他聽。公子壽感到有些不妙，二話沒說就向宮苑的埠頭跑去。只見太子伋已經上船，侍衛們正要解纜啟航。公子壽搶前一步，縱身跳到船上。船兒離開了河岸。隨後趕到的保母，看着並肩坐在船上的太子伋和公子壽漸漸駛向河心，不禁吟出一首詩來，表達了她焦慮不安的心情：“二子乘舟，汎汎其景。願言思子，中心養養。二子乘舟，汎汎其逝。願言思子，不瑕有害？”公子壽上船以後，立即緊緊抓住太子伋的衣袖，寸步不離地守在他的身邊。侍衛們乘着船在河上轉遊了幾圈，看看無法下手，只好推說宣姜已經回宮，把太子伋和公子壽送上了岸。

這次陰謀沒有得逞，宣姜又另生一計。她背着公子壽，與公子朔一起竭力向宣公進讒，誣衊太子伋由於當年喪母失妻，一直對宣公懷恨在心。宣公聽後怒火直冒，決定派太子伋出使齊國，然後在途中埋伏武士將他殺死。太子伋完全被蒙在鼓裏。他接到宣公的命令後，就收拾行裝準備上路。這時，公子壽忽然獲悉了宣公的陰謀，馬上趕到太子宮中，要他迅速離開京城，逃亡到國外去。太子伋流着眼淚說：“弟弟，我感謝你的一片好意。但是既然父親要殺我，我又怎麼能違背他的命令逃走呢？我不願做這種不忠不孝的人。”公子壽見無法說服他，只好請保母端上酒菜，表示要為太子伋餞行。公子壽一杯一杯地給太子伋斟酒，很快就把他灌得酩酊大醉。這時，公子壽馬上命保母從室中拿出太子伋專用的白旗，登上馬車，順着通往齊國的大道飛馳而去。當公子壽來到衛、齊交界處的莘（今山東莘縣北）地時，受宣公之命埋伏在那裏冒充強盜的武士們，看到車上的白旗，立即衝上前來攔住公子壽，說：“你是太子伋嗎？”公子壽說：“是的。”武士就舉起刀來把他殺死了。

再說太子伋一覺醒來，發現公子壽不在身邊，馬上把保母叫來問清了情況。於是他找了一匹快馬翻身騎上，日夜不停地向東奔去。當他趕到出事地點時，正碰上武士們剛剛殺死公子壽，還沒有離開。太子伋看到躺在血泊中的公子壽，立即跳下馬，伏在他的身上大哭起來。武士們奇怪地問道："你是什麼人？"太子答道："我是真的太子伋。你們要找的是我，為什麼把他殺死了呢！"武士一聽，馬上揮刀又殺死了太子伋。

這場發生在春秋時代的宮廷悲劇，充分暴露了衛宣公這個統治者的兇狠和殘忍。太子伋的保母在那首詩中表示的焦慮和不安，終於不幸變成了現實。後人把這件史事和詩分別編進《左傳》和《詩經》，一直流傳到今天。

（金文明）

原文

詩經・邶風・二子乘舟

二子乘舟，汎汎其景〔1〕。願言〔2〕思子，中心養養〔3〕。

二子乘舟，汎汎其逝〔4〕。願言思子，不瑕有害〔5〕？

註釋

〔1〕汎汎，漂流的樣子。其，句中助詞，無義。景，通"迴"，遠去。

〔2〕願，思念的樣子。言，《詩經》中多用作形容詞詞尾，相當於"然"。

〔3〕中心，即心中。養養，形容憂愁。

〔4〕逝，遠去。

〔5〕不瑕有害，意思是說：不至於有禍患吧？

穆姬歸唁

許穆公的夫人穆姬，是衛公子申和公子燬的妹妹。她不但為人剛強正直，而且能文善詩，年輕時就在衛國很有才名。穆姬出嫁到許國去的時候，衛國正是懿公在位。由於他成天只知道養鶴取樂，不理朝政，搞得群臣離心離德，人民怨聲載道。穆姬聽到以後，經常愁眉不展，深深地為自己祖國的前途而擔憂。

公元前 660 年冬天，狄人入侵衛國。失去了百姓支持的衛懿公被狄人打得全軍覆沒，自己也死在亂兵之中。接着，都城朝歌淪陷。大夫寧速等率領百姓逃過黃河，在曹（一作“漕”）邑擁立公子申即位為君，史稱衛戴公。穆姬在許國一得到消息，就立即去見許穆公，請求讓她趕往曹邑，幫助哥哥戴公共商國事，安定民心，為拯救處在危亡中的祖國出謀效力。但是，按照當時宗法制度的規定，諸侯夫人，如果父母都已去世，自己就不得再回本國。兄弟有事，只能派大夫去代為問候。許穆公聽了穆姬的請求以後，感到難以處理，就把這件事拿到朝廷上去讓群臣討論。許國的大夫們一聽穆姬要親自到曹邑去看望衛戴公，並且為衛國出謀效力，馬上表示反對。許穆公是個沒主見的人，看到群臣一致反對，只好決定不讓穆姬回國。不久，衛戴公又因病去世。避居在齊國的公子燬，被迅速接回來當了國君，史稱衛文公。這時，穆姬歸國的願望越來越強烈了，可是穆公始終以群臣反對為藉口，不肯同意。轉眼之間，幾個月過去了。穆姬只能天天站在深宮的高樓上向着北方遙望，寄託她對祖國的思念。她知道要想得到穆公和大夫們的同意看來是不可能了。經過反復考慮，她決定衝破禮法的束縛，背着許國君返回曹邑。

一個初夏的夜晚，穆姬暗中吩咐幾名親信侍從備好車馬和乾糧，等到三更一過，就打開宮門悄悄地走了出去。不久，車兒一登上官道，她就命御人加鞭催馬，向着北方疾馳而去。第二天早晨，許穆公才知道穆姬已經私自出走，立即召集群臣進宮商議。大夫們都認為穆姬的行動違犯了禮法，主張穆公迅速派人趕往曹邑，把她召回來。就在穆姬到達曹邑的第二天，許國的一位大夫也隨後趕來了。他向穆姬呈上了許穆公的命令。穆姬説：“我既然來了，怎麼能馬上回去？你且在這裏住幾天，等我同衛君商量了國事再説！”穆姬安置了許國使臣以後，就去面見哥哥衛文公，向他談了自己對於復興衛國的意見。她希望文公能夠發憤圖強，勤政愛民，盡力爭取各國諸侯的援助，經過幾年休養生息，重回河北，向狄人收復失去的國土。

穆姬告別文公後，驅車來到曹邑城外。她在遼闊的田野上漫步行走，看着一望無際的麥壟，不由心潮起伏，思緒萬千，對阻撓自己歸唁的許國君臣，產生了強烈的不滿和怨憤。就在這樣的心情下，她賦成了著名的《載馳》詩，斥責那些舊禮法的維護者們："即使你們都不贊成我的行動，我也不能就此回去。比起你們偽善的説教，我的想法並沒有錯。"(既我不嘉，不能旋反。視爾不臧，我思不遠。) 穆姬的曹邑之行，對於當時剛剛回國即位的衛文公，是一個有力的支持。後來文公採納了她的意見，在諸侯的援助下營建楚丘新都，勵精圖治，終於使處在滅亡邊緣的衛國得到了復興。

（金文明）

原文

詩經・鄘風・載馳

載馳載驅〔1〕，歸唁衛侯〔2〕。驅馬悠悠，言至于漕〔3〕。
大夫〔4〕跋涉，我心則憂。

既不我嘉〔5〕，不能旋反〔6〕。視爾不臧〔7〕，我思不遠〔8〕。
既不我嘉，不能旋濟〔9〕。視爾不臧，我思不閟〔10〕。

陟彼阿丘〔11〕，言采其蝱〔12〕。女子善懷〔13〕，亦各有行〔14〕。
許人尤之〔15〕，衆穉〔16〕且狂。

我行其野，芃芃〔17〕其麥，控于大邦〔18〕，誰因誰極〔19〕。
大夫君子，無我有尤〔20〕！百爾所思，不如我所之〔21〕。

註釋

〔1〕 載，助詞，《詩經》中多用於動詞前。馳、驅，都指本詩作者穆姬乘着馬車疾行。

〔2〕 唁，對遭遇不幸的人表示慰問。衛侯，指衛文公。

〔3〕 言，助詞，《詩經》中多用於動詞前。漕，也作"曹"，古邑名，在

今河南滑縣東。

〔4〕大夫，指許國大夫，被派來漕邑召穆姬回去。

〔5〕既，盡，都。嘉，贊成。

〔6〕反，通“返”。旋反，返回。

〔7〕爾，你們。臧，善，好。

〔8〕遠，迂闊而不合情理。

〔9〕濟，停止。

〔10〕閟（bì 必），閉塞。

〔11〕陟，登上。阿丘，衛國漕邑附近的丘名。

〔12〕蝱，藥草名，即貝母，可治鬱結。此處指穆姬心既鬱悶，乃登高以舒懷，採蝱以療憂。

〔13〕懷，思念。

〔14〕行，路，道理。

〔15〕許人，指許國大夫。尤，怨恨，歸咎。

〔16〕穉，同“稚”，幼稚。

〔17〕芃芃，草木茂盛的樣子。

〔18〕控，告訴。大邦，大國。

〔19〕因，請求。極，來到。誰因誰極，向誰請求幫助，誰就能來救援。

〔20〕無我有尤，不要責備我。

〔21〕百爾所思，不如我所之，即使你們有千百個主意，也不如我自己選定的方向。

衛武自儆

西周末年，衛釐侯的夫人生了兩個兒子，長子叫姬餘，次子叫姬和。姬餘為人謙恭寬厚，但生性懦弱，也沒有什麼才能；而姬和卻長得一表人才，文武雙全。因此衛釐侯對次子姬和特別寵愛。按照宗法制度的規定，姬餘被立為太子，成了國君的繼承人，享受的特權遠遠超過了弟弟姬和。釐侯為了撫慰深受自己寵愛的小兒子，經常賞賜給姬和大量財物。父親的特殊寵愛，使姬和漸漸產生了非分的想法。他用這些得到的錢財，廣泛結交並供養了一批賢才和勇士，準備日後時機到來，就奪取君位。

公元前 813 年，釐侯因病去世，太子姬餘即位為君，史稱衛共伯。就在釐侯安葬的那天，姬和暗中派人率領一批勇士突然衝到墓地，把共伯圍困了起來。共伯倉皇地逃進墓道，最後被迫自殺。共伯自殺的消息傳到宮中，使衛國的大臣們驚恐萬分，陷入一片混亂。這時，姬和就以皇弟的身份出來主持政事，安定大局，贏得了朝臣們的信任和擁戴。於是他名正言順地被立為國君，史稱衛武公。武公深深懂得，自己雖然當上了國君，但其中的奧秘今後難免會洩露出來。好在共伯即位的時間極短，對衛國的臣民並沒有什麼恩惠。只要自己盡心治政，使百姓們能夠安居樂業，將來就一定可以永遠立於不敗之地。於是，武公召集群臣，向他們鄭重宣告：自己決心遵照開國賢君康叔的遺訓，勵精圖治，要求大家團結一致，同心輔政。從此，武公每天早起晚睡，戒絕酒色，禮賢下士，廣開言路，兢兢業業地聽政理事，實行了許多發展農業生產的措施。經過了四十年的不懈努力，終於使衛國出現了興旺強盛的局面。

這時，天子周幽王由於迷戀女色，寵信奸佞，弄得朝政腐敗，民不聊生，國力日益衰弱。公元前 771 年，國舅申侯為了支持被廢黜的太子宜臼，聯合少數民族西戎等國軍隊，向周都鎬京（在今陝西西安西）發起了進攻。鎬京很快被攻破，荒淫無道的周幽王死在亂軍之中。這些兇悍的西戎士兵根本不受申侯的約束，闖進京城以後，見人就殺，見屋就燒，見物就搶。申侯眼看局勢已經無法控制，只好派人四出召請各路諸侯進京平亂。衛武公這時已是一位年滿八十的老人。他接到申侯的告急文書，不顧年老力衰，立即調集人馬兼程趕往鎬京，會同各路諸侯準備圍攻西戎。西戎軍隊眼看無法對敵，就帶上擄掠來的財物退出京城，回到西方去了。西戎退兵以後，太子宜臼在申侯、衛武公等諸侯和群臣的擁戴下，正式即位為天子，史稱周平王。為了褒揚武公勤王的功勞，平王把他從侯爵晉升為公爵，並且賞賜給他許多貴重的禮器。

武公懷着喜悅的心情，率領軍隊凱旋回國，受到了臣民們的熱烈歡迎。他把平王賞賜的禮器全部供奉在宗廟裏，祭告天地和先君，然後大宴群臣，讓百姓們盡歡三天，以示慶功。這些做法，使他在衛國樹立了崇高的威望。又是十多年過去了，武公已經活到九十五歲。雖然他在衛國德高望重，沒有人不尊敬他，但他自己卻仍然十分謙遜。他經常對群臣說："你們不要因為我年老而拋棄我，應當日夜對我加以儆戒，指出我的過失。"武公晚年的虛心自儆，進一步贏得了人們的愛戴。有人寫了一首《淇奧》詩來歌頌他："瞻彼淇奧，綠竹猗猗。有匪君子，如切如磋，如琢如磨……"把他的德行比作綠竹和美玉。這首詩後來被收入《詩經》，一直流傳到今天。

（金文明）

原文

詩經·衛風·淇奧

瞻彼淇奧〔1〕，綠竹猗猗〔2〕。有匪君子〔3〕，如切如磋，如琢如磨〔4〕。瑟兮僩兮〔5〕，赫兮咺兮〔6〕。有匪君子，終不可諼兮〔7〕。

瞻彼淇奧，綠竹青青〔8〕。有匪君子，充耳琇瑩〔9〕，會弁如星〔10〕。瑟兮僩兮，赫兮咺兮。有匪君子，終不可諼兮。

瞻彼淇奧，綠竹如簀〔11〕。有匪君子，如金如錫，如圭如璧〔12〕。寬兮綽兮〔13〕，猗重較兮〔14〕，善戲謔兮〔15〕，不為虐兮〔16〕。

註釋

〔1〕瞻，望。淇，水名，古代衛國境內主要河流，自北向東南流入黃河。奧，通"澳"，水灣。

〔2〕猗猗，美麗茂盛的樣子。

〔3〕匪，通"斐"，有文采的樣子。有，《詩經》中多用作形容詞詞頭，只表示一個音節而沒有意義。君子，古代對貴族男子的通稱，這裏指衛武公。

〔4〕切、磋、琢、磨，都是指把玉石磨光。這裏比喻君子能夠努力修養

自己的品德。

〔5〕 瑟，莊重。僩，形容胸襟開闊；一說威嚴的樣子。兮，古代詩賦中的語氣詞，可以用在句中，但多數用在句末。

〔6〕 赫，光明。咺，有威儀的樣子。

〔7〕 終，永遠。諼，忘記。

〔8〕 青，通"菁"。菁菁，茂盛的樣子。

〔9〕 充耳，古代掛在冠冕兩旁的玉飾，下垂到左右耳門邊。琇，美玉。瑩，玉色光潤。

〔10〕弁，用兩塊鹿皮縫合製成的冠。會弁如星，在鹿皮縫合的地方綴上兩行玉石，閃閃發光，好像星星一樣。

〔11〕簀，通"積"，茂密地叢集在一起。

〔12〕圭、璧，都是古代玉製的禮器。圭呈長方形，上尖下方；璧圓形，正中有小圓孔。

〔13〕寬，寬容。綽，性格平和。

〔14〕猗，通"倚"，靠。重較，車箱兩旁板上的橫木，人站在車上可以倚靠。

〔15〕戲謔，開玩笑。

〔16〕不為虐，不過分惡作劇。

黍離悲歌

周幽王是西周末年一個荒淫無道的昏君。他即位的時候，周朝的國力已經日益衰落，加上鎬京（周都，在今陝西西安以西）地區連年災荒，百姓們生活非常貧困。但幽王卻只顧自己尋歡作樂，根本不把國事放在心上。

一天，幽王無意中來到後宮，發現有個名叫褒姒的宮女，長得容貌豔麗，身材窈窕，十分嫵媚動人，一下子給她迷住了。當天晚上，褒姒被接進宮中侍寢，從此便成為幽王最寵倖的妃子。一年後，褒姒生了個兒子，取名伯服。為了鞏固自己的地位，她日夜在幽王面前誣巇中傷王后申氏和太子宜臼。幽王迷戀褒姒的美色，對她的讒言當然完全相信，後來就廢黜了申氏和宜臼，立褒姒為王后，伯服為太子。褒姒雖然容貌美麗，但卻很少露出笑臉。幽王曾經用過許多辦法想引她發笑，都沒有成功。後來，他索性下了一道命令說：“有誰能使褒后一開笑顏，寡人立即賞賜千金。”朝中有個名叫虢石父的大臣，平時諂媚成性。聽到命令就去見幽王說：“當年先王為了防止西戎入侵，曾在驪山下建立二十座烽火台，只要一舉火，諸侯就會聞警趕來。吾王不妨試一試，說不定褒后會因此發笑呢！”

於是幽王選了一個天氣晴朗的日子，命人點起火來。剎那間，只見驪山腳下烽煙彌漫，火光沖天。附近的各國諸侯，果然以為鎬京遭到入侵，紛紛率領軍馬火速前來援救，誰知趕到城下，卻看不到西戎的一兵一卒。這時，褒姒正在幽王的陪伴下登上城樓觀望。她看着匆匆趕到的各路軍隊像走馬燈似的來回奔忙，不由抿起嘴來嫣然一笑。站在旁邊的幽王見了非常高興，當即派人去告訴諸侯，說是西戎已經撤走，請大家各自帶兵回去。諸侯們回國以後，對於幽王的話不免有些將信將疑。不久，他們都打聽到，那天鎬京舉烽只是為了博得褒姒的一笑，結果讓幾萬人馬空忙了大半天，不由感到非常氣憤，決定以後再也不去上當了。申國的國君申侯，是被幽王廢黜的王后申氏的父親，他看到幽王這樣荒淫無道，深深地為周朝的前途和女兒的命運擔憂。經過鄭重考慮，他決定派人去和西戎聯絡，相約共同出兵攻打鎬京，廢掉幽王，另立新君。

公元前 770 年，驃悍的西戎騎兵在申國軍隊的配合下，迅速直撲鎬京城下。幽王慌忙命人舉烽報警，但是始終不見有諸侯的救兵到來。最後，他和伯服在突圍逃跑時死在亂軍之中，褒姒也被戎兵俘獲。西戎軍隊衝進城裏，見人就殺，見物就搶，搶足了金銀財寶以後，就在宮中放起火來，之後迅速離開鎬京，向西撤走。等到申侯聞訊趕去，只見高大的城樓和豪華的宮室已經處在熊熊的烈火之中。烈火撲滅以後，申侯召集大臣們商議，決定擁定太子宜臼為天子，史稱周平王。由於宮室大部分已被焚毀，加上鎬京又臨近西戎，很不安全，平王決定向東遷都到洛邑（今河南洛陽）。從此便開始了東周王朝的歷史。

平王東遷洛邑的時候，位於鎬京西面的秦國曾經派兵前來護送。

因此平王特地把岐邑（今陝西岐山東北）以西的土地賜給秦君襄公，說："西戎無道，奪我故地，如果你能把他們驅逐出去，這些土地就全部歸秦所有。"可是，秦國當時的力量還比較弱小，統治地區只能限於犬丘（今陝西咸陽西南）附近。西戎並不把秦國放在眼裏，經常派兵盤踞在周朝舊都鎬京一帶，威脅着秦國的安全。秦襄公多次出兵討伐，始終未能打敗西戎。秦襄公去世以後，他的兒子文公即位。文公繼承父親的遺命，經過 16 年的艱苦戰鬥，終於把西戎勢力從岐邑一帶趕了出去。為了表示對天子的忠誠，他把岐邑以東、包括鎬京在內的廣大地區全部獻給了周平王。在平王東遷後的 20 多年中，繁榮的洛邑已經成為東周王朝的統治中心。鎬京雖然是周朝的舊都，但這時卻難以再引起平王的重視。因此在秦文公獻地以後，平王只派了一位大夫去鎬京視察，準備等他回來後再決定取捨。

這位奉命西行的大夫，本來是西周的舊臣，當他經過長途跋涉來到鎬京城外的時候，出現在面前的卻是一片不堪回首的淒涼情景：當年的宗廟和宮殿早已蕩然無存，只有成行的黍子和高粱在無邊的田野上迎風搖擺。大夫沿着田壟漫步行走。對於故都的緬懷，使他陷入深深的痛苦之中。最後他含着熱淚吟成了一首《黍離》詩："彼黍離離，彼稷之苗。行邁靡靡，中心搖搖。知我者謂我心憂，不知我者謂我何求。悠悠蒼天，此何人哉？……"這首詩共分三章，每章的最後兩句，都是同樣的憤怒的責問："高高在上的蒼天啊，這眼前的一切，究竟是誰造成的？"大夫回到洛邑以後，向平王報告了他在鎬京所見到的淒涼情景。後來，這片西周故地就被東周統治者放棄了。但是這首《黍離》詩從此卻流傳了下來，並且成了著名的典故。後世的人們往往把遺民對故國的哀思稱為"黍離之悲"。

（金文明）

原文

詩經·王風·黍離

彼黍離離[1]，彼稷[2]之苗。行邁靡靡[3]，中心搖搖[4]。

知我者謂我心憂，不知我者謂我何求。悠悠蒼天[5]，此何人哉[6]？

彼黍離離，彼稷之穗。行邁靡靡，中心如醉。

知我者謂我心憂，不知我者謂我何求。悠悠蒼天，此何人哉？

彼黍離離，彼稷之實。行邁靡靡，中心如噎〔7〕。

知我者謂我心憂，不知我者謂我何求。悠悠蒼天，此何人哉！

註釋

〔1〕 黍，小米。離離，整齊排列的樣子。

〔2〕 稷，高粱。

〔3〕 行、邁，都是行走。靡靡，腳步緩慢的樣子。

〔4〕 中心，就是心中。搖搖，因憂愁而精神恍惚。

〔5〕 悠悠，形容遙遠，這裏指天高。蒼天，青天。

〔6〕 此何人哉，這是誰造成的呢？

〔7〕 噎，食物堵住喉間。

高克戍邊

春秋時代，鄭國有個大夫高克，在朝為官多年，身居要職，但並沒有什麼政績。他生性十分貪財，凡是有利可圖的事情，從來不肯讓人。因此，大臣們對他很有意見。國君鄭文公知道了這種情況，曾經多次對他進行告誡。高克雖然當面表示願意接受，但事後卻仍然我行我素，根本不把文公的話放在心上。文公見高克這樣目無君上，也漸漸對他討厭起來。但顧念他在朝多年，資歷較深，一時不便治罪，就想找個機會讓他離開京城，到邊遠地區去任職。

當時，同鄭國隔河相望的衛國，經常受到北方少數民族狄人的侵略，黃河沿岸警報不斷。文公決定派高克率領一支軍隊到邊境地區的彭、消、軸等邑去駐守，以防止狄人渡河南侵。一向在京城裏養尊處優的高克，聽說要他帶兵到前線去同兇悍的狄人打仗，不由十分害怕。但他無法違抗文公的命令，只好硬着頭皮入朝謝恩，請文公讓他點了幾名戰將，然後就率領部隊出發北上。鄭國的軍隊一路上曉行夜宿，來到了氾水西面的清邑。這裏離開黃河前線還有一百多里，高克就不敢再往北走了。他決定讓幾員戰將分兵到彭、消、軸等邑去駐防，自己則留在清邑，像以前一樣過着安閒自在的享樂生活。主帥這樣貪生怕死，怎麼能夠指望他的部下去奮勇作戰、為國效命呢？那幾員戰將看清了高克的為人，因此到了前線也不願意築壘練兵，整天騎着馬到處逍遙遊蕩。士兵們見無人約束，便紛紛離開部隊逃跑回家。

前線的混亂情況，不止一次地傳到了鄭文公的耳中。但是這位糊塗的國君為了不讓自己討厭的高克調回京城，竟然採取了聽之任之的態度，始終沒有想去改變一下前線的局面。憂心國事的公子素，對文公的做法很不滿意，他把自己了解的情況寫成一首《清人》詩："清人在彭、駟介旁旁，二矛重英，河上乎翱翔……"暗示文公：這種情況繼續下去，必將給鄭國帶來嚴重後果，但文公仍然無動於衷。公元前660年，狄人的騎兵殺死衛君懿公，滅亡了衛國，一直進逼到黃河北岸。河南的鄭軍立即望風潰散。高克在清邑得到消息，害怕鄭文公把他逮捕治罪，就連夜隻身逃亡到陳國。當初公子素的擔憂，終於不幸變成了現實。

（金文明）

原文

詩經·鄭風·清人

清人在彭〔1〕，駟介旁旁〔2〕，二矛重英〔3〕，河上乎翱翔〔4〕。

清人在消〔5〕，駟介麃麃〔6〕，二矛重喬〔7〕，河上乎逍遙〔8〕。

清人在軸〔9〕，駟介陶陶〔10〕，左旋右抽〔11〕，中軍作好〔12〕。

註釋

〔1〕清，春秋鄭國邑名，在今河南中牟西南。彭，鄭國地名，其地不詳，當在黃河南岸，隔河與衛境相望。

〔2〕駟，四匹馬。古代一車四馬。介，披着甲。旁旁，馬兒強壯有力的樣子。

〔3〕矛，古代一種長柄武器，英，矛上的纓飾，用紅色羽毛製成。重，

兩重。

〔4〕河，黃河。乎，詩句中的語氣詞，表示提頓。翱翔，指士兵們駕車遨遊。

〔5〕消，鄭國地名，其地不詳，當也在黃河邊上。

〔6〕麃麃，勇武的樣子。

〔7〕喬，通"鷮"。野雞的一種。這裏指以鷮的羽毛做成的纓飾。

〔8〕逍遙，自由自地遨遊。

〔9〕軸，鄭國地名，其地不詳，當也在黃河邊上。

〔10〕陶陶，驅馬奔馳的樣子。

〔11〕旋，轉。抽，抽刀劈刺。左旋右抽，指軍士舞刀戲耍。

〔12〕中軍，即軍中。作好，戲耍。

鄭伯克段

公元前 757 年，鄭武公的夫人姜氏生了一個男孩。由於懷孕時胎位不正，孩兒出生時是難產，因此武公給他取名為寤生（倒生，就是腳先生出來。寤，wù，通"牾"，逆，倒）。姜氏為此受了驚嚇，一直不喜歡他。過了三年，姜氏又生了第二個兒子，取名為叔段。叔段從小聰明伶俐，長大後更是眉清目秀，一表人才，深得姜氏的寵愛。這同時對寤生的態度形成了鮮明的對比。按照宗法制度的規定，寤生是武公的嫡長子，將來應當成為君位的繼承者。但姜氏出於偏心，竟一再向武公提出請求，企圖排斥寤生，把叔段立為太子。結果遭到了武公的拒絕。

公元前 744 年，鄭武公因病去世，太子寤生繼承了君位，史稱鄭莊公。姜氏見目的沒有達到，仍不甘心，決定利用自己的特殊地位繼續扶植叔段，以便尋找時機奪取君位。有一次，姜氏等莊公退朝回宮，就去對他說："你自己已經當上了國君，可你的弟弟叔段卻連一塊封地都沒有，難道你不感到於心不安嗎？"莊公說："兒正在考慮這件事情，一時還確不定封他何邑為好，希望母后明示。"姜氏說："我看最好能把制邑封給叔段。”莊公說：“制邑是個形勢險要的地方，從前虢叔就死在那裏，很不吉利，拿來作為封地恐怕不太合適。其他的地方兒一定從命。”姜氏說：“好，那就把京邑賜給他吧！”莊公當即答應了。大夫祭仲知道後，就去勸諫莊公說：“按照先王定下的制度，最大的封邑城牆也不能超過國都的三分之一，否則就會危害國家的安全。現在京邑遠遠超過了這個規定，封給叔段以後，您將要永無安寧之日了！”莊公說：“姜氏要這樣做，我有什麼辦法呢？”祭仲說：“姜氏一心想要叔段當國君，不達到目的她是不會滿足的。您應當及早處置叔段，千萬不能讓他的勢力進一步發展。”莊公說：“多行不義的人，一定會垮台，你就等着瞧吧！”

在叔段將要離開都城前往京邑時，姜氏把他召到內室，對他說：“京邑是個大邑，你到了那裏以後，一定要厚結民心，積蓄力量。等到時機成熟，我會派人來同你聯繫，接應你打進都城，奪取君位。”叔段來到京邑後，遵照姜氏的吩咐，加緊進行準備。他經常把財物賞賜給群臣，博取他們的歡心，從中物色了一些心腹。他還多次身穿便服到民間察訪，賑濟貧苦的百姓。因此沒過多久，京邑地區便充滿了對他的一片頌聲。

（金文明）

原文

詩經·鄭風·叔于田

叔于田[1]，巷[2]無居人。豈無居人？不如叔也，洵美且仁[3]！

叔于狩[4]，巷無飲酒。豈無飲酒？不如叔也，洵美且好！

叔適野[5]，巷無服馬[6]。豈無服馬？不如叔也，洵美且武[7]！

註釋

〔1〕叔，指叔段，春秋時鄭莊公的同母弟弟。田，打獵。于，《詩經》中常用的語助詞，位於動詞前，無義。

〔2〕巷，古代二十五家聚居為一里，里中的路叫巷。相當於現代的里弄。

〔3〕洵，實在是。仁，仁慈。

〔4〕 狩，打獵。
〔5〕 適野，到野外去，也指打獵。
〔6〕 服馬，駕馬。
〔7〕 武，英武。

武公篡晉

公元前 805 年，周宣王率軍討伐條戎（在今山西南部中條山一帶），命令晉穆侯出兵助戰。結果兩軍都被條戎打得大敗。穆侯狼狽地退回晉國，正好碰上夫人姜氏生了一個兒子。由於心裏不痛快，他給兒子取了個名字叫"仇"。過了三年，穆侯又同周宣王一起出兵討伐條戎，在千畝（今山西洪洞東北）打了個大勝仗，洗雪了從前的恥辱。回國以後，正好又碰上姜氏生了第二個兒子。穆侯高興地給他取名為"成師"，以慶賀這次出師的勝利。大夫師服聽到這件事情後，就說："奇怪啊，國君怎麼能這樣給兒子起名字呢？'仇'表示冤家對頭，偏偏用來稱呼太子，而弟弟卻得到了'成師'這樣的美名。這是一個不祥的預兆，晉國以後可能要發生禍亂了！"

公元前 785 年，晉穆侯因病去世，他的弟弟殤叔擅權自立。太子仇被迫逃亡到國外，他集合了一批忠於自己的人士，在公子成師的配合下，經過四年的準備，終於率軍返回晉國，推翻殤叔，奪取了君位，史稱晉文侯。文侯復國以後，為了酬謝弟弟成師的支持和幫助，就對他大加封賞。隨着時間的推移，成師的權勢越來越大，到了文侯晚年，他的地位已經快要同國君不相上下了。公元前 746 年，文侯因病去世，他的兒子昭侯繼位。昭侯感到叔父成師權力太大，留在絳邑（晉都，在今山西翼城東）對自己是個嚴重的威脅，因此就決定把他封到曲沃（今山西聞喜東北）去，號稱為桓叔。桓叔這時年已五十八歲，是晉國德高望重的老臣，深受百姓的愛戴。他的封邑曲沃，又是晉國的舊都，規模遠遠超過絳邑。這時大夫師服還健在，不由感歎地說："桓叔封在曲沃，末強本弱，晉國將要沒有安寧的日子了！”

公元前739年，晉國的大夫潘父刺殺了昭侯，準備把桓叔接到絳邑立為晉君，結果沒有成功。忠於昭侯的大臣殺死了潘父，迎立太子平為君，史稱晉孝侯。不久，桓叔因病死去，他的兒子鱓襲爵為莊伯，決心進一步發展實力，奪取晉國的統治。公元前724年，莊伯出兵進攻翼邑（即絳邑，孝侯改稱翼邑），孝侯兵敗被殺。但晉人奮力抵抗，迫使莊伯退回曲沃。莊伯退兵以後，昭侯之子鄂侯被迎立為君。但他只在位六年就得病死去。莊伯得到消息，又乘機向翼邑大舉進攻，晉人無力抵抗，只好派使者向周平王告急。平王命虢公出兵援晉，把圍困翼邑的莊伯軍隊趕回曲沃。

公元前716年，莊伯去世，其子武公代立。這時，晉國的力量越來越弱，根本無力對抗武公的進攻。在以後的三十多年中，晉國前後換了三個國君，都遭到了武公的殺害。公元前679年，武公終於攻佔翼邑，奪取了晉國的政權。他把擄掠來的寶器全部派人送往洛邑（東周都城，在今河南洛陽）奉獻給天子南釐王。釐王得到了這些賄賂，立即賜給武公禮服七章，正式封他為晉君。曲沃武公經過三代的努力，終於在周天子的承認下，名列諸侯，正式成為晉國的統治者。當時，有位大夫寫了一首《無衣》詩：“豈曰無衣七兮，不如子之衣，安且吉兮……”充分表現了武公接受周天子所賜命服時的得意心情。

（金文明）

原文

詩經·唐風·無衣

豈曰無衣七兮，不如子之衣，安且吉兮〔1〕！

豈曰無衣六兮〔2〕，不如子之衣，安且燠〔3〕兮！

註釋

〔1〕 曰，這裏作語助詞，無義。衣，天子所賜的禮服，也稱命服。七，七章，指禮服上畫有七種圖案。按古制規定，侯、伯的禮服有七章。此詩所寫為晉武公事，晉國是侯爵，故所賜禮服有七章。兮，語氣

詞，多用於句末。這三句的大意是：哪裏是我沒有七章的禮服，只因為它不如您所賜的命服，穿起來使人平安而且吉祥！

〔2〕 六，六章。天子之卿，禮服為六章，如出封為侯、伯，則加一章。上文用“七”，這裏用“六”，其實是一個意思，只是為了押韻的需要才改變用字。

〔3〕 燠，暖和。

三良殉葬

根據歷史學家研究，中國在戰國時代以前是奴隸社會。那時在統治階層中盛行一種人殉制度，例如商朝的一個國君死了，往往要殺掉三四百個侍從或奴隸隨他葬進墳墓，表示死後還要供他差遣和奴役。隨着社會的發展和進步，到了春秋時代，中原地區的許多國家已經基本上不用活人殉葬，只有地處西方，經濟和文化比較落後的秦國，人殉制度還保留得晚一些。

公元前 659 年，秦君穆公即位。他是一位很有才略的諸侯。秦國在他的治理下，經濟和軍事力量日益發展，逐步攻滅了鄰近的 12 個小國，成為西部地區實力最強大的國家。穆公年輕的時候，能夠知人善任，廣泛接納賢才。虞國的百里奚，西戎的由余，都是著名的謀臣，來秦後立即受到他的信用。大將孟明多次戰敗，穆公仍然讓他負責帶兵。這些做法都使臣下深受感動，樂於為他效命。

穆公手下有三個賢臣，他們是大夫子車氏的兒子，一個叫奄息，一個叫仲行，一個叫鍼虎。兄弟三人不但才能出眾，而且英勇善戰。他們盡力輔佐秦君，多次為國立功，深得百姓的愛戴。人們把他們稱為秦國的“三良”。穆公非常喜歡子車三兄弟，經常派人把他們召進宮去詢問國政，傾心交談。有一次，穆公特地在內殿設宴，邀請他們兄弟三人同來觀花賞月，歡聚暢飲。酒過三巡，穆公已經微有醉意。這時，庭中月光皎潔，花影斑駁，一陣涼風穿殿而過，只覺芳香撲鼻而來。穆公高興地對子車兄弟說："寡人與卿等情投意合，十分相得，但願能夠生共此樂，死共此哀。"子車兄弟聽了穆公這樣表示寵倖的話，馬上離席稽首謝恩，說："吾主如此厚愛，臣等無以為報，一定生死相從。"這些話，當時子車兄弟也許是隨口應答的，但是穆公卻認真地把它聽進去了。

公元前 621 年，穆公得了重病。他在臨死前，為自己的身後作了安排。他把太子罃召來說："我是不甘心死後寂寞的。凡是生前侍侯我的人都要殉葬。子車兄弟曾說過和我生死相從，你一定要他們履行自己的諾言。"穆公去世以後，太子罃即位，史稱秦康公。他按照穆公的遺囑，親自來到子車兄弟府中，命令衛士奉上寶劍，請他們立即自盡，以從穆公於地下。在康公的逼迫下，子車兄弟無法擺脱禮教的束縛，只好拿起劍來自殺了。除了子車三兄弟以外，凡是生前侍候過穆公的妃妾和僕從，也全部奉命自殺。到了穆公入葬那天，康公又下令殺死大批奴隸隨葬，總計人數達到 177 人。這是秦秋以來見於歷史的最大一次人殉慘劇。

秦國統治者的殘暴行徑，引起了朝野的震動。特別是"三良"的被逼身亡，使人們感到非常悲痛。有人作了一首《黃鳥》詩，反覆地詠歎說："彼蒼者天，殲我良人！如可贖兮，人百其身。"對這三位賢臣表示了深切的哀悼和懷念。

（金文明）

原文

詩經・秦風・黃鳥

交交黃鳥〔1〕，止于棘〔2〕。誰從穆公〔3〕？子車奄息〔4〕。
維〔5〕此奄息，百夫之特〔6〕。臨其穴〔7〕，惴惴其慄〔8〕。
彼蒼者天〔9〕，殲我良人〔10〕！如可贖兮，人百其身〔11〕。

交交黃鳥，止于桑。誰從穆公？子車仲行。
維此仲行，百夫之防〔12〕。臨其穴，惴惴其慄。
彼蒼者天，殲我良人！如可贖兮，人百其身。

交交黃鳥，止于楚[13]。誰從穆公？子車鍼虎。
維此鍼虎，百夫之禦[14]。臨其穴，惴惴其慄。
彼蒼者天，殲我良人！如可贖兮，人百其身。

註釋

〔1〕交交，鳥鳴聲。黃鳥，黃雀。

〔2〕棘，酸棗樹。

〔3〕穆公，秦君，姓嬴，名任好，公元前 659—前 621 年在位。

〔4〕子車奄息，秦大夫，姓子車，名奄息。同後面的仲行、鍼虎是三兄弟。

〔5〕維，助詞，無義。

〔6〕百夫之特，是一百個男子中最傑出的人。百，泛指很多，不一定是一百。

〔7〕穴，指墓穴。

〔8〕惴惴，恐懼的樣子。其，助詞，無義。慄，因恐懼而顫抖。

〔9〕彼蒼者天，就是蒼天。彼、者，都是助詞，表示詩歌中的一個音節。

〔10〕殲，全部殺掉。良人，善人，指子車三兄弟。

〔11〕如可贖兮，人百其身，如果能夠用別人的死贖取他們的生命，那麼我們願意用一百個人去換他們中的一個人。兮，語氣詞，相當於“啊”。

〔12〕百夫之防，一個人可以抵擋一百個人。

〔13〕楚，一種灌木，也叫牡荊。

〔14〕百夫之禦，一個人可以抗禦一百個人。

援楚抗吳

公元前 528 年，楚平王熊居即位，任命伍奢為太傅，費無極為少傅，共同輔導太子建。費無極是個巧偽多詐的奸臣，太子建很不喜歡他，遇事多同伍奢商量，漸漸引起了費無極的妒忌和怨恨。公元前

522年，費無極向楚平王進讒説："太子建和伍奢聯絡了齊、晉兩國，想要佔據方城發動叛亂，篡奪君位，他們都已經準備就緒了。"昏庸多疑的平王竟然相信了他的話，立即派人去把伍奢召來訊問。伍奢聽了這種毫無根據的誣衊，非常氣憤，當場就據理反駁，平王竟不由分説地下令把他逮捕起來，同時派遣城父司馬奮揚去殺死太子建。奮揚知道太子建完全是冤枉的，就冒着風險把他放走了。太子建無法在國內存身，只好逃亡到宋國。

伍奢有兩個兒子，大的叫伍尚，小的叫伍員，正在鄰近吳國的棠邑做官。當時，吳、楚世代為仇敵。費無極對平王説："伍奢兩個兒子都很有才能，如果逃到吳國，必將成為楚國的心腹大患，不如用計把他們召進京來。"於是，平王就派人到棠邑去對伍尚和伍員説："如果你們能到郢都（楚國京城，在今湖北江陵西北）來，寡人就赦免你們的父親。"伍尚聽了，立即準備隨使者動身到郢都去，可是伍員卻對他説："我們兄弟二人在外，楚王還有所顧忌，可能不敢殺害父親，如果同去郢都，勢必被他一網打盡。哥哥，你千萬不要上當！"伍尚含着眼淚説："父親被捕下獄，生命危在旦夕，我怎能忍心不去見他一面呢？我的才能比不上你，死了並不足惜。你就一個人到吳國去吧。如果楚王把我和父親殺了，希望你能夠為我們報仇！"伍尚隨着使者來到郢都和父親見了面。伍奢看到伍員沒有同來，不由長歎一聲説："楚國君臣從此沒有安寧的日子了！"不久，父子兩人就同時被平王下令處死。當時，伍員還隱伏在民間，等待着來自郢都的消息。當他確切地知道父親和哥哥已經慘遭殺害時，決定立即逃亡國外。臨走前，他去拜訪申包胥，向這位好友傾訴了滿腔的怨憤，最後説："不滅掉楚國，我死不瞑目！"對於伍員的不幸遭遇，申包胥非常同情；但伍員想要滅亡楚國，這是他不能同意的。他激動地對好友説："人各有志，我無法勉強你改變主意，但是我想告訴你：如果你將來滅掉了楚國，我一定能夠使它得到復興！"

伍員逃亡吳國以後，憑着自己的智慧和才能，很快得到了吳王闔閭的重用。公元前516年，楚平王因病去世，他的兒子昭王即位。伍員多次率領吳軍進攻楚國，奪取了舒、潛、六等城邑，一直打到居巢（今安徽六安東北）。公元前506年，吳國聯合唐、蔡兩國大舉進犯楚國，在柏舉（今湖北麻城東北）擊敗楚將子常，以後又五戰五勝，直逼郢都城下，楚昭王倉皇地出奔到隨國。郢都隨即被吳軍攻佔。伍員進入郢都後，四處搜捕昭王，得不到下落，於是就派人掘開平王陵墓，親自用鞭子把屍體打了三百下，算是報了父兄之仇。接着他就讓吳軍駐紮在郢都城中，準備長期佔領下去。

當時，申包胥正避居在山中，知道情況後，託人去對伍員說："你這樣報仇，實在太過分了，難道不怕老天對你懲罰嗎？"伍員回答說："請你轉告申包胥，我好比傍晚時分趕遠路的人，生怕達不到目的，所以只好倒行逆施了。"申包胥眼看無法勸說伍員退兵，為了履行自己的誓言，他立即動身趕往秦國，想請求秦哀公出兵幫助楚國擊退吳軍，迎接昭王回來復位。申包胥來到秦國都城後，馬上去見執政大臣，懇切地提出了向秦借兵的請求。秦哀公讓大臣婉言答覆說："寡人已經知道了。請你先到館舍住幾天，等寡人同大臣們商量以後再告訴你。"申包胥聽了這樣的話，激動地說："我王出奔在外，現在不知安身何處，作為臣子來說，我怎麼能在館舍裏住得下去呢！"於是他隻身來到秦宮，靠着庭牆失聲痛哭，整整七天七夜，滴水不進，最後連聲音也喊不出來了。秦哀公終於被申包胥強烈的愛國精神深深地感動了，決定出兵援楚抗吳。他當着申包胥的面賦了一首著名的《無衣》詩："豈曰無衣？與子同袍。王于興師，修我戈矛，與子同仇……"表示了要和楚國同仇敵愾的決心。將軍子蒲、子虎率領五百輛兵車和二萬多英勇善戰的秦軍迅速向東進發。6月，秦軍在稷地（今河南桐柏）旗開得勝，重創吳軍。不久吳國發生內戰，吳王闔閭倉猝退兵，流亡在隨國的楚昭王，終於在秦國的援助下回到了郢都。

（金文明）

原文

詩經・秦風・無衣

豈曰無衣[1]？與子同袍[2]。王于興師[3]，脩我戈矛[4]，與子同仇[5]。

豈曰無衣？與子同澤[6]。王于興師，脩我矛戟[7]，與子偕作[8]。

豈曰無衣？與子同裳[9]。王于興師，脩我甲兵[10]，與子偕行[11]。

註釋

〔1〕豈曰無衣，怎麼説沒有衣服呢？

〔2〕子，古代用於對對方的敬稱。袍，長衣，士兵白天穿着當外衣，晚上當被子。

〔3〕王，指周天子。諸侯出兵，往往要借用天子的名義。于，助詞，《詩經》中多用在動詞前。興師，出兵。

〔4〕戈、矛，都是長柄武器。

〔5〕同仇，共同對付敵人。

〔6〕澤，通“襗”，貼身的內衣。

〔7〕戟，也是一種長柄武器。

〔8〕偕作，一起行動。

〔9〕裳，下衣。

〔10〕甲，用皮革或金屬製成的外衣，戰鬥時所穿。兵，兵器。

〔11〕偕行，一起走。

曹公無道

春秋時代，曹昭公的太子姬襄是個品行低劣的人。他身為國君的繼承者，卻成天背着父親，在外面結交一班紈袴子弟，飛鷹走狗，尋歡作樂，過着十分浪蕩的生活。大臣們雖然知道這些情況，但都不敢向昭公反映。

公元前653年，曹昭公因病去世，姬襄繼承了君位，史稱曹共公。從此他的行為更加放縱起來。他把過去的酒肉朋友一一召進宮中，隨意加官進爵，讓他們在朝任職。一時之間，身佩赤芾、乘坐軒車上朝的大夫達到三百多人。有些正直的大臣對這種情況實在看不下去，就多次向共公直言進諫。共公起初一概置之不理，後來就感到非常討厭。為了堵住進諫者之口，他把幾個態度激烈的大臣撤掉官職，貶到城郊的驛站上去做迎送賓客的候人。共公的倒行逆施，在朝野引起了強烈的不滿。一首題為《候人》的詩歌很快就在民間流傳開來：“彼候人兮，何戈與祋。彼其之子，三百赤芾……”詩人把賢者失意同小人得志的現實作了鮮明的對比，對共公進行了尖鋭的諷刺。有人把這首詩抄下來送給共公去看，共公冷笑着說：“寡人是一國之君，生殺予奪的大權都在我的手裏。我要封就封，要貶就貶，誰能把我怎麼樣！這種詩以後不准再傳唱！”

當時，晉國的公子重耳因為避難逃亡在外。他在齊國住了一段時間後，來到曹國的都城陶丘（今山東定陶西南）。由於重耳的身份只是一位流亡的公子。曹共公就命人把他安排在賓館住下，沒有用特殊的禮節加以款待。當天下午，有個經常在內廷隨侍的大夫去見共公說：“臣聽得公子重耳腋下的肋骨是連成一片的，跟平常人不一樣。主公如果能夠看一看，倒可以一飽眼福呢！”共公馬上問他有什麼辦法，那人附耳說了幾句，就回身走了。到了黃昏時分，賓館的官員請公子重耳到一間浴室去洗澡。重耳剛剛脱掉衣服跨進浴盆，共公就帶着那位親信大夫走了進來。他靠近重耳身邊仔細看了一回，又指指點點地同親信笑語了幾句，氣得重耳半晌說不出話來。這件事情很快傳了開去。有位賢大夫僖負羈聽到後，回家對妻子說：“主公這種行為實在不像話，簡直把曹國人的臉都丟盡了！”僖妻說：“公子如果回晉即位，前來興師問罪，曹國就要大禍臨頭了。你何不先去與會了結好呢？”於是僖負羈準備了一盤好菜，並在菜下藏進一塊玉璧，然後到賓館去求見重耳。重耳為僖負羈真摯的情意所感動，當場拿起菜來吃了幾口。他發現了菜下的玉璧，把它還給僖負羈說：“重耳如能回國，一定不忘大夫的盛情。”

公元前 636 年，重耳終於在秦穆公的支持下返回晉國，奪取了政權，即位為君，史稱晉文公。四年以後，文公親自率領大軍進攻曹國，向共公聲討以前無禮觀浴的罪行。經過一個多月激烈的攻城戰鬥，晉軍終於佔領曹國的都城陶丘，俘獲了曹共公。文公進城以後，立即發佈一道命令，不准任何人傷害僖負羈和他的家族，違犯者必將受到嚴厲的懲辦。然後，文公叫人把曹共公押上堂來，斥責他說：“你聽到過民間流傳的《候人》詩嗎？你把三百個無能之輩濫封為大夫，讓他們充斥在朝廷上，但是像僖負羈這樣的賢臣卻一個也不予信用。你還配做一個國君嗎！”昏庸無道的曹共公被晉文公責備得啞口無言，頭上直冒冷汗。這時，他才回想起二十多年前曾經在京城裏盛傳一時的諷刺詩，感到了無限的悔恨，當即連連點頭，表示服罪。

（金文明）

原文

詩經•曹風•候人

彼候人兮[1]，何戈與祋[2]。彼其之子[3]，三百赤芾[4]。

維鵜在梁，不濡其翼[5]。彼其之子，不稱其服[6]。

維鵜在梁，不濡其咮[7]。彼其之子，不遂其媾[8]。

薈兮蔚兮，南山朝隮[9]。婉兮孌兮，季女斯飢[10]。

註釋

〔1〕彼，那。候人，古代在驛路上迎送賓客的小官。

〔2〕何，通“荷”，肩扛。戈，古代長柄武器，橫刃。祋，古代武器，用竹或木製成，一端有棱。

〔3〕彼、其、之，都是遠指代詞，那個，那些。這裏為補足音節而連用了三個同義字。彼其之子，即那些人。

〔4〕赤，紅色。芾，古代官服上的蔽膝。大夫以上佩赤芾。前四句的大意是：有才有德的賢者只被任命為候人，在驛路上迎送來往的賓客；而那些無能之輩卻一個個佩着赤芾當上了大夫，足足有三百人之多。

〔5〕維，句首語助詞，無義。鵜，即鵜鶘，一種會捕魚的水鳥。梁，築在水中像堤堰一樣的捕魚設置。濡，沾濕。

〔6〕不稱其服，指人的才德同他的衣服不相稱。前四句的大意是：鵜鶘站在梁上捕魚，牠的羽翼可以不被河水沾濕；而那些衣冠楚楚的小人卻什麼能耐都沒有，實在同他們身上的官服一點也不相稱。

〔7〕咮，鳥嘴。

〔8〕遂，成。媾，通“韝”，古代射箭時套在左臂上的皮製臂衣。不遂其媾，意思是説，想要射箭，連臂衣都不會套上；或者説，套上了臂衣，連箭都不會射。

〔9〕 薈蔚，雲盛的樣子。南山，古代曹國山名，在今山東定陶西南。朝隮，早晨升起的雲氣。

〔10〕婉孌，年輕美好的樣子。季女，少女。斯，句中語助詞，無義。前四句的大意是：小人們飛黃騰達，就像南山早晨的雲氣那樣興盛；可是美麗的少女（比喻賢人），卻連一頓飯都吃不飽。

禽鳥哀音

在《詩經·豳風》裏，有一首叫《鴟鴞》的寓言詩，寫了一隻母鳥為保護兒女不受鴟鴞侵害而辛苦築巢的故事。她悲哀地訴說道："鴟鴞啊鴟鴞！你已抓走了我的孩子，別再毀掉我的窩。我辛苦地忙碌，為養育牠們累壞了身體。趁着天還沒有轉陰下雨，我要收集桑枝和泥土，把門窗好好修補。看下面的人們，有誰再能把我欺侮！我的手兒已經發麻，我還在採集蘆花，我還在積聚乾草，我的嘴兒累得快要開裂了，可是仍然沒有修好我的家。我的羽毛已經枯黃，我的尾巴已經光禿。我的窩兒還是非常危險，在風雨裏搖搖欲墜。請聽我的鳴聲，是多麼淒厲！"

這首寓言詩的作者，相傳是西周著名的開國功臣周公旦。在《尚書·金縢》篇裏，具體地記載了他當時創作這首詩的歷史背景：西周初年，周武王在周公、召公等大臣輔佐下推翻了商朝，不久就得病去世了。當時武王的兒子成王年紀還小，即位以後不善於治理朝政，而分封在朝歌（商朝舊都，在今河南淇縣）的商紂王太子武庚卻趁此機會糾集舊臣蠢蠢欲動，準備起兵叛亂。為了保衛剛剛建立的西周政權，周公就以王叔的名義，毅然出來代替年幼的成王攝政當國，以便集中權力去穩定局勢，鎮壓武庚的叛亂。但是，周公的這一行動，卻召來了一些宗室大臣的猜忌和不滿。原來駐紮在東方監視武庚的管叔、蔡叔（都是周公的兄弟）等諸侯，一面暗中同武庚互相勾結，一面派人四出散佈流言、誣衊周公攝政是要廢黜成王，篡奪君位。蠱惑人心的流言，迅速地傳到了鎬京（周都，在今陝西西安西）城裏，鬧得全城沸沸揚揚，朝廷百官議論紛紛，最後連成王也有點相信了，開始對周公產生了懷疑。這樣就不能不使周公陷入非常困難的境地。

周公知道在大臣們中間，太保召公一向為人忠厚正直，比較了解自己，就決定親自登門拜訪，向他表明心跡，傾訴報國的赤忱，以取得召公的支持。對於外面的流言，召公早已有所聽聞，他本來也打算去向周公問個明白，現在既然周公自己找上門來，他就趁此機會坦率地問道："太師（周公所任官職），這些無根的流言，究竟是別有用心的誣衊，還是確有其事？"周公說："武庚作亂，人心浮動，國事危在旦夕。我代幼主攝政，完全為了保衛周朝的王業。任何流言都無法動搖我的決心。太保，難道我的一片忠誠，連你也不了解嗎？"召公聽了這番推心置腹的話語，疑慮頓時消除了。不久，周公就把政事託付給召公，自己離開鎬京，到東方去徵集軍隊，同時暗中派人潛入朝歌，了解叛亂勢力的情況和流言的來源。過了一段時間，派往朝歌的人回來向周公報告：管叔、蔡叔等已經完全同武庚勾結在一起，傳遍鎬京的流言，就是他們製造並散佈開去的。周公聽後非常震驚，他沒有想到站在敵人一邊來反對自己的竟是嫡親的兄弟，而成王也就是根據他們的流言開始對自己產生懷疑的。於是，他懷着十分沉痛的心情寫了那首《鴟鴞》詩，派人專程送到鎬京去給成王看。

周公在這首詩裏，把"鴟鴞"比作武庚，"我子"比作成王，"室家"比作周朝，通過那隻在風雨中勞碌成病的母鳥的沉痛自述，抒發了自己為國事憂心如焚的思想感情，希望成王讀了以後能夠有所悔悟。果然，成王讀了《鴟鴞》以後，被周公盡忠王室的真摯感情深深地打動了。這時，召公也把自己同周公會見的情況告訴給成王。從此君臣上下消除了隔閡，竭盡全力支持周公進行討伐武庚、管叔、蔡叔等叛亂勢力的戰爭。周公準備就緒以後，立即調集重兵向朝歌發起猛烈的進攻。由於指揮有方，將士用命，武庚和管叔、蔡叔等叛亂勢力被迅速平定。勞苦功高的周公凱旋回京，還政成王。從此以後，西周王朝便日益走向鞏固和發展。

（金文明）

原文

詩經・豳風・鴟鴞

鴟鴞鴟鴞〔1〕！既取我子，無毀我室。恩斯勤斯〔2〕，鬻子之閔斯〔3〕。

迨〔4〕天之未陰雨，徹彼桑土〔5〕，綢繆牖户〔6〕。今女下民〔7〕，或敢侮予〔8〕！

予手拮据〔9〕，予所捋荼〔10〕，予所蓄租〔11〕，予口卒瘏〔12〕，曰〔13〕予未有室家。

予羽譙譙〔14〕，予尾翛翛〔15〕。予室翹翹〔16〕，風雨所漂搖。予維音嘵嘵〔17〕。

註釋

〔1〕鴟鴞，貓頭鷹。
〔2〕恩斯勤斯，兩個“斯”都是助詞，“恩勤”就是“殷勤”，辛勤勞苦。
〔3〕鬻，通“育”，養育。閔，病。斯，助詞。
〔4〕迨，及，趁。
〔5〕徹，取。彼，那。桑土，桑枝和泥土。
〔6〕綢繆，緊緊纏縛。牖戶，門窗。
〔7〕女，通“汝”，你，你們。下民，指人類。
〔8〕或，誰。予，我。
〔9〕拮据，手病而不能靈活屈伸。
〔10〕所，尚，仍然。捋，用手抹取。荼，蘆葦花。
〔11〕蓄，積聚。租，通“苴”，乾草。
〔12〕卒，通“悴”。卒瘏，口病。
〔13〕曰，助詞，無義。
〔14〕譙譙，枯黃的樣子。
〔15〕翛翛，羽毛凋敝的樣子。
〔16〕翹翹，高而危險的樣子。
〔17〕維，助詞，無義。嘵嘵，因恐懼而發出的哀鳴。

人心不可謂

屈原，名平，字原，又字靈均，戰國時代楚國人。他出身於楚王同宗貴族之家，從小博覽群書，才華橫溢，20 歲左右就官為左徒（僅次於宰相令尹），受到了楚懷王的信任和重用，常與懷王商議國事，參與法律的制定，主張章明法度，舉賢任能。屈原為人剛強正直，在朝中秉公辦事，在修訂法規的時候，不願聽從上官大夫靳尚的話與之同流合污，而遭到靳尚、王子子蘭等人的讒言譭謗，終使懷王漸漸疏遠了屈原。後來，屈原被免掉左徒的官職，流放到漢水以北的地區。

當時，西方的強秦不斷擴展南下，蠶食了巴、蜀等地，逐漸對楚國構成威脅。在北方六國中，唯一能與秦抗衡的是濱海的齊國，屈原過去一貫堅持聯齊抗秦的主張。現在他被流放，秦國立刻開始離間楚齊聯盟。公元前 313 年，秦惠王派張儀去楚國遊說懷王，說："秦王非常痛恨齊王，如果楚能與齊絕交，秦國願將商於之地六百里奉獻給大王。"懷王聽罷大喜，立即拜張儀為相，一面派人去齊國宣佈絕交，一面派人隨張儀回秦，接收秦國割讓的商於六百里土地。誰知回秦後，張儀稱病三月不上朝，割地的事情便耽擱了下來。楚懷王得不到土地，以為秦嫌楚與齊斷絕關係不夠堅決。因此特派勇士前去辱罵齊王。齊王大怒，一面與楚徹底斷交，一面派人入秦與秦王商議共同伐楚。等到楚國被孤立以後，張儀出見楚國使者，張儀就出來會見楚將，告訴他"從某至某，廣袤六里"送給楚王。楚將知道上了張儀的當，只好星夜趕回楚國向懷王報告。懷王氣得暴跳如雷，立即調集人馬北上討伐秦國。秦兵以逸待勞，在丹陽迎戰楚軍，斃敵 8 萬，俘獲楚將屈丐、逢侯丑等 70 餘人，並且佔領了漢中的廣大地區。

此時楚懷王逐漸醒悟過來，特地命人把屈原從漢北召回郢城，派他出使齊國，彌合兩國之間的嫌隙，重續舊好。由於屈原的威望深入人心，經過他反覆努力，齊楚聯盟終於得到了恢復。秦昭王即位以後，又對懷王使用拉攏手段，兩國間通過宗室聯姻，訂立了盟約。公元前

299 年，昭王派人來約懷王到秦國武關會盟。屈原認為秦國居心叵測，勸懷王加以拒絕，但鬼迷心竅的懷王，完全忘記了過去的教訓，在子蘭等人的慫恿下，竟然決定親自赴秦去與昭王會盟。誰知一進武關，就被秦國的伏兵扣留，送往咸陽。昭王把他當作階下囚，逼他割讓土地。懷王憤而拒絕，最後被長期幽禁，死在秦國。

懷王死後，太子頃襄王被擁立為君，楚國的政局更加日益腐敗。屈原繼續遭受迫害，被流放到遙遠的江南。江南的沅、湘地區當時開發較晚，到處山深林密，叢莽密佈，人煙十分稀少。屈原在那裏度過了十多年背井離鄉、流放飄泊的生活。他深入民間，與百姓同甘共苦，寫下了不少懷念故都、抒發憂國傷時之感的詩篇。初夏，他來到楚王先祖熊繹開疆立國的長沙，望着北去的湘江，心潮澎湃，寫了一首著名的《懷沙》辭，對楚國當今是非顛倒、小人得志的時世作了無情的鞭撻："變黑以為白兮，倒上以為下，鳳凰在笯（竹籠）兮，雞鶩翔舞……"最後，他寫道："懷質抱情，獨無匹兮。伯樂既沒，驥焉程兮！……世混濁莫吾知，人心不可謂兮。知死不可讓，願勿愛兮。明告君子，吾將以為類兮。"表達了自己處污泥而不染，甘願以身殉國的決心。

公元前 278 年，秦將白起率軍大舉南侵，攻破楚京郢都，縱火焚燒了楚國先君的陵墓。國破家亡的空前浩劫給了屈原極其沉重的打擊。報國無門，回天乏術，這位忠貞不移的愛國詩人終於徹底地絕望了。這年五月初五，他隻身來到長沙以北的汨羅江畔，縱身躍入滾滾清波，實踐了自己以身殉國的誓言。屈原的投水殉國，引起了楚國人民深切的哀痛和懷念。人們紛紛駕船到江上打撈，並用竹筒盛米投入水中祭奠忠魂，以表達對他的敬仰和愛戴。後世江南民間在端午節裏食粽子、舉行龍舟競渡等風俗，即是由此而來。

（金文明）

原文

楚辭·九章·懷沙[1]

戰國楚·屈原

浩浩沅湘[2]，分流汩[3]兮。脩路幽蔽[4]，道遠忽[5]兮。

曾吟恆悲，永歎慨兮。世既莫吾知，人心不可謂兮。

懷質抱情〔6〕，獨無匹〔7〕兮。伯樂既沒〔8〕，驥焉程〔9〕兮！

民生稟命〔10〕，各有所錯〔11〕兮。定心廣志〔12〕，余何所畏懼兮。

曾傷爰哀〔13〕，永歎喟〔14〕兮。世混濁莫吾知〔15〕，人心不可謂〔16〕兮。

知死不可讓〔17〕，願勿愛〔18〕兮。明告君子，吾將以為類〔19〕兮。

註釋

〔1〕《懷沙》全篇較長，這裏摘錄最後帶總結性的一整段。

〔2〕沅湘，沅水和湘江，都在長江以南，今湖南省境內。

〔3〕汩，水流疾速貌。

〔4〕脩路，漫長的路。幽蔽，幽深蔽暗。

〔5〕忽，荒忽，形容道遠。

〔6〕質，淳厚的品質。情，忠貞的情意。

〔7〕無匹，沒有志同道合的夥伴。

〔8〕伯樂，春秋秦國人，以善於相馬著名。沒，死。

〔9〕驥，良馬。焉，怎麼；程，衡量、考察。馬程，誰還能夠來品評千里馬啊。

〔10〕民生稟命，人民生來稟受天命。

〔11〕錯，安置。

〔12〕定心廣志，心志安定坦蕩。

〔13〕曾，通“增”。爰，哀泣不止。曾傷爰哀，極其哀傷。

〔14〕永，長久。喟，歎息。

〔15〕莫吾知，沒有人理解我。

〔16〕不可謂，沒有什麼可説的。

〔17〕讓，避免。

〔18〕愛，愛惜。

〔19〕以為類，以不貪生避死的志士仁人作為效法的榜樣。

烏鵲雙飛

宋康王是戰國時代出名的暴君，他整天歌舞宴樂，沉湎於聲色，群臣有進諫的，他就用箭射死。人們極痛恨他，把他比作夏朝的荒淫亡國之君夏桀，罵他為“桀宋”。

宋康王的後宮有好幾百名美女，但他仍不滿足。他聽説門客韓憑的妻子何氏年輕美貌，就千方百計地設法霸佔她。不久他找了個藉口，把韓憑罰為“城旦”——一種專門從事建築的苦刑，強迫韓憑去築造“青陵台”。然後，連夜派人強搶何氏入宮。一對恩愛夫妻被活生生地拆散了。從此，韓憑冒寒犯暑，終日築台；何氏幽閉深宮，吞恨飲泣。他們彼此苦苦想念着，渴望着再見一面。但是，冷酷的現實，使他們的希望成為泡影——韓憑因精神受刺激，加入過度勞累，在青陵台築成的那天，含悲懷恨離開了人間。宋康王為了斷絕何氏對丈夫的想念，故意讓這消息傳入宮禁。何氏聞此噩耗，痛不欲生，幾次自殺，都被宮女發現而沒有成功。

青陵台高達十丈，雕欄玉砌，巍峨壯麗。宋康王看了好不得意，他吩咐待從在台上設置酒宴，安排歌舞，然後強邀何氏一起登台。他想用青陵台的富麗、王家宴樂的奢華來誘惑何氏，使何氏甘心順從自己。不料，何氏仍然毫不動心，坐在一邊愁雲滿臉，滴酒不飲。宋康王一個人喝了幾杯，幾次同何氏搭腔講話，何氏卻一概不理。他覺得沒趣，心裏一惱火，忍不住兇相畢露，向何氏撲去。何氏猛地站起，神情既淒傷，又凜然：“昏王，你謀夫奪婦，不仁不義，必將遭到世人唾罵。你要我屈從，真是做白日夢！”她邊罵邊退，説完，急轉身撲向雕欄，縱身從台上跳下。宋康王大驚失色，台上一片混亂。侍從急步奔下台搶救，但何氏已氣絕身死。侍從在何氏身上發現一幅白綾，上面墨跡淋漓，就拿上台交給宋康王。宋康王展開白綾，只見上面題着兩首《烏鵲歌》：“南山有烏，北山張羅。烏自高飛，羅當奈何！”“烏鵲雙飛，不樂鳳凰，妾是庶人，不樂宋王。”表明她對宋康王寧死不屈的反抗，與對韓憑忠貞不渝的愛情。詩後還附寫願與韓憑合葬。宋康王惱羞成怒，故意讓人把韓憑、何氏的屍體分埋隔開幾丈遠的兩處，並指着墳墓嘲笑道："既然你們如此相親相愛，那就應該使墳墓緊緊相連起來啊！"

然而，奇怪的事情發生了。第二天，兩座墳墓上都長出了一棵大樹，而且，樹幹都彎曲生長，互相靠近。樹越長越大，才過半天，兩棵樹的樹枝就交錯在一起。人們稱它為相思樹。同時，樹上又出現了一對鴛鴦，朝夕鳴叫，聲音悽楚。人們都很同情韓憑夫婦，憎惡宋康王，喜愛《烏鵲歌》所表現的不屈於帝王淫威的鬥爭精神。

（王國安）

原文

烏鵲歌

戰國宋·何氏

一

南山有烏，北山張羅。
烏自高飛，羅當奈何！

二

烏鵲雙飛，不樂鳳凰。
妾是庶人，不樂宋王。

漢 代

漢朝公主出塞

公元前二世紀，原居住在今甘肅西部的烏孫國，受到強敵匈奴的驅趕，被迫離開世代居住的家園西遷，最後在伊犁河流域定居下來，重建了烏孫國。伊犁河兩岸土地肥沃、水草豐茂，是優良的天然牧場，移居於此的烏孫國很快發展成古西域最大的遊牧國家，並以盛產良馬而著名。漢武帝為了聯合西域諸國，共同抗擊匈奴，於公元前 115 年派遣張騫出使西域。張騫歷盡千難萬險，終於到達烏孫國，送給他們大量的牲畜和金帛。作為大漢使節，張騫受到了烏孫人的隆重歡迎。烏孫王了解到漢朝的繁榮強盛後，決定取消王號，向漢朝稱臣，締結共擊匈奴的盟約。因此，派遣了幾十名使者，來到長安朝見漢武帝，同時進貢了幾十匹駿馬。過了 10 年，烏孫國王用一千匹駿馬作聘禮，向漢朝求婚。

出於政治上的考慮，漢武帝答應下了這門親事，他將江都王劉建的女兒劉細君作為公主，許配給烏孫王昆莫。公元前 105 年 8 月，劉細君離開長安。隨她一起西行的有大批內地工匠和藝人，他們給烏孫國帶去了先進的中原文化和生產技術。遠涉千山萬水，穿越大漠戈壁，劉細君一行如同出塞的孤蓬，在西風古道上艱難行進，灑落在絲綢之路上的，是一行行的思鄉淚。劉細君遠嫁烏孫後，生活十分不幸。烏孫國王老邁，言語不通，吃的、穿的、住的都跟中原不一樣，她心中非常難受，常常獨自對着鏡子，看着自己日趨消瘦的臉龐，顧影自憐。西風漸緊，眺望着南飛的秋雁，劉細君百感交集，思鄉情切，她流淚寫下一首《悲愁歌》。希望自己能像南飛的黃鵠，有朝一日回到自己的故鄉。

南歸的漢使將劉細君的情況向漢武帝作了彙報，武帝聽後十分憐惜她。每隔一年，漢武帝就派使者去看望劉細君，賜給她綢緞、珠寶等貴重物品。使劉細君異常高興的並不是豐厚的金玉珠寶，而是可以見到家鄉的親人，聽到熟悉的鄉音，了解到家鄉的情況。後來，烏孫王又要把劉細君嫁給自己的孫子岑陬。劉細君心裏百般不願，對着南來的漢使傾訴心中的痛楚，希望漢武帝能將她領回去。可是漢武帝一心要聯絡烏孫共擊匈奴，沒有同意，並寫信給她，要她尊重烏孫國的風俗習慣。劉細君沒辦法，只得再嫁岑陬。最後，漢朝的公主帶着無法還鄉的遺憾，老死在烏孫國。

（凌皞）

原文

悲愁歌

西漢•劉細君

吾家〔1〕嫁我兮〔2〕天一方，遠託異國兮烏孫王。

穹廬〔3〕為室兮氈〔4〕為牆，以肉為食兮酪〔5〕為漿〔6〕。

常思漢土兮心內傷，願為黃鵠〔7〕兮還故鄉。

註釋

〔1〕 吾，我。吾家，指漢朝，因為劉細君是以漢朝公主的名義嫁給烏孫王的。

〔2〕 兮，語氣詞，相當於現代漢語中的“啊”。

〔3〕 穹廬，遊牧民族居住的氈帳。

〔4〕 氈，用獸毛碾合成的片狀物。

〔5〕 酪，牛羊等動物的奶汁或乳製品。

〔6〕 漿，古代一種帶酸味的飲料，中原人用它來代酒。

〔7〕 黃鵠，鳥名，大天鵝，和普通的白天鵝不同。

李陵酬別蘇武

公元前100多年時，漢朝名將李廣的孫子李陵、蘇建的兒子蘇武都因祖先的功勳而被漢武帝任為侍中。那時，他們都很年輕，又一起出入宮闈，彼此間建立了深厚的友誼。

公元前 101 年，匈奴的單于病死，新單于繼位時唯恐漢朝乘機攻襲，便將以前扣留的漢朝使節全部送回。漢武帝十分高興，命蘇武充任使節，率領副使張勝、常惠等 100 餘人也將過去扣留的匈奴使臣送回本國。此時，降漢後又被匈奴俘獲的匈奴緱王及虞常等人，準備逃回漢朝。蘇武一行抵達匈奴後，虞常因與張勝熟識，就告訴張勝，他能射死叛降匈奴、為漢武帝痛恨的衛律。張勝未與蘇武商議，竟擅自予以支持。不久，乘單于外出打獵時，虞常糾集 70 餘人準備行動。當晚，因事前洩密，被單于子弟發兵鎮壓，結果緱王戰死，虞常則被生擒。至此，張勝不得不把他與虞常的密謀告訴蘇武。蘇武大驚，說：“這樣的事件，必定會牽累我。作為漢朝使節，在受到匈奴的欺辱後再死，更加有負於國家。”說罷，便準備自殺。被張勝、常惠勸阻下來。單于命令衛律查處這一案件。衛律在審訊虞常時，虞常果然供出與張勝密謀一事。單于大怒，派衛律去召見蘇武等，命蘇武等向匈奴投降。蘇武寧死不屈。然而，蘇武越是堅貞不屈，單于越是要他投降。單于將蘇武囚禁在地窖中，並在大雪紛飛的嚴冬不給他點滴飲水和食物。蘇武只得躺臥在地，吞食雪和獸毛，以此來維持生命。後來，他們把蘇武徙至北海的無人處，命他放牧公羊，說是要到公羊產奶，才讓他返回漢朝。在遙遠、荒涼的北海，蘇武缺少食物，常常挖掘野鼠洞，靠洞中的草籽來充飢。儘管萬分艱辛，他在牧羊時一直緊握由漢武帝授予、作為漢使象徵的漢節，幾年下來，漢節的節旄全都脱落了。但他誓不叛漢的決心卻毫不動搖。

匈奴扣留蘇武一行後，漢武帝於公元前 99 年派貳師將軍李廣利率領三萬騎兵進攻匈奴，並派此時任騎都尉的李陵為李廣利押運輜重。李陵帶領 4000 多名步兵，深入匈奴，遭遇匈奴大隊騎兵。漢軍殺敵甚多，匈奴單于惱羞成怒，調全國騎兵之力打敗了李陵。李陵邊戰邊退，快到邊境時，士兵普遍受傷，箭盡力竭，全軍覆沒，李陵被俘後投降匈奴。

當然，此時的李陵尚未真心投降，他是打算效仿漢朝的名將趙破奴，在日後伺機逃回漢朝，然後興兵雪恥。漢武帝獲知李陵投降，又誤信李陵幫匈奴練兵的消息，大怒，誅殺了李陵的母親、兄弟和妻子。李陵在獲得闔家被殺的消息後異常悲憤，遂決意留居匈奴。單于也加意籠絡，將女兒嫁他為妻，還立他為右校王。李陵變節後一直未敢與蘇武見面。多年後經單于派遣，李陵才來到北海，為蘇武置酒設樂，告知有關他的兄弟皆因小事被朝廷逼死，以及母親病死、妻子改嫁等情況，還抨擊漢武帝喜怒無常，濫殺大臣，勸他別再"自苦如此"。蘇武的信念絲毫未被動搖，他要李陵"勿復再言"。數日後，李陵準備再次勸說，蘇武便斬釘截鐵地答道："你一定要我投降，我就效死於你的面前！"李陵淚下沾襟，喟然歎道："嗟乎，義士！李陵與衛律之罪上通於天！"

又過了好幾年，在漢昭帝時代，新繼位的匈奴單于與漢朝再次和親。漢朝要匈奴送回蘇武等人，匈奴則詭稱蘇武已死。後來，漢使再次來到匈奴。跟隨蘇武出使的常惠就在夜間求見漢使，告訴他蘇武尚在北海，並教他對單于說，漢昭帝在上林苑射中一雁，雁足繫有帛書，上書蘇武尚在某處。單于聞說後大為吃驚，只得同意讓蘇武等返回漢朝。蘇武臨行前，李陵置酒為他餞行。席間，李陵祝賀蘇武"揚名於匈奴，功顯於漢室"，亙古以來無人比他更忠於國家。接着，他也訴說了自己的衷腸：他本來並非真降，但因闔家都被殺戮，才斷絕了回國之念。說着，李陵離席起舞，唱出了悲涼的別歌："徑萬里兮度沙幕，為君將兮奮匈奴。路究絕兮矢刃摧，士眾滅兮名已隤。老母已死，雖欲報恩將安歸！"歌罷，李陵泣下數行，與蘇武訣別。

蘇武羈留匈奴達 19 年，出使時他正值壯年，回國時鬚髮盡白。他無愧於中華民族傑出愛國者的稱號。李陵的悲劇雖由多種原因造成，但他畢竟有虧大節。在民族氣節方面，這兩個年輕時的好朋友竟成了極為鮮明的對照。

（費成康）

原文

別歌

西漢•李陵

徑[1]萬里兮度沙幕[2]，為君將兮奮匈奴[3]。

路究絕兮矢刃摧，士眾滅兮名已隤[4]。

老母已死，雖欲報恩將安歸！

註釋

〔1〕 徑，經過。

〔2〕 沙幕，即沙漠。

〔3〕 奮，奮擊。奮匈奴即擊匈奴。

〔4〕 隤，墜落，喪敗。

恩情中道絕

西漢成帝時，越騎校尉班況的女兒天生麗質，賢慧有才。漢成帝聽説後，下旨選送後宮。班氏入宮後，深得成帝寵愛，不久，被封為婕妤（妃嬪的稱號），後人就稱她為班婕妤。

有一天，漢成帝在後園遊玩，讓班婕妤跟他同乘一車。班婕妤卻搖手推辭。成帝感到很奇怪，臉上有點不高興，班婕妤見了趕緊跪下來請罪。班婕妤説："能與陛下同乘是臣妾的榮幸。但古代聖賢圖像上所畫賢明的帝王都是讓著名的賢臣坐在一旁，卻沒有和女子同遊的。只有夏桀、商紂這些亡國昏君才和女子乘車同遊。所以我不能與陛下同車遊玩。"漢成帝聽後，仔細想了想，認為她講得有理，就十分敬重地將她攙扶起來，而沒有怪罪她。有人將此事稟告成帝的母親王太后。王太后高興地稱讚道："班婕妤這樣懂得禮節，真不愧為名門之後！"

可是，忠直易疏而讒媚易進。不久，漢成帝又迷戀上趙飛燕與趙合德姐妹。趙飛燕長袖善舞，使漢成帝終日沉湎於聲色之中，專寵於她一身，荒廢了朝政，疏遠了一班後妃。趙飛燕為了謀取皇后的寶座，玩弄陰謀，誣告成帝的結髮妻子許皇后暗中請巫祝詛咒皇帝，同時誣陷班婕妤也參予了。漢成帝聽了大怒，便下詔廢了許皇后。漢成帝又傳訊班婕妤，她從容回答說："皇上，臣妾立身正道，尚且沒有什麼大的福份，搞歪門邪道，哪會有什麼指望？我不但不敢，也不屑做這種事！"漢成帝聽了很感動，便不再追究。可是，班婕妤知道趙飛燕姐妹一定不會輕易放過她，於是主動請求到長信宮去侍奉太后。漢成帝明白她的心思，便答應了。班婕妤住進長信宮，總算從是非之地脫了身。她一心一意侍奉太后，深得太后喜愛。白天她人前強顏歡笑，到了夜晚，一個人對着鏡子，回想起過去與成帝恩愛甜蜜的日子，不禁淚如滾珠。一天，她見宮女們將扇子收起，放進竹箱裏鎖了起來，恍恍惚惚地忍不住發問。一宮女告訴她，時已秋天，暑熱盡退，再也用不着這東西了。班婕妤聽了，觸景生情，想起自己遭遺棄、被冷落的不幸遭遇，淚流滿面，禁不住在團扇上寫下了這首五言古詩《怨歌行》。

漢成帝去世後，班婕妤感悼與成帝短短一段日子的夫妻之情，主動提出為成帝守陵園。秋風孤塚、白頭宮女，訴說着一個淒婉動人的愛情故事。

（凌皞）

原文

怨歌行

西漢•班婕妤

新裂〔1〕齊紈素〔2〕，皎潔如霜雪。
裁為合歡扇〔3〕，團團〔4〕似明月。
出入君懷袖，動搖微風發。
常恐秋節至，涼飆〔5〕奪炎熱。
棄捐〔6〕篋笥〔7〕中，恩情中道絕〔8〕。

註釋

〔1〕裂，裁剪開，扯開。

〔2〕紈素，精緻潔白的細絹。當時齊地出產的絲絹名聞天下，多為皇室、公聊之家所服享用。

〔3〕 合歡扇，團扇。

〔4〕 團團，圓形。

〔5〕 涼飆，涼風。

〔6〕 捐，捨棄。

〔7〕 篋笥，藏物的竹器。

〔8〕 中道，中途，半路，絕，盡，斷絕。

梁鴻歸隱

東漢詩人梁鴻，生於扶風平陵（今陝西咸陽市西北）一戶破落的官僚家庭。他來到世間才幾年，母親便去世，不久，父親也亡故了。梁鴻年幼，又值世亂家貧，只得將父親捲蓆而葬。梁鴻孤苦零丁，自幼備嘗人間辛酸。但他天資聰穎，好學不倦，又十分注重節操，深受人們的讚許。

東漢時，太學（高等學府）大為發展。梁鴻成年時，得到了進入太學深造的機會。在那裏，他勤奮攻讀，博覽群書，就是不願做學究文章。梁鴻完成學業之後，為了生計，便在上林苑中牧豬。一次，不慎失火，殃及人家房舍。他就主動去詢問損失情況，把全部豬作賠償。哪知這家主人還不肯甘休，囊空如洗的梁鴻，只得為他家作無償幫傭。梁鴻勤勤懇懇，並無怨言。可是，附近的幾位老翁卻為他深感不平，他們一起去責備那家主人，指斥他不該如此淩辱這樣一位有學問、有道德的人。那家主人被老翁們說得羞愧滿面，就把豬全數歸還給梁鴻。梁鴻堅辭不受，向眾位高鄰告別後，返回家鄉。梁鴻回到鄉里之後，當地一些有財勢的人家，慕其高節，接二連三的央人做媒，想把自家的女兒嫁給他。梁鴻一一婉言謝絕了。

同縣的一戶姓孟的人家，有個女兒叫孟光，貌醜而賢，梁鴻就很高興地娶了她，夫婦倆互敬互愛，十分相得。梁鴻娶了孟光不久，便雙雙隱居於霸陵山下。他們以耕田、織布為生。空閒時，便讀書操琴，作為娛樂。有一次，梁鴻東行出關，來到了京城洛陽北面的北邙山。他站在山上，往洛陽城裏眺望，首先映入眼簾的是那富麗堂皇的宮殿建築。梁鴻感慨萬千，不禁吟道："陟彼北芒兮，噫！顧瞻帝京兮，噫！"(登上那北邙山呵，唉！回首遠望京城呵，唉！）詩人浮想聯翩，每吟一句，總覺有萬話千言鯁在喉中，不由得長長地感歎一聲。"宮闕崔巍兮，噫！民之劬勞兮，噫！遼遼未央兮，噫！"(巍峨豪華的宮殿呵，唉！耗費了勞動人民多少血汗呵，唉！人們的苦難無窮無盡呵，唉！）吟誦至此，梁鴻不覺潸然涕下，濕透衣襟。這首詩共五句，每句以充滿感情的嘆詞作頓，所以稱為《五噫歌》。《五噫歌》抨擊了統治者的奢侈，表達了對勞苦人民的極大同情，不脛而走，一傳十，十傳百，被人們爭相傳唱，唱遍京城洛陽。漢章帝聽聞後，大為惱怒，當即下令去逮捕梁鴻。官衙差役趕到霸陵山中時，只見梁鴻家的茅屋空關，人影全無。原來，人們早已把風聲傳給了梁鴻、孟光。他們商議後，改名換姓，雙雙避居到齊魯（今山東）去了。

（倉陽卿）

原文

五噫歌

東漢・梁鴻

陟彼北芒[1]兮，噫[2]！顧瞻帝京兮[3]，噫！

宮闕崔嵬兮[4]，噫！民之劬勞兮[5]，噫！

遼遼未央兮[6]，噫！

註釋

〔1〕陟，登上。北芒，即北邙（máng）山，又稱北山，在今河南省洛陽市北。兮，語助詞，相當於"啊"。

〔2〕噫，感嘆詞，相當於"唉"。

〔3〕顧瞻，回首遠望。帝京，指東漢京城洛陽。

〔4〕宮闕，宮殿。闕，原指宮殿兩邊的門樓，這裏泛指宮廷建築物。崔嵬（wéi），高聳的樣子。

〔5〕劬勞，勞苦。

〔6〕遼遼，遙遠。未央，未盡，不已。

孔融臨終詩

孔融（公元153－208），字文舉，魯國（今山東曲阜）人，孔子20世孫。同陳琳、王粲、徐幹、阮瑀、應瑒和劉楨並稱“建安七子”。他的詩文風格獨特，體氣高妙，一直為後人所稱道。

孔融從小就很聰敏。4歲時，他與兄長們一起吃梨，自己揀了隻最小的。別人問他為什麼只吃小梨？他說：“我的年紀小，應當吃小梨。”從此“孔融讓梨”的故事，就成為千古傳頌的佳話。10歲那年，他隨父親到京師。當時河南尹李膺，以簡重自居，非當代名士和通家（世交），概不接見。孔融想要見李膺一面，看看他到底是什麼樣的人。於是，獨自登門拜訪。李膺並不認識孔融，便問他：“令祖、令尊與我果有世交？”孔融答道：“先祖孔子與君先人李老君同德比義，相為師友，豈非累世通？”李膺及在座的人聽了都嘖嘖稱讚他：“這個孩子，將來必成大器。”公元169年，孔融16歲，因為營救他哥哥的朋友張儉，和哥哥孔褒一同被連坐入獄。兄弟兩人在大堂上爭着頂罪。孔融說：“張公避難而來，是我收留，藏匿了他，天大的罪過，由我承當！”孔褒說：“弟弟並不認識張公，張公前來求我庇護，這罪責應當由我承當！”郡縣猶豫難決，申奏朝廷後，下詔判了孔褒的罪。而孔融也因此而出了名。

不久，司徒楊賜徵召他做屬吏。他在任期間，彈劾了不少貪官，其中多數是中官（宦官）的親族。儘管當時的宦官勢力很大，但他毫不畏懼，“言無阿撓”，直截了當地揭露他們的罪行。何進為大將軍時，孔融得人推舉，先後被任為侍御史、中軍候、虎賁中郎將等官職。公元189年，何進被誅，董卓專權。孔融對董卓的行為，常常發表匡正之言。所以不順董卓的心意，被調遷為議郎。那時黃巾軍在北方起義，北海郡首當其衝，董卓便暗示三府推舉孔融為北海相。孔融到任後，組織壯丁，練兵習武；設立學校，表彰儒家學說，收容流離失所的難民，推舉德才兼備的儒生。他在北海郡 6 年，做了不少符合眾望的事。當時，農民起義如火如荼。孔融"志在靖難，而才疏意廣，迄無成功"。幾次被農民軍打敗，又被袁譚驅逐，幾乎沒有容身之地。

建安元年（公元 196 年），漢獻帝遷都許昌，召回孔融為將作大匠（掌管土木營建的官），後又遷升少府。每次朝會，他能直言犯諫，朝廷很重視他的意見，公卿們也都附着他，因此，他的名望日顯。這時，正當曹操執政，孔融聽說曹操縱容兒子曹丕，霸佔袁熙的妻子，就寫信奚落曹操："武王伐紂，嘗以妲己賜周公。想明公有心仰慕古人，敢不拜賀？"曹操不解其意，還認為孔融博學多聞，定有所見。後來，曹操與孔融晤面，談起這封信的內容。孔融笑着說："這是我想當然。當時武王明聖，諒不致戮及美人，將妲己賜周公，豈不是兩美和諧麼？"曹操才悟出這是孔融譏諷他，便心懷忌恨。建安二年（公元 197 年），袁術僭位被誅。曹操以太尉楊彪與袁術是姻親，欲借機加害，以報私怨。孔融聽說此事，急忙去見曹操，勸阻他不能殺害楊彪。他對曹操說："楊公累世清德，四葉重光。《周書》上講'父子兄弟，罪不相及'。何況袁、楊只是姻親，袁術之罪與楊彪何干呢？若橫無辜，則海內觀聽，誰不解體？"曹操認為他言之有理，只得釋放了楊彪。曹操見孔融志大才高，名重海內，又不時向自己提出一些直率的意見，更加擔心孔融會妨礙自己的大業。表面上假裝容忍，暗底裏伺機加害，以"莫須有"的罪名免了孔融的官職。

（凌皞）

原文

臨終詩〔1〕

東漢・孔融

言多令事敗，器漏苦不密〔2〕。
河潰蟻孔端〔3〕，山壞由猿穴。
涓涓江漢流〔4〕，天窗通冥室〔5〕。
讒邪害公正〔6〕，浮雲翳白日〔7〕。

靡辭無忠誠[8]，華繁竟不實。

人有兩三心，安能合為一。

三人成市虎[9]，浸漬解膠漆[10]。

生存多所慮，長寢萬事畢[11]。

註釋

〔1〕這是孔融被曹操殺害前，在獄中寫下的一首五言古體詩。

〔2〕器，盛水的用具。苦，動詞，苦於。

〔3〕潰，崩潰，河堤被沖破。端，緣由。

〔4〕涓涓，細水慢慢地流。

〔5〕天窗，在屋面上用以透光或通氣的窗子。冥室，昏暗的房子。

〔6〕讒，說人壞說。害，妒忌。

〔7〕翳，遮蔽。

〔8〕靡，華麗。

〔9〕三人成市虎，謂有三個人謊報市上有虎，聽者便信以為真。比喻傳說的人一多，就容易使人誤假為真。

〔10〕這句話是說，即使黏性極強的膠和漆，在水裏浸泡也會被溶解的。

〔11〕寢，臥、睡。長寢，意思是死亡。

魏 晉 南北朝

老驥伏櫪

公元200年，曹操在官渡之戰中重創袁紹軍隊，聲威大振，迫使袁氏父子收縮兵力，退保冀州本土。袁紹眼看長期以來艱苦開創的基業毀於一旦，不由憂憤成病，一年多後，終於吐血身亡。袁紹生有三個兒子，少子袁尚相貌出眾，深得父親歡心。袁紹死後，將士們準備擁立長子袁譚，但袁譚和二弟袁熙都分兵駐守在外，謀士審配力排眾議，讓袁尚襲位為冀州牧。等到袁譚趕來冀州奔喪，面對袁尚定於一尊的既成事實，心裏非常不滿，一氣之下，袁譚率領少數部屬離開冀州，屯駐黎陽，自號車騎將軍。兄弟之間從此產生矛盾。202年，曹操攻袁譚，袁譚向袁尚求救，袁尚害怕袁譚得到士兵後不還，於是自領士兵救援。203年，曹操攻黎陽，大敗袁尚袁譚，二人退守鄴城。此時曹操聽說袁尚和袁譚曾為爭權而互相不和，決定先行撤軍許昌，靜待二人自相殘殺。

果然，曹軍剛剛退走，袁譚和袁尚的人馬就在鄴城門外展開了激烈的交鋒，袁譚終因人少勢弱敗下陣來，奪路而走，袁尚一路緊追，山窮水盡的袁譚被逼得無路可走，心裏一橫派人星夜趕赴許昌去向曹操求救。曹操正中下懷，立即親自率軍北上。10月間，曹操大軍到達黎陽。這時袁譚的女兒正在黎陽城中，曹操特地把她接到軍府，讓自己的兒子曹整同她匹配成婚，以籠絡和安撫袁譚。204年夏初，曹操率軍進圍鄴城，並決漳水灌入城中。8月，城被攻破，袁尚從亂軍中脱身北走故安（今河北易縣東南），去投奔二兄、幽州太守袁熙。就在曹軍圍攻鄴城的時候，袁譚趁機出兵，先後佔領了甘陵、安平、勃海、河間等地。曹操得報後寫信給袁譚，譴責他忘恩背約，宣佈同他絕婚，接着就率領部隊轉向進攻袁譚。袁譚手中這點兵力，自然無法同曹操對抗。僅僅過了幾天，袁譚和妻兒就全部落入曹軍之手，被曹操下令處死。

平定袁譚以後，曹操並沒有馬上返回許昌。因為袁熙和袁尚還盤踞在幽州沒有消滅，於是他派出密探到幽州去打聽消息，得知袁氏兄弟為部下叛將所逼，已經逃往三郡烏桓。烏桓是東北地區的遊牧民族，散居在右北平、遼西、遼東三郡邊境一帶，戰士都熟習騎射，驍勇善戰。尤其是遼西烏桓的蹋頓部族實力最強，過去得到過袁紹的厚待，現在全力支持袁氏兄弟。為了斬草除根，以絕後患，曹操決定出塞遠征烏桓。曹操引軍北出盧龍要塞，攀登峻嶺，穿越深谷，長途跋涉五百多里，終於在白狼山同袁尚、袁熙及烏桓軍隊相遇。白狼山之戰曹軍大獲全勝，一舉擒殺敵方20多萬人，袁氏兄弟帶着幾千騎兵突圍逃走，前往襄平去投奔遼東太守公孫康。戰鬥結束以後，曹操下令班師南歸。有人請他乘勝東進，去追捕袁尚、袁熙兄弟，曹操笑着回答說："此事無需勞動諸君了，用了不多久，公孫康就會把袁氏兄弟的腦袋送來給我。"

10月的遼西寒風凜冽，大地上到處覆蓋着一層皚皚的冰雪。大雁在高空中長鳴，振翅南飛，激起了將士們強烈的思鄉之情。經過了幾天的連續行軍，曹操來到了渤海之濱的碣石山下。碧波萬頃的大海，浩渺澄澈。海面上散落着星星點點的小島。水天相連之處，長空萬里，雲影徘徊，顯得無比壯觀。度過了長期戎馬生涯的曹操感到心曠神怡，胸襟格外開闊。他沿着海灘按轡徐行，滿懷詩情不禁油然而生。他借用樂府古曲吟成了一首《步出夏門行》，詩的前半部分用凝練生動的筆墨，描繪了"東臨碣石，以觀滄海"，"秋風蕭瑟，洪波湧起"，"天氣蕭清，繁霜霏霏"等北國初冬的壯美景色……在詩的最後一章，他又以"老驥伏櫪，志在千里；烈士暮年，壯心不已"這樣擲地有聲的話語，抒發了自己堅定遠大的政治抱負和鋭意進取的奮鬥精神。千百年來，這首風格濃郁、富有哲理的古詩，成為人們歷久傳誦的名篇。就在曹操回師許昌的途中，公孫康果然派人送來了袁尚、袁熙兄弟的首級。諸將都對曹操的料事如神感到十分驚奇，曹操說："公孫康向來畏忌袁氏兄弟，進逼則促其勾結，撤軍則待其相殘。這件事情又有什麼可奇怪的呢！"

（金文明）

原文

步出夏門行[1]·龜雖壽

魏·曹操

神龜雖壽[2]，猶有竟時[3]；
騰蛇乘霧[4]，終為土灰[5]。
老驥伏櫪[6]，志在千里；
烈士暮年[7]，壯心不已[8]。
盈縮之期[9]，不但在天[10]；
養怡[11]之福，可得永年[12]。
幸甚至哉，歌以詠志。

註釋

〔1〕步出夏門行，古樂府相和歌瑟調曲名，又名《隴西行》。
〔2〕神龜，傳説中壽命很長的動物。壽，長壽。
〔3〕竟時，窮盡的時候。
〔4〕騰蛇，傳説中的神蛇，能騰雲駕霧而遊於空中。“騰”一作螣。
〔5〕土灰，塵土。終為土地灰，最終也要死亡，化為塵土。
〔6〕驥，千里馬。櫪（lì 曆），馬槽。
〔7〕烈士，有志建功立業的人。暮年，晚年。
〔8〕壯心，宏大的志向。不已，不停息。
〔9〕盈縮之期，指壽命長短的時間。
〔10〕不但在天，不僅決定於天。
〔11〕養怡，同“怡養”。安樂保養。
〔12〕永年，長壽。

曹植賦詩悼友

曹植，字子建，是三國時期魏武帝曹操之子。他自幼穎慧，10多歲時已能誦讀詩論賦數十萬言，深得曹操寵愛。曹操在鄴城（今河北省臨漳縣西）建造銅雀台，叫他所有的兒子都登台為賦，來慶祝銅雀台的落成。19歲的曹植第一個寫好“銅雀台賦”，曹操見這篇賦寫得文采飛揚，讚賞不已。曹操手下一些頗有才華的文史，如楊修、丁儀、丁廙，都和曹植友善，經常一起切磋學問、評論詩文。丁儀常在曹操面前稱讚曹植的博學明達，希望能立為世子。曹操也有這個意思。當然，曹植也有不少缺點。如任性，飲酒毫不節制，而曹丕正和他相反，“嬌情自飾”。在曹操左右的一些宮人，經常誇讚曹丕。曹操經過仔細觀察以後，便立曹丕為世子。

曹操既以曹丕為嗣，想到楊修他們都站在曹植一邊，將來如果兄弟爭王，豈不禍國禍家。而楊修仍有謀略才智，而且又是政敵袁氏的外甥，便找岔子殺了楊修。這樣，曹植就十分惶懼了。公元219年（建安二十四年），曹仁被蜀將關羽包圍，曹操打算封曹植為南中郎將，率兵援救曹仁。曹丕事先知道這件事，請曹植去喝酒，把他灌得爛醉，等曹操派人傳話時，他已醉得不能受命。曹操為此大怒。第二年正月，曹操病逝。大臣們擁曹丕即魏王位，漢獻帝派御史大夫華歆授他丞相印、領冀州牧。曹丕不放心他的弟弟們，命令鄢陵侯曹彰、臨菑侯曹植等人各回自己的封地。

不久，臨菑監國謁者（官名）灌均知道曹丕疑忌他的兄弟，便上書控告曹植，説“臨菑侯植醉酒悖慢，劫脅使者。”曹丕一方面讓有司定他的罪，一方面又表示仁愛，僅僅貶他為安鄉侯。但是曹植的兩位好友，現任右刺奸掾（官員）的丁儀和黃門侍郎丁廙卻被明令處死。曹丕不但殺了丁儀、丁廙兩兄弟，而且殺盡了他們兩家所有的男丁。曹植聽到這個不幸的消息，悲憤欲絕，他痛定思痛，寫了一首《野田黃雀行》來傾訴他無法解救朋友的隱痛。“高樹多悲風，海水揚其波。利劍不在掌，結友何須多。”唉，自己無權，交那麼多朋友有什麼用！“不見籬間雀，見鷂自投羅？羅家得雀喜，少年見雀悲。拔劍捎羅網，黃雀得飛飛。飛飛摩蒼天，來下謝少年。"少年是作者假想的力量有援救的人。曹植自己當時也是網羅裏的黃雀，只得求助於別人了。

公元220年，曹丕廢了漢獻帝自立。到了黃初四年(公元223年)曹植、曹彰和白馬王曹彪一同入朝。曹彰到洛陽後不明不白地死了。曹彪回國，曹植希望和弟弟同路東歸，但監國謁者灌均不給他這個自由。他十分憤慨，寫了有名的《贈白馬王彪詩》七章，第三句中"鴟梟鳴衡軛，豺狼當路衢，蒼蠅間白黑，讒巧令親疏"等句，就是痛罵灌均那個傢伙的。曹植死於公元232年，只活了40歲。他一生寫下不少詩：前期作品大都描寫在鄴城的安逸生活和建功立業的抱負，後期作品充滿憤激情緒，抒寫不平之感和要求自由的心情。他的詩語言精煉、詞采華茂。南朝大詩人謝靈運曾讚許："天下才共一石，子建獨得八斗，我得一斗，天下共分一斗。"成語"才高八斗"便是由此得來。

(楊兆林)

原文

野田黃雀行

魏•曹植

高樹多悲風，海水揚其波〔1〕。
利劍〔2〕不在掌，結友何須多！
不見籬間雀，見鷂自投羅〔3〕？
羅家〔4〕得雀喜，少年見雀悲。
拔劍捎〔5〕羅網，黃雀得飛飛。
飛飛摩〔6〕蒼天，來下謝少年。

註釋

〔1〕高樹兩句，以樹高招風、海闊揚波，比喻才高易於招禍。是説環境的險惡。

〔2〕利劍，喻權力。

〔3〕鷂，鷹類，似鷹而小。羅，網，這句是説，雀見鷂後失魂落魄，自

投羅網。

〔4〕 羅家，指設羅捕雀的人。

〔5〕 捎，除。一作削。

〔6〕 摩，迫近。

曹植七步成詩

曹丕繼任魏王後不久便廢黜漢獻帝，自己做了皇帝。他君臨天下，高高地坐在御座上，心中好不得意。但是，有一件心事在折磨曹丕，他怕弟弟曹彰和曹植與他爭奪天下。特別是曹植，才學超群，不同凡響，當年曹操就曾動過立曹植為太子的念頭，在群臣中影響很大。想到這裏，曹丕殺心頓起。於是，曹丕藉口思念兄弟，派人專程去曹彰、曹植的領地召他們進京。曹彰、曹植欣然奉命，不料，剛進洛陽，就遭了軟禁。沒過幾天，曹丕又詭稱棗子剛熟，請曹彰入宮嚐新。當晚，曹彰中毒身亡。這下，群臣議論紛紛，母后卞太后也很氣憤。曹丕感到自己做得太露骨了，但他並不甘心就此罷休。

從這以後，曹丕對曹植突然變得親熱起來，不僅解除了對他的軟禁，還時常和他同輦出遊。人們都暗暗猜測：大概曹丕悔悟了吧！一天，曹丕宴請群臣。席間，他評詩論文，妙語連珠。突然，他話鋒一轉，指着曹植說："皇弟詩賦誠佳，可惜連先王也曾疑心有人代筆。"曹植心高氣傲，一聽話中有刺，就冷冷地說："陛下如有疑惑，請當殿面試嘛！"這下，正中曹丕下懷，他趕緊說道："既然如此，就限你在七步之內寫詩一首，寫成則重賞，倘若不成，定按欺君定罪，處以極刑。"曹植這才明白自己中了曹丕設下的圈套。

群臣都暗中為曹植捏了一把汗，一個小內侍偷偷溜進後宮去稟報卞太后。曹植知道爭執也無用，就緩步慢行，醞釀詩句。他平素文思敏捷，還未走滿七步，就停下來一揮而就，把詩寫出來了。"唸吧！"曹丕見曹植寫得這麼快，有些吃驚。曹植不慌不忙，高聲吟誦，但語調中還是夾着一絲悲憤："煮豆燃豆萁，豆在釜中泣。本是同根生，相煎何太急？"這首詩運用了古代詩歌中傳統的比興手法，巧妙地通過豆萁在鍋下燃燒、豆在鍋中被煎熬的比喻，尖鋭地諷刺了曹丕迫害同胞兄弟的行為。群臣聽了，都大驚失色，一齊朝曹丕望去。曹丕知道事情弄僵了，他眼珠一轉，隨即滿臉堆笑地説："母后切莫誤會，朕是想試試皇弟的才學，並無他意，並無他意！"

於是，曹植躲過了一場殺身之禍。"七步成詩"的故事流傳開了，人們都紛紛稱讚曹植的詩才敏捷。同時，就稱那些文思敏捷、出口成章的人有"七步之才"。

（王國安）

原文

七步詩〔1〕

魏·曹植

煮豆燃豆萁〔2〕，豆在釜中泣〔3〕。
本是同根生，相煎何太急〔4〕？

註釋

〔1〕相傳曹丕做皇帝後，迫害弟弟曹植，命令他在走七步路的短時間內做成一首詩，做不成就處死。曹植就做了這首詩。這首詩另有一種版本是六句。

〔2〕豆萁(qí)，豆的莖稈。這句是説，煮豆用豆萁當柴燒。

〔3〕釜(fǔ)，鍋子。泣，哭。

〔4〕這兩句用豆的口氣説，我們本來是同一條根上生出來的，現在你為什麼對我逼迫得這樣緊呢？相煎，煎是煎熬，這裏含有逼迫的意思。

謗議沸騰

嵇康，字叔夜，祖籍譙郡銍縣（今安徽宿州市西南），後移居於河南山陽（今河南修武縣東南），父親嵇昭早逝，嵇康由母親和哥哥撫育長大。年輕時代的嵇康，儀表堂堂，風度瀟灑。雖然他沒有得到名師教導，但十分注意學識與品德的修養，遍覽諸子百家，崇尚老莊哲學。當時的一些名士，如阮籍、山濤、向秀、劉伶、阮咸、王戎都樂意和嵇康交往。他們經常在山陽的竹林中聚會，飲酒賦詩，論辯老莊哲理，評論時政。時稱"竹林七賢"。 除了這些朋友之外，嵇康還和東平呂安極為友好。兩人相處雖遠，但呂安時常前來拜訪嵇康。兩人或者灌園種菜，或者一起打鐵，在勞動中尋找樂趣。

嵇康的聲名愈來愈大，受到魏宗室的垂青。在他 24 歲時候，與曹操的曾孫女長樂亭主結婚，隨遷郎中，不久，拜中散大夫，作了曹操政權的官，移家洛陽。中散大夫只不過是一個閒散官職。嵇康雖然無心於仕途，但與魏宗室結親，無異把自己投入當時政治鬥爭的漩渦中去。這時，司馬氏與曹氏爭奪政權的鬥爭十分激烈，公元 249 年，司馬懿誅殺政敵曹爽和傾向曹爽的一批名士。公元 254 年，司馬師殺掉魏君曹髦，改主曹奐，實際上已控制了曹魏政權。司馬師一面屠殺政治上的反對派，一面籠絡士族和名士。"竹林七賢"中的山濤，因與司馬氏有親戚關係，出任選曹郎的官職。阮籍、劉伶為了避免受到迫害，也不得不與司馬氏敷衍，陪宴侍坐，充任閒官。王戎、阮咸亦開始進入仕途。只有向秀專心著作《莊子解隱》，還不時到洛陽和嵇康一起打鐵，暢敘舊誼。

有一次，嵇康和向秀正在院外的大柳樹下打鐵，太傅鍾繇的小兒子鍾會帶來一批賓客，前來尋訪的嵇康。嵇康看出鍾會的來意，故意揚錘不停，繼續打鐵，旁若無人。弄得趾高氣昂的鍾會很尷尬。鍾會立了好長一段時間，見嵇康故意不搭理他，打算回去，嵇康上前問道："何所聞而來？何所見而去？"鍾會悻悻地答道："聞所聞而來，見所見而去！"由此對嵇康深為銜恨。

公元 261 年，山濤由吏部選曹郎升任散騎常侍。他出於為司馬網羅人才的目的，舉薦嵇康接替他原來的職務。嵇康知道後，憤然寫了《與山巨源（山濤的字）絕交書》。在這封書信中，他譴責山濤為司馬氏羅致奴才的企圖，表示和山濤斷絕友情，更申明自己秉性疏懶，不堪禮法約束，不願做官的本志。在這封信中，還流露了不滿司馬昭陰謀篡魏的情緒，這刺痛了司馬昭的心。他立即派人從山濤處抄錄這封信的全文。鍾會和呂安的哥哥呂巽也趁機加油添醋、羅織罪名，企圖置嵇康於死地。原來，呂安有個哥哥呂巽，趁呂安外出之時，用酒灌醉弟弟的妻子徐氏進行姦污。事後，呂安徵求嵇康的意見，打算上表告發呂巽的罪行，並要休掉妻子。嵇康和呂安是至交，和呂巽也是朋友。為愛惜呂家的名譽，嵇康一方面斥責呂巽的禽獸行為，一方面勸說呂安家醜不可外揚。但呂巽害怕報復，遂先發制人，反誣告呂安不孝，呂安遂被官府收捕。嵇康義憤，遂出面為呂安作證，也被牽連入獄。在獄中，嵇康寫下這首《幽憤詩》，表達自己無辜遭受迫害的悲憤。後來，與嵇康素有恩怨的鍾會，趁機勸說司馬昭，將呂安、嵇康都處死。

（楊兆林）

原文

幽憤詩（節錄）

魏・嵇康

曰余不敏，好善闇人〔1〕。子玉之敗〔2〕，屢增惟塵〔3〕。
大人含弘，藏垢懷恥〔4〕。民之多僻，政不由己〔5〕。
惟此褊心，顯明臧否〔6〕。感悟思愆，怛若創痏〔7〕。
欲寡其過，謗議沸騰〔8〕。性不傷物，頻致怨憎〔9〕。
昔慚柳惠〔10〕，今愧孫登〔11〕。內負宿心〔12〕，外恧良朋〔13〕……

註釋

〔1〕 好善闇人，喜歡親近闇於事理的人。這裏"闇人"指呂安。闇，通暗。

〔2〕 子玉，春秋時楚大夫，為令尹子文所薦。後與晉國交戰，為晉軍打敗。

〔3〕 惟塵，《詩經・小雅・無將大車》："無將大車，惟塵冥冥。"鄭玄箋註："喻大夫舉小人適自作憂患也。"這裏以子文薦舉子玉終於造成日後楚國的失敗，比喻自己因為相信呂巽，反而受到陷害，遭到了災禍。

〔4〕垢、恥，指左右的小人。大人兩句，意思是說大人物胸懷宏大，能藏納垢恥。

〔5〕僻，邪。民之兩句，意思是說民眾行為所以多邪僻，是由於君王左右多邪人，政令不由己出所致。

〔6〕偏心，心胸狹隘。顯明，動詞，意即表時。臧否，善惡。惟此兩句，意思是說由於自己心胸狹隘，因此對事物善惡要加以議論。

〔7〕愆，過失。怛，痛。創痏，創傷。感悟兩句，意思是說感而覺悟，反思自己的過失，痛如割傷。

〔8〕謗議，指鍾會的譖言。

〔9〕性不兩句，意思是說，自己性格並不傷害別人，而常常招致人家的怨恨。

〔10〕柳惠，即柳下惠，春秋時人，堅持直道。這句說，從前曾自愧乏柳下惠那樣堅持直道的精神。

〔11〕這句說，現在悔恨不聽孫登的話，及早隱世避禍。

〔12〕宿心，即往日之本心，指慕養生之道。

〔13〕恧，慚愧。

左思與“洛陽紙貴”

西晉文學家左思，字太沖，齊國臨淄（今山東淄博市東）人。父親左熹，字彥雍，出身於小官吏。妹妹左棻，比左思小兩歲，左思母親早死，靠父親撫養成人。左思少年時代曾學過鍾繇、胡昭的書法，並學鼓琴，都沒有學成，他的長相也不怎麼好，還有些口吃。有一天，左熹的朋友來看左熹，無意中談到左思的學習情況。左熹說：“這孩子所知不多，讀的書比較少，不及我年少時。”左思聽了，很不是滋味，便發憤學習，閱讀了很多書籍。左思的妹妹左棻學習也很勤奮，寫文章、作詩都很好，才名遠播。在她 18 歲的時候，被晉武帝司馬炎選入宮中，拜為美人。於是，左思一家都搬到京師洛陽居住。

左思在洛陽期間，專心準備創作《三都賦》，整個書房堆滿了書、紙、筆。有時深夜偶得一句，便翻身起牀記下來。當時，賈謐為秘書監，薦舉左思做秘書郎。左思知道擔任秘書郎，可以閱讀朝廷內部的藏書及各種歷史檔案，這對他創作《三都賦》是極為有利的，所以在任職以後，他經常鑽在書堆中，閱讀了大理圖籍，搜集了大量資料。他沒有去過蜀地，為了要寫"蜀都"，他曾拜見過熟悉蜀地情況的張載，虔誠地向張載求教。當時，文壇上的名士陸機也曾打算寫"三都賦"，現在聽說左思在寫，不禁拍手大笑，便寫了一封信給他弟弟陸雲。信中說："這裏有個鄉下佬竟想作《三都賦》，等他寫好了，把它拿來蓋酒罎子吧！"

十年以後，《三都賦》終於完成了。好多人對這一作品的內容沒有作過研究，就隨便加以議論和責難，這使左思感到很苦悶。便把它拿去給當時一位著名的文學家張華去看。張華看了對左思說："你的《三都賦》寫得好極了，簡直可以和東漢張衡的《二京賦》相媲美。可惜沒有引起社會上的重視。你最好去請一些有學識、有名望的人士評介一下吧！"於是，左思懷着惴惴不安的心情，前去拜訪博學多才、享有盛譽的皇甫謐。皇甫謐讀完《三都賦》也跟張華一樣大為讚賞。並且為這篇賦寫了一篇序言。這樣一來，人們就爭着互相傳抄《三都賦》，使得洛陽的紙價一下子貴了好幾倍。從前那些責難過左思的人，如今都轉過來恭維他，連嘲諷他的陸機在讀了《三都賦》以後，也不得不連連稱讚。

然而，左思的官運並不亨通，他雖然與晉武帝攀上了親戚，但左棻是以文才而不是美貌被選入宮的，並未受到晉武帝的寵倖。而且兄妹見面都很難，更不用說晉武帝來提拔這位舅爺了。晉朝的等級森嚴，由於門第的限制，有才能而出身寒微的人只能屈居下位，而世族子弟卻依靠父兄功業竊據高位。左思借題發揮，寫了一首《詠史》詩，來抒發"英俊沉下僚"的不平。"鬱鬱澗底松，離離山上苗。以彼徑寸莖，蔭此百尺條。世胄躡高位，英俊沉下僚。地勢使之然，由來非一朝。金張藉舊業，七葉珥漢貂。馮公豈不偉，白首不見招。"他用松和苗做比喻，來批評門閥制度的不合理。左思的《詠史》詩共有 8 首，名為詠史，實為詠懷。他對當時門閥世族把持朝政的現實感到非常不滿，因而大聲疾呼，抒發了蔑視權貴的反抗精神。詩風雄渾，語言遒勁，高出於當時其他詩人。

左思曾依附過賈謐，是當時的"二十四友"之一。後來，賈謐因參與謀害太子，於永康元年（公元300年）被殺。同年的三月十八日，妹妹左棻也去世了。這兩件事對他震動極大。他開始退居宜春里。太安二年（公元303年）河間王的部將張方，作亂於京邑一帶，他舉家遷往冀州，幾年後病死。

（楊兆林）

原文

詠史（其二）

西晉·左思

鬱鬱澗底松〔1〕，離離山上苗〔2〕。
以彼徑寸莖〔3〕，蔭此百尺條〔4〕。
世胄躡高位〔5〕，英俊沉下僚〔6〕。
地勢使之然，由然非一朝。
金張藉舊業〔7〕，七葉珥漢貂〔8〕。
馮公豈不偉〔9〕，白首不見招。

註釋

〔1〕鬱鬱，茂盛貌。

〔2〕離離，下垂貌。苗，初生的草木。這兩句用澗底高大的青松，比喻出身寒門的賢士；用山上矮小的苗葉，比喻出身世族的庸才。

〔3〕徑寸莖，直徑僅一寸的莖稈。指山上苗。

〔4〕蔭，遮蓋。百尺條，指澗底松；條，樹枝。徑等之苗能遮蓋百尺之條，也是地勢使之如此。

〔5〕世胄，世家子弟。躡，登。

〔6〕下僚，小官。

〔7〕金張，指西漢宣帝時的大官金日磾和張安世。藉，憑藉；依靠。舊業，先人的遺業。

〔8〕七葉，七代。珥，插。貂，貂鼠尾。漢代凡侍中、中常侍等大官，冠旁皆插貂鼠尾作裝飾。珥漢貂是在朝做大官的意思。

〔9〕馮公，指馮唐，生於漢文帝時，武帝時仍居郎官小職。偉，奇偉不凡。最後四句，雖詠漢代史實，但作者所抨擊的卻是當時的社會。

張翰的蓴鱸之思

張翰，字季鷹，晉代吳郡吳縣人。他為人豪放不羈，喜歡彈琴，而且才思敏捷，寫得一手好詩文。當時人們把他同三國魏文學家、曾經擔任過步兵校尉的阮籍相比，稱他們為“江東步兵”。吳縣地處江南水鄉，碧波蕩漾的吳江從城南緩緩地流過，江中盛產菰米、蓴菜和肉味鮮美的鱸魚。張翰生長在這山青水秀的地方，不但文才詩思深得江山之助，而且從小就培養起熱愛家鄉的感情。

晉惠帝元康八年（公元 298 年），張翰已經 40 歲，仍然沒有一官半職。一天，他在閶門附近的江邊閒遊，忽然船上隨風送來一陣悠揚悅耳的琴聲，就立即停下來側耳傾聽。船漸漸靠岸了，張翰進艙一問，原來彈琴的人是會稽名士賀循。兩人一見如故，當下便促膝交談起來。賀循告訴張翰，自己這次是應朝廷的徵召去洛陽的。張翰聽了，也不向家裏人說一聲，當即就與賀循同船前往洛陽。一到洛陽，賀循就把張翰介紹給尚書顧榮。顧榮與張翰是同鄉人，當時在洛陽已經久負盛名，同文學家陸機、陸雲並稱“三俊”。他也喜歡喝酒彈琴，正好與張翰志趣相投，兩人很快就成了莫逆之交。

惠帝永康元年（公元 300 年），晉朝發生了一場宮廷政變。統率戍衛禁軍的趙王司馬倫，起兵殺死皇后賈氏和張華、裴頠等大臣，掌握了朝政。第二年正月，他又廢黜晉惠帝司馬衷，自己即位稱帝。由於顧榮才名出眾，趙王倫的兒子、大將軍司馬虔特地把他聘為長史。張翰看到趙王倫驕橫跋扈，不得人心，就極力勸顧榮辭去官職。顧榮雖然認為張翰說得很對，但由於當時所處的地位，他無法毅然決然地急流勇退。不久，齊王司馬冏聯合成都司馬穎、河間王司馬顒起兵討伐趙王倫。經過激烈的交鋒，三王聯軍終於打敗趙王倫的軍隊，攻進洛陽，迎接惠帝復位。齊王冏被拜為大司馬，留京輔政。顧榮由於當過司馬虔的長史，因而被作為“從逆之臣”逮捕治罪，後經營救獲釋出獄。

齊王冏入京之初，威望很高，百官群士都傾心歸附。顧榮、張翰也先後應召擔任了司馬府的主簿和東曹掾。齊王冏一掌握朝政，就立即大興土木，擴建府第；同時，為了設置大司馬府的各級官署，毀壞民屋幾百間，引起了京師百姓的強烈不滿。他還整天沉湎酒色，不理政事，也不去朝見惠帝；並且重用親信，對群臣頤指氣使，任意殺戮直言進諫的僚屬。齊王冏的倒行逆施，引起了張翰深深的憂慮。一天，他去見顧榮說：“天下紛紛，禍亂必將再起。我本是山林間人，對於功名富貴沒有什麼留戀，可你是知名人物，想要引退就難了。希望你明察明勢，善自珍重。”顧榮聽了，不由感傷地說：“我是多麼想和你一起歸隱林泉，同採南山蕨，共飲三江水，無憂無慮地安度餘年啊！”說罷拿過琴來，對着張翰彈了一首淒涼哀怨的古曲。兩位知友最後悶悶不樂地執手道別。

轉眼之間，深秋到了。西風捲着零落的枯枝敗葉在街頭飛舞，洛陽古城籠罩在一片蕭瑟之中。這時，張翰忽然想起三千里外的吳中正是蓴菜滿江、鱸魚肥壯的季節，心頭不由湧上了強烈的思鄉之情。他緩步走到窗前，朝着東南方向凝神遙望，低聲吟出了一首《思吳江歌》：“秋風起兮佳景時，吳江水兮鱸魚肥。三千里兮家未歸，恨難得兮仰天悲。”吟罷，他感慨自語：“人生貴在適志，我怎麼能為了功名爵祿，而在幾千里以外的異鄉長期做官呢？”於是他脫下身上的官服，叫僕人備好車馬，當天就離開洛陽，返回吳中。張翰走後，顧榮見齊王冏日益驕恣，預料禍亂不久即將發生。他想起張翰過去的告誡，就整天痛飲酣睡，不到府中理事。太安元年（公元 302 年）十二月，齊王冏在長沙王司馬乂、河間王司馬穎等聯軍的討伐下，兵敗被殺。顧榮由於事先在城中起兵響應諸王，所以沒有受到株連。司馬乂入城執政以後，他又被任命為長史。可是好景不長。為了爭權奪利，司馬乂和司馬顒之間又爆發了自相殘殺的戰爭。顧榮轉到成都王司馬穎部下擔任從事中郎。最後，他對殘暴腐朽的西晉諸王感到完全絕望了，才尋找機會離開洛陽返回家鄉。

西晉滅亡以後，晉元帝司馬睿在建康（今南京市）建立了東晉王朝。顧榮又應召出仕，直至永嘉六年（公元 312 年），得病去世，享年才 50 歲。顧榮的棺木被運回故鄉安葬。由於他生前喜歡彈琴，家人在靈位前放了一隻古琴。這時長期隱居的張翰仍然健在，得到噩耗後前來弔喪。他拿起古琴彈了幾曲，痛惜地歎道："顧君，你還能和我一起欣賞這美好的琴聲嗎？"

（曉津）

原文

思吳江歌〔1〕

西晉・張翰

秋風起兮佳景時，吳江水兮鱸魚〔2〕肥。
三千里〔3〕兮家未歸，恨難得兮仰天悲。

註釋

〔1〕《思吳江歌》，一名《秋風歌》。吳江，也稱松江、淞江，即今吳淞江。源出太湖，東流入海。張翰是晉代吳郡吳縣（今蘇州）人，而吳縣地近吳江。

〔2〕鱸魚，又稱四鰓魚。口大鱗細，體呈銀灰色，背部有小黑斑。盛產於吳江。肉味鮮美，作成魚膾更佳，古有"東南佳味"之稱。

〔3〕三千里，指洛陽到吳中的距離。

陶淵明歸隱田園

陶淵明（公元 365－427 年），潯陽柴桑（今江西九江西南）人，字元亮，一說名潛字淵明，人稱靖節先生，東晉時代傑出詩人。據說他的曾祖父是晉朝大司馬陶侃，祖父和父親都做過官。陶淵明受儒家教養很深，博學能文，任性自得。他的家境貧寒，子女有好幾個，單靠耕植維持不了全家的生活，正如他自己所說的“瓶無儲粟”，想不出什麼謀生的好辦法來。29 歲以後，陶淵明在親友們的勸說和推舉下，出任州縣官吏，然而不久便辭職回家。晉隆安五年他再度出山，為桓玄的幕僚，因看不慣官場的黑暗，不久又辭職回家。

公元 405 年（晉義熙元年），宋武帝劉裕平安桓玄的叛亂。陶淵明的叔父陶夔看到姪兒貧困，就把他推薦給劉裕。劉裕任命他為鎮軍參軍。幾個月後，陶淵明轉為彭澤（今江西湖口縣東）令。月薪只有五斗米。上任了兩個多月，有一天，一個縣吏對他說：“郡上派了一位督郵，將要來本縣視察，考核政績，你應當束帶拜見。”陶淵明歎了一口氣：“我不能為五斗米，折腰向鄉里小人。”就在這一天，他解下印綬，自動去職。回到家中，陶淵明百感交集，寫了一篇《歸去來辭》。賦前又寫了一段序。賦中說：“悟已往之不諫，知來者之可追。”後悔為生活所迫而違背自己的心願去做官，並抒發了歸家時的愉快心情和隱居的樂趣。

陶淵明退隱農村後，經常參加一些農活，對農村生活有所體驗，他寫了五首《歸田園居》，敍述鄉居的樂趣抒發自己閒適的心情。其中的第三首寫道：“種豆南山（指廬山）下，草盛豆苗稀。晨興理荒穢，帶月荷鋤歸。”記敍自己從早晨開始，到田間鋤掉雜草，整整忙碌了一天，直到月上東山的時候，才扛鋤回家。詩的後四句是：“道狹草木長，夕露沾我衣，衣沾不足惜，但使願無違。”這裏的“願”指什麼呢？就是自己隱居躬耕，不與世俗同流合污，並希望收成好。農村的生活雖然閒適，也有青黃不接的時候。陶淵明家中斷糧時，不得不向富有的鄰居借糧。他在《乞食》詩中寫道：“飢來驅我去，不知竟何之。行行至斯里，叩門拙言辭。”敍述了向人借糧的窘態。“主人解余意，遺贈豈虛來。談諧終日夕，觴至輒傾杯。”鄰里還算大方。陶淵明表達了自己感激的心情：“感子漂母惠，愧我非韓才。”陶淵明的居室也很差，“環堵蕭然，不蔽風日”。但他不以為苦，實踐“不慕榮利”的素志。“常以文章自娛，頗示己志，忘懷得失，以此自終”。他的妻子翟氏，也能和丈夫同甘共苦。

公元 410 年（義熙六年），陶淵明搬了一次家，從上京遷到南村（今江西九江市西南）。他為什麼要搬家？因為南村有些和他志趣相投的朋友，他早就想搬了，只是沒有條件。南村有鄉友張野、羊松齡、龐通之等人，經常到陶淵明家裏，談論歷史上的一些人物和事件。外面流傳什麼好文章，共同欣賞。文章中有不懂或者費解之處，一道剖析。他寫下《移居》詩，表達自己遷入南村後，與朋友們朝夕相處、談經論道的快慰。晉安帝義熙末年，朝廷徵他為著作佐郎，他不肯就職。當時王弘為江州刺史，很敬重陶淵明，想結識他，他也不去。

陶潛在農村度過了 22 年隱居的生活，卒於公元 427 年。他長於詩文辭賦。詩多描繪自然景色及其在農村生活的情景，詩中往往隱寓着他對腐朽統治者的憎惡和不願同流合污的精神。陶詩語言樸素、簡淨而優美，在藝術上有獨創性。後代的大詩人如李白、杜甫、白居易、蘇軾等都受到過陶詩的影響。

（楊兆林）

原文

移居

東晉・陶淵明

昔欲居南村〔1〕，非為卜其宅〔2〕。
聞多素心人〔3〕，樂與數晨夕〔4〕。
懷此頗有年，今日從茲役〔5〕。
弊廬何必廣，取足蔽牀蓆。
鄰曲時時來〔6〕，抗言談在昔〔7〕。
奇文共欣賞，疑義相與析〔8〕。

註釋

〔1〕 南村，在今江西省九江市西南。

〔2〕 非為句，《左傳》昭公三年引諺："非宅是卜，惟鄰是卜。"這句意思是說，昔日之所以欲居南村，是因為這裏有很好的鄰居，而不是為了吉祥的住宅。

〔3〕 素心人，心地質樸的人。

〔4〕 數，屢。數晨夕，謂朝夕相處。

〔5〕 從茲役，指移居到南村。

〔6〕 鄰曲，鄰居。

〔7〕 抗言，高談闊論的意思。在昔，往古之事。

〔8〕 析，剖析。

清官飲"貪泉"

廣州西北二十餘里處的石門泉水，清洌見底，味道甘美，文人墨客經過這裏，都喜歡品嚐題詠一番。但這條泉水，曾經卻有一個很壞的名字——"貪泉"，這究竟是怎麼一回事呢？

原來，西晉滅亡，東晉朝廷南渡以後，中國經濟的重心日益南移，位於嶺南的廣州枕山帶海，出產各種奇珍異物，是當時著名的商業中心之一。所以，許多貪財的官吏紛紛奔走鑽營去廣州做官。在廣州官衙裏，賄賂公行，貪污成風。一任又一任的官吏，無不盤剝百姓，搜刮寶物，鬧得怨聲鼎沸，人心浮動。東晉朝廷怕鬧出大亂子，也想革除這一弊端，便派著名的廉潔之士吳隱之出任廣州刺史。吳隱之很不滿當時官場上下貪污的惡習，決定去廣州整頓綱紀，煞除歪風。

吳隱之走馬上任，曉行夜宿，這一天來到了由北向南進入廣州的必經之處——石門。天暑口喝，他見道旁有一泓清泉，就下馬向泉邊走去。他正要舉瓢入泉，猛聽得耳邊有人說："大人，喝不得啊！"吳隱之回頭一看，見一個白髮老人，拄着枴杖向他走來。他正覺得奇怪，那老人已經走近，指着泉邊一塊石碑又說道："大人，你看！"吳隱之一眼望去，石碑上赫然刻着兩個大字——貪泉。"這是一條貪泉，喝了貪泉水，貪贓害百姓！"老人見吳隱之還不明白，就直截地明說了。吳隱之聽了更感到奇怪，就向老人仔細地打聽。原來，石門是由北向南必經之途。歷代官吏見石門泉水甘洌可口，個個都要品嚐一下，以示風雅。而入廣州後，又個個盤剝百姓，貪贓枉法，當地百姓見得多了，都氣憤地說："這真是一條貪泉啊！"就這樣，世代相傳，"貪泉"

的惡名就傳揚開了。從此，去廣州的官吏為了標榜自己的清廉，又都裝腔作勢，不再喝“貪泉”水。聽到這裏，吳隱之突然問道：“那麼，不喝泉水的官兒們，是否就清廉些呢？”“還不是一樣！”老漢憤然地說。吳隱之又笑着逼問了一句：“那麼，這同泉水是沒有關係的囉？”這時，泉邊陸續來了不少圍觀者，聽了這番對話，都哄然大笑。老人也情不自禁地笑了。吳隱之環顧四周，嚴肅地說：“貪財與否，在於人心，這同泉水毫不相干！”說到這裏，吩咐隨人遞過筆墨，在石碑上題了一首詩：“古人云此水，一歃懷千金。試使夷齊飲，終當不易心。”然後，他舉瓢入泉，連飲了三勺，笑着對父老們說：“我今日飲了這‘貪泉’的水，就任後是否玷污清名，請父老們拭目以觀吧！”

吳隱之告辭了石門父老，躍馬揚鞭而去。他上任後，大刀闊斧地掃蕩貪污，整肅風紀，懲辦了一批貪贓枉法的官吏，使廣州風氣為之一變。同時，他嚴以律己，非義之財，一概不取。平時，生活也很儉樸，一日三餐，不過吃些蔬菜和乾魚。吳隱之的這些廉政措施，收到了很好的效果，廣州的老百姓交口稱讚。而他飲“貪泉”而不貪的事蹟，也成了一時美談。從此，人們再也不叫石門泉水為“貪泉”了。

（王國安）

原文

酌貪泉詩

東晉・吳隱之

古人云此水，一歃懷千金〔1〕。

試使夷齊飲，終當不易心〔2〕。

註釋

〔1〕 這句是說，喝了一勺貪泉的水，就會產生渴望獲得千金的貪財的念頭。歃，飲。

〔2〕 這兩句借用古人作譬喻，表明自己決不會因任何外界事物而改變清廉的操守。夷齊，指伯夷、叔齊，他們隱居首陽山，採薇度日，不食周粟而死。古代常用他們來代表行為高潔、操守清廉的人。

詠燕抒懷

晉朝的衛敬瑜和王氏是一對恩愛夫妻。他倆相親相愛，互敬如賓。兩人都酷愛文學，經常在花前月下，吟詩誦文。一天晚上，衛敬瑜和王氏又並肩窗前欣賞皎皎明月。衛敬瑜對王氏說："我們夫妻情深，今晚明月為證，我們一定活着白頭到老，死後合墓同穴。"王氏聽了，連連點頭。可是，過了不久，衛敬瑜突然身患重病，臥牀不起。王氏四處奔走，求醫問藥；衣不解帶，日夜照料丈夫。但衛敬瑜的病情卻不見好轉，日趨沉重。終於，衛敬瑜不幸去世了。王氏悲痛欲絕，左鄰右舍，無不為她的不幸拋灑同情之淚。衛敬瑜死後，王氏的公婆和父母憐惜她年輕守寡，都勸她再嫁。她卻認為，當年夫妻曾經對天起誓，生死不負；現在丈夫雖已不在人間，她也決不背棄誓言，另嫁別人，於是拒絕了再嫁的建議。

在衛家庭院的屋簷下，有一個燕巢。每年春去秋來，都有一對燕子翩翩結伴往返。衛敬瑜生前和王氏都很喜歡這對比翼雙飛、形影不離的燕子。這一年春天，王氏準備了一些食物，期盼着雙燕歸來。日暮黃昏，王氏在閨房內忽然聽得燕語呢喃，"啊，雙燕歸來啦！"她高興地急步跑到庭園，可是，只看見一隻孤燕在低空來回飛翔，還不時發出淒厲的叫聲。王氏目睹這一情景，不禁觸動了傷心處，聯想起丈夫死後寂寞孤單的生活，不覺一陣心酸，潸潸淚水，奪眶而出。她隨手把食物撒在瓦楞上，悽楚地轉身回房去了。不久，秋風又起，樹葉紛紛凋零，燕子又要飛回南方避寒。深夜，王氏趁那隻孤燕在巢裏熟睡時，爬上扶梯，把牠輕輕按着，拿一條彩絲纏縛在牠的左腳上，做了個標記。王氏很想知道，明年是否仍舊是這隻燕子回巢。

冬去寒盡，冰融雪化，新柳吐綠，大地春回，一群群的燕子又紛紛歸來。王氏家的那隻孤燕也回來啦！牠腳上絲繩還在，而且仍然是隻影單飛，沒有伴侶。王氏深為感動，她當下輕輕地吟誦了一首詩："昔年無偶去，今年猶獨歸。故人恩既重，不忍復雙飛。"意思說，去年孤單單地飛去，今年又獨自飛回。死去的伴侶情誼深長，我怎忍再和其他燕子結伴雙飛呢？用孤燕的口吻，寄託了王氏對丈夫的一往情深。好詩不脛而走，很快就流傳開來。人們交口讚譽詩寫得好，更稱頌王氏對愛情的堅貞不二。

（小旻）

原文

孤燕詩〔1〕

晉・王氏

昔年無偶去〔2〕，今年猶獨歸。
故人恩既重〔3〕，不忍復雙飛。

註釋

〔1〕這首詩借孤燕的口吻，寄寓了作者對死去的丈夫忠貞不移的愛情。

〔2〕偶，配偶。

〔3〕故人，已死的人。這裏字面上指死去的燕子，實際上指作者死去的丈夫。

庾肩吾以詩明志

南北朝時，有個叫庾肩吾的人，從小聰明，8 歲已能寫詩。長大以後，做了梁朝的官員。梁武帝末年，朝廷不顧許多大臣的堅決反對，接受了野心勃勃的東魏大將侯景的投降。侯景降梁不久，就發動叛亂，打進建康（今江蘇南京），又攻入梁朝的宮城——台城（在南京雞鳴山南）。梁武帝被侯景囚禁在台城內，憤恨而死。於是，侯景便立梁武帝的兒子蕭綱繼位（簡文帝），控制了江南一帶地區。

當時，長江中上遊地區的梁朝將領不服侯景，紛紛起兵，抗拒叛軍。為此，侯景就假託簡文帝的詔書，派庾肩吾前往江州（今江西九江），招降鎮守江州的簡文帝的第二個兒子蕭大心。蕭大心見到簡文帝的詔書，就投降了侯景。但庾肩吾卻不願再跟從叛軍，就單身匹馬，悄悄地離開江州，向東逃跑。不料，庾肩吾剛跑到會稽（今江蘇吳縣），侯景的叛軍也打到了會稽，很快攻破了城池，庾肩吾被叛將宋子仙捉住。宋子仙知道庾肩吾很有才華，就對他說："聽説你很會寫詩，今天你可以寫首詩讓我看看，要是寫得好，我就不殺你。"並讓士兵立即拿來紙墨，放在庾肩吾的前面。

庾肩吾此時年已過 60，頭髮斑白，早把生死置之度外，他不假思索，揮筆寫道："髮與年俱暮，愁將罪共深。聊持轉風燭，暫映廣陵琴。"詩中，庾肩吾以三國時期著名文學家嵇康的悲慘結局自比，也準備赴死，所以在詩中説道："自己的年歲已大，現在遭受厄運，就像風中燭火一樣，馬上就要被風吹滅，但是自己卻不想苟且偷生，願學嵇康，從容赴難。"這首詩寫得真切自然，非常感人，充分表現了詩人的才學和氣魄。宋子仙看後，很是讚賞，就下令釋放了庾肩吳，並任命他為建昌縣令。庾肩吾表面上答應了，但到建昌後不久，又逃到了梁朝轄下的江陵（在今湖北），繼續擔任梁朝的官職。

（斯元）

原文

被執作詩一首

南朝梁•庾肩吾

髮與年俱暮〔1〕，秋將罪共深〔2〕。

聊持轉風燭〔3〕，暫映廣陵琴〔4〕。

註釋

〔1〕 指詩人年事已高，進入了暮年。

〔2〕 將，和的意思。這一句大意是，憂愁和罪孽也都很深重。

〔3〕 聊，姑且；持，拿着。轉風燭，指在風中隨時會熄滅的燭火。

〔4〕 映，照。廣陵琴，三國魏末，文學家嵇康因不願與欲篡曹魏政權的司馬氏家族合作，被殺。臨刑前，撫琴彈了一曲《廣陵散》。

險韻逞能

公元503年，一支威武雄壯的隊伍，猶如長龍婉蜒，浩浩蕩蕩，凱旋而歸，進入金陵（今南京）。為首的一員將領，濃眉虯鬚，披戴金盔金甲，威風凜凜。他叫曹景宗，是梁武帝手下著名驍將。原來，當時南北分裂。南方梁武帝蕭衍剛剛立國，北方鮮卑民族乘機屢次侵擾。這一次兵鋒直逼長江流域，情勢十分危急。於是，梁武帝委派曹景宗率軍迎擊。曹景宗深知鮮卑軍隊劫掠成風，倘若侵入南方，廣大民眾必遭塗炭。所以，他身先士卒，浴血奮戰。終於大破敵軍，獲得全勝。勝利歸朝的那天，金陵百姓紛紛擁上街頭，無不歡欣雀躍。

梁武帝見曹景宗立下赫赫的戰功，也十分高興，特意為他在光華殿設宴慶功。梁武帝愛好文學，每次宴飲總要大臣們吟詩聯句。這一次慶功會當然更不例外。酒過三巡，他就示意當時詩壇權威沈約"賦韻"。"賦韻"是作詩術語，指作詩前規定若干字為韻，然後各人分拈韻字，按照拈到的韻字寫詩。沈約手拿韻書，逐一給大臣們分派韻字。一些分到韻的大臣，也就紛紛潛心構思，低聲吟哦起來。這時，沈約走到了曹景宗案几前。曹景宗也在醞釀詩情。他這次出征，志在保衛國家，終於以少勝多，以弱勝強，很有感觸。但他是一介武夫，過去從不舞文弄墨，所以沈約沒給他韻字，就走了過去。曹景宗卻誤會了。他認為沈約看不起他，就氣憤地直接向梁武帝提出分韻賦詩的請求。梁武帝以為曹景宗喝醉了，怕他寫不成詩，在群臣面前出醜，於是婉言相勸說："將軍人才出眾，屢建戰功，何必在文墨場中爭一席之地呢？"但曹景宗執意不肯，梁武帝只得依從了他。這時韻字已差不多分完，只剩下"競"、"病"兩字。這兩個字在詩韻裏比較生僻，很難組織到詩裏去。這種艱僻的韻稱為險韻。熱鬧的宴會一下子變得鴉雀無聲，文官武將們的視線都集中的曹景宗身上。

曹景宗卻不慌不忙，濡筆沾墨。他把出征前後的情形和平素的志願，一氣呵成了四句詩。他朗聲吟道："去時兒女悲，歸來笳鼓競。

借問行路人，何如霍去病？”可不是麼？他出征前，小兒女怕父親從此不歸，分別時哭得那麼慘傷；而勝利歸來之時，凱旋的軍樂齊奏，又何等使人振奮。抗擊外族入侵，捍衛國家安全，像西漢抗擊匈奴的霍去病一樣受人讚頌，這是多麼值得自豪的啊！詩抒發了曹景宗的愛國思想和豪情壯志。文武百官聽了，齊聲喝彩。那次光華殿賦詩，一些文人才子的詩一句也未流傳下來，相反，武將曹景宗的這四句詩，由於感受真切，有血有肉，一直受到人們的喜愛和傳誦。

（小旻）

原文

光華殿賦詩

南朝梁・曹景宗

去時兒女悲〔1〕，歸來笳鼓競〔2〕。

借問行路人〔3〕，何如霍去病〔4〕？

註釋

〔1〕 去時，指出征時。

〔2〕 笳，胡笳，一種吹奏樂器。這裏“笳鼓”，泛指軍樂。競，爭着演奏。這句的意思説，勝利歸來，凱旋的軍樂齊奏。

〔3〕 借問，請問。

〔4〕 霍去病，西漢武帝時名將，在抗擊北方匈奴貴族戰爭中立有大功。漢武帝給他造住宅，他說：“匈奴未滅，何以家為？”

恩愛夫妻破鏡重圓

南朝陳的末代皇帝陳叔寶，有個才貌雙全的妹妹樂昌公主。公主的丈夫是任太子舍人的徐德言。夫妻倆情投意合，恩愛異常。當時，隋文帝楊堅統一了中國的北方，積極準備攻滅陳國。陳叔寶依恃有長江天險，不以為意，仍每天盡情遊宴，把國政拋在腦後。徐德言是個很有政治頭腦的人，預感到國家危亡，十分憂慮。一天，他把自己的擔憂説給樂昌公主聽，樂昌公主也為此而悶悶不樂。徐德言對樂昌公主説："天下大亂近在眼前，到那時，我們夫妻可能被拆散，但只要我倆情緣未盡，總會再度團圓。所以，應預先留下一件東西，作為將來相認的信物。"樂昌公主點頭同意了。於是，徐德言從梳妝枱上拿起一面圓形銅鏡，用劍把它劈成兩半，一塊留給自己，一塊交給樂昌公主，説："以後我夫妻一旦離散，你可以在每年正月十五那天託人把這半面銅鏡拿到京城市場上去叫賣。只要我還活着，就一定能打聽到，並且以我的半塊鏡子為憑，與你團聚。"樂昌公主接過半面銅鏡，哭着答應了。

不久，徐德言的預言果然成為事實。公元589年，隋文帝派他的二兒子楊廣為元帥，和越國公楊素一起領兵渡江南下。由於陳叔寶不理政事，邊防薄弱，隋軍很快就攻下了陳國都城建康（今江蘇南京），陳叔寶被俘，陳朝滅亡，徐德言被迫逃亡。楊素因為滅陳有功，獲得很多賞賜，其中包括樂昌公主等14個美女。樂昌公主因為才貌雙全，很得楊素的寵愛。楊素回到隋都大興（今陝西西安市），便把樂昌公主也帶到大興。樂昌公主雖然在楊素府中過着十分優裕的生活，但國破家亡，內心非常痛苦。只有在無人的時候，才偷偷取出銅鏡，一邊撫摸，一邊思念丈夫。而徐德言在逃亡途中，打聽到妻子可能到了大興，便千里跋涉，來大興尋妻。但人海茫茫，他怎麼也打聽不到妻子的消息。於是，徐德言就租了一間房子住下，抱着破鏡重圓的一線希望，耐心等待着正月十五的到來。

好不容易，正月十五這一日終於到了。徐德言起了個大早，懷揣着半塊銅鏡，來到熱鬧的市場。到了中午時分，他找到一個高聲叫賣半塊銅鏡的老人，就上前説道："老丈，我要買這半塊銅鏡。"説完，他把老丈請到附近一家小酒店，取出自己珍藏的半塊銅鏡，和老人的銅鏡拼接起來，果然成為一塊完整的銅鏡。徐德言不禁哭了起來。這老人是楊素家的僕人，受樂昌公主的囑咐來賣銅鏡的。他問清原委，説："你放心，我馬上回去向公主報告。"徐德言當場借來紙筆，寫下一首詩"鏡與人俱在，鏡歸人未歸。無復嫦娥影，空留明月輝。"寫完，把半面銅鏡和詩一起交給老人帶給公主。這首詩的大意是：鏡子與人一起失去，如今鏡子歸來了，人卻依舊沒有歸來。這好比月中沒有嫦娥的身影，只空留下明月的光輝。

樂昌公主見了丈夫保存的半面銅鏡和親筆詩，十分感傷，終日茶飯不思，啼哭不止。在楊素的再三追問下，她才吐露了實情。楊素聽了很受感動，決定讓他們夫妻團圓。他把徐德言叫來，當面把樂昌公主送回，並送給他們很多禮物，讓他們回江南去住。徐德言和樂昌公主叩謝了楊素的大恩，告辭而去，一起返回了江南家鄉。

（斯元）

原文

詠破鏡〔1〕

南朝陳・徐德言

鏡與人俱去，鏡歸人未歸。

無復嫦娥影〔2〕，空留明月輝。

註釋

〔1〕 鏡，古人所用的銅鏡。

〔2〕 嫦娥，神話傳説中的月中仙女。

花木蘭代父從軍

傳説在南北朝時，北魏有一個名叫花木蘭的姑娘，聰明美麗，紡紗織布、針線女紅，樣樣在行，而且武藝也很出眾，舞槍弄劍，彎弓射箭，技壓男兒。她的父母十分喜愛她。有一天，木蘭獨坐機房紡織，“唧唧復唧唧”，織布聲響個不停。但不一會兒，機聲突然停了，只見木蘭低着頭，不住地長歎，滿腹心事。原來，昨天夜裏，北魏皇帝發下了徵兵的文書，那名冊上面也有父親的名字。父親年邁體弱，自己又沒有兄長，小弟尚年幼，怎麼辦呢？木蘭苦苦思索了好長一段時間，終於決定自己女扮男裝，代父從軍。木蘭的父母得知女兒的想法，很不放心，但又沒別的辦法，只好答應了女兒的要求。

第二天，木蘭去市場，東南西北地到處奔波，買來了駿馬，配齊了鞍轡、韁繩、馬鞭，一身戎裝，英姿颯爽。沒過幾天，部隊就出征了。早晨，在城外大道邊，身着戎裝的木蘭辭別父母，踏上了征途。傍晚，她已宿營在黃河岸邊。她耳聽黃河洶湧的波濤聲，不禁想起年邁的父母：為保衛國家，遠征的女兒暫時聽不到你們熟悉的呼喚聲了。次日清晨，木蘭和夥伴們又離開了波濤滾滾的黃河邊，向北不停地行進。黃昏，部隊到達了黑山腳下。木蘭望着巍巍群山，耳聽着燕山一帶戰馬的嘶鳴聲，不由又想起了父母：女兒雖然聽不到爹娘親切的呼喚，但爹娘的諄諄囑咐，卻時刻在女兒耳畔迴響。

經過數日艱苦的行軍，渡過了萬重關山，木蘭所在的部隊終於到達了戰火紛飛的前線。在戰鬥中，木蘭總是奮勇當先，躍馬揮刀，出生入死，殺死了無數敵兵，立下了赫赫戰功。戰功卓著的木蘭不斷得到提升，沒過多少時間，她被任命為將軍，成為一隊精兵的統領。無數個夜晚，凜冽的北風傳送着軍營的打更聲，寒冷的月光映照着木蘭身穿的盔甲。戰士們在營帳中鼾睡，木蘭卻不辭辛勞地巡營。

一晃十多年過去了，經過無數次的浴血奮戰，犧牲了無數的將士，勝利終於來臨，木蘭隨軍凱旋班師。回到京城，木蘭受到皇帝的召見。皇帝見她如此年輕有為，立下了這麼大的功勞，就任命她做尚書，並賞給她大量的財物。皇帝問木蘭還有什麼要求，木蘭回答說："父母年邁，我不願做官，希望皇上能同意我解甲歸田，騎上千里馬，回到那生我、養我的故鄉去。"皇帝考慮了一下，同意了木蘭的請求。

聽說木蘭要回來了，她父母喜悅萬分，相互攙扶着趕到城外的大路上等候。木蘭的姐姐聽到妹妹要衣錦還鄉了，就換上新衣，對着鏡子梳妝打扮起來。已經長大的小弟弟，聽說姐姐要回家了，就把屠刀磨得飛快，殺豬宰羊，準備好豐盛的宴席，迎接遠征歸來的英雄。木蘭到家了，全家喜氣洋洋。木蘭走進從前的閨房，坐在牀上，脫下戰袍，換上女兒紅裝；取過銅鏡，仔細地梳理着烏雲般的鬢髮，在額頭貼上花黃（當時婦女的一種裝飾品）木蘭整好衣襟，走出門來，重新和送她回家的夥伴們相見。夥伴們都萬分驚訝："和木蘭並肩作戰了十二年，竟然不知道她是個姑娘！"後來，有人根據花木蘭的事蹟，編寫成一首長篇敘事詩《木蘭詩》。於是，木蘭代父從軍的故事就一直流傳了下來。

（斯元）

原文

木蘭詩（節選）

北魏•樂府

……

萬里赴戎機[1]，關山度若飛[2]。

朔氣傳金柝[3]，寒光照鐵衣[4]。

將軍百戰死，壯士十年歸[5]。

……

脱我戰時袍，著我舊時裳。

當窗理雲鬢，對鏡貼花黃[6]。

出門看夥伴，夥伴皆驚惶[7]。

"同行十二年，不知木蘭是女郎！"

雄兔腳撲朔，雌兔眼迷離。

兩兔傍地走，安能辨我是雄雌？[8]

註釋

〔1〕戎機，軍務，戰事。

〔2〕這一句形容行軍的迅速。

〔3〕柝，古代打更用的梆子。這一句意思是，凜冽的北風中，傳來打更聲。

〔4〕寒光，月光。鐵衣，鎧甲。

〔5〕這兩句大意是，將軍在上百次的戰爭中戰死了，英勇的壯士在出征十

年後，凱旋歸來。木蘭從軍十二年，此處說十年，是取其整數的說法。

〔6〕 花黃，古代女子的面飾。這兩句的意思是，木蘭回家後，梳妝打扮，恢復女兒裝飾。

〔7〕 驚惶，驚訝。

〔8〕 末四句大意是，兔子在不跑動時，公兔經常用腳爬搔不停，雌兔喜歡瞇着眼靜養。但是，當牠們貼地奔跑時，誰能分辨得出雌雄呢？以此形容木蘭在軍中，同夥伴們一樣馳騁，人們怎能分辨出她是男兒還是姑娘呢？

風吹草低見牛羊

南北朝時期，公元 546 年，東魏丞相高歡率領大軍攻打西魏要塞玉壁。西魏守將韋孝寬英勇善戰，富有膽略；東魏軍將士主要由鮮卑族人組成，作戰也十分勇敢。由於要塞險固，東魏軍苦攻五十餘天，還未能攻下。正在關鍵時刻，高歡又發病臥牀，於是東魏軍只得全軍撤退。西魏人探知消息，乘機大造高歡已被西魏軍射死的謠言，還編了首歌謠讓士兵到處唱：“大老鼠高歡，無故犯玉壁，弦響箭齊發，嗚呼歸黃泉。”歌謠傳到高歡耳中，他又氣又惱，但他明白，大敵當前，這個謠言到處擴散，必定會動搖軍心，後果不堪設想。於是，他掙扎着起牀，親自去各營寨安撫將士。

儘管戰局不利，但將士鬥志仍很旺盛，高歡見了十分高興。他轉身對大將斛律金說：“久聞將軍善歌，今日試歌一曲，如何？”高歡想用歌聲進一步振奮大家的精神。斛律金明白高歡的用意，毫不推託，一邊輕拍案几，一邊用鮮卑語揚聲高唱了一首北方民歌：“敕勒川，陰山下，天似穹廬，籠蓋四野。天蒼蒼，野茫茫，風吹草低見牛羊。”敕勒川是河流名字。陰山，在今內蒙古自治區中部。穹廬，即蒙古包。這首民歌出色地描繪了中國西北草原雄偉壯麗的景象和北方少數民族的生活：高朗的青天，無邊的草原，成群的牛羊。高歡聽着這熟悉的旋律，情不自禁地哼起來，一會兒，全體將領都加入了合唱。粗獷而又悠揚的歌聲傳出宮帳，頓時，整營整營的士兵都唱了起來，歌聲傳得很遠很遠……由於高歡抓住時機，振奮軍心，因此，大軍順利撤回，保全了軍隊主力。後來，這首民歌被譯成了漢語，題目就叫《敕勒歌》。直至今天，人們在講南北朝文學時，還必定要提到這首民歌哩！

（王國安）

原文

敕勒歌[1]

北齊•民歌

敕勒川，陰山下[2]，
天似穹廬[3]，籠蓋四野。
天蒼蒼，野茫茫[4]，
風吹草低見牛羊。

註釋

〔1〕這是一首描繪祖國西北草原壯麗風光的民歌。敕勒，種族名，北齊時居住在朔州（今山西省北部）一帶。川，平原。

〔2〕陰山，山脈名，橫亙於現在的內蒙古自治區中部，和內興安嶺相接。

〔3〕穹廬，北方遊牧民族所居住的圓頂氈帳，今俗稱蒙古包。

〔4〕茫茫，無邊無際，望不到盡頭。

隋 唐 五代

薛道衡詩驚四座

公元 581 年，北周丞相楊堅廢去靜帝作了皇帝，建立隋朝，即歷史上的隋文帝。其時南北雖仍然分裂，但也經常有使臣來往。公元 584 年冬，隋文帝楊堅派遣薛道衡出使陳朝。薛道衡（公元 540－609 年）是北方著名詩人，他那道《昔昔鹽》中的名句"空梁落燕泥"，在當時幾乎家喻戶曉。楊堅志在滅陳，統一中國；派薛道衡去，是想顯示一下北方文化的水平。陳朝君臣中，有許多愛好文學之人，對薛道衡慕名已久。

薛道衡奉詔從隋朝首都大興（今西安市）啟程，陸路行車，水路乘船，到達陳朝首都金陵（今南京市）已是第二年的正月七日了。民間傳説，正月初一是雞的生日，二日到六日分別是狗、豬、羊、牛、馬的生日，七日則是人的生日。於是，陳朝大臣們就在薛道衡抵達的當天晚上，為他設宴洗塵。席間，觥籌交錯，絲竹齊鳴，熱鬧非凡。薛道衡儀態不凡，舉止風雅，很博得南朝大臣們的讚賞。酒過三巡，陳朝尚書令江總站起來熱情地向薛道衡敬酒，隨後懇切地説道："久慕薛史詩名，南北千里，相見不容易。今日得瞻仰丰采，務請不吝賜教。"要求薛道衡當場賦詩示範。薛道衡本來就想顯露一下才華，只是不好意思主動獻技，聽江總如此説，正中下懷，便一口答應。問道："以何為題呢？""今日是人日，就拿'人日'為題吧！"江總隨口説道。薛道衡微微一笑，略作沉思，開口吟道："入春才七日，離家已二年。"薛道衡自去年冬天即離開長安，所以這樣説。

宴廳裏先是一片寂靜，接着有人開始竊竊私語，聲音越來越大："這算什麼詩？""哼！誰説這個人會作詩？""這樣的句子，虧他説得出口。"陳朝不乏詩才，自然看不上這樣俚俗平常的句子。江總也覺得這兩句詩太平常了。但有礙於薛道衡是隋朝使節，得罪不得，急忙向席間使眼色，示意大家注意禮貌。薛道衡見此情景，卻神態自若，毫不慌亂。他等席上的喧嚷聲安靜下來後，繼續朗聲續了兩句："人歸落雁後，思發在花前。”意思是説，我返回故鄉將落在春天北飛的大雁後面，但思鄉之情，已油然而生，比起春暖花開還要早得多啊！這真是兩句絕妙的好詩，極其切合薛道衡眼前的身份、思想和時令。陳朝大臣們明白了，他是故意用前兩句的平淡來襯托後兩句的雋逸和精巧，四句統一起來，便成了一首完整的好詩。於是，大家無不拍手喝彩，紛紛感歎道："名下固無虛士！"這就是説，有盛名的人固然有真才實學啊！

（小旻）

原文

人日思歸〔1〕

隋‧薛道衡

入春才七日，離家已二年。

人歸落雁後，思發在花前〔2〕。

註釋

〔1〕人日，中國古代傳説，夏曆正月一日是雞的生日，二日，三日，四日，五日，六日，分別是狗、豬、羊、牛、馬的生日；七日是人的生日。人日，即指夏曆正月七日。

〔2〕思發，這裏指思念家鄉的情緒的產生。花，這裏用作動詞，指開花。花前，春天到來以前。

西陸蟬聲唱

駱賓王，唐代義烏（今屬浙江）人。父親駱履元官為青州（在今山東）博昌縣令。賓王從小受到良好的教育，七歲就能賦詩，在親友中博得了神童的美稱。後來，父親在博昌得病去世，家裏的生活一下子陷入了困境，少年駱賓王不得不隨母親遷住兗州，在極端的貧困中苦度光陰。大約在二十一歲左右，駱賓王被唐宗室、道王李元慶聘為幕僚。李元慶曾先後擔任徐、沁、衛等州刺史，賓王在他麾下出謀獻策，對州裏的軍政事務提出過不少很好的見解，受到了李元慶的器重。公元 663 年，朝廷下詔命各地薦舉人才。李元慶讓駱賓王寫一篇《自敍狀》，陳述自己的長處，準備向朝廷推薦。駱賓王認為一個人的才能應當通過實績考察，自我誇耀是文人的恥辱。他婉言謝絕了上司對自己的特殊照顧。

後來，駝賓王離開了李元慶幕府，到京城長安去尋找出路。由於性格耿直，不媚權貴，三十歲那年就因事被貶往西域從軍，兩三年以後，又從塞外轉到四川。在很長一段時間裏，過着飄泊無定的遊宦生活。坎坷的經歷和仕途的失意，使駱賓王長期無法施展自己的抱負和才華。公元 678 年，駱賓王被調回京城長安擔任侍御史。由於不滿武則天的專權和達官貴族的奢侈腐敗，他曾經多次上疏朝廷進行諷諫。這些言辭犀利的奏章，終於觸怒了當權的官僚們。不久，駱賓王便橫遭誣陷，被朝廷以貪贓的罪名逮捕下獄。

關押駱賓王的監獄，是法曹的一處官署，位於禁垣西面。室外有幾棵古老的槐樹，濃密的樹陰覆蓋着森森的庭院。每當夕陽西沉、夜風蕭瑟的時候，枝頭的秋蟬便發出一陣陣淒切的鳴聲，撩撥得人心煩意亂。含冤無訴的駱賓王，在監獄中只關了十來天，兩鬢就平添了許多白髮。一天夜晚，他剛剛籠起雙袖坐在牆角邊閉目養神，忽然，一聲淒切的蟬鳴又從老槐樹上傳送了過來。駱賓王睜開眼側耳傾聽，覺得今夜的蟬聲低沉而滯澀，便站起身走近窗前向外一望，只見庭中月光淒清，霜露凝白，掠空而過的秋風吹得離枝的敗葉滿地飄舞，不由喟然歎息説："露重風多，小小的寒蟬怎麼能受得住啊！"蟬聲引起了駱賓王的聯想，觸發了他強烈的身世之感，為他自己忠而被謗的遭遇感到深深的不平和憤慨，於是踏着月光，和着秋聲，吟聲一首著名的《詠蟬》詩："西陸蟬聲唱，南冠客思侵。不堪玄鬢影，來對白頭吟……"詩的頸聯"露重飛難進，風多響易沉"，以秋蟬的處境比喻自己的落魄和失意，最後兩句"無人信高潔，誰為表予心"，反映了自己無人理解的憂慮和痛苦。全篇用典自然，感情充沛，後來成為唐代詠物詩中歷久傳誦的名作。

（金文明）

原文

詠蟬

唐‧駱賓王

西陸[1]蟬聲唱，南冠[2]客思侵。
不堪玄鬢[3]影，來對白頭[4]吟。
露重飛難進，風多響易沉。
無人信高潔，誰為表予心？

註釋

〔1〕西陸，《隋書‧天文志》說：日行西陸謂之秋。後因以西陸指秋天。
〔2〕南冠，古代楚國位於南方，楚將鍾儀被北方的晉國俘獲，戴着南冠囚禁在監牢裏，表示不忘自己是楚人。後以"南冠"指被囚禁的人。
〔3〕玄鬢，黑色的鬃髮。因蟬身色黑，這裏借指蟬。
〔4〕白頭，作者自指。當時駱賓王年將四十，頭上已有白髮。

靈隱續句

文學史上號稱"初唐四傑"之一的駱賓王，在唐初是個赫赫有名的人物。他曾參加過徐敬業反對武則天的軍事行動，寫過震動一時的《討武曌檄》。兵敗後，生死不明。但後來有這樣一個傳說——詩人宋之問漫遊江南，聽說杭州靈隱寺巍峨壯觀，特去一遊。

那晚，皓月當空，碧天如洗，他徘徊長廊，想寫詩一首以誌勝遊。宋之問望着在夜色中隱約可辨的山峰和殿宇，低聲吟哦："鷲嶺鬱岧嶢，龍宮鎖寂寥。"鷲嶺，指靈隱寺側的靈鷲峰。岧嶢，形容山勢高峻。龍宮，指靈隱寺。意思是說，眼前高峰入雲，靈隱寺四周一片寂靜。突然，他感到詩思枯竭，一時找不到恰當的詩句續下去。於是，就一邊沉思，一邊信步緩行。猛然，他聽見耳邊有人大聲問："少年人，夜深不睡，苦苦諷吟，這是為什麼？”宋之問抬頭一看，才發現自己不知不覺走進了一間禪堂。只見一個身材魁偉、白眉長鬚的老和尚坐在一張大禪牀上，目光炯炯地注視着他。一旁，一盞長明燈晃晃閃閃。宋之問感到這和尚器宇不凡，就恭敬地回答說：“弟子喜歡寫詩，來到靈隱寶剎，很想題詠一首，奈何才得一聯，便覺才盡。”老和尚頗有興趣地説道：“試吟上聯。”宋之問把剛才想好的兩句詩唸了一遍。老和尚微微點頭，略作沉思，便說：“為什麼不接以‘樓觀滄海日，門對浙江潮’呢？”宋之問一驚，心裏暗暗欽佩老和尚詩才敏捷，續句遒麗。原來，在靈隱寺內，登樓遠眺，可見旭日從大海中騰湧躍出；寺院附近，就是以潮水迅急而聞名天下的錢塘江。老和尚這兩句詩，很切合靈隱寺景物環境的實際情況。宋之問思路頓開，謝過老和尚，趕緊回到屋內把詩寫完。

第二天，天色微明，宋之問就去拜訪老和尚，想再去討教一些寫詩的方法。不料，禪堂裏空寂無人，找遍寺院，也不見老和尚的蹤影。宋之問正在懊喪，一個小沙彌悄悄地對他說：“這是駱賓王啊！”宋之問再三打聽，才知道原來徐敬業失敗的時候，駱賓王乘亂逃到杭州，他怕武則天追捕他，所以隱名改姓，在靈隱寺削髮當了和尚。小沙彌還告訴宋之問，今天一清早，駱賓王又雲遊天下去了。這下，宋之問才恍然大悟，怪不得老和尚詩寫得這麼好啊！宋之問的這首詩至今猶存，題目就叫《靈隱寺》，其中駱賓王所續的兩句，正是全詩中最警策的地方。

（王國安）

原文

靈隱寺[1]

唐・宋之問

鷲嶺鬱岧嶢[2]，龍宮鎖寂寥[3]。

樓觀滄海日，門對浙江潮[4]。

桂子月中落，天香雲外飄。

捫蘿登塔遠，刳木取泉遙[5]。

霜薄花更發，冰輕葉未凋〔6〕。
夙齡尚遐異〔7〕，搜對滌煩囂〔8〕。
待入天台路，看余度石橋〔9〕。

註釋

〔1〕靈隱寺，在今杭州飛來峰側，是江南著名的佛教寺院。
〔2〕鷲嶺，指飛來峰。岧嶢，山勢高峻的樣子。
〔3〕龍宮，指靈隱寺。這句是說，靈隱寺為一片寂靜包圍。
〔4〕浙江潮，指錢塘江的江水。相傳這兩句是駱賓王添續的。
〔5〕這兩句是說，不辭遙遠，攀拉藤蘿登上山塔，剖木作瓢覓取泉水。
〔6〕這兩句是說，雖有寒意，但未凍，因此花兒還開，綠葉未落。
〔7〕夙齡，早年。尚遐異，崇尚、喜愛遙遠的奇異風景。
〔8〕這句是說，追尋、欣賞奇景，以消釋煩囂的情緒。
〔9〕天台，天台山，在今浙江省境內，山上有石橋。余，我。

少小離家老大回

賀知章，字季真，唐代越州永興（今浙江蕭山）人。他從小愛好文詞，性格開朗豪放，成年以後喜歡飲酒交友，而且擅長草、隸書法，在家鄉很有名氣。自古以來，越州就是山清水秀、名勝薈萃的地方。賀知章的家坐落在方圓三百餘里的鏡湖之濱，一到秋天，碧波粼粼的湖面上開遍了荷花，到處飄散着淡淡的清香，吸引着這位年輕的才子經常流連忘返。在鏡湖以東不遠的地方，有一座林木葱蘢、風景秀麗的四明山，賀知章對它特別喜愛，每隔一段時間，總要邀集幾位朋友到那裏去登臨遊覽。這座浙東名山在他心中留下了極其深刻的印象，以致他後來自稱為"四明狂客"。家鄉的山水陶冶着賀知章的心靈，使他的詩才與書藝得到了豐富的滋養，同時也加深了他對這片哺育了自己的土地的依戀之情。直到三十六歲時，他始終沒有遠離過越州。

武則天證聖元年（695），賀知章通過省試考中了進士，被朝廷授任為國子四門博士。為了在事業上一展抱負，他不得不離開家鄉，千里迢迢地前往長安去就職。賀知章才華出眾，品格高尚，在官場中始終保持清逸脫俗的操守，因而受到了朝臣們的普遍器重和敬仰。在將近五十年的歲月中，他一直被留在朝廷，先後擔任過禮部侍郎、太子賓客及秘書監等要職。唐玄宗天寶三年（744 年），賀知章已經八十六歲，身體日益衰弱。有一天，他突然精神恍惚，昏昏入睡，夢見自己在遊覽皇帝的宮室，醒來後就上表給玄宗，請求去做道士，讓他告老還鄉。玄宗同意了他的請求，為了表示優禮，特地下詔把他的住宅改為廟宇，賜名為“千秋觀”，同時贈給他鏡湖剡溪一曲之地，供他優遊養老。臨行那天，玄宗親自作詩相送，太子和百官還在長安東門設帳置酒，為他餞行。

一個多月後，白髮蒼蒼的賀知章終於回到了闊別已久的故鄉。當他在僕人的攙扶下踏上依稀可辨的石路時，心裏不由感到無比激動。年輕時代的一幕幕生活情景，又彷彿清晰地出現在他的眼前。“老公公，您好！”一聲清脆的童音突然傳入他的耳鼓。賀知章低頭一看，原來是一位頭上紮着羊角小辮、額前梳着劉海的兒童，正綻開笑臉向他問好，便連忙含笑回答說：“噢，孩子，你好，你好！”那兒童對着賀知章的臉端詳了一會，又問：“老公公，您從哪裏來啊？到這兒來找誰？”賀知章聽後，忍不住笑了起來，說：“我啊，是從很遠很遠的地方來。這兒是我的家，我是回到自己家裏來了。”這時，賀家各房親戚紛紛聞訊趕來。賀知章看着迎接的人群，大多屬於兒輩或孫輩中人，自己從來沒有見到過，只有十來位是同輩的堂表兄弟和年輕時代的朋友，但也都已鬚眉皆白，老態龍鍾了。到家以後，他留下幾位至親好友暢談敍舊。一位好友對他說：“季真，你離家這麼多年，可鄉音卻一點也沒改啊！”賀知章卻說：“我當初離家時正當壯年，如今已兩鬢如雪了！”接着，他把剛到時兒童的問話告訴給大家。親友們全部走後，賀知章寫了兩首《回鄉偶書》詩，抒發了自己對人生的感受：“少小離家老大回，鄉音無改鬢毛衰。兒童相見不相識，笑問客從何處來。”“離別家鄉歲月多，近來人事半銷磨。惟有門前鏡湖水，春風不改舊時波。”

（金文明）

原文

回鄉偶書

唐·賀知章

少小[1]離家老大[2]回，鄉音無改鬢毛衰[3]。

兒童相見不相識，笑問客從何處來。

註釋

〔1〕少小，年輕的時候。

〔2〕老大，年紀很大的時候。作者在唐玄宗天寶三年（744）從京城長安告老回鄉，年已八十六歲。

〔3〕衰：稀疏脱落。

獨愴然而涕下

陳子昂（661－702），梓州射洪（今屬四川省）人，唐朝詩人。他二十歲時，遊京城洛陽，考中進士，授官麟台正字。過了兩年，陳子昂隨左補闕（官名）喬知之北征，經過居延海、張掖河、同城等地。他們二人，在抗禦異族入侵的戰鬥中，建立了深厚的友誼，寫下不少互相贈答的詩。他倆在政治上都擁護武則天政權。陳子昂在二十九歲時，曾向武則天上過《答制問事八條》，主張減輕刑罰、任用賢才、延納諫士、勸功賞勇、減輕徭役等，但沒有受到重視。陳子昂和喬知之對於外戚武三思、武承嗣等人的專橫，都十分不滿。為此武承嗣挾嫌誣陷，判喬知之死刑，藉口陳是喬的密友，指使酷吏將陳子昂拘捕入獄。後來，陳子昂被迫寫了《謝免罪書》，才獲釋放。

公元696年，鎮守東北的松漠總督李盡忠叛變。東北的契丹族乘機起兵南侵，攻陷冀州、幽州和營州。武則天派武攸宜北上抵敵，並委任陳子昂為武攸宜的軍事參謀。武攸宜不懂軍事，又不採納陳子昂的意見，到了前線，剛一交鋒，先鋒王孝傑等全軍覆沒。這時，陳子昂再也按捺不住了，請求分兵萬人，願為前驅，武攸宜根本聽不進去。過了幾天，陳子昂又一次獻計阻敵，武攸宜更是大發雷霆，橫暴地給他降職處分。陳子昂處此境況中，愁緒縈懷，一籌莫展。

有一天，他路過幽州郡的薊北樓（即幽州台），登臨遠眺，天低雲暗，原野空曠，北風悲鳴。他想起了戰國時代燕昭王重用上將軍樂毅、大破齊軍、洗雪國恥的故事，不禁感慨萬分：偏偏生在這個時代，竟無用武之地。回首過去，不見古人，展望將來，前程渺茫。一陣孤獨感，不斷地湧上心頭，於是，他吟出了震撼千古人心的詩句來："前不見古人，後不見來者。念天地之悠悠，獨愴然而涕下。"它是對武氏外戚集團殘害賢能的控訴。陳子昂回朝後，在政治上絕望了，便辭官回到故鄉梓州射洪，過閒居生活。但武氏外戚集團仍不放過他，指示射洪縣令，藉故把他關進獄中，終於把他害死。開一代詩風的偉大詩人陳子昂死時，才四十二歲。

（楊兆林）

原文

登幽州〔1〕台歌

唐・陳子昂

前不見古人〔2〕，後不見來者〔3〕。

念天地之悠悠〔4〕，獨愴然〔5〕而涕下。

註釋

〔1〕 幽州，現在的北京市。

〔2〕 這句是説，我既不見古人，古人亦不及見我。

〔3〕 這句是説，後人我不及見，後人也不及見我。

〔4〕 悠悠，無窮無盡的樣子。

〔5〕 愴然，悲傷的樣子。

孤鴻海上來

張九齡，字子壽，韶州曲江（在今廣東）人。他秉性正直，才識過人，詩文也寫得很好，深得唐玄宗的器重和賞識。公元 734 年，他被任命為中書令，盡心輔佐玄宗治理朝政，成為開元年間著名的賢相。

張九齡雖然對玄宗十分忠誠，但從來不阿諛逢迎。有一年玄宗生日，群臣都紛紛進獻奇珍異寶表示祝賀，只有張九齡上了一道名為《千秋金鑒錄》的奏章，用前代興亡之跡諷諭玄宗，希望他鑒古知今，做一個賢明的君主。由於天下承平日久，當了二十多年皇帝的唐玄宗認為自己年事已高，可以縱情無憂地享樂了。從此他經常沉湎聲色，倦於聽政，人也變得越來越昏庸固執。於是，直言敢諫的張九齡，便在許多問題上開始同他發生了矛盾。不久，玄宗聽信了寵姬武惠妃的讒言，想要廢掉太子李瑛、鄂王李瑤和光王李琚。張九齡知道以後，就立即向玄宗犯顏真諫，態度非常激烈，引起了玄宗對他的嚴重不滿。和張九齡同居相位的李林甫，是個兩面三刀、善於鑽營的奸邪小人。他早就十分妒忌張九齡的才幹和威望，一心想要尋找機會加以陷害，把張九齡排擠出朝廷，自己獨攬大權。現在眼看時機來臨，不由暗自感到高興。

就在這個時候，玄宗根據邊將的推薦，下詔把涼州都督牛仙客調到長安，準備任命他為尚書，並且厚加封賞。張九齡知道以後對李林甫說："牛仙客無功無才，不宜受任此官，你定要和我向皇上力諫。"李林甫當即表示同意。可是第二天上朝，當張九齡極力向玄宗陳述反對任命牛仙客為尚書的意見時，李林甫卻違背了自己的諾言，始終站在一旁沉默不語。退朝以後，李林甫又故意把張九齡事先約自己一同進諫的事情透露給其他大臣。情況很快傳到了牛仙客耳中。於是牛仙客在謁見玄宗時，流着眼淚堅決請求朝廷收回成命。這就更增加了玄宗對張九齡的不滿。玄宗特地把李林甫召進內廷，要他發表意見。李林甫說："陛下要用個人，為什麼如此之難？其實仙客何止可當尚書，他還有宰相的才德呢！九齡是個文臣，只知道墨守成規，實在有失大體。"這一番話，正中了玄宗的心意。不久他就下詔罷免張九齡和裴耀卿左右丞相的職務，讓李林甫擔任了中書令，獨掌朝政大權。牛仙客也同時被任為宰相，留在朝廷輔政。

張九齡免相以後，監察御史周子諒上疏彈劾牛仙客。由於他在奏章中不慎援引了讖書中的語句，觸怒了玄宗，因此立即在朝堂上被罰杖刑，然後流放瀼州。張九齡因為過去保薦過周子諒，也受到牽連，被貶為荊州刺史。兩次遭讒被貶，使張九齡受到了沉重的打擊。因此剛來荊州時，經常鬱鬱寡歡。後來他讀了不少史書，從古代的賢臣身上汲取了力量，認為自己二十多年來盡忠王事，一心為國，並沒有什麼過錯，心裏就漸漸放寬了。州府的公務並不繁忙，每當天氣晴朗的日子，張九齡經常喜歡獨自一人來到林木葱蘢、芳草如茵的效外閒步散心。看着那些優遊棲息在林間的隱士和自由翺翔在碧空的飛鳥，感觸很深，回來陸續寫了十二首古詩。這一組詩，總題為《感遇》，其中第四首開頭寫道："孤鴻海上來，池潢不敢顧。"反映了他初貶時落寞失意的景況。接着四句："側見雙翠鳥，巢在三珠樹。矯矯珍木巔，得無金丸懼？"對李、牛兩個得勢權臣，作了委婉的諷刺。以下兩句："美服患人指，高明逼神惡。"以極其凝練的語言，概括了千百年來忠貞之士共同的不幸命運。最後用"今我遊冥冥，弋者何所慕"作結，表達了自己守正不屈、甘願終老林泉的決心。

言為心聲。《感遇》詩的寫成，標誌着張九齡在思想上的重大轉折。他終於從自己痛苦的經歷中，破滅了對唐玄宗這位"聖君"的幻想，找到了最後的歸宿。從此他就在荊州以文史自娛，安度晚年，直到去世，沒有重回朝廷。

（金文明）

原文

感遇（十二首之四）

唐・張九齡

孤鴻[1]海上來，池潢[2]不敢顧。
側見雙翠鳥，巢在三珠樹[3]。
矯矯[4]珍木巔，得無金丸懼[5]？

美服患人指[6]，高明逼神惡[7]。

今我遊冥冥，弋者何所慕[8]！

註釋

〔1〕孤鴻，孤獨的鴻雁。作者用以比喻自己。

〔2〕池潢，池塘。

〔3〕三珠樹，古代傳説中的樹名，樹幹像柏，葉像珍珠。

〔4〕矯矯，狀貌出眾的樣子。

〔5〕得無金丸懼，難道不怕金彈丸來射擊嗎？

〔6〕美服患人指，穿戴美麗的服飾就要擔心別人指摘。

〔7〕高明逼神惡，這裏借用《漢書·揚雄傳》“高明之家，鬼瞰其室”句意，意思是説：“高明的人，會招來鬼神的厭惡。”

〔8〕冥冥，指高遠的天空。弋者，用箭射鳥的獵人。以上兩句借用揚雄《法言·問明》“鴻飛冥冥，弋人何簒（獲取）焉”句意，意思是説：鴻雁飛向高遠的天空，獵人哪裏還想射到牠呢？

不才明主棄

孟浩然（689—740），是盛唐時期的傑出詩人。他是襄陽人，早年在家讀書，閱讀的都是儒家經典，而且以孟軻的後代為榮。襄陽秀麗的山水，陶冶着詩人的心靈，襄陽流傳了一代又一代關於高人逸士的佳話，影響着詩人的思想。孟浩然刻苦學習，希望將來進入仕途，並有人能引薦他。但這些希望都未能實現。四十歲那年，孟浩然來到長安，參加進士考試，但沒有考中。

在長安期間，孟浩然結識了不少詩人。他的詩表現自己不媚世俗，潔身自好。他在山水田園詩能夠做到情景交融，恬靜淡遠。一時譽滿京城。在朝中供職的著名詩人如張九齡、王維都很讚賞他。有一天，王維邀請孟浩然私入宮禁，賦詩唱和。二人興頭正高，唐玄宗突然到來。當時，孟浩然還是一個沒有功名的布衣，又是私進宮廷，不敢面見皇帝，只得藏於牀下。王維不敢隱瞞，只好實言奏明，並向玄宗請罪。玄宗聽説是很有才名的孟浩然到了，倒很高興，説："朕早已聽説這個人很能吟詩，只是未能見面。既然來了，何必拘禮藏着呢？"即命孟浩然進見。孟浩然這才放下心，從牀下鑽出來，朝見玄宗。玄宗問他有什麼詩作。浩然再拜之後，選擇自己認為是最好的詩，恭敬地背誦着。當他背誦到《歲暮歸南山》一首五律時，"不才明主棄，多病故人疏"一聯便衝口而出，這兩句詩刺痛了玄宗。玄宗不快地説："卿是自己不求仕進，朕哪裏遺棄過你呢？奈何誣衊於朕啊！"隔了兩天，唐玄宗下詔，命孟浩然離京返鄉。

孟浩然懷着怨憤與不平，懷着對於功名的絕望心情，離開了長安，在以後的詩作中，往往傾注了若干孤寂空漠的感情。

（楊兆林）

原文

歲暮歸南山〔1〕

唐·孟浩然

北闕〔2〕休上書，南山歸敝廬〔3〕。
不才〔4〕明主棄，多病故人疏。
白髮催年老，青陽〔5〕逼歲除〔6〕。
永懷愁不寐，松月夜窗虛〔7〕。

註釋

〔1〕南山，即終南山，在陝西省西安市南。秦嶺主峰之一。一説指峴山，在作者家鄉襄陽城之南，故云。

〔2〕北闕，古代宮殿北面的門樓，為臣子等候朝見或上書之外。

〔3〕敝廬，指自己的破舊家園。

〔4〕不才，沒有才能。也用為自稱的謙詞。

〔5〕青陽，春天。

〔6〕歲除，年終。謂舊歲將盡。青陽逼歲除，意謂新春將到，逼得舊年除去。

〔7〕虛，空寂。

更上一層樓

王之渙，祖籍河東太原（在今山西），是盛唐時期一位著名的邊塞詩人。他從小天資聰明，才華橫溢，不到二十歲時，就已博覽群書，寫得一手好文章。成年以後，王之渙曾到冀州衡水縣（在今河北）做過一個短時期的主簿（管文書的小吏）。由於官職卑微，事務煩冗，加上人際關係的庸俗和複雜，使他很快就對官場生活感到了厭倦。不久，王之渙辭去官職，返回家鄉絳州（今山西新絳）。他深感自己年紀還輕，見識不廣，決定到各地的名山大川去登臨遊覽，開闊眼界，同時結交一些文壇上的朋友，為以後在政治上施展抱負打下基礎。

暮春時節，秦晉高原的氣候已經開始轉暖。王之渙從絳州乘船出發，沿着汾水向西行進。十多天後，這艘滿載商旅的客船轉過汾陽縣界，便駛入了水流湍急、波濤洶湧的黃河。大概是生平第一次看到這樣壯闊的景象，王之渙興奮異常，他急於想到船頭去飽覽一下河上的風光，但船主勸他說："這兒風急浪大，出艙有危險，還是到蒲州上鸛雀樓上去看吧，那兒幾十里的河光山色都能盡收眼底呢！"從汾陽到蒲州，五十多里路程，順風順水一天左右就到了。為了滿足旅客的願望，船主照例要把船在鸛雀樓前停靠半天，讓大家登樓遊覽，一飽眼福。

這是一片坐落在黃河之中的汀洲，站在船上向洲上望去，只見綠樹掩映，粉牆蜿蜒，高達二十餘丈的鸛雀樓從牆中拔地而起，直插霄漢。那淩空的飛簷，襯托着舒捲的雲影，顯得那樣巍峨奇峻，引人入勝。王之渙隨着旅客們上了岸，漫步走進圍牆，登上了二樓。他首先流覽一下牆上前代文人的題詠，見沒有什麼精彩之作；又到四處憑窗眺望，感覺視野還不夠開闊，便很快隨着人們登上了三樓。這時，時間已近酉時（下午五時）。王之渙走到西窗前舉目遙望，只見蒼茫的暮色籠罩着黃河西岸起伏的峰巒，一輪夕陽正在緩慢地西沉，即將落向深深的山谷。從雲罅裏透出的萬道霞光，把遼闊的山野染成一片金黃……"嘩……嘩……"，一陣陣浪濤翻捲的聲響，又把王之渙的視線從遙遠的河西拉回到鸛雀樓前。他俯瞰寬闊的河面，只見黃濁的河水捲着巨大的漩渦，迅速掠過洲邊的長堤，洶湧地向南奔騰而去。這滾滾南下的洪流，據説到風陵渡附近，被雄偉的華山迎頭擋住，從此便改道東向，一瀉千里，直奔浩瀚的大海。王之渙多麼想親眼看一看這壯觀的情景，但是僅僅三層的鸛雀樓限制了他的視線，使他無法如願以償。

無窮的遐想觸發了王之渙的詩思，也激起了他遨遊祖國名山大川的豪情。他終於在這“龍據虎視，下臨八州”的鸛雀樓上，吟成了一首千古絕唱：“白日依山盡，黃河入海流。欲窮千里目，更上一層樓。”

（金文明）

原文

登鸛雀樓〔1〕

唐・王之渙

白日依〔2〕山盡〔3〕，黃河入海流。
欲窮千里目〔4〕，更上一層樓〔5〕。

註釋

〔1〕鸛雀樓，雀，一作“鵲”。原址在今山西永濟縣西南蒲州鎮附近，為北周驃騎大將軍宇文護出鎮河東時所建。當時築於黃河中高阜處，因有鸛雀棲息其上，故名。唐代李翰《河中鸛鵲樓集序》説它“遐標碧空，影倒洪流”，“龍據虎視，下臨八州”。宋代沈括《夢溪筆談・藝文二》則記載道：“河中鸛雀樓三層，前瞻中條（山名），下瞰大河。唐人留詩者甚多。”宋時猶存，後為黃河沖沒。

〔2〕依，依傍，靠着。

〔3〕盡，落下，沉沒。

〔4〕欲窮千里目，欲，想要。窮，盡。此句是説：“想要使千里以內的景色盡收眼底。

〔5〕更上一層樓，此句不是實寫，而是表達了作者的一種願望和理想。要閱盡人間美好的風光，必須登上更高的境界去極目遠望。

意盡擱筆

唐代科舉考試主要是考詩，稱為“試帖詩”。“試帖詩”每首必須八句，每句必須五個字，還要講究聲調、對偶和押韻，規定很嚴格，考生一時往往寫不出佳作來。

有一年，詩人祖詠（約 699—約 746）去長安參加考試。祖詠在唐代雖不是第一流的作家，但他的詩有個特點，擅長用極精煉的語言刻畫詩歌的意境。祖詠進入考場，試官頒佈了考題：《終南望餘雪》。終南山是位於長安南的一座大山，層巒疊嶂，風景秀美；夏天林木蓊鬱，冬日白雪皚皚。從城裏登高遠眺，隱約可見。祖詠試卷在手，磨墨濡筆，開始潛心構思；“終南陰嶺秀”，祖詠鋪開紙，落筆寫下第一句。終南山在長安城南，從城裏望去只能看到山的北坡。山北在古代叫“陰”，所以，祖詠詩的第一句點明是從長安城裏遙望終南。“積雪浮雲端”。很快，祖詠想出了第二句。他對“浮雲端”三字很滿意，認為既寫出了積雪的高厚，又暗示出終南山勢的險峻。寫到此，祖詠停下筆仔細琢磨了一番。他發現兩句詩十個字已經把題目中“終南望雪”的意思都寫到了，還只剩下“餘”字的意思，有待發揮。他思索片刻，提筆又寫了十個字：“林表明霽色，城中增暮寒。”這兩句意思是說：“傍晚時，雪霽天晴，山裏樹梢上的積雪反射出明亮的陽光，可這時，城裏反而更覺得寒意逼人。下雪固然冷，但黃昏雪晴時往往寒意更重。祖詠從眼前的景色和人們的感覺上傳神地烘托出“餘”字的精神。

祖詠把四句詩反復吟味，猛地，他想起根據詩的題目，詩意已表達完整，不能再寫下去，否則反會破壞詩的意思。但是，按“試帖詩”形式的規定，他必須還要寫四句。怎麼辦呢？祖詠陷入了矛盾之中。作為一個詩人，他不願為追求功名而糟蹋自己的詩作，於是毅然擱筆，走到監試處遞交了考卷。

試官一看，認為不合規定，就問祖詠為什麼只寫四句。祖詠淡然一笑，說：“意盡。”意思已經表達完了，又何必再畫蛇添足呢？祖詠邁開大步離開了考場。

（土國安）

原文

終南望餘雪[1]

唐‧祖詠

終南陰嶺秀[2]，積雪浮雲端[3]。

林表明霽色[4]，城中增暮寒。

註釋

〔1〕終南，山名，在唐首都長安（今西安）南面。這首詩相傳是作者應試之作。

〔2〕陰嶺，山的北面。從長安望去，只能看見終南的北面。

〔3〕這句話説：山嶺高入雲霄，遠遠望去，山上積雪，好像浮在雲層之上。

〔4〕林表，樹林的尖梢。霽色，雨雪後出現的陽光。

每逢佳節倍思親

王維（701－761），字摩詰，唐代河東蒲州人。王維從小文思敏捷，才華出眾，九歲便能寫詩作文，及年長，又漸漸精通繪畫和音樂。王維是家中長子，兄弟共有五人。每年到了九月九日，王維和弟弟們都要佩帶香囊，讓僕人帶着菜餚和家釀的菊花酒，一起到附近的山上去登高遊覽，共度佳節。他們總是選擇向陽的南坡擺開酒菜，一面笑談歡飲，一面欣賞山野的美景。喝到酒酣耳熱之際，兄弟們便拿起預先準備的茱萸葉互相插在衣襟或腰帶上，同時説幾句祈福消災的話，然後結伴到林谷間尋勝探幽，直至紅日西沉，山下已升起縷縷炊煙，才讓僕人們收拾杯盤，戀戀不捨地返回家去。

後來，王維的父親突然因病去世，家境一下子衰落了下來。作為長子的王維，不得不告別母親和弟弟，離開家鄉蒲州，到長安、洛陽等地去漫遊和活動，以便尋找機會，踏上仕途。洛陽和長安，當時被稱為東、西兩京，交通發達，商業繁盛，連雲的樓閣和豪華的宅園中，居住着許多聲勢顯赫的王公貴族。在那裏，王維雖然沒有親朋引薦，但他靠着自己傑出的才華，很快就受到這些上層人物的青睞。在長安城裏，王維經常出入於寧王李憲、薛王李業和岐王李範的府第，陪他們宴客遊覽，而且還要隨時應召在席間酒後寫一些即景助興、歌功頌德的詩文，以博取他們的歡心。這種清客般的生活，對於年輕而有抱負的王維來說，無異是一種折磨，他很快感到了厭倦。但是不去應酬，就會失掉同上層官僚政客交往的機會，勢必給自己的前途帶來不利的影響。這個矛盾，經常使王維深感困擾。

一年一度的重陽佳節又來到了。天剛破曉，整個長安便開始熱鬧起來。幾條南北走向的大道上，不斷響着馬蹄聲和鸞鈴聲；沒有車馬的百姓人家，也都扶老攜幼，提壺挈榼，紛紛擁向城南的山區，準備到那裏去登高度節。獨自客居長安的王維，清早起來就被這滿城爭趨的景象所吸引，也隨着熙熙攘攘的人流湧出城闕。登上了綿延起伏、峰巒疊翠的終南山。王維一面順着山路漫步行走，一面舉目四處流覽，只見山崖間，樹蔭下，涼亭上，處處都有團坐的人群。他們鋪開氈席，擺下酒菜，舉杯相祝。那興奮熱烈的談笑聲中，洋溢着一片歡樂的氣氛。看着這眼前的場面，王維心裏突然湧上了一陣強烈的懷鄉之情，他的思緒猶如脫韁的野馬，頓時飛向了遠在黃河東岸的蒲州。他彷彿看到弟弟們仍然像往年一樣，圍坐在黃花紅葉相映的南坡上，互相舉杯祝酒，開懷暢飲。可是，當他們拿起茱萸，彼此輪流插上對方衣襟時，才發現兄弟中間少了一位大哥王維……他終於懷着無限深情吟成了一首著名的七絕：“獨在異鄉為異客，每逢佳節倍思親。遙知兄弟登高處，遍插茱萸少一人。”

（金文明）

原文

九月九日〔1〕憶山東〔2〕兄弟〔3〕

唐・王維

獨在異鄉〔4〕為異客〔5〕，每逢佳節倍思親。

遙知兄弟登高處，遍插茱萸〔6〕少一人。

註釋

〔1〕 九月九日，陰曆九月九日，俗稱重陽節。古代相傳，在這一天佩帶盛放茱萸（一種有香氣的植物）的小袋，登高飲菊花酒，可以消災避禍。

〔2〕 山東，王維的家鄉在蒲州（今山西永濟西南），位於華山以東，因稱山東。

〔3〕 兄弟，據《新唐書•宰相世系表》記載，王維有兄弟四人，即王縉、王繟、王紞、王紘。

〔4〕 異鄉，外鄉，外地。王維寫這首詩時剛滿十七歲，正遠離故鄉蒲州，寓居在京城長安。

〔5〕 異客，寓居異鄉的人。

〔6〕 插茱萸，將茱萸葉子插在衣襟或腰帶上。

不共楚王言

王維是唐代著名山水詩人。但他的詩絕不為山水所囿，尤其在青年時代，還寫了不少觸及時事、針砭朝政和吟詠邊塞題材的詩。此外，他還是著名的畫家和音樂家。那些朝廷貴戚都爭先恐後地結識邀請王維，以示風雅。

一天，寧王請王維赴宴，酒酣耳熱，寧王吩咐一群歌女為客人表演舞蹈，以助酒興。歌女們翩翩起舞，優美的舞姿吸引着賓客。但其中有一個歌女卻神情哀怨，舉止勉強，似乎有滿腹難以掩抑的心事。寧王和賓客們都發現了。寧王很掃興，就令眾歌女退下，單單留下她一個，譏諷地問："你還在想念那個賣餅人嗎？"歌女的神情更淒傷了，眼神中隱含憤意。王維在席間得知：這歌女原是寧王府附近一個賣餅人的妻子。夫妻兩人雖然生活貧困，但相親相愛，歡度光陰。哪知她被寧王看中了，丟了幾個錢給賣餅人算是"身價錢"，就把她強搶入府。從此，她如鳥入籠，雖然是錦衣玉食，養尊處優，可內心十分痛苦。今天寧王又提起她的丈夫，怎不教她憤恨交加呢？寧王並不知道她的想法。在寧王看來，人生不過為了吃喝享樂，她入府後生活如此優裕，根本不會願意再同貧窮的丈夫一起過活，就故意派人去把賣餅人找了來。夫妻重逢，四目相視，有多少知心話要傾訴啊！可是，眾目睽睽之下，加上寧王又坐在上面，千言萬語，又無從說起。她癡癡地望着丈夫淒傷的臉色，潸潸淚水，奪眶而出。

見此情景，滿座賓客無不感傷。寧王見自己弄巧成拙，就自找台階，強作風趣地說："今日聚會，不可無詩，請眾位貴客，即以眼前所見，賦詩一首。"王維既憤慨寧王的無恥，又同情賣餅夫婦的遭遇，更欽佩這個女子不慕富貴、忠於愛情的品質。他略加思索，就鋪紙磨墨，題詩一首。"莫以今時寵，能忘舊日恩。看花滿眼淚，不共楚王言。"詩題叫《息夫人》，字面上似乎在吟詠古事：楚王啊，你不要以為你現在的"寵愛"，能使她忘卻自己丈夫的恩情。你看，她淚流滿臉，就是不願同你說一句話啊！但明眼人一看就知，詩是在"借古諷今"，同情賣餅人的妻子而嘲諷寧王。眾賓客紛紛拍案叫好，他們佩服王維的詩才敏捷，更敬仰他的為人正直。於是，寧王只得故作姿態，讓這個女子隨她的丈夫回家去了。

（王國安）

原文

息夫人[1]

唐·王維

莫以今時寵，能忘舊日恩[2]。
看花滿眼淚[3]，不共楚王言[4]。

註釋

〔1〕息夫人，春秋時期息國國君的夫人息媯。據說楚文王垂涎息夫人的美貌，派兵滅亡了息國，霸佔了息夫人。但他們一起生活了好幾年，息夫人從來不開口同楚王說一句話。此詩藉吟詠息夫人，對賣餅者的妻子寄以同情。

〔2〕這兩句話是說：你不要以為你對她的"寵愛"，能使她忘卻當年夫妻

的恩情。

〔3〕花，指息夫人。

〔4〕不共，不和。

凝碧池頭奏管弦

王維二十一歲考中進士，先後受任右拾遺、監察御史，一直做到給事中（門下省長官，掌審核政令）。由於官職較高，加上能詩善畫，精通音律，使他成為名重一時的人物。王維生性好靜，酷愛山水。他在京城長安南面終南山下的輞川風景區買了一處別墅，經常同朋友們在那裏飲酒賦詩，朝夕唱和，過着安樂閒適的生活。秀才裴迪（716—？）是王維年輕時最好的詩友。他的家也在終南山下，同王維的別墅離得很近，因此一有空閒就去作客。在輞川附近的華子岡、臨湖亭、竹裏館等風景幽美的地方，處處都留下了他們登臨遊覽的足跡。

公元755年（天寶十四年）冬天，河北三鎮節度使安祿山在範陽（今北京西南）起兵叛亂。他率領十五萬強悍善戰的邊防軍隊大舉南下，只經過一個多月的時間，就迅速渡過黃河，攻陷了東都洛陽。安祿山來到洛陽後，看見巍峨的宮殿和繁華的城區，不由做起當天子的美夢來。遂以洛陽為京城，宣佈建立燕國，自稱雄武皇帝，同時派遣大將崔乾祐等繼續率軍西進，迅速地攻破潼關，準備奪取長安。潼關失守的消息傳到了長安，嚇得老年昏庸的唐玄宗六神無主，不知如何是好。宰相楊國忠等人勸他立即離開都城，退到蜀（今四川）地去避難。756年7月14日黎明，玄宗和楊貴妃以及楊國忠、韋見素等大臣，只帶着少數近侍，在親兵的衛護下，從禁苑西南的延秋門逃出長安，渡過渭水便橋，匆促地向西而去。

玄宗倉皇出走時，長安老百姓都被蒙在鼓裏。天亮以後，百官還像往常一樣進宮上朝。走到宮牆外面，依然聽到宮中響着鐘漏的聲音。可是門一打開，宮人們就紛紛奔逃。天子離京的消息，頓時傳遍了全城。過了幾天，叛將孫孝哲率軍進入長安，立即下令大舉搜捕留在城中的唐朝官員，分批押送到洛陽去聽候發落。當時，王維雖然事先已躲進輞川別墅，但由於名聲很大，叛軍還是把他抓了去，軟禁在平康坊東的菩提寺中。王維不願擔任偽職，因此被軟禁以後，偷偷服下瀉藥，病倒在牀，叛將只好讓他在寺中養病，暫不送往洛陽。當時，裴迪隱姓埋名，避居在離菩提寺不遠的地方，有時裝扮成王家僕人去看望王維，向他介紹外面的情況，並用好言相勸，使王維寂寞的軟禁生活得到了一點寬慰。

8月間，安祿山在洛陽城西禁苑中的凝碧池邊，為部將設宴慶功。他命人把過去在長安宮中事奉唐玄宗的幾百名樂工押到席上，讓他們奏樂助興，誰敢違抗命令，就當場處死。只聽得一聲令下，悠揚悅耳的管弦聲就在凝碧池頭響起來了。可是，樂曲還沒有奏完一闋，本來十分和諧的音樂忽然變得低沉淩亂。原來樂隊中有許多樂工停下樂器在那裏低聲抽泣。安祿山命令士兵持刀前去勒令那些樂工繼續吹奏。這時，有個名叫雷海青的樂工，突然把樂器往地上猛力一摔，然後向西跪下，失聲慟哭起來。安祿山大怒，下令將雷海青處死，並將屍體支解示眾，洛陽老百姓看到這種慘狀，無不萬分悲痛。雷海青殉難的消息，很快就傳到了長安。一天，裴迪又去看望王維，把這件不幸的事情告訴了他。王維聽後，不由熱淚盈眶，當晚，他寫了一首著名的七絕寄給裴迪："萬戶傷心生野煙，百官何日再朝天？秋槐葉落空宮裏，凝碧池頭奏管弦。"委婉地表達了自己哀傷故國的沉痛感情。

不久，王維也被押送到洛陽，被迫擔任了給事中的官職，但他經常稱病家居，不願為安祿山的偽燕政權效力。公元757年春，安祿山在內訌中被兒子安慶緒殺死，叛軍勢力大為削弱。唐朝軍隊節節反攻，同年冬天先後收復長安和洛陽。唐軍進入洛陽後，把曾在偽燕任職的三百多名官員（其中包括王維）全部逮捕，押往長安治罪。由於王維過去深受朝廷器重，因此新即位的唐肅宗對他擔任偽職非常氣憤，準備給予懲罰。這時裴迪已將王維寫給自己的七絕傳了出去，肅宗看到以後，認為王維雖然錯誤嚴重，但還不是真心想投敵，怒氣便漸漸平息了。王維的弟弟王縉因為輔佐肅宗平叛有功，身居宰相要職，趁機向肅宗請求，願意削官為哥哥贖罪。在這樣的情況下，肅宗決定對王維從寬處理，只把他降為太子中允（東宮屬官），仍然留在朝廷任職。

（金文明）

原文

菩提寺禁私成口號誦示裴迪

唐·王維

萬户傷心生野煙[1]，百官何日再朝天[2]？
秋槐葉落空宮裏[3]，凝碧池頭奏管弦[4]。

註釋

〔1〕萬戶，無數人家。生野煙，指原野上房屋被焚燒後處處冒煙的慘像。

〔2〕朝天，朝見天子。

〔3〕秋槐葉落空宮裏，這句是寫唐玄宗逃離長安後宮城中秋槐零落、空寂無人的淒涼情景。

〔4〕凝碧池，在洛陽城西禁苑中，是唐朝天子巡幸東都時經常遊樂的地方。管弦，泛指樂器。

黃鶴一去不復返

古代武昌長江岸邊的黃鶴磯上，有一座黃鶴樓。登樓憑欄遠眺，龜蛇兩山，隔江聳立；江水浩瀚，滾滾東去，奔騰不息。從漢代起，黃鶴樓就是一個著名的登臨勝地，遊人雲集，絡繹不絕。

有一年，唐代詩人崔顥來到黃鶴樓。崔顥在當時的詩壇頗有才名。他年輕時雖然詩風比較浮豔，但後來出塞從軍，經歷了一段戰爭生活後，詩風大變，寫了不少情調健康、內容充實而又格調高古的佳作。崔顥登上樓閣，他一邊仔細觀賞樓內的陳設和壁牆上的雕飾，一邊遐想着有關黃鶴樓的傳說：三國時代有個叫費禕的人，他遊歷山川，求仙學道，後來就在這樓上乘黃鶴而去。所以人們就把此樓叫黃鶴樓。乘鶴成仙，當然並非實事。但優美的神話卻給勝跡增添了傳奇的色彩。這時，夕陽西下，暮色降臨，崔顥獨倚欄杆，觀賞江景。但見遠處江心有長滿萋萋芳草的鸚鵡洲，近處就是漢陽，綠蔭覆蓋，鬱鬱蒼蒼。江上美景觸動了崔顥懷戀家鄉的愁腸，他不禁自言自語感歎説：“日暮路遠，家鄉何在？煙波江上，真使人愁緒萬千啊！”接着，轉身就在牆上題了一首詩。詩云：“昔人已乘黃鶴去，此地空餘黃鶴樓。黃鶴一去不復返，白雲千載空悠悠。晴川歷歷漢陽樹，芳草萋萋鸚鵡洲。日暮鄉關何處是？煙波江上使人愁。”崔顥題畢，離樓而去。

從此，這首詩也成了登樓遊賞的人們注意的對象。就在崔顥題詩後不久，大詩人李白東遊武昌，也偕同幾位友人一起登上了黃鶴樓。李白眺望浩瀚的大江，不禁詩情洋溢，他一邊醞釀詩句，一邊在樓內徘徊。這時，他發現了崔顥的那首《黃鶴樓》，頓覺眼前一亮，就仔細吟味起來。李白看後，情不自禁地拍手叫絕：“真是一首佳作啊！”這時，一位友人打趣地對李白説：“李兄詩才高超，海內誰人可比，何不賦詩一首，壓倒此作？”李白聽了微微一笑，當下濡墨提筆，在牆上奮筆疾書。可是，李白題的並不是詩，卻是十四個大字：“眼前有景道不得，崔顥題詩在上頭。”友人們無不感歎連連。崔顥的詩給李白印象很深。很多年後，李白遊金陵時，為了表示對崔顥的推崇，特意摹擬《黃鶴樓》的格調，寫了首《登金陵鳳凰台》。

（王國安）

原文

黃鶴樓〔1〕

唐・崔顥

昔人〔2〕已乘黃鶴去，此地空餘黃鶴樓。

黃鶴一去不復返，白雲千載空悠悠〔3〕。

晴川歷歷漢陽樹，芳草萋萋鸚鵡洲〔4〕。

日暮鄉關〔5〕何處是？煙波江〔6〕上使人愁。

註釋

〔1〕 黃鶴樓，舊址原在湖北武昌蛇山黃鶴磯上。傳説三國時代費禕曾在此樓乘黃鶴成仙而去，因而得名。

〔2〕 昔人，前人，這裏指費禕。

〔3〕 悠悠，遙遠的樣子。

〔4〕 這兩句寫登樓所見，晴天從樓上眺望，漢陽的樹木清晰可辨，鸚鵡洲上芳草長得十分茂密。鸚鵡洲，古時長江中小洲，後為江水淹沒。

〔5〕 鄉關，故鄉。

〔6〕 煙波江，這裏指黃昏時為霧氣籠罩的長江。

故人西辭黃鶴樓

唐玄宗開元十三年（725），李白準備從四川乘船到江東去遊歷。在一年多的時間裏，李白沿着長江東下，先後到過夔州（四川奉節）、江陵（今屬湖北）、金陵和廣陵等地。繁華富庶的廣陵城中有着許多引人入勝的古蹟，尤其是暮春時節煙柳淒迷、繁花盛放的美景，更給他留下了難忘的印象。

李白在廣陵大約住了半年，結識了一位名叫孟少府的朋友。兩人情投意合，很快成為莫逆之交。孟少府曾受安州（今湖北安陸）許員外之託，要替許家物色一位才貌出眾的女婿，他認為李白是最好的人選。這時，李白的盤纏用盡，生活日益困頓，很想去投奔有聲望、地位的名士，依靠他們的引薦踏上仕進之路。孟少府就把許員外物色女婿的事告訴李白，勸他先到安州入贅許家，有了安身之地，然後再徐圖進取。才華超人的李白本不願寄人籬下，但為了擺脱眼前的困境，只好接受孟少府的建議，動身前往安州。走到半路，他又改變主意，想先到陳州（今河南淮陽）去拜謁刺史李邕，如能得到賞識錄用，就不去入贅許家了。可是，李邕是一位擅長碑銘古文的學者，對於李白的詩歌和放蕩不羈的性格並不十分欣賞。他只送給李白一筆錢作為盤纏，沒有加以錄用。李白雖然怏怏不樂，但這筆錢卻解了他的燃眉之急。他決定再到漢水一帶去遊歷。

這年冬天，李白來到漢水南岸的襄陽（今湖北襄樊市）。他聽説慕名已久的前輩詩人孟浩然隱居在襄陽東南的鹿門山中，就帶着自己的詩作專程前去拜訪。孟浩然的居室建築在一片橘林之中，“方宅十餘畝，草屋八九間”，雖無高堂華軒，卻也別有一番天然佳趣。他長期山居寂寞，對於李白的遠道來訪，自然十分高興，當即取出家釀的美酒和幾樣菜餚來款待李白。兩人邊飲邊談，切磋詩歌，越説越投機。李白在鹿門山中一住就是十多天，對孟浩然的感情日益加深，就把安州許員外招贅的事和盤托出，向孟浩然求教。孟浩然説：“賢弟雖然才華蓋世，但若無所依傍，仍然難登仕路。許家世代名門，如能入贅，或可助一臂之力。”孟浩然的話，對李白起了決定性作用。不久，李白就離開鹿門山前往安州，次年春天，李白終於同許員外的女兒結為夫婦。

時間匆匆過去了一年。李白感到在安州一時難以有仕進的希望，又產生了外出尋找機會的念頭。忽然他得到消息，孟浩然即將有江東之行，就決定自己先去江夏（今武漢市武昌），並託人帶信到襄陽，約孟浩然在江夏相會。開元十六年（728）春天，孟浩然果然如約前來。兩位肝膽相照的好友在江邊黃鶴樓上愉快地重逢了。他們把酒臨江，暢敍離情，互相交流一年來的詩歌新作。時間過去了一個月，孟浩然終於決定離開江夏，前往廣陵。李白親自把他送到江邊。只聽槳聲咿呀，一葉輕舟漸漸地駛向江心。李白久久佇立在江岸，直到船兒的影子越變越小，最後消失在水天相接之處。“故人西辭黃鶴樓，煙花三月下揚州。孤帆遠影碧空盡，唯見長江天際流。”無比真摯的友情，令人神往的美景，融會在詩人的腦海中，終於他唱出了這傳誦千古的名篇——《黃鶴樓送孟浩然之廣陵》。

（金文明）

原文

黃鶴樓送孟浩然之〔1〕廣陵〔2〕

唐·李白

故人〔3〕西辭黃鶴樓，煙花三月〔4〕下〔5〕揚州。

孤帆遠影碧空盡，唯見長江天際流。

註釋

〔1〕之，前往。

〔2〕廣陵，今江蘇省揚州市。

〔3〕故人，老朋友。

〔4〕煙花三月，指暮春季節的揚州，輕霧迷濛，繁花似錦。

〔5〕下，從武昌的黃鶴樓前往揚州，是自西向東順流而下，所以稱“下”。

賀知章“金龜換酒”

唐天寶元年（公元742年），詩人李白初遊京城長安。雖然李白當時已詩名遠揚，但在長安還沒有一個朋友，就住進了一家小客店裏。

天色漸暗，李白閒着無事，就在燈下翻閱前朝作家的集子。這時，店主人急匆匆奔進來，氣喘吁吁地說：“李先生，太子賓客賀知章老爺駕到了。”賀知章是德高望重的詩壇老前輩，在朝中也很有地位。李白本來就準備去拜見他，現見他竟然屈尊先來，心裏又驚又喜。李白請賀知章入房，開懷暢談了片刻之後，又呈上《蜀道難》的詩稿，向賀知章請教。賀知章展開詩稿，只見詩篇栩栩如生地再現了蜀道的奇險壯麗，風格雄奇奔放，語言瑰麗多姿。讀畢，賀知章極為讚賞李白的詩才，直誇他是“天上謫下來的仙人”。並當場解下佩在腰間的金龜遞給店家，置酒款待李白。燈下，酒香撲鼻，笑語不斷，八十四歲高齡的賀知章與四十二歲的李白成了忘年之交。

在賀知章的揄揚下，李白在長安名重一時，很快受到唐玄宗的召見。但是，這時朝政逐漸腐敗，賀知章不願再混跡官場，就回家鄉會稽（今浙江紹興）去了。不久，李白也離開了長安，但他始終還念着這位知己好友。可是，不久竟傳來了賀知章去世的噩耗。李白悲傷之餘，提筆寫了首《對酒憶賀監》：“四明有狂客，風流賀季真。長安一相見，呼我謫仙人。昔好杯中物，今為松下塵。金龜換酒處，卻憶淚沾巾。”十餘年後，李白有機會南遊會稽，他第一件事就是去憑弔賀知章，以表示自己對這位前輩的敬仰感激之情。

（王國安）

原文

對酒憶賀監[1]

唐・李白

四明[2]有狂客，風流賀季真[3]。

長安一相見，呼我謫仙人。[4]

昔好杯中物[5]，今為松下塵[6]。

金龜[7]換酒處，卻憶[8]淚沾巾。

註釋

〔1〕賀監，賀知章曾官秘書監，所以稱賀監。

〔2〕四明，即四明山，在今浙江境內。賀知章晚號“四明狂客”。

〔3〕賀季真，賀知章，字季真。

〔4〕謫仙人，被貶到人間的仙人，即是讚美李白詩才奔放卓越，不同尋常。

〔5〕杯中物，指酒。

〔6〕這句説，賀知章已經去世了。

〔7〕金龜，唐代官員的一種佩飾。

〔8〕卻憶，回憶。

日本晁卿辭帝都

唐代，是中國歷史上經濟繁榮、文化發達的時代，贏得了許多鄰國的敬重仰慕。據《唐六曲》記載，唐王朝曾與三百多個國家和地區互相交往，每年都有大批外國客人來到京城長安。當時，中日兩國的友好交往尤為頻繁。從唐太宗貞觀四年（630），到昭宗乾寧元年（894），先後有十九批日本遣唐使團來到長安。每次少則二百餘人，多至五六百名。日本的遣唐使團中，除大使、副使、判官、錄事等行政官員外，每次還有不少學問僧、留學生等隨行。唐朝政府設有專門機構和官員接待他們。

唐開元五年（717），抵達長安的日本遣唐使團中，有一位叫阿倍仲麻呂的留學生，當時才十六歲。和其他留學生一樣，他被安置在唐國學館中學習多種課目。阿倍仲麻呂聰慧勤勉，學業精進，後來，他感到自己的名字稱呼不便，於是就按照中國習慣改姓名為朝衡，又稱作晁衡。晁衡以優異的成績完成學業後，應邀長期留居中國。他在長安期間，結識了李白、王維、包佶、儲光羲等唐朝著名詩人，相互切磋詩文，交誼頗深。唐天寶九年（750），以藤原清河為大使，大伴古麻呂、吉備真備為副使的第十一次日本遣唐使團來到中國、唐玄宗委請晁衡前去迎接。晁衡陪同藤原清河等一行來到長安，受到唐玄宗的接見。天寶十二年（753），藤原清河一行完成了使命，即將回國。當時擔任着唐秘書監兼衛尉卿的晁衡，受唐玄宗的委託，以大唐使者的身份同行。歸舟啟航前夕，王維、包佶等特意宴請晁衡，並各賦詩送行。李白因為此時正遠離長安，漫遊南北，所以未能親為晁衡送行。但他對晁衡的旅途行蹤十分關注，經常向長安來客打聽消息。

不久，竟傳來了不幸消息：返日使船在海上遭遇颶風，歸舟沉沒，晁衡溺水而死。這天，李白正與友人飲酒，忽然聞此不幸，失聲慟哭，揮淚提筆，寫了一首悼念詩：“日本晁卿辭帝都，征帆一片繞蓬壺。明月不歸沉碧海，白雲愁色滿蒼梧。”詩中，把晁衡比作明月，説他“沉碧海”的不幸遭遇，使得蒼梧山上佈滿了愁雲，連大自然也為之悲傷。其實，關於晁衡罹難的消息，只是一種誤傳。原來，晁衡所乘的船，在琉球附近遇到風暴後，與其他船隻失去了聯繫，一直漂流到現在的越南一帶，才得救脱險。晁衡幾經輾轉，於天寶十四年（755）重抵長安，繼續仕唐。晁衡留居中國達五十四年之久，歷任左拾遺、左補闕、左散騎常侍、安南都護等職。於大曆五年（770）卒於長安。

（倉陽卿）

原文

哭晁卿衡[1]

唐·李白

日本晁卿辭帝都[2]，征帆一片繞蓬壺[3]。

明月不歸沉碧海[4]，白雲愁色滿蒼梧[5]。

註釋

〔1〕晁衡，日本人，原名阿倍仲麻呂，公元717年來中國，曾在唐朝做官，公元770年卒於長安。卿，古時對友人的親切稱呼。

〔2〕帝都，指唐朝都城長安（今陝西省西安市）。

〔3〕蓬壺，又名蓬萊，傳説東海中的仙山。這句説：遠航的船經過了蓬萊仙山。

〔4〕明月，指晁衡。作者認為晁衡的品格有如明月一般高潔。

〔5〕蒼梧，指蒼梧山，傳説在東北海中。

詩譏楊貴妃

在今西安城東南郊有一所風景優美的公園——興慶公園。園內有仿唐代建築沉香亭、花萼相輝樓、唐代長安三大宮殿之一興慶宮的遺址。唐玄宗和楊貴妃曾在這裏歌舞宴樂，大詩人李白還在這裏寫下著名的《清平調》詞諷刺楊貴妃。

天寶元年（742），經友人吳筠的推薦，李白奉詔入京。李白把這次進京看作是實現自己政治抱負的一次大好機會。可是，唐玄宗召見他，只是想博取一個"收納賢才"的名聲，並利用李白的詩才來點綴奢華的宮廷生活。因此，他僅任命李白為供奉翰林，也就是充當皇帝的高級文學侍從。當時，唐玄宗寵倖貴妃楊玉環，偏信宦官高力士，整天高居深宮，縱情享樂，宰相李林甫又是個口蜜腹劍、妒賢嫉能的陰險傢伙。唐玄宗始終只把李白看作文學弄臣。他和楊貴妃歌舞宴樂，總要李白填寫新歌詞，供樂工伶人彈奏謳唱。李白深感屈辱，常推託酒醉，拒不奉詔。目睹朝政日非，李白開始用他的詩筆抨擊朝政。他諷刺唐玄宗"珠玉買歌笑，糟糠養賢才"，以致奸佞當道，賢臣遠去。他指出長此以往，大廈必傾，唐建國一百四十多年來的赫然國容，將成為過眼雲煙。

春來花開，興慶宮沉香亭畔的牡丹花紛紛吐豔。一天，唐玄宗偕同楊貴妃同遊沉香亭，賞玩牡丹花，又派小太監去找李白。李白正在酒樓上同友人喝酒談心，議論朝政。聽説玄宗又要他去幫閒，心中很不痛快。他猛地站起身，連斟了三大盅，一飲而盡，做出一副沉醉的樣子。小太監扶着李白到了宮苑。楊貴妃正翩翩舞畢。玄宗見李白奉詔而來，很高興地説："今日賞名花、對妃子，就是缺少新樂章。請學士施展大才，填寫數曲。"隨即吩咐左右準備紙墨筆硯。李白滿腹不悦，但又無法推託，一眼瞥見高力士正在向玄宗、楊貴妃獻媚，很看不慣，心裏一動，就假借酒醉，伸出腳去，喝道："高力士，給我脱靴！"玄宗急於要李白填詞，就示意高力士去伺候李白。李白略加思索，一揮而就，填寫了三首《清平調》。其中第二首是："一枝紅豔露凝香，雲雨巫山枉斷腸。借問漢宮誰得似，可憐飛燕倚新妝。"在詩中，李白把楊貴妃比作漢代的趙飛燕，寓譏刺於讚美。趙飛燕是漢成帝的皇后，雖然花容月貌，美麗異常，但卻荒淫誤國。這一比擬當時並未被唐玄宗和楊貴妃察覺。可是，這被狡猾的高力士嗅了出來，並把其中的深意告訴了楊貴妃。楊貴妃猛然醒悟，大怒，向玄宗鬧着要懲辦李白，高力士等人乘機大進讒言。玄宗對李白蔑視權貴、用詩抨擊朝政，早有不滿，但震於李白的詩名，玄宗不便用硬的辦法驅逐詩人，就藉口李白品性清高，無意仕祿，搞了個"賜金還山"的把戲，免去了李白供奉翰林的職務。

（王國安）

原文

清平調詞（其二）[1]

唐·李白

一枝紅豔露凝香[2]，雲雨巫山枉斷腸[3]。
借問[4]漢宮誰得似，可憐飛燕倚新妝[5]。

註釋

〔1〕《清平調》詞共三首，是李白在長安任供奉翰林時所作，內容主要是歌詠楊妃的美麗和宮廷生活。這是其中第二首。詩中以飛燕比楊妃，隱含譏嘲之意，據説李白因此而得罪楊妃。清平調，樂曲宮調中的一種調名。

〔2〕這句寫牡丹花，以花比楊妃之美。

〔3〕這句説巫山神女也比不上楊妃之美。宋玉在《高唐賦》、《神女賦》中說：楚懷王遊於高唐，夢見一神女，自稱巫山之女，來與懷王幽會，臨別時説，我“旦為行雲，暮為行雨，朝朝暮暮，陽台之下”。枉斷腸，白白地惆悵悲傷。

〔4〕借問，請問。

〔5〕這句是説，連可愛的趙飛燕也還得憑倚華美的裝束才能相比。倚新妝，憑倚時髦的裝束。

桃花潭水深千尺

唐代大詩人李白的詩聞名天下，人稱“謫仙人”。李白一生除了寫詩之外，有兩個愛好，一是好飲酒，乘着酒興作詩，素有斗酒詩百篇的美談；一是喜歡遊歷名山大川。被唐玄宗“賜金還山”後，李白離開京都長安，四處漫遊，足跡遍及梁宋、齊魯、幽冀，並多次往返於東越、金陵、宣城等地。這天，李白正在宣城謝朓樓上餞別友人，只見他在牆上題詩道：“抽刀斷水水更流，舉杯銷愁愁更愁。人生在世不稱意，明朝散髮弄扁舟。”這時，家人給他遞上一封信，李白拆開信一看，是個素不相識的人寫給他的。原來寫信的人名叫汪倫，他邀請李白到距宣城不遠的涇縣（今安徽涇縣）去旅遊。汪倫在信中熱情地寫道：“先生好遊乎？此地有十里桃花。先生好飲乎？此地有萬家酒店”李白讀着信，笑了。自己不正要“散髮弄扁舟”嗎？想不到這裏還有更好的去處——一座“兩岸桃花夾去津”的世外桃源，更有眾多的酒店，令人嚮往。

次日清晨，李白便從宣城出發，逕自往涇縣而去。當李白來到涇縣西南一座村莊時，汪倫早已帶領眾人在村頭迎候。李白和汪倫一見如故，頗為投契。汪倫陪同李白朝家中走去。一路峰巒疊翠，一條清溪源遠流長。風景很美，卻不見桃花。李白問道：“十里桃花何在？”汪倫哈哈大笑道：“信上說的‘桃花’，是這裏一個水潭的名字呀！”這時，前面遠處出現高揚的酒帘，李白一喜，問道：“萬家酒店有乎？”汪倫又笑道：“信上說的‘萬家酒店’就在前面了，那是姓萬的老闆開的一爿酒店呀。”李白恍然大悟，原來自己中了汪倫的計，不禁哈哈大笑起來。汪倫心中感到很抱歉，向李白賠禮道：“我因久慕先生大名，一心想邀先生到小舍盤桓數日，又怕遭到拒絕，才寫了那封信，先生不會見怪吧？”李白笑吟道：“但使主人能醉客，不知何處是他鄉！”

二人走了一程，來到了汪氏別業。這是一座美麗的住宅，隨山起館宇，鑿石營池台，雖不是桃花源，景色也是夠迷人的。進得門來，只見有一甕甕酒罈，有幾十罈，整整堆滿了一屋。這是汪倫專為歡迎李白親自釀造的美酒。李白很感動，這裏雖沒有萬家酒店，但好客的主人準備了“金樽清酒斗十千”，也是夠消受的了。一連數日，汪倫大擺酒筵，歡宴李白。村民們也紛紛前來瞻仰大詩人的風采。汪倫還陪李白登山泛水，遊歷當地風景勝地——桃花潭。潭在懸崖陡壁下，水深數丈，清澈見底。潭西岸石壁怪石聳列，姿態萬千。岸上老樹古藤鬱鬱葱葱，山鳥雀躍喧呼。潭東岸白沙細石，蘆葦蕭蕭，別有一番景色。數日相聚，李白深感汪倫愛才敬賢，二人結下了深厚的友誼。村裏男女老少常來看望詩人，對李白充滿熱愛崇敬之情。愉快的旅遊結東，李白離開涇縣回宣城去。汪倫一直送他到臨近青弋江的桃花潭岸邊。正在蘭舟催發之際，忽聞遠處傳來歌聲，原來村民們也從老遠的地方趕來歡送詩人。李白見此情景，十分感動，面對即將載他離去的桃花潭水，胸中詩情洶湧。於是，他倚立船頭吟詩一首，答謝汪倫與鄉親們的情誼，他高吟道："李白乘舟將欲行，忽聞岸上踏歌聲。桃花潭水深千尺，不及汪倫送我情。"船兒載着詩人去了，他的詩卻一直流傳下來，並使桃花潭一帶留下許多優美的傳說和供後人尋訪的古跡。今天的桃花潭東西兩岸有題有"踏歌古岸"門額的踏歌岸閣和釣隱台等等。

（湯高才）

原文

贈汪倫

唐·李白

李白乘舟將欲行，忽聞岸上踏歌〔1〕聲。

桃花潭〔2〕水深千尺，不及汪倫〔3〕送我情。

註釋

〔1〕 踏歌，一邊唱歌一邊用腳踏着地打拍子。

〔2〕 桃花潭，水潭名。在安徽涇縣西南，水非常深。

〔3〕 汪倫，李白的朋友，涇縣人。

感時花濺淚

唐玄宗天寶十四年（755）冬天，"安史之亂"爆發。這時，詩人杜甫正在首都長安擔任右衛率府兵曹參軍（掌管武庫兵器及門禁鎖鑰）。為了應付可能發生的變亂，第二年初夏，他把居住在長安東北的奉先

（今陝西蒲城）的妻兒轉到白水縣的舅父家暫住。杜甫全家剛剛在白水住了一個多月，作為長安門戶的潼關就被叛軍攻陷了。接着，潼關南北的商州、華州、同州、白水以至京城長安都相繼落入了敵手。杜甫不得不帶着家眷，雜在難民群裏，倉猝地向北流亡。他們一路上歷盡艱辛，最後到達鄜州（今陝西富縣）西北三十里的羌村安頓了下來。七月中旬，玄宗的太子李亨在靈武（今寧夏靈武西南）即位，史稱唐肅宗。杜甫得到消息後，感到國家有了復興的希望，立即告別妻子，隻身北到靈武去投奔肅宗。誰知中途被叛軍截獲，把他同其他被俘的人一起押送到長安。

長安，這座昔日無比繁華的都城，在淪陷的短短兩個月內，已經變得瘡痍滿目，冷落不堪。白天，寬闊的大道上胡騎橫行，街市蕭條；黃昏後，宮苑中哀笳相聞，此起彼落。整個城市彌漫着一片淒涼恐怖的氣氛。回到長安以後，杜甫雖然獲得釋放，但不能離城出走。他只好臨時找了一個地方住下來，暗中向朋友打聽朝廷和官軍的消息，等待時局的變化。日子一久，他越來越想念那遠在羌村的妻子和年幼的兒女們。十月下旬，由房琯統率的唐軍，分三路向長安發起了反攻。因為指揮失當，先後在陳陶斜和青阪兩地遭到叛軍襲擊，損失慘重，死傷將士達數萬人，連河水也被染紅了。杜甫寫下了《悲陳陶》和《悲青阪》二詩，以誌哀悼。

冬盡春來。曲江池畔，終南山下，又到處是一派細柳新蒲、繁花似繡的景象。一天早晨，杜甫出了寓所，穿過東市，沿着平坦寬闊的街路信步向南走去。不知不覺中，一泓清澄的湖水忽然映現在杜甫的眼前。“啊，曲江到了！”這一片長安士民熟悉的遊覽勝地，過去每逢春秋佳日，總是熙熙攘攘，擠滿了踏青賞花、蕩槳嬉水的人群，可今天，平靜的湖面上卻不見一隻遊艇……杜甫來到湖邊徘徊徜徉，只見沿湖的花壇上，一叢叢嬌豔欲滴的鮮花沾滿了晶瑩的露珠，周圍卻無人觀賞。枝頭的幾隻黃鸝，看到杜甫的身影，也像受驚似地唧唧啾啾叫了兩聲，一下子飛走了。“感時花濺淚，恨別鳥驚心。”杜甫即景生情，低聲吟出了兩句詩，然後又感慨地自語：“時局如此，連花鳥也為之神傷心驚。我困守在這圍城之中，有君難投，有家難歸，什麼時候才能脱身賊手，為國效命呢？”杜甫心裏思潮翻騰：陳陶、青阪之戰距今已有三月，官軍何時再能大舉反攻，收復長安？遠在羌村的妻子，何時能給自己寄來珍貴的家書？想着想着，他又習慣地舉起手來搔了搔頭，發現稀疏的白髮已經快要插不住簪子了。

當天，杜甫回到寓所後，就以《春望》為題，寫下了這首著名的五律。千百年來，每到國難當頭的時候，這首感情真摯、含意深刻的詩篇，就引起無數愛國志上的共鳴，一直膾炙人口，傳誦不絕。

（金文明）

原文

春望

唐・杜甫

國破山河在，城春草木深。
感時花濺淚〔1〕，恨別鳥驚心〔2〕。
烽火〔3〕連三月，家書抵萬金〔4〕。
白頭〔5〕搔更短，渾欲不勝簪〔6〕。

註釋

〔1〕感時花濺淚，花上沾滿露珠，好像花也在為感傷混亂苦難的時勢而流淚。這是一種擬人化的寫法。

〔2〕恨別鳥驚心，多少人家在戰亂中妻離子散，天各一方，鳥也為此而感到心驚。

〔3〕烽火，古代發現外敵入侵時，燃烽火以報警。這裏指戰爭。

〔4〕家書，家信。抵萬金，戰爭中敵對雙方無法通信，這句形容家信珍貴難得。

〔5〕白頭，指頭髮花白。這一年杜甫四十六歲，頭髮已經花白，而且越搔越短，説明衰老得較早。

〔6〕渾，簡直。不勝，不能。簪，此字有 zēn、zān 兩讀，這裏為押韻，應讀作 zēn。本指別頭髮的簪子，這裏用如動詞，指用髮簪把頭髮別住。古代男子髮長，需要盤成結後用簪子別住。

暮投石壕村

唐肅宗乾元二年（759）三月，由郭子儀、李光弼統率的六十萬唐軍，正在安陽河以北同史思明的叛軍激戰，突然，一陣狂風捲地而起，飛沙拔木，直颳得天昏地暗，咫尺不能相辨。對陣的兩軍頓時如潮水般地向後狂奔潰退。為了防止叛軍乘虛掩襲東都洛陽，郭子儀下令截斷了河陽橋，退保河南。這時他已無法控制各地節度使的部屬，只好聽任他們自己收集殘軍返回本鎮。那些散兵游勇便大肆搶掠，使當地的百姓遭受了一場浩劫。

河陽之戰結束不久，杜甫便從東都出發，前往華州（今陝西華縣）。一路上，映入他眼簾的是一幕幕悲慘淒涼的情景：許多村莊已十室九空，田野間、河灘上橫七豎八地躺着倒斃的傷兵，有時走上幾十里路也看不見一縷炊煙。一天，杜甫來到澠池西面五十多里的石壕村。他看看天色已晚，腹中也感到飢腸轆轆，便走到村中一戶人家屋前，上去敲門借宿。出來開門的是一位年近花甲的老婦人。杜甫向她説明來意後，便被熱情地請進屋去。透過昏黃的油燈光，杜甫發現屋角裏還坐着一位六十開外的老翁。老婦告訴他這是自己的老伴。杜甫當晚便留宿老婦家。

突然，“嘭！嘭嘭！……”一陣震耳的敲門聲，把熟睡中的杜甫驚醒過來。他在蒙朧中不知道發生了什麼事，連忙披衣下牀，靠在門背後側耳傾聽。這時，屋後響起了窸窸窣窣的聲音，接着聽到有人在攀牆。杜甫從窗紙的破洞中向外望去，只見這家的老翁已經翻上牆頭，然後跳出牆外逃跑了。只聽前面的院子裏有人在大聲吼叫：“你家老頭呢？現在河陽來的人馬就駐紮在縣城外，他們要吃要喝要草料，沒人當差怎麼行？快讓你家老頭跟我走！”接下來杜甫聽到老婦的哭求聲：“官爺，你就行點好吧。我三個兒子都被徵發去了鄴城，最近大兒來信，説兩個弟弟已經戰死。家裏揭不開鍋，老頭也跑了，只剩下兒媳和吃奶的孫子，可憐她連一件完整的衣裙也沒有……”“不行！你家必須抽一個人去當差。要不，我沒法向上面交待！”縣吏的聲音中沒有一點憐憫的意思。老婦無可奈何地說：“好，那就讓我跟你去吧！我這把骨頭雖老，天亮前趕到隊伍上，還可以給那些當兵的燒頓早飯呢！”院門響過咿呀一聲，老婦終於跟着縣吏走了，四下裏又變得一片沉寂。杜甫回到牀前，默默地望着漆黑的夜，再也無法入睡。過了片刻，他隱約地聽到隔壁房裏傳來了一陣陣輕微的啜泣聲。

天亮以後，杜甫收拾行裝準備上路。這時翻牆逃走的老翁已經回來了。當杜甫向這位不幸的主人表示感謝和告別時，只見他的眼裏湧滿了淚水。後來，杜甫就把這一夜的經歷寫成了流傳千古的詩篇——《石壕吏》。

（金文明）

原文

石壕吏

唐·杜甫

暮投石壕村〔1〕，有吏夜捉人。

老翁逾〔2〕牆走，老婦出門看。

吏呼一何〔3〕怒！婦啼一何苦。

聽婦前致詞〔4〕，“三男鄴城戍〔5〕。

一男附書至，二男新戰死。

存者且偷生，死者長已矣〔6〕！

室中更無人，惟有乳下孫。

有孫母未去，出入無完裙。

老嫗〔7〕力雖衰，請從吏夜歸。

急應河陽〔8〕役，猶得備晨炊〔9〕。”

夜久語聲絕，如聞泣幽咽〔10〕。

天明登前途，獨與老翁別。

註釋

〔1〕石壕村，在今河南陝縣東硤石鎮。

〔2〕逾，翻越。

〔3〕一何，何等，多麼。

〔4〕致詞，對人講述。

〔5〕鄴城戍，在鄴城當兵。鄴城，即相州，在今河南安陽。

〔6〕長已矣，永遠消逝了。

〔7〕老嫗，老女人。老婦自稱。

〔8〕河陽，今河南孟縣。當時是唐朝李光弼所率官軍同史思明叛軍激戰的地方。

〔9〕備晨炊，替官家做早飯。

〔10〕幽咽，輕微而悽楚的哭泣聲。

人間不解重驊騮

唐玄宗開元年間，長安有兩位著名的畫家，一位名叫鄭虔，擅長畫魚水山石，有唐玄宗曾在他進獻的自題詩畫上寫下"鄭虔三絕"四個字，以示褒讚。另一位名叫曹霸，是三國魏武帝曹操的後裔，擅長人物和馬的寫生，名聲比鄭虔更大。玄宗對他特別器重，曾經多次召曹霸進內廷，讓他當堂作畫，賞賜他許多錢物和禮品。

太極宮中有一座著名的凌煙閣，唐太宗貞觀十七年（643），曾經請當時的繪畫高手閻立本在閣內畫了二十四位開國功臣肖像。到開元年間，這些肖像已經剝落，顏色暗淡。玄宗命曹霸重新修飾加工，讓它們重放光彩。曹霸奉命來到凌煙閣中。他根據在史館裏看到的材料和民間聽來的傳說，經過認真的構思，就聚精會神地畫了起來。幾天以後，這二十四位功臣的肖像，又栩栩如生地重新展現在人們的面前。曹霸畫馬更是出神入化。玄宗有一匹最喜愛的玉花驄，雄駿非凡，許多畫工都畫不好。曹霸在壁上掛起一幅巨大的白絹，讓人把馬牽到殿前，然後舉起筆來揮灑自如，很快就把它活脫脫地勾勒出來了。玄宗看了非常高興，不僅賞給曹霸大量金帛，並且下詔封他為左武衛將軍。從此，曹霸更是身價百倍，長安城裏的達官貴族紛紛以重金搜求他的墨跡。

天寶五年（746），詩人杜甫來到長安。他經人介紹，認識了當時任廣文館博士的鄭虔，兩人很快就結成了莫逆之交。對於久負盛名的曹霸，杜甫也早已十分仰慕，多次想去結識這位丹青國手，更希望能親自看一看他重畫的淩煙功臣像。但由於曹霸長期供奉內廷，而杜甫當時還沒有一官半職，不能進入皇宮，因此這個願望一直無法實現。天寶十四年（755）冬天，“安史之亂”爆發。不久叛軍長驅南下，佔領東都洛陽，隨即又攻陷潼關，逼近長安。玄宗被迫逃往西川。叛軍進入長安後，大肆搜捕留京的唐朝官員，把他們押送到洛陽去。鄭虔來不及出逃，被押往洛陽，後被迫擔任了偽官職。唐肅宗至德二年（757），唐軍相繼收復了東西兩京。凡是擔任過偽職的唐朝官員，都被押回長安定罪。鄭虔由於無嚴重劣跡，被從輕發落，貶謫到台州去做司戶參軍。當時杜甫剛剛從家鄉回到長安，他還沒有來得及同好友見上一面，鄭虔就已匆促地離京南下了。鄭虔走後，杜甫忽然想起了當年同樣以畫藝名滿京城的曹霸。於是他向朝廷裏一些了解情況的大臣打聽。有人告訴他，早在天寶末年，曹霸就因一件小事獲罪，被削去官職離開了長安。從此便不知下落了。為了滿足仰慕已久的心願，杜甫特地到淩煙閣參觀了曹霸重畫的功臣像。

時間過去了整整八年，飽經憂患的杜甫已辭職離京，遠涉關隴，千里迢迢地來到西川，在成都郊外浣花溪畔的草堂裏定居了下來。一天，他到一位當地官員府上作客，意外地在書房中發現了一幅《九馬圖》。這幅畫下款的署名，就是杜甫長期以來一心嚮往的丹青國手曹霸。他不由喜出望外，馬上向主人打聽這位畫家的下落。主人告訴他曹霸目前正在成都，由於窮困潦倒，不得不以在街頭給來往的行人畫像為生。杜甫隨即前往城裏尋訪，最後在一處圍觀的人群中，找到了正在給人寫生的曹霸。他靜靜地佇立一旁，看着曹霸襤褸的衣衫和瘦削的身形，不由感到一陣辛酸。等曹霸畫完以後，才上前通報姓名，說明來意。曹霸也久聞杜甫的大名，馬上收起畫攤，把他請到自己寓居的客店，要了酒和幾碟小菜，對飲暢談起來。曹霸滿懷淒涼地告訴杜甫，當年他失寵以後並沒有離開關中，直到"安史之亂"爆發，才被迫倉促南下。在逃難中，他與妻兒不幸失散，又無處安身，只好背鄉離井，輾轉來到成都，依靠在街頭寫生賣畫苦度時日……聽完曹霸不幸的遭遇，杜甫當即寫了一首《丹青引》贈給他，詩的最後四句說："途窮反遭俗眼白，世上未有如公貧。但看古來盛名下，終日坎壈纏其身。"曹霸讀着這首詩篇，不禁感慨萬端，流下了熱淚。

不久，忽然從台州傳來鄭虔因病去世的消息，杜甫陷入極度的悲痛之中。他馬上趕往城裏，想把這個噩耗告訴給曹霸，誰知曹霸因為當地謀生困難，已經在幾天前悄然離開了成都。"鄭公粉繪隨長夜，曹霸丹青已白頭。天下何曾有山水，人間不解重驊騮！"杜甫懷着沉痛的心情吟成了這首發人深思的七絕，對兩位身懷絕藝的畫家表示了無限的惋惜，也對摧殘、埋沒人才的黑暗現實作了憤怒的揭露。

（金文明）

原文

存歿[1]口號[2]（二首之二）

唐・杜甫

鄭公[3]粉繪[4]隨長夜[5]，曹霸丹青[6]已白頭[7]。
天下何曾有山水[8]，人間不解[9]重[10]驊騮[11]。

註釋

〔1〕存歿，存，活着的人，指曹霸；歿，死去的人，指鄭虔。

〔2〕口號，用在詩題中，表示隨口吟成的意思。

〔3〕鄭公，對鄭虔的敬稱。

〔4〕粉繪，繪畫。古代作畫時需要施粉上樣，故稱。

〔5〕隨長夜，指死去。人死後長眠不醒，好比永遠處於黑夜之中。

〔6〕丹青，丹（紅色）和青是中國古代繪畫中常用的顏色，後用以借指繪畫藝術。

〔7〕白頭，指年紀衰老。

〔8〕天下何曾有山水，鄭虔擅長畫山水，這句形容他的畫藝高超，意思

是說，同他的作品相比，普天之下就沒有什麼山水畫了。

〔9〕不解，不懂得，不知道。

〔10〕重，看重，重視。

〔11〕驊騮，周穆王八駿之一，後用以泛指駿馬。這個詞語含雙關，一方面暗指曹霸擅長畫馬，另一方面亦以駿馬比喻曹霸這樣難得的人才。

堂前撲棗任西鄰

安史之亂後，杜甫仕途多舛，逐漸心灰意冷，終棄官入蜀，投靠嚴武。嚴武薦他為節度參謀、檢校工部員外郎。

杜甫五十五歲時到達四川夔州。在瀼西築了一個草堂，全家都住在那裏。草堂的周圍遍植花木，有好幾棵棗子樹。每到秋天，棗子樹上掛滿了棗子。杜甫西鄰有一位孤苦的寡婦，無兒無女，衣食無着，經常到杜甫草堂的周圍，靠打棗子充飢。杜甫非常同情她的不幸，從來沒有阻止過。不久，杜甫有位姓吳的親戚從忠州調到夔州來，擔任州府裏的司法參軍。吳姓親戚沒有房子住，請求杜甫為他尋找落腳之處。杜甫一口答應，打算自家遷居到東屯去，把瀼西草堂讓給他。幾天之後，杜甫一家搬到東屯去。在搬家的時候，那位西鄰寡婦帶着一種失望的神情凝視着杜甫的離去。

搬走後，杜甫時常想起這位貧苦無依的鄰居，擔心新來的親戚是不是也像自己那樣同情鄰居呢？於是決心寫一首詩給親戚，把自己的願望告訴他。他寫了一首題為《又呈吳郎》的七律。前四句是："堂前撲棗任西鄰，無食無兒一婦人。不為困窮寧有此，只緣恐懼轉須親。"第三句衛護婦人，為她行為開脱；第四句説婦人自覺撲棗不對，心懷恐懼，我們更應對她親切。後面四句是："即防遠客雖多事，便插疏籬卻甚真。已訴徵求貧到骨，正思戎馬淚盈巾。"最後兩句寫平日婦人和自己的感受，揭出貧困的根源在於"徵求"和戎馬（戰爭）給人民帶來了災難。這首詩説得委婉曲折，使人感到誠懇親切。至於吳郎接到這首詩以後的感受，那就不得而知了。

（楊兆林）

原文

又呈吳郎[1]

唐‧杜甫

堂前撲棗任西鄰，無食無兒一婦人。
不為困窮寧有此[2]，只緣恐懼轉須親。
即防遠客雖多事[3]，便插疏籬卻甚真[4]。
已訴徵求[5]貧到骨，正思戎馬[6]淚盈巾。

註釋

〔1〕吳郎，杜甫的親戚，名不詳。題為又呈，是因為不久前杜甫已寫了一首詩給他。
〔2〕寧有此，哪裏會有這樣的事。此，指打棗。
〔3〕這句是說：婦人見你遠方初來，就提防你會干涉她打棗，這就未免多事了。
〔4〕這句是說：你吳郎一來，就插上疏稀的籬笆，使得婦人見了，便認真了。
〔5〕徵求，徵斂，各種賦稅徭役的剝削。
〔6〕戎馬，指戰爭帶給人們的苦難。

葉上題詩寄與誰

唐肅宗時，有一位著名詩人顧況（727—815）。他是蘇州海鹽人（今浙江海寧縣），進士及第後，未被重用，嘗盡了人情冷暖的滋味。他懷着失意的憤恨，離開長安，來到洛陽。

在這個人地生疏的地方，他感到寂寞無聊。有一天，顧況走出客舍，信步閒遊，不知不覺地來到上陽宮外邊。只見宮牆高聳，殿閣巍峨。忽然他發現宮牆腳下御溝（宮廷外的護城河）的清波之上，飄浮着一張異樣的桐葉，上面有着斑斑點點的墨跡。他順手折來一枝柳條，順着流水跑了幾步，把那張桐葉撈了起來。仔細一看，上面卻是一位宮女新題的一首五絕："一入宮門裏，年年不見春。聊題一片葉，寄與有情人。"顧況將桐葉悄悄收起，帶回住處，晚上在孤燈下細細審視。他不禁想起自己宦場失意的事來：她們長鎖宮中，度日如年，和我一樣都是世間不幸的人啊！我一定得和詩一首，贈與那位宮女，也可以稍稍安慰她的不幸吧！他吟哦了很久，終於寫成一首七絕："花落深宮鶯亦悲，上陽宮女斷腸時。帝城不禁東流水，葉上題詩寄與誰？"第三句是說："深宮雖然鎖住了宮女們的身體，但流水是禁止不住的，比喻宮女們嚮往自由的思想。"

第二天，顧況來到流經上陽宮御溝的上游，並把寫好的另一張桐葉，置於清流之上，目送着它順水而下，進入宮牆，希望能夠讓那個題詩的宮女看到，以寄衷情。並希望得到贈答。顧況每天都到上陽宮外御溝旁邊等候回贈，等了十多天，都沒有看到水面上有桐葉飄下來。

有一天，他又去等候，突然驚喜地發現御溝水面上漂浮着一張異樣的桐葉，上面又有斑斑墨跡，他連忙折取柳枝打撈。撈上來一看，果然是那位值得同情的宮女的答詩："一葉題詩出禁城，誰人酬唱獨含情？自嗟不及波中葉，蕩漾乘春取次（任意）行。"顧況感到一陣難受，對這樣一位有才華的宮女，自己能有什麼幫助呢？他長歎一聲，悵然而歸。

（楊兆林）

原文

七絕

唐•顧況

花落深宮鶯亦悲，上陽宮[1]女斷腸[2]時。

帝城[3]不禁東流水，葉上題詩寄與誰？

註釋

〔1〕上陽宮，唐宮名。在唐洛陽皇城西南禁苑內。故址在今洛陽城西約兩公里的洛水北岸。唐高宗時建。武則天常居於此，興修更廣。玄宗時，宮人被謫，常置此宮。

〔2〕斷腸，形容悲痛到極點。

〔3〕帝城，即皇宮。

往日依依今在否

唐代詩人韓翃（約公元 766 年前後在世），才華出眾，與盧倫、司空曙、錢起等十位詩人齊名，並稱為“大曆十才子”。韓翃客居長安時，家徒四壁，可是，他所交遊的卻都是當時的名士。其中有一位好友李生，家境富有，經常與韓翃一起飲宴談論。李家有一名叫柳氏的歌姬，暗暗地愛上了韓翃的才學人品。韓翃也被她的美貌所吸引，產生了愛慕之心。李生知道柳氏的心跡以後，特意備下盛宴，邀請韓翃赴席，並讓柳氏作陪。席間，李生問明兩人心意，不但欣然將柳氏許配韓翃，更慷慨解囊贈給韓翃錢三十萬，資助他們的生活。韓翃、柳氏終成眷屬，自是恩愛非常。第二年，韓翃進士及第。洞房花燭之後，接着又金榜題名，夫妻兩人喜不自禁。

“漁陽鼙鼓動地來，驚破霓裳羽衣曲”，安史叛亂，天下震動。平盧、淄青節度使侯希逸駐紮在青州一帶與叛軍作戰，久聞韓翃的才名，聘請他入幕為從事。韓翃考慮到前線局勢險惡，便將柳氏留在京都長安。天寶末年，安祿山叛軍長驅直入，攻佔長安。柳氏單身獨居，唯恐因美貌帶來災禍，便剪去雲鬢，棲身法靈寺為尼。經過七年苦戰，安史之亂終於被平定。韓翃急切地派使者帶着自己的親筆信去尋找柳氏，信中題了一首詞：“章台柳，章台柳，往日依依今在否？縱使長條似舊垂，也應攀折他人手。”小詞滿溢着深深的思戀和憂慮。使者費盡周折，在法靈寺找到柳氏，柳氏手捧題詞的錦箋，失聲痛哭，當即和淚回贈一詞：“楊柳枝，芳菲節，所恨年年贈離別。一葉隨風忽報秋，縱使君來豈堪折。”正在柳氏做着溫馨的團圓夢時，幫助唐王朝平叛的西北番族將領沙吒利偶過法靈寺，看見她美色傾城，就強搶回府，逼迫成婚。不久，朝廷委任侯希逸為左僕射，赴京就職。韓翃隨同回長安，興沖沖地去找尋柳氏，誰知已杳如黃鶴。他仰天長歎，悲痛不已。

一天，韓翃路經龍首岡，有輛牛車擦身而過，他突然聽到一聲熟悉的呼喚：“你不是韓先生麼？”他猛抬頭，眼前分明是朝思暮想的柳氏。柳氏向韓翃哭訴了自己委身番將的遭遇，並說沙吒利兇殘無比，他們二人只能來世相會了。這天，淄青諸將在酒樓聚會，韓翃被邀在座，他抑制不住內心的苦悶，將心事和盤托出。青年將領許俊素來以膽大勇敢著稱，聽到此不平之事，撫劍叫道：“我平時以義烈自許，今日豈能坐視不管。”他讓韓翃親筆寫封書信，揣在懷裏。身披輕甲，腰佩長劍，騎着匹烈馬直向沙吒利府第奔去，乘沙吒利出門之際，飛馬直闖府門，衝散守衛兵丁，將柳氏帶回酒樓，交給韓翃。當時，番族將領自恃平叛有功，專橫跋扈，兇狠好殺，連皇帝都讓他們三分。韓翃、許俊擔心沙吒利的報復，便去向侯希逸求助。侯希逸聽了，他既敬佩許俊的膽略和義氣，又同情韓翃的不幸，決計幫助他們。他立即上書皇帝，敘述事情經過，皇帝看過奏摺，稱歎不已，但他又不願得罪沙吒利，便下詔說：“沙吒利宜賜絹二千匹，柳氏卻歸韓翃。”韓翃、柳氏終於破鏡重圓，他們的愛情故事也成為千古傳頌的傳奇。

（湯高才）

原文

章台柳〔1〕

唐・韓翃

章台柳〔2〕，章台柳，往日依依〔3〕今在否？

縱使長條似舊垂，也應攀折他人手。

註釋

〔1〕 章台柳，詞調名，後人以韓翃寄柳氏詩採作詞譜。韓翃及柳氏贈答

故事，見許堯佐《柳氏傳》、孟棨《本事詩》。

〔2〕章台，長安城內有章台宮，戰國時建，以宮內有章台而得名。台下有街，名章台街，是城中繁華之處。後來每借指妓院所在。章台柳，此處借喻歌妓柳氏。

〔3〕依依，柔軟貌。《詩經·小雅·采薇》："昔我往矣，楊柳依依。"喻離別時依戀之貌。

往事難堪飯後鐘

王播是唐代中期的一位宰相。他自幼父母雙亡，孤苦伶仃。揚州惠昭寺當家老和尚見他可憐，把他收留在寺裏。一晃十年過去了。王播由於刻苦自學，學問長進得很快。但就在這時候，老和尚不幸病逝。新任當家和尚為人勢利，見王播貧寒無依，常常譏嘲他，想方設法趕他走。

唐代寺廟有個規矩，每次飯前總要撞鐘。王播聽到鐘聲，就放下功課，隨和尚們去吃飯。當家和尚每逢王播去吃飯，總要指桑罵槐地發作一通。王播也知道當家和尚厭惡他，可他舉目無親，能到哪裏去呢！那天早飯後，王播剛離開飯堂，當家和尚就召集眾和尚，鬼鬼祟祟地嘀咕了一番。王播回到屋裏，這時，一個朋友來看他，告訴他朝廷在洛陽舉行進士考試，勸他同去一試，並表示願意借給他一些盤纏。王播很感激。兩人談得十分投機，不知不覺，日已當空，於是，友人告辭而去。這天，午鐘遲遲不敲。王播徘徊空屋，飢腸轆轆。他想起寄人籬下的痛苦，就在牆上題詩一首，以寄悲慨。詩剛寫完，前殿傳來一陣鐘聲，王播連忙放下筆，急步跑到飯堂。可是，飯堂裏冷冷清清，只有一個小沙彌在收拾桌上的殘羹剩菜。一瞬間，王播什麼都明白了：和尚們為了捉弄他，故意先吃飯，後撞鐘。王播再也忍不下這口氣，當天就離開了惠昭寺。

光陰似箭，一晃又是二十年過去了，王播回到了揚州。這時，他的身份是揚州刺史（地方最高行政長官）。上任第三天，他傳話下來，準備重遊惠昭寺。頓時，惠昭寺裏一片慌亂。當家和尚得知新任刺史就是當年的窮書生，趕緊派人把王播住過的小屋打掃得乾乾淨淨，還特製了一隻碧紗籠把牆上的那首詩罩上。王播來到寺院，和尚們一齊在山門列隊迎候。當家和尚搶上幾步，一躬到地，恭敬地說："小寺是長官昔年攻讀之地，今日重臨，小寺蓬蓽生輝。"在和尚的簇擁下，王播走進當年的小屋，見屋內窗明几淨，那條大板牀上鋪設着嶄新的被褥，心裏暗暗好笑。他抬頭看見掛在牆上的碧紗籠，愕然不解，問道："這是什麼？"當家和尚滿臉堆笑，阿諛奉承道："這是長官留下的墨寶，早已用碧紗籠罩上，是要代代相傳，永為山門之寶的啊！"王播一聽，哈哈大笑。他轉身吩咐隨從準備筆墨，當下又在牆上題詩一首——"上堂已了各西東，慚愧闍黎飯後鐘。二十年來塵撲面，如今始得碧紗籠。"詩中的堂，指飯堂。"已了各西東"，是說和尚吃飯完畢，各自散開。這首詩抓住當年和尚搞"飯後鐘"的把戲，用前後對比的手法，尖銳地諷刺了他們前倨後恭、嫌貧愛富的醜態。王播寫畢，招呼道："師父們，請看！"眾和尚一擁而上，讀後才知道這首詩是在嘲笑他們。

（王國安）

原文

題揚州惠昭寺木蘭院

唐・王播

上堂已了各西東，慚愧闍黎飯後鐘[1]。

二十年來塵撲面[2]，如今始得碧紗籠。

註釋

〔1〕 闍黎，僧人。

〔2〕 塵撲面，這裏是雙關語，既指牆上題的詩，又指作者本人。

肯將衰朽惜殘年

韓愈（768－824），字退之，是唐代著名的古文家和詩人，河陽（今河南孟縣）人。韓愈十九歲赴京考試，得到古文家梁肅的稱許。他在京城十年。二十九歲以後才登上仕途，做過地方官、京官，頗有政績。他以孟軻繼承者自居，力圖恢復儒家思想的統治地位，強調建立道統。在文學上，他以復古道為目的，反對駢偶，提倡古文。韓愈竭力反對佛教，認為佛教宣傳宗教迷信，散佈虛無頹廢思想。而且，當時的寺院佔有大量土地，僧侶過着奢侈的生活，成為一個龐大的寄生階層。但唐憲宗篤信佛教，為求長生不老，他命宦官迎接鳳翔法門寺塔的"佛指骨"入宮供奉，還命人送往各寺廟，要官民一起敬香禮拜。韓愈就寫了有名的《諫迎佛骨表》，極言切諫。表中說到東漢以來，帝王奉佛，結果亂亡相繼，年壽不長。憲宗看了奏疏表，大怒，並把《諫迎佛骨表》給大臣們傳觀，打算將韓愈處死。大臣裴度、崔群都懇請從寬發落。經過大臣們保救，憲宗把這事交給刑部侍郎處理。不久，刑部貶韓愈為潮陽刺史，立刻離京赴任。

韓愈忠而獲罪，而且遠謫潮陽，他感到委屈悲憤，但只得帶着一名家僮，向南進發。這一天下午，韓愈將近藍關時，彤雲四佈，朔風怒號，鵝毛大的雪花紛紛揚揚落下來。一會兒，地上的積雪就很厚了。天冷雪大，騎馬難行，他只好跳下來，牽馬進關，找了一個旅店住下，打算等天晴了再走。隔兩日，他在京城的家屬竟全部都趕來，其中有他的姪孫韓湘。原來，韓愈離京後，他的政敵向刑部建議，罪人的家屬不應居住京城。這樣一來，刑部立刻派人逼迫他的家屬離京了事。不過，這倒也為他寂寞淒涼的旅途增加一絲欣慰。當晚就寫了一首七律："一封朝奏九重天，夕貶潮陽路八千。欲為聖明除弊事，肯將衰朽惜殘年！雲橫秦嶺家何在？雪擁藍關馬不前。知汝遠來應有意，好收吾骨瘴江邊。"他向韓湘訴説自己滿腹悲憤之情，並要姪孫辦理他的後事。

這首詩敘事、寫景、抒情融合為一。語言明晰，風格沉鬱。第二天，太陽出來了。韓愈一家又馳驅在連綿不斷的終南山上，向遙遠的潮陽進發。

（楊兆林）

原文

左遷至藍關示姪孫湘〔1〕

唐・韓愈

一封朝奏九重天〔2〕，夕貶潮陽路八千〔3〕。
欲為聖明除弊事〔4〕，肯將衰朽惜殘年〔5〕！
雲橫秦嶺家何在〔6〕？雪擁藍關馬不前〔7〕。
知汝遠來應有意，好收吾骨瘴江邊〔8〕。

註釋

〔1〕 左遷，降職，貶謫。藍關，指長安（今陝西省）東南的藍田關。
〔2〕 一封，一封奏章。九重天，指天子的宮殿。
〔3〕 潮陽，在今廣東省潮州市。
〔4〕 聖明，指憲宗皇帝。弊事，指迎佛骨入宮所產生的弊政。
〔5〕 殘年，暮年，晚年。
〔6〕 秦嶺，長安以南的秦嶺山脈，亦指其首峰終南山。
〔7〕 擁，抱，指大雪把藍關包圍起來。
〔8〕 瘴江，指充滿瘴氣的大江。瘴，毒氣。

獨釣寒江雪

唐德宗貞元末年，著名文學家柳宗元參與了王叔文、王伾等領導的朝政改革，成為這個政治集團的主要骨幹。貞元二十一年（805）春天，德宗因病去世，李誦繼位，史稱順宗，改年號“永貞”。“二王”

集團掌握了朝廷大權，立即大刀闊斧地改革弊政，史稱"永貞革新"。但改革僅進行了一百四十六天，就隨着順宗退位，宣告失敗。順宗退位以後，新即位的憲宗李純立即下詔把王叔文、王伾貶謫到四川。"二王"集團的其他八位主要骨幹都出為遠州刺史。不久，當權者覺得處罰太輕，又把他們加貶為司馬。這就是中唐歷史上著名的"八司馬事件"。

九月間，柳宗元接到貶為韶州（今廣東韶關市西南）刺史的命令後，便帶着年近七旬的老母，千里迢迢地趕往蠻煙瘴雨的南方。誰知船還沒有過長江、朝廷的詔書又到了，他被進一步貶往湘江上遊的永州去擔任司馬。永州是唐朝比較偏僻的地區，經過"安史之亂"，登記在戶籍上的人口只有二萬七千多人。柳宗元的司馬官職屬於"員外置"，即編制之外，按規定不得干預政務，甚至連個官舍都沒有，只能寄居在寺廟裏，景況十分淒涼。不到半年，年老的母親便因憂病交加在永州去世。掌握大權的政敵和一些落井下石的小人，不斷造謠中傷柳宗元，把他說成是個"怪民"。一般親友，這時也不敢再與他通信來往。柳宗元深深感受到了政治鬥爭失勢後的孤寂和世態的炎涼。精神上的折磨，嚴重地摧殘着柳宗元的健康。剛到永州時，他還是個年富力強、神清氣旺的人，僅僅過了三四年，就已"百病所集，痞塊伏積"、"神志荒耗，前後遺忘"。但是，這並沒有使柳宗元放棄自己的信念。在這些日子裏，他曾仿照屈原的《離騷》和《九章》，寫了《懲咎》、《閔生》等辭賦，以表達心跡，抒發憂思，為自己投身的革新事業進行辯護，也對政敵的迫害作了有力的控訴。

元和五年（810），柳宗元在瀟水的支流冉溪旁買地築屋，定居下來。他特地將冉溪改名為愚溪，其他丘泉溝池都以"愚"命名，並且寫了《八愚詩》和《愚溪詩序》，用詼諧幽默的筆調，對在位者作了辛辣的諷刺。對於永州的山水，柳宗元有着特殊的愛好。定居冉溪後，他仍然經常四出遊歷，方圓百里內的層巒險峰，峽谷林泉，都留下了他尋勝探幽的足跡。一個彤雲密佈的嚴冬，柳宗元來到湘江岸邊，但見天地空闊，萬籟俱寂，遙望群峰，看不到一點人蹤和鳥跡。紛紛揚揚的雪花無聲地飄落江中，只有一位身披蓑衣、頭戴笠帽的漁翁正在江心孤舟上靜坐垂釣……眼前的情景，激起了柳宗元無限的感慨。這位在大雪中獨釣寒江的漁翁，不正是自己目前政治處境的寫照嗎？於是，一首風格淒清奇峭的五絕頓時從他胸中奔湧而出："千山鳥飛絕，萬徑人蹤滅。孤舟蓑笠翁，獨釣寒江雪。"

（金文明）

原文

江雪

唐・柳宗元

千山鳥飛絕，萬徑〔1〕人蹤滅。

孤舟蓑笠翁〔2〕，獨釣寒江雪。

註釋

〔1〕 徑，小路。

〔2〕 蓑笠翁，身披蓑衣、頭戴笠帽的老翁。

"人面桃花"結奇緣

唐代博陵（郡治今河北定州市）人崔護，是個風度翩翩的美少年。有一年，他去長安參加進士考試，落榜後就寄居在長安客舍，刻苦攻讀，準備明年再考。春天，楊柳吐青，桃花綻紅，長安人紛紛去郊外踏青。清明節這天，崔護也放下書卷，興致勃勃地去城南郊遊。面對良辰美景，他心曠神怡。崔護一邊走一邊觀賞着春景。太陽逐漸西斜，他感到口渴，見附近幽深的花木叢中隱隱露出一角庭院，就信步上前敲門。

院內靜悄悄的，許久沒有動靜。崔護剛想離開，猛聽得裏面傳出一個姑娘嬌稚的聲音："誰啊？"崔護急忙答道："我叫崔護，是來長安應試的舉子。遊春獨行，口渴求飲。"門"吱"的一聲打開，一個嬌小玲瓏的姑娘走了出來。她利索地在院內柳蔭安置了竹几竹椅，轉身又送上一杯清茶。隨後，靠在一棵小桃樹旁羞怯地注視着崔護。姑娘長得嬌美，在灼灼桃花的映襯下顯得格外可愛。崔護一見，十分愛慕，就藉着閒談，暗暗吐露心聲。姑娘微微含笑，並不答言，但從她脈脈含情的眼神裏可以看出，她也被崔護文雅的談吐、瀟灑的舉止吸引住了。直到夕陽西下，崔護見時光不早，只好起身告退，與姑娘依依惜別。從此，姑娘的倩影經常映現在他腦海裏。

第二年清明節，崔護再也抑制不住自己的感情，急匆匆出城到原址去找她。但見院中桃花依舊，可是門卻反鎖着，說明人已不在。崔護感到一陣失望，就在門上題了一首詩："去年今日此門中，人面桃花相映紅。人面不知何處去，桃花依舊笑春風。"表達了自己對姑娘的愛慕與相思之情。詩後還署上了名，想讓姑娘知道自己曾經來過。幾天後，崔護又去看望那姑娘。剛走近庭院，猛聽得裏面傳來隱隱哭聲。他急忙敲門，一個老翁出來，問明來意，張口就說："你是崔護嗎？你害死了我女兒！"說着，忍不住淚水直流。原來，姑娘是老人的獨生女，自去年相識崔護後，一直想念着他。前幾天，老人帶她去親戚家，歸家後，看見門上的題詩，才知道崔護來過。姑娘進屋就哭，一連幾天，不吃不喝，奄奄一息。崔護聽完老人敘述，追悔莫及，請求進屋見見姑娘遺體，寄託哀思。只見那姑娘靜靜地平臥在牀上，面色如生。崔護把姑娘抱在懷裏，哭喊道："我在這裏，我在這裏！"漸漸地，姑娘竟然睜開了眼睛，蘇醒過來。原來，她只是暫時昏厥。崔護和老人見姑娘死而復生，不禁喜出望外。當下，老人就同意把姑娘許配給崔護。

（王國安）

原文

題都城南莊〔1〕

唐·崔護

去年今日此門中，人面桃花相映紅。

人面不知何處去，桃花依舊笑〔2〕春風。

註釋

〔1〕詩人去尋訪去年見過的一位姑娘，結果沒有相遇，因此寫了這首詩抒發惆悵。都城，指唐京都長安，今陝西西安。

〔2〕笑，形容桃花開得茂盛的樣子。

病樹前頭萬木春

劉禹錫（772—842），字夢得，自稱中山（今河北省定縣）人。唐朝中期著名的思想家和文學家。他的詩清新俊逸，質樸自然，經常抒發他政治上要求革新的主張。公元 805 年，劉禹錫積極參與了以王叔文為首的“永貞革新”，革新失敗後，他被貶到邊遠地區做官，先後到過朗州（今湖南常德）、連州（今廣東連州市一帶）、夔州（今重慶奉節）、和州（今安徽和縣）等地。政治上的打擊，邊遠地區的艱苦，並沒有壓碎他的正直性格和進取精神。

他謫居了二十三年，至唐敬宗寶曆二年（826）歲暮，才從和州任上返回洛陽，中途經過揚州。揚州是六朝金粉繁華之地，他打算在這裏逗留數日，觀賞揚州的景物。那時，大詩人白居易（樂天）正在揚州。他們互相仰慕，常有書信往來，但從未見過面。如今，聽說劉禹錫來到揚州，白居易特地置辦酒席，邀他赴宴。在歡飲當中，白居易寫了一首七律《醉贈劉二十八使君》：“為我引杯添酒飲，與君把箸擊盤歌。詩稱國手徒為爾，命壓人頭不奈何。舉眼風光長寂寞，滿朝官職獨蹉跎。亦知合被才名折，二十三年折太多！”他把寫好的這首詩送給劉禹錫。劉禹錫極為感動：所謂“詩稱國手”、“命壓人頭”，所謂“寂寞”、“蹉跎”，都是對自己長期被貶的同情，他立刻想到寫一首和詩，來酬答友人的盛情。

詩人推窗遠眺，長江如練，碧空萬里，對岸的金、焦二山隱隱約約，不禁思緒萬千。他想起了死去的王叔文、柳宗元，又聯想到魏晉末年的文學家向秀，為了緬懷被殺的好友嵇康、呂安，寫出了感情豐富的《思舊賦》……這次來到揚州，人事全非，恍如隔世。又聯想到傳說中的晉人王質的故事，王質進山砍柴，看兩個仙童下棋。一會兒，童子問王質為何不去。他才驚悟過來，見斧柄已經腐爛，回到家鄉，已歷百年，無人相識。不就是自己麼？詩人揮筆寫下了前四句“巴山楚水淒涼地，二十三年棄置身。懷舊空吟聞笛賦，到鄉翻似爛柯人。”他思索了一下，歷史總要前進的，又寫下後四句：“沉舟側畔千帆過，病樹前頭萬木春。今日聽君歌一曲，暫憑杯酒長精神。”他把寫好的這首題為《酬樂天揚州初逢席上見贈》的詩送給白居易。白居易吟誦再三，拍案讚歎。這首詩抒發了詩人開闊的胸襟和百折不撓的樂觀精神，成為千古傳誦的勵志詩篇。

（楊兆林）

原文

酬樂天揚州初逢席上見贈

唐•劉禹錫

巴山楚水〔1〕淒涼地，二十三年棄置身〔2〕。
懷舊空吟聞笛賦〔3〕，到鄉翻似爛柯人〔4〕。
沉舟側畔千帆過，病樹前頭萬木春。
今日聽君歌一曲〔5〕，暫憑杯酒長精神〔6〕。

註釋

〔1〕巴山楚水，指四川和兩湖一帶。劉禹錫先後被貶到朗州、連州、夔州、和州等地。夔州古屬巴國，其他地方大都屬楚國。

〔2〕二十三年，永貞革新失敗後，劉禹錫被貶官，前後共二十三年。棄置，拋棄。

〔3〕聞笛賦，指向秀的《思舊賦》。曹魏末年，向秀的朋友嵇康和呂安因對抗司馬氏政權而被殺。向秀寫《思舊賦》追念他們。

〔4〕爛柯人，傳說晉人王質進山砍柴，看兩個仙童下棋。一會兒，童子問王質為何不去，王質才驚悟過來，見斧柄已經腐爛。回到家鄉，已歷百年，無人相識。柯，斧柄。

〔5〕 君，指白居易。歌一曲，指白居易作的《醉贈劉二十八使君》一詩。
〔6〕 長精神，振作精神。

飛入尋常百姓家

公元 316 年秋，北方的匈奴貴族劉曜率軍進攻關中，佔領了晉都城長安，將年僅十七歲的晉湣帝俘虜到平陽。次年春，晉宗室瑯邪王司馬睿在建康即位，改元建武，史稱"東晉"。為了躲避敵人的兵鋒，長期居住在中原地區的大批漢族人民和許多貴族、官僚，紛紛攜兒帶女，背鄉離井，遷徙到江南來，幾年之中超過了一百萬人。

在南遷的豪門世家中，力量最強大的是山東琅邪的王氏，其代表人物是丞相王導和大將軍王敦，他們實際上掌握了朝廷的大權，以致當時民間流傳着這樣一句諺語："王與馬（指皇族司馬氏），共天下。"地位顯赫的王氏家族，大多聚居在建康城外秦淮河南岸的烏衣巷。巷中樓閣高聳，宅園宏敞，氣勢十分壯觀。橫跨河上的朱雀大橋，北連寬闊的御道，與都城南面的宣陽門相通，王導等人可以坐車從這裏直接進宮或上朝。到了東晉中期，王氏的勢力逐漸衰落，代之而興的是河南陽夏的謝氏。公元 383 年，領導晉軍取得淝水之戰勝利的丞相謝安，成了權傾朝野的名臣。他們許多親戚子弟也都被朝廷委以重任。大約到了東晉末、南朝宋初年，謝安的孫子謝混及其族人已經移居建康城南，成了烏衣巷新的主人。謝混曾在詩中寫道："昔為烏衣遊，戚戚皆親姪。"除了謝氏子弟以外，其他即使是社會名流，也都不敢再涉足此地了。

隨着時光的流逝和王朝的更迭，歷史很快翻到了唐代的中葉。經過四百年的興衰變化，六朝故都建康城中許多豪華富麗的建築早已面目全非。烏衣巷雖然名稱還在，但重樓高堂的王、謝舊居，卻都已被平民的陋屋所代替了。公元 826 年，詩人劉禹錫擔任和州刺史期滿，即將奉調返回東都洛陽。臨行前，有位朋友從金陵來訪，給他看了自己所作的《金陵五題》詩，激起了劉禹錫濃厚的興致，他決定抽空前去遊覽一下。

小船沿着長江順流而下，到達石頭城以後，便折入蜿蜒清澈的秦淮河，緩緩地向東南航行。不久，船在朱雀橋邊繫纜停泊，劉禹錫捨舟登岸，想到附近的烏衣巷去看看。他手扶石欄，登上朱雀橋頭，但見南岸田野空曠，行人寥落，除了點綴在碧草叢中那些不知名的野花透露出一點春天消息以外，這座飽經滄桑的古橋早已失去了當年引人矚目的氣象。在船夫的指引下，劉禹錫來到了慕名已久的烏衣巷。但出現在他眼前的不過是一些低矮簡陋的普通民房。正在屋簷下啣泥築巢的燕子，彷彿對這位陌生的來客並不歡迎，牠們吃驚似的呢喃了幾聲，便飛上了遠處的高枝。歸途中，劉禹錫不時回望斜陽映照下的烏衣巷口，心頭充滿了無限的惆悵。晉、宋時代王、謝舊族的沒落，使他聯想到了李唐王朝日趨衰敗的命運。一種深沉強烈的興亡之感不禁油然而生。回到船上以後，他把自己的所見所感吟成了一首七絕："朱雀橋邊野草花，烏衣巷口夕陽斜。舊時王謝堂前燕，飛入尋常百姓家。"這首《烏衣巷》後來便成為膾炙人口、傳誦千古的名作。

（金文明）

原文

烏衣巷[1]

唐·劉禹錫

朱雀橋[2]邊野草花，烏衣巷口夕陽斜。

舊時王謝[3]堂前燕，飛人尋常百姓[4]家。

註釋

〔1〕烏衣巷，古街巷名。在今江蘇南京市中華門外秦淮河南岸。三國時吳國曾在此設立軍營，戰士皆穿烏（黑色）衣，因而得名。

〔2〕朱雀橋，一名朱雀航，又稱大航、南航。在今江蘇南京市南秦淮河上。

〔3〕王謝，指六朝（三國吳、東晉及南朝的宋、齊、梁、陳）時候的豪門大族王氏和謝氏。其中比較著名的王導和謝安在東晉時都做過宰相。

〔4〕尋常百姓，指平民。

同樂天登棲靈寺塔

永貞革新失敗後，劉禹錫被貶往邊地擔任地方官。直到寶曆二年（公元 826 年）冬，劉禹錫接到了朝廷要他卸任回洛陽的命令。至此，他在革新失敗後的二十餘年貶謫生活才告一段落。這時，在蘇州擔任刺史的白居易，由於眼病嚴重，加上腰、足因公受傷，向朝廷提出了離職休養的請求，終於獲得了批准。於是，他離開蘇州，向洛陽方向進發。在由長江進入運河的揚子津（在今揚州南二十里），劉禹錫、白居易這兩位互相傾慕已久，早有唱和，然而從未晤面的大詩人，意外地相逢了。

劉禹錫和白居易同年，這時都是五十五歲的人了，他們不僅在詩歌創作上有許多共同語言，而且在政治上也有過類似的經歷，都曾遭到朝中黑暗勢力的打擊。這次邂逅相遇，自然喜出望外。他們興致勃勃地遊遍了揚州名勝。揚州西北端的蜀崗，有三峰突起。中峰的山崗上，蒼松翠柏參天蔽日，素有萬松坪之稱。在松柏掩映之中，矗立着一座氣象莊嚴的古剎。這座古剎，建於南朝劉宋大明年間（公元 457－464 年），所以名為大明寺。到了隋代，隋文帝楊堅篤信佛教，命全國三十個州建立三十座供養舍利（佛骨）的塔。建在大明寺的一座，叫做棲靈塔。棲靈塔共有九層，氣勢磅礡，"直上造雲端，憑虛納天籟"，登上塔的頂層，簡直可以聽到天上的聲音。因為有了這座塔，人們也就把大明寺叫做棲靈塔，乃當時名剎，唐高僧鑒真和尚曾在這裏居住並講經。白居易雖有足疾，終能和劉禹錫攜手登上塔的最高層，很感自豪，當即賦詩："半月騰騰（不停地遊覽）在廣陵（揚州），何樓何塔不同登。共憐（欣慰）精力猶堪任，上到棲靈第九層。"（《與夢得同登棲靈寺塔》）劉禹錫也同樣感到心情十分舒暢。他憑欄眺望，極目四野，情不自禁地與白居易高聲談笑，引得塔下的許多遊人驚羨地抬起頭來，仰望着他們。劉禹錫看着遊人，隨口吟成七絕一首："步步相攜不覺難，九層雲外倚闌干。忽然語笑半天上，無數遊人舉眼看。"此時此地，兩位詩人把仕途的憂愁煩惱全都拋向了九霄雲外。

兩位詩人在揚州遊覽了半個月，於寶曆三年（公元 827 年）春天，一起回到了洛陽。白居易暫時居家養病，劉禹錫被任命為東都尚書省主客郎中。此後，劉、白兩人更是經常以詩唱和，成了晚年的莫逆之交。

（倉陽卿）

原文

同樂天[1]登棲靈寺塔

唐・劉禹錫

步步相攜不覺難，九層雲外倚闌干。

忽然語笑半天上，無數遊人舉眼看。

註釋

〔1〕 樂天，白居易，字樂天。

前度劉郎

“永貞革新”失敗後，劉禹錫被逐出長安，貶謫為郎州司馬。時隔十年，劉禹錫奉詔回京。當他看到朝廷內皆是保守派互相引薦的私黨，心裏感到憤懣。這天，劉禹錫獨自在朱雀街閒走，聽到迎面而來的行人，都在談論玄都觀的桃花，感到有些奇怪。他記得玄都觀裏當年並沒有桃花。於是，他好奇地前去觀看。果然，如今的玄都觀百畝大的庭院裏，桃樹密栽；春來花開，一眼望去，盛如耀耀紅霞。幾個老道士正在桃樹叢中招待着客人。劉禹錫觸景生情，他從眼前紅極一時的桃花，聯想起當年保守派玩弄陰謀，打擊、迫害革新派的往事。於是，忍不住在玄都觀的粉牆上題詩一首：“紫陌紅塵拂面來，無人不道看花回。玄都觀裏桃千樹，盡是劉郎去後栽。”這首暗諷保守派的詩不脛而走，傳遍了長安，也傳入了保守派的耳中。幾天後，劉禹錫去謁見宰相，詢問這次回京的新職。從宰相處得知，在玄都觀題的那首詩，刺痛了保守派，自己恐怕又要受到打擊。果然，沒幾天，任命下達，他竟被外放到更避遠的連州。劉禹錫又一次地被排擠出京。

日月如梭，一轉眼又是十四年過去了。這期間，憲宗、穆宗和敬宗三個皇帝相繼去世，李昂做了皇帝，世稱文宗。正直的政治家裴度出任宰相，他很同情和賞識劉禹錫。公元 828 年春，劉禹錫終於回到長安擔任太子賓客，世稱劉賓客。朝廷的變化如此大，玄都觀的桃花又怎樣了呢？劉禹錫回到長安，就興沖沖地重遊玄都觀。踏進觀門，劉禹錫頓覺一驚。庭院裏荒草叢生，苔蘚滿地，桃樹已蕩然無存，只有一些菜花、燕麥在春風中瑟瑟搖動。再打聽種桃的道士，也早已不知去向。劉禹錫面對一片荒涼蕭索的景象，眼前彷彿映現二十餘年來政治上的風雲變幻，特別是那年寫詩惹禍的經過。感觸之餘，他又提筆在牆上題了一首詩："百畝中庭半是苔，桃花淨盡菜花開。種桃道士歸何處？前度劉郎今又來。"是的，"前度劉郎今又來！""種桃道士"？——保守派先生們，你們如今在哪裏呢？

（王國安）

原文

元和十年自郎州召至京
戲贈看花諸君子

唐・劉禹錫

紫陌紅塵拂面來[1]，無人不道看花回。

玄都觀裏桃千樹[2]，盡是劉郎去後栽[3]。

再遊玄都觀

唐・劉禹錫

百畝中庭半是苔[4]，桃花淨盡菜花開。

種桃道士歸何處[5]？ 前度劉郎今又來[6]。

註釋

〔1〕紫陌，這裏指京城大街。紅塵，灰塵。拂面，撲面。

〔2〕 玄都觀，道教廟宇，在當時長安崇業坊。

〔3〕 劉郎，作者自稱。去後栽，離開以後種的。

〔4〕 苔，蘚苔。

〔5〕 種桃道士，暗指保守派。

〔6〕 前度，上次，前次。

最愛湖東行不足

唐穆宗長慶二年（822）七月，詩人白居易（字樂天）被朝廷任命為杭州刺史。他對這個山青水秀的東南形勝之地早已十分嚮往，接到詔書後便收拾行裝，準備出發。經過兩個多月的行程，終於到達杭州，白居易立即投入到繁忙的公務中去。他每天淩晨起來，整個上午都在州府辦公，一直要忙過中午，才能到後院的亭子裏稍事休息。但是黃昏前後的時間就完全由他自己支配了。他經常只帶一名隨從，身穿便服，騎着馬到附近各個風景點去遊覽。有時在草淺沙淨的十里長堤上漫步賞月，有時在夕陽映照的竹軒湖亭裏舉杯獨酌。還有西郊的靈隱寺，城東的望海樓，錢塘江外波瀾壯闊的大潮，西子湖畔煙柳淒迷的佳景，都給他留下了難忘的印象。

長慶三年（823）八月，白居易的好友元稹（字微之）受任為浙東觀察使和越州刺史。越州同杭州是鄰郡，但由於公務纏身，他們仍然無法見面，只好通過書信來往唱和酬答，傾訴離情。越州的治所設在會稽（今浙江紹興），這也是一座歷史上著名的文化古城。城南的鏡湖，西郊的蘭亭，矗立在州衙附近的大善寺塔，以及山陰道上令人目不暇接的繁花奇樹，都使長期居住在北方的元稹感到無比欣悅和神往。一天。白居易辦完公務，回到郡齋休息，忽然收到一封元稹給他的信，拆開一看，信中只有一首題為《以州宅誇於樂天》的七言律詩：“州城回繞拂雲堆，鏡水稽山滿眼來。四面常時對屏障，一家終日在樓台。星河似向簷前落，鼓角驚從地底回。我是玉皇香案史，謫居猶得住蓬萊。”這首詩用生動凝練的筆墨，勾勒出會稽州城壯美秀麗的景色。元稹想用它來誇耀自己所在的越州，其山水風光勝過了鄰郡的杭州。白居易心裏不以為然，回了一首《答微之誇越州州宅》詩：“賀上人回得報書，大誇州宅似仙居。厭看馮翊（在長安附近）風沙人，喜見蘭亭煙景初。日出旌旗生氣色，月明樓台在空虛。”說元稹看慣了北方的風沙，初到會稽就為蘭亭的煙景所陶醉，這是很自然的。接着筆鋒一轉，續上了最後兩句：“知君暗數江南郡，除卻餘杭（即杭州）盡不如。”意思是說：歷數江南的州郡，會稽的風景雖然算得上很美，但同杭州還是不能相比的。委婉地把元稹的觀點駁了回去。元稹沒有遊覽過杭州，想像不出那裏的湖光山色會超過會稽。他讀了白居易的答詩，心裏不服，於是又寫了一首《重誇州宅旦暮景色兼酬前篇》寄給白居易，進一步褒揚會稽，貶抑杭州。白居易見元稹這樣認真，覺得再進行反駁未必能夠收效。他想了半天，決定親自把西湖春天的美景描繪出來，使這位好友打開眼界，心悅誠服。

第二天，白居易起了個大早，跨馬來到西子湖畔。只見新漲的春水已經漫平堤岸，湖面瀰漫着一片升騰的霧氣。他從熹微的晨光裏放眼遙望，遠處的孤山和賈公亭靜靜地矗立湖上，隱約朦朧，顯出一種自然而神奇的美……他輕勒韁繩，讓馬兒踏着鬆爽的沙堤，在綠楊陰裏緩步而行，堤邊姹紫嫣紅，繁花似錦。一處處百囀爭鳴的黃鶯，一雙雙掠水而過的新燕，把剛從沉睡中醒來的西湖點綴得生機勃勃，春意盎然……就是在這樣動人的意境中，白居易吟成了他那傳誦千古的名篇《錢塘湖春行》。幾天以後，詩就寄到了越州。元稹讀後頓時口服心服，並且對好友的詩才推崇備至，從此便不寫詩貶低杭州了。

（金文明）

原文

錢塘湖[1]春行

唐・白居易

孤山寺[2]北賈亭[3]西，水面初平雲腳低[4]。

幾處早鶯爭暖樹，誰家新燕[5]啄春泥？

亂花漸欲迷人眼，淺草才能[6]沒[7]馬蹄。

最愛湖東行不足，綠楊陰裏白沙堤[8]。

註釋

〔1〕錢塘湖，杭州古時也稱錢塘。

〔2〕孤山寺，孤山在今西湖北裏湖與外湖之間。唐時孤峙於湖中，後人描寫它是“群山四絕，秀出波心”。其上舊有廣化、報恩等寺院，泛稱孤山寺。

〔3〕賈亭，唐德宗貞元年間，賈全任杭州刺史，曾在西湖上造亭，名賈公亭，也稱賈亭。今已不存。

〔4〕水面初平句，春水新漲，湖水與岸相平，遠遠望去水與天似乎距離很近，天上的雲也就顯得低了。

〔5〕新燕，今年剛從北方飛來的燕子。

〔6〕才能，剛剛能夠。

〔7〕沒，遮沒。

〔8〕白沙堤，舊説指白堤。從上句“最愛湖東行不足”來看，這裏的白沙堤當指西湖東面的堤岸，長約十里。

綴玉聯珠六十年

白居易，字樂天，號香山居士。他從十五歲開始，到七十五歲去世，六十年間一共創作了三千六百多首詩，他的詩清新明快，通俗易懂，其中的《長恨歌》、《琵琶行》都是膾炙人口的名篇。此外他還領導了“新樂府”詩歌運動，是唐代中葉最負盛名的詩人。唐宣宗李忱，在即位以前被冊封為光王。他恭儉下士，愛才若渴，自己也能詩善文，對於白居易的詩歌特別喜歡和推重。只是由於身為貴族，不便與外臣交結，因而沒有能同白居易時相往來，杯酒言歡，為此他深感遺憾。

唐文宗太和三年（829），白居易因病被免去刑部侍郎之職，以太子賓客分司東都（洛陽）。這時他年已五十八歲，身體日益衰老，對官場中的勾心鬥角感到十分厭倦，決定從此留居洛陽，等待時機退隱林泉，不想再出仕了。白居易的家位於洛陽東南的履道坊中，院裏曲池長廊，花木扶疏，環境十分幽靜。分司東都其實是個散職，沒有什麼公務可幹。空閒無事，他就經常同裴度、劉禹錫等幾位朋友聚會歡飲，唱和酬答，過着逍遙自在的生活。在離白家不遠的永豐坊口，有一處被廢棄的荒園，園中有棵臨池而生的柳樹。每當冬去春來，千萬枝柔條便綻開了金黃的嫩芽，低垂池上，在拂拂的輕風裏飄回飛舞。白居易曾多次前去遊覽觀賞，留下了美好的印象。

白家有兩位年輕的樂姬，一位叫樊素，擅長唱歌；一位叫小蠻，舞跳得很出色。她們跟隨主人多年，每逢賓朋聚會的時候，白居易總要讓兩人獻藝助興。她們精彩的歌舞，每次都博得客人們的交口稱讚。一天清晨，白居易來到院中閒步，忽見樊素和小蠻正在花叢後面的空地上習舞練聲。身穿黃衫綠裙的小蠻，舞姿輕盈飄逸，引發了詩人的雅興。他忽然想到，永豐坊口那棵長條婀娜的柳樹，不就是這小蠻身影舞姿的絕妙寫照嗎？頓時，兩句極其形象生動的《楊柳枝詞》便從他口中低吟而出："一樹春風千萬枝，嫩於金色軟於絲……"吟到這裏，白居易想到自己已年近花甲，身邊還留着這兩個妙齡樂姬，不由感到一陣愧疚，於是他繼續吟道："永豐西角荒園裏，盡日無人屬阿誰！"隨着年齡日長，白居易的健康狀況越來越差，為了樊素和小蠻的幸福，他決定解除契約，讓這兩名樂姬恢復自由，回鄉與家人團聚。這時，白居易寫的《楊柳枝詞》，已在洛陽傳開，許多文人墨客紛紛慕名擁向永豐坊口去觀柳，昔日的荒園頓時變得熱鬧起來。但人們不了解詩中所隱含的意義，只把它看作一首即景抒情、悲古傷今的詠物詩。不久，這首小詩也傳到了長安。教坊的樂師又把它譜成曲子，每逢宮廷中舉行喜慶宴會的時候，讓樂工和歌伎們彈奏演唱。

會昌六年（846）三月，唐武宗因病去世，宣宗李忱即位為皇帝。有一天，他退朝回宮休息，樂工和歌伎們為他演唱了一曲《楊柳枝詞》。當他知道這首歌是白居易所作時，當即派一名使者前往洛陽永豐坊折取柳枝兩條，移栽在長安宮禁之中。這時，隱居在洛陽的白居易已經臥病在牀。他得知宣宗派使者來永豐坊移柳禁中的消息，不由感動得熱淚盈眶，就在病榻上口賦一絕：“一樹衰殘委泥土，雙枝螢光植天庭。定知玄象（天象）今春後，柳宿光中添兩星。”這年八月，白居易在洛陽病逝。他的靈柩被安葬在城南的香山。相傳洛陽士民和四方遊客常年不斷來到山上舉杯祭奠，墓前的土地一直被酒沾濕，沒有乾燥的時候，可見人們對他的敬仰和愛戴。唐宣宗在長安得到噩耗，深感悲痛，下詔追贈他為尚書左僕射，並且親自寫了一首七律：“綴玉聯珠六十年。誰教冥路作詩仙？……文章已滿行人耳，一度思卿一愴然。”以表示對詩人的深切悼念。

（金文明）

原文

弔[1]白居易

唐・李忱

綴玉聯珠[2]六十年，誰教冥路[3]作詩仙[4]？
浮雲不繫[5]名居易，造化無為[6]字樂天。
童子解[7]吟《長恨》曲[8]，胡兒[9]能唱《琵琶》篇[10]。
文章已滿行人耳，一度[11]思卿一愴然。

註釋

〔1〕弔，對死者表示哀悼。
〔2〕綴玉聯珠，《晉書・夏侯湛傳》中有“咳唾成珠玉”的話，後因以珠玉比喻人的言論或詩文，含有讚美的意思。綴玉聯珠，比喻寫作詩文。
〔3〕冥路，幽深黑暗的路。指陰府。舊時迷信者認為人死後都進陰府居住。
〔4〕詩仙，作者極其尊崇白居易的詩才，所以稱他為“詩仙”。
〔5〕浮雲不繫，像天上飄浮的雲彩，牽繫不住。
〔6〕造化無為，順應自然天性，不為俗務而奔忙。
〔7〕解，會，懂得。
〔8〕長恨曲，指白居易所寫的著名長篇敍事詩《長恨歌》。
〔9〕胡兒，泛指北方的少數民族。
〔10〕琵琶篇，指白居易所寫的著名長篇敍事詩《琵琶行》。

〔11〕一度，一次，每次。

心心相通的“元白”之誼

白居易和元稹，是中唐時代著名的詩人。德宗貞元十八年（802），他倆在長安參加吏部考試，次年同時以拔萃登科，又一起被任命為秘書省校書郎。走上仕途的這段經歷和文學上的共同志趣，使他們很快成了莫逆之交。每當風和日麗或秋高氣爽的良辰佳節，白居易和元稹總要邀集一些朋友，前往長安東南的曲江、杏園和慈恩寺等遊覽勝地聚會歡飲，賦詩唱和。他倆才華都很突出，詩風也很相近，每寫成一篇，不久就傳遍了整個京城。後來，由於官職的變動，白居易和元稹先後被調離長安。在分別的日子裏，兩位好友只能用詩歌來交流思想，傾訴離情。久而久之，這種互相贈詩酬答日益頻繁，在他們的生活中逐漸形成了習慣。

憲宗元和四年（809）春天，由於宰相裴垍的推薦，元稹被授任為監察御史，派往劍南東川的梓州（今四川三台）去復查一件大案。這時，白居易正在長安做翰林學士，就同弟弟白行簡一起到城西為元稹置酒餞行。兩人相約等元稹一到梁州，就給白居易寄出第一封信。元稹走後，轉眼過了十多天。三月二十一日，白居易約了好友李建和弟弟行簡同出遊覽。上午，他們在碧波蕩漾的曲江池畔觀賞落花飛絮的暮春景色；午後就一起前往慈恩寺院，在佛殿長廊裏漫步消閒，直到紅日西沉。李建的家就在附近的修行坊中，同慈恩寺只隔着兩條街。他見天色已晚，便邀請白氏兄弟到自己府上去休息。一進家門，李建立即吩咐僕人準備酒菜。三位好友就在房中淺斟慢酌地對飲起來。白居易喝了幾杯，忽然停下來，對李建和白行簡說：“今天已是二十一日，想來微之應當到達梁州了。此時此刻，說不定他也正在那裏思念我們呢！”說罷，白居易離開座位，一面踱步，一面低聲吟詠，在牆壁上題了一首七絕：“春來無計破春愁，醉折花枝作酒籌。忽憶故人天際去，計程今日到梁州。”

說來也巧，就在這天下午，元稹正好到達漢水北岸的梁州。由於舟車勞頓，並未馬上給白居易寫信。這天夜裏，元稹做了一個夢。夢見自己還留在長安與白氏兄弟同遊曲江，後來又一起前往慈恩寺中隨喜觀光。正在遊興方濃之時，忽有中使來向他宣讀詔書，命他立即趕赴東川上任……元稹接旨後不敢怠慢，便吩咐驛吏趕快去準備車馬。這時，一陣嘹亮的雞啼聲從窗外傳進臥室，把他從夢中催醒了過來。他睜開眼環顧四周，發現自己正睡在梁州驛館的牀上。他定下神來細細回憶夢中的情景，越想越感到真切，就提筆寫了一首《紀夢詩》：“夢君兄弟曲江頭，也入慈恩寺裏遊。驛吏喚人排馬去，覺來身在古梁州。”同時還附上書信一封，派僕人立即騎馬送往京城。

十多天后，白氏兄弟在長安接到元稹的來信。他們興味盎然地讀着那首《紀夢詩》，發現它同白居易的七絕竟然都是二十一日所寫，不由感到十分驚異。後來白行簡就把這件離奇的事情寫進小說《三夢記》，一直流傳到今天。

（金文明）

原文

紀夢詩

唐·元稹

夢君兄弟曲江[1]頭，也入慈恩寺[2]裏遊。

驛吏[3]喚人排馬[4]去，覺來身在古梁州[5]。

註釋

〔1〕曲江，池名。唐代在京城長安東南。附近有紫雲樓、芙蓉苑、杏園、慈恩寺等園林建築。江畔菰蒲葱翠，柳陰四合，碧渡紅葉，相映成趣，為當時遊覽勝地。

〔2〕慈恩寺，著名佛寺。建於唐高宗永徽三年（652），在長安曲江西北晉昌坊中。寺中有塔，名慈恩寺塔，也稱大雁塔。

〔3〕驛吏，驛站的官吏。驛站是古代供來往官員和遞送公文的人休息或換馬的機構。

〔4〕 排馬，為過往官員提供遠行的馬匹。

〔5〕 梁州，治所在南鄭（今陝西漢中市東）。唐德宗興元元年（784）改為興元府。

反復推敲

詩人賈島年輕時因家境貧寒，出家當了和尚。有一天，他去拜訪友人李凝。李凝是個隱士，居住在長安城郊一個僻遠幽靜的地方。賈島路上遇事耽擱了一下，到李家已是夜闌人靜，皓月當空。李凝見賈島月夜來訪，很是高興。兩人促膝談心，十分投機。李凝一向欽佩賈島的詩才，就要他賦詩一首，以誌這次來訪。賈島欣然答應。當場寫了一首《題李凝幽居》。賈島在李家盤桓了幾天，然後告辭還城。

賈島騎着驢子在大街上慢悠悠地走着，他心裏還在回想幾天來主人的熱情招待，特別是他寫的那首詩："閒居少鄰並，草徑入荒園。鳥宿池邊樹，僧推月下門……"詩中的"鄰並"就是"鄰居"。前兩句寫李凝家的幽靜冷落，後兩句寫賈島夜訪李凝家的情景。賈島做詩很刻苦，講究字斟句酌，於是，他又把詩反復唸了幾遍。突然，賈島覺得"僧推月下門"中的"推"字似乎還可斟酌，不如用"敲"字更確切，但又無法肯定。於是，他騎在驢子上，一邊輕輕吟哦，一邊伸手反復作"推"和"敲"兩種姿勢。

大街上人如雲，車如水，熙熙攘攘。賈島思索入神，騎着驢子橫衝直撞，如入無人之境。來往的行人見他那副揮手舞臂、自言自語的樣子，都感到驚異。正在這時，代理京兆尹（京城行政長官）的大文學家韓愈的儀仗隊浩浩蕩蕩經過大街，行人車輛都紛紛迴避。賈島依然沒有發現，竟騎着驢子直闖進儀仗隊。猛地，賈島覺得他被人拉下坐騎，定神一看，才知道自己衝撞了京兆尹的儀仗。兩個差役把賈島押到韓愈的轎子前，勒令下跪。韓愈見是一個和尚，奇怪地問："僧人何事犯我儀仗？"賈島十分着急，於是一五一十地把經過老老實實地稟告。不料，韓愈聽了賈島的敘述，並不責怪，反而馬上讓賈島站起，急切地要他把詩再唸一遍。接着，韓愈眼簾下垂，默默思索，也邊輕輕地吟哦，邊伸手"推""敲"起來。一些隨從都感到奇怪，行人們也紛紛圍觀。過了一會兒，韓愈抬起頭，笑對賈島説："'敲'字佳。月夜訪友，即使友人家門未閂，也應敲門而入，才是常理；且'敲'字響亮，有益於詩音節的頓挫抑揚。"這下，隨從和行人才恍然大悟，京兆長官韓愈本來就是出名的詩迷啊！從此，韓愈和賈島成了親密的詩友。韓愈很賞識賈島的詩才，在他的勸説、鼓勵下，賈島還了俗，不再當和尚，不久，還考中了進士。

（王國安）

原文

題李凝幽居

唐·賈島

閒居少鄰並[1]，草徑入荒園。

鳥宿池邊樹，僧敲月下門[2]。

過橋分野色[3]，移石動雲根[4]。

暫去還來此，幽期不負言[5]。

註釋

〔1〕鄰並，鄰居。

〔2〕僧，這裏是作者自指。作者當時是和尚，法名無本。

〔3〕野色，田野的風景。

〔4〕動雲根，古人認為雲生於石上，所以這樣説。

〔5〕這兩句是説，暫時告別離開，以後還要來相訪，一定不負這幽雅的約會。

少年詩人李賀

在洛陽大街上，一輛馬車疾馳而過。車上坐着兩個唐代有名的人物：大文豪韓愈和皇甫湜。他們正準備去拜訪一個七歲的小孩子。這到底是怎麼一回事呢？原來，這幾天人們紛紛傳説有個叫李賀的七歲小童，聰明伶俐，很會寫詩。詩稿傳到了韓愈、皇甫湜的手中，他們讀後，十分欣賞，感到詩中才氣橫溢。但他們根本不相信一個七歲的孩子能寫出這樣的佳作。韓愈對皇甫湜説：“如果是個古人，我們或許不知道；如果是今人，哪有不相識的道理？”於是，兩人約定一同去李賀家，親自去了解一下事情的真相。

李家是唐初鄭王的後裔，但早已沒落，家境比較貧寒。李賀的父親李晉肅在邊疆地區供職，最近，正好在家裏休假。韓愈、皇甫湜説明來意後，李晉肅就叫李賀出來拜見。韓愈抬眼一看，見李賀身體瘦弱，頭上雙髻高挽，一副小孩子的樣子；但雙眉極濃，濃眉下一對大眼睛炯炯有神。韓愈同皇甫湜交換了一下眼色，就拉着李賀的手問：“近來看些什麼書？”李賀恭敬地回答：“正在讀屈原的《楚辭》，寫得真太好了。”“哦！”韓愈一楞，又和藹地説：“我想請你寫首詩，可好？”李賀穩重地回答：“請老伯賜題。”韓愈指着皇甫湜説：“今天我倆一起來看你，就拿這個作為題目吧！”李賀快步走到一旁的矮几前，鋪紙磨墨。不一會兒，李賀的詩寫成了。他用正楷抄畢，恭敬地呈遞給韓愈。韓愈一看，連忙遞給皇甫湜，一邊附在皇甫湜的耳邊輕輕地説：“真是個神童啊！”皇甫湜展開詩稿，詩題《高軒過》三字赤然入目。高軒，就是大車。小詩人用他的生花妙筆寫道：“華裾織翠青如葱，金環壓轡搖玲瓏。馬蹄隱隱聲隆隆，入門下馬氣如虹。……”詩一開頭是描寫韓愈與皇甫湜兩位剛到李家的情景：他們穿着華貴的衣衫，乘坐着高頭大馬拉的車子，神態軒昂，器宇不凡。詩的造語別致，氣魄宏大。皇甫湜欣賞極了，連連對韓愈説：“一點不假，真是個神童啊！”當下，他倆在徵得李晉肅同意後，就邀請小詩人去韓愈家作客。大車又在城裏疾馳。韓愈和皇甫湜微笑地看着坐在中間的小詩人，他倆都在想：一顆詩壇的明星快要升起來了。

（王國安）

原文

高軒過[1]

唐・李賀

華裾織翠青如葱，金環壓轡搖玲瓏[2]。
馬蹄隱隱聲隆隆[3]，入門下馬氣如虹。
云是東京才子，文章巨公[4]。
二十八宿羅心胸，元精耿耿貫當中[5]。
殿前作賦聲摩空，筆補造化天無功[6]。
龐眉書客感秋蓬[7]，誰知死草生華風[8]。
我今垂翅附冥鴻，他日不羞蛇作龍[9]。

註釋

〔1〕這首詩寫韓愈、皇甫湜坐高車拜訪李賀和李賀感激的心情。據説當時李賀才七歲，雖然並不可信，但從中可以看到人們對於李賀詩才早熟的推崇。

〔2〕這兩句是描寫韓與皇甫衣衫、車馬的華貴。

〔3〕隆隆，形容車聲。

〔4〕東京才子，指皇甫湜。東京，指洛陽，唐代號稱東都。文章巨公，指韓愈。

〔5〕二十八宿，古代天文術語，指天上二十八個星座。元精，天的精氣。耿耿，明亮的樣子。這兩句稱讚韓、皇甫心胸開闊，精氣充沛，簡直包羅星空。

〔6〕這兩句讚美韓與皇甫的文章精美，巧奪天工。

〔7〕龐眉書客，作者自指。龐眉，特別濃黑的眉毛。感秋蓬，蓬到秋天枯萎，故而感傷。

〔8〕死草生華風，謂蓬草遇春風而復蘇。

〔9〕這兩句是説，我今雖然不得志，閒居家中，蒙你們這樣看重，將來一定騰達而起。

太守還須是孟嘗

張祜，字承吉，南陽（今屬河南）人，一作清河（今屬河北）人，是晚唐有名的詩人。唐穆宗長慶年間，他曾自寫薦表，以詩三百首隨表獻給朝廷，希望得到任用。大臣令狐楚很讚賞張祜的文才，向穆宗皇帝上表推薦。穆宗看了薦表，就詢問宰相元稹：“張祜為人怎樣？詩寫得如何？”元稹說：“張祜的詩不過是雕蟲小技，不宜過於獎勵。”穆宗聽了元稹的話，就不任用張祜了。張祜失望地離開長安，浪跡江湖，打算找一個安身的地方。

唐武宗會昌四年（844）秋天，張祜聽説詩人杜牧在池州做刺史。他與杜牧雖然素不相識，卻是聞名已久。於是便從寄居的丹陽溯江西上，打算去拜訪杜牧。中途，經過宣州當塗縣的牛渚時，覺得貿然前去不妥，還是先寄一首詩去，試探一下反應。於是寫了一首題為《江上旅泊呈杜員外》的詩：“牛渚南來沙岸長，遠吟佳句望池陽。野人未必非毛遂，太守還須是孟嘗。”杜牧接到這首詩，十分高興。他久聞張祜的詩名，如今前輩詩人不遠千里來看望自己，還把自己比作好客的孟嘗君，就立刻寫了一首七律去歡迎他。張祜見杜牧很快回詩酬答，非常高興。

過了幾天，他來到池州，拜會了杜牧。兩人一見如故，相逢恨晚，經常在一起飲酒、談心、論詩。杜牧把許多舊作拿出來給張祜看，張祜邊看邊讚歎。杜牧也稱譽張祜的詩樸素自然，言簡意深。九月九日是重陽佳節，天高雲淡，楓紅菊黃，杜牧邀張祜到池州城南的齊山去遊玩。他們登高望遠，邊走邊談，十分投契。杜牧想到宦官擅權，朝政腐敗，極為感慨；又想到張祜懷才不遇，千里來訪，得一知音，又覺得寬慰了些。他對張祜説：“佳節登高，千里會友，人生難得有些盛事，何不吟詩以記其盛？”張祜見杜牧如此珍重友情，指着岩腳的石壁說：“正合我意。此處正好題詩，就請牧之兄先題。”杜牧寫了一首《九日齊山登高》。其中有兩句是：“塵世難逢開口笑，菊花須插滿頭歸。”抒寫了當時社會的實況和及時行樂的心情。張祜也高興地題了一首《和杜牧之齊山登高》。寫好了詩，彼此又讚賞一番，才踏着落日餘暉，慢慢下山。他倆一是布衣，一是太守，地位迥然不同，而能彼此推重，互許知己，成為詩壇的一段佳話。

（楊兆林）

原文

江上旅泊呈杜員外

唐・張祜

牛渚〔1〕南來沙岸長，遠吟佳句望池陽〔2〕。
野人〔3〕未必非毛遂〔4〕，太守還須是孟嘗〔5〕。

註釋

〔1〕牛渚，地名。在安徽當塗西北長江邊。

〔2〕池陽，即池州，轄境相當今安徽貴池、青陽、東至等縣地。治所在秋浦（今貴池）。

〔3〕野人，一作鄙人，自稱的謙詞。

〔4〕毛遂，戰國時趙國人。平原君門下食客。趙孝成王九年（公元前 257 年），秦圍邯鄲，平原君到楚求救，毛遂自薦同往。平原君和楚王談判，不得要領。毛遂直説利害，説服楚王同意和趙聯合抗秦。

〔5〕孟嘗，即田文，戰國時齊貴族，號孟嘗君，被齊湣王任為相國，門下有食客數千。

牧童遙指杏花村

唐武宗會昌四年（844），杜牧被朝廷任命為池州刺史。九月間，他離開黃州（今湖北新洲），乘船沿江東下，前往池州州治所在地秋浦上任。池州位於長江南岸，轄境雖然不大，但水秀山青，風光宜人。喜歡尋勝探幽的杜牧，經常利用餘暇獨自外出遊覽。幾個月來，他的足跡踏遍了州城東南的齊山和弄水亭、九峰樓、清溪等地，寫下了不少膾炙人口的詩篇。

冬去春回，轉眼之間又到落花飛絮、煙樹迷離的清明時節。這天正逢休沐（假日），杜牧一早起身，就換上便服，準備到西郊去走走。由於離家時天還好，杜牧沒有帶上雨具，誰知剛剛走出城門，空中便下起了濛濛的細雨，隨着料峭的春風無聲地飄落在杜牧身上，不多會兒就把他的前襟打濕了。雨很快停歇了下來，杜牧心裏有點進退兩難：回去吧，剛才的路等於白跑了；按原定計劃往前走吧，身上又涼颼颼的不太好受。可是，隨着陽光逐漸驅散陰霾，蒼翠的群山重新向他袒露胸懷時，他的遊興又佔了上風。"最好哪裏有家酒店，先去喝幾杯暖暖身子再說。"杜牧抬頭向兩邊看看，只見一位十二三歲的牧童，正騎着牛從槐樹陰下慢悠悠地走出來，便含笑上前向他詢問。牧童聽說杜牧要找酒店，立即舉起了手中趕牛鞭向西一指，說："喏，那開着杏花的村子裏就有酒店，我爹每天都去，那裏的酒可香呢！"

杜牧順着牧童指引的方向匆匆走去，快到村口時，只見一家酒店坐落在杏樹叢中，高揚的酒旗與滿樹雪白的杏花相映成趣。他找了個臨窗的位子坐下後，就讓酒保送上一壺陳釀和幾碟小菜來。杜牧一面品嚐清香撲鼻的醇酒，一面欣賞着窗外的杏花，身子漸漸回暖起來。他抬頭看看四面牆上的幾處題詩，感覺沒有一首寫得好的，不由想起剛才雨中問路的情景，心頭頓時詩興大發。他讓酒保拿來筆墨，略一思索，便在牆上題了一首七絕："清明時節雨紛紛，路上行人欲斷魂。借問酒家何處有？牧童遙指杏花村。"滿堂的酒客都離席而起，看着杜牧飛動的筆勢，讀着那情趣盎然的詩句，不由連聲稱好。杜牧題詩以後，便不動聲色地悄然離去。過了幾天，人們了解到他就是本州的新任刺史，更加讚歎不已，一時輾轉相告，傳為美談。這家地處池州西郊的酒店，本來稱作黃公酒壚，就在杜牧清明題詩以後，店主特地把它改名為杏花村。從此，隨着這首膾炙人口的小詩不脛而走，杏花村酒也更加美名遠揚，千年以來，歷久而不衰。

（金文明）

原文

清明

唐·杜牧

清明時節雨紛紛，路上行人欲斷魂[1]。

借問酒家何處有？牧童遙指杏花村[2]。

註釋

〔1〕斷魂，形容心情非常懊喪。

〔2〕杏花村，村名。在唐代池州（今安徽貴池）西郊。古有酒店，稱黃公酒壚，出產名酒。

始覺空門意味長

唐文宗李昂太和二年（828）正月，朝廷在東都洛陽舉行一次進士考試。二十六歲的杜牧參加了這次考試，中了第五名進士。他和其他三十二名新科進士頭插宮花，身穿錦袍，去相府赴宴，打馬遊街，非常得意。初試告捷，還要回到京城長安去參加由皇帝主持的制科考試，考中才能得到官職。杜牧高興地寫了一首詩給長安友人："東都放榜未開花，三十三人走馬回。秦地少年多釀酒，卻將春色入關來。"當時人稱過關試（即應制科）為春色。"春色"與"入關"含義雙關。杜牧初試告捷，躊躇滿志，相信自己入關再試，也會高中。特囑長安朋友準備好酒，等他衣錦榮歸時痛飲一醉。三月二十五日，唐文宗到宣政殿親自主持考試。參加"賢良方正直言極諫科"的杜牧和裴體、李鄰等七八個人又名列前茅。金榜題名後，杜牧名震京師。人人都知道杜牧是當今才子，詩文蓋世。許多達官貴人、文人雅士都來找杜牧結交，引為知己。杜牧也是意氣洋洋，自命不凡。

四月裏的一天，東風拂面，天氣晴朗，杜牧和二三好友來到長安南郊遊覽。遠遠望見茂林深處露出紅牆、飛簷，知是京城有名的丈六寺，幾個人興高采烈地打算進去瞻仰。誰知廟裏冷冷清清，只有一個老和尚在殿前獨坐。杜牧自以為是新科進士，老和尚一定會迎上前來，熱情接待。哪知老和尚卻穩坐不動，既不驚訝，也不歡迎，根本不把這些貴人看在眼裏。他見杜牧走到跟前，才淡淡地問道："你叫什麼名字？"杜牧正在志滿意得之時，聽慣了讚揚之聲，想不到老和尚竟這樣無禮，便有幾分不快，傲然回道："我叫杜牧，就在城南杜曲住家。"老和尚並不理睬杜牧高傲的神氣，淡淡地問道："你修的什麼學業？"杜牧不屑回答，一個同年說："讀的聖賢書，修的皇家業。"另一同年說："他就是新科進士杜牧杜大人，詩文蓋世，名震京城。你怎麼這樣孤陋寡聞？"老和尚眯起眼睛朝他們打量了一下，微笑着說："老僧空門修行，不慕榮利。你們說的是什麼新科進士、名震京城，我一概不知！"說完，又唸了一聲："阿彌陀佛，老僧得罪了。"就盤起雙腿，閉目坐禪了。杜牧感到驚訝，開頭那種傲然自得的情緒陡地低落下來了。他在僧房中找來筆硯，在牆上題詩一首："家住城南杜曲旁，兩枝仙桂一齊芳。禪僧卻不知名姓，始覺空門意味長。"題名《贈終南蘭若僧》。

（楊兆林）

原文

贈終南蘭若〔1〕僧

唐·杜牧

家住城南杜曲〔2〕旁，兩枝仙桂一齊芳〔3〕。

禪僧卻不知名姓，始覺空門〔4〕意味長。

註釋

〔1〕蘭若，寺廟。梵文阿蘭若的略語。

〔2〕杜曲，古地名。在今陝西長安縣東，因唐貴族杜氏世居於此，故名。

〔3〕兩枝仙桂一齊芳，指進士、制科連中。所謂制科，是封建一朝臨時設置的考試科制，對錄取者優先予官職。唐代謂登科為折桂。

〔4〕空門，指佛教。

巴山夜雨漲秋池

公元 838 年，李商隱從長安前往涇川（在今甘肅），正式投到涇原節度使王茂元幕下，擔任了掌書記的職務。王茂元對李商隱的才學十分器重，不但優禮相待，而且還履行自己以前的諾言，把最小的女兒嫁給了他。

當時朝廷上牛、李兩黨的鬥爭十分尖鋭。牛黨的令狐綯一向把李商隱視為知己，幫助他考中過進士。現在李商隱卻成了李党王茂元的女婿，不能不引起令狐綯的切齒痛恨。從此他便在政治上處處排擠和打擊李商隱。不久，李商隱到長安去參加博學鴻詞科考試。由於文章寫得很好，初審時已經被吏部錄取，但在上報中書省時，卻意外地遭到了黜落。很明顯，這是牛党從中作梗的結果。李商隱感到非常氣憤。王氏在涇川得到商隱落選的消息，立即派人送去一封書信，寬慰商隱不要灰心氣餒，並勸他早日回家相聚。李商隱讀後十分激動，他在一首《無題》詩中，用了“照梁初有情”、“錦長書鄭重”等句子，對妻子表示了由衷的感激。第二年春天，李商隱終於通過考試，被朝廷任命為秘書省校書郎。可是只過了幾個月，一紙詔書又把他調到潼關以東的弘農（今河南靈寶北）去擔任縣尉。他不得不懷着抑鬱的心情告別王氏，趕到弘農去上任。在以後幾年裏，李商隱曾經南去江湘，隨後又到華州、陳州等地擔任幕僚。這些職務不但地位卑微，無法施展他遠大的抱負，而且南北奔波，遠離家鄉，使他久久不能同王氏見面。因此他經常感到悶悶不樂，難以釋懷。

公元 847 年，李商隱已經三十六歲，政治上仍然毫無建樹。這時，屬於李黨的給事中鄭亞忽然被任命為桂管防禦觀察使，要到西南的桂州（今廣西桂林）去上任。他很賞識李商隱的才華，想聘請李商隱做他的幕僚。李商隱欣然同意了。當時，李商隱一家已經遷到長安居住，這一去又不免兩地分別。李商隱來到桂州以後，鄭亞對他非常器重，對於這樣的禮遇和信任，商隱心裏十分感激。可是時隔不久，一場意外的變故發生了。牛黨中的白敏中、令狐綯等人，趁宰相李德裕被罷官貶謫的機會，落井下石，對李黨進行了全面的排擠和打擊。鄭亞被貶往循州（今廣東惠州市東）去做刺史，李商隱也因此失去了政治上的依靠，只好離開桂州，在長江中遊的荊州古城漂泊了幾個月，接着準備西去巴蜀，投奔當時在西川擔任節度使的遠房表兄杜悰。就在這時，李商隱忽然收到了王氏從長安的來信。信中除了向他傾訴相思之情外，還問他何時才能返回家園。李商隱含着眼淚讀完以後，仍然決定先到西川一走，等事業上有了成就，再回去同王氏團聚。

第二天，李商隱從荊州乘船溯江西上，經過一個多月的航程，終於穿過無數急流險灘的三峽，來到山城夔州。這時天氣忽然驟變，暴雨連綿不斷，江上白浪翻滾，驚濤拍岸，船隻根本無法開航，李商隱只好在城中暫住下來。窗外響着淅瀝的雨聲，雨水注滿了院中的池塘。遙望綿延高聳的巴山也彷彿沉浸在一片雨霧之中。對着昏黃的燈光，李商隱細細看讀妻子的來信，一年以前他在長安同王氏剪燭西窗、殷勤話別的情景忽然清楚地映現在眼前。深厚的情意，無限的思念，就在一刹那間奔湊到李商隱的心頭，匯成了一首傳誦千古的名作："君問歸期未有期，巴山夜雨漲秋池。何當共剪西窗燭，卻話巴山夜雨時。"這時他終於決定改變去西川的打算，儘快返回長安。幾天以後，風停雨歇，一輪紅日驅散了彌漫在山城上空的雲霧。李商隱懷着愉快的心情登上船頭，吩咐船家轉舵返航，順着滔滔的江水，踏上了東歸長安的路程。

（金文明）

原文

夜雨寄北[1]

唐・李商隱

君[2]問歸期未有期，巴山[3]夜雨漲秋池。

何當[4]共剪西窗燭[5]，卻話巴山夜雨時[6]。

註釋

〔1〕 夜雨寄北，此詩題《萬首唐人絕句》作《夜雨寄內》。內，內人，即妻子。

〔2〕君，這裏指作者的妻子王氏。

〔3〕巴山，泛指今四川東部一帶的山脈。

〔4〕何當，什麼時候。

〔5〕共剪西窗燭，剪去燒過的燭芯，可以使燭光明亮。一起在西窗下剪燭，表示夫妻團聚後在燈下傾談。

〔6〕卻話巴山夜雨時，回過來暢談我在巴山遇到這場秋雨時的情景。

今日青娥屬使君

唐武宗會昌四年（844），在長安曲江池畔，一群新科進士正在舉行“曲江會”。這是唐代科舉的老規矩，新進士們在放榜後第三天歡聚一起，飲酒賦詩，以互慶考試得中。

這科進士中有個叫趙嘏的，年紀雖輕，卻才情卓越，他的名句“殘星數點雁橫塞，長笛一聲人倚樓”，曾深受著名詩人杜牧的激賞，稱他為“趙倚樓”。這幾天，他格外高興，連飲酒賦詩也心不在焉。進士們猜想他一定還有其他喜事，就詢問究竟。原來趙嘏幾年前遷居潤州（今江蘇鎮江），有一個芳鄰愛慕他詩才出眾，他也喜歡她俏麗溫婉。二人情投意合，就山盟海誓，訂下了終身之約。趙嘏的母親也喜愛這姑娘。可是，正值朝廷舉行進士考試，趙嘏為了求取功名，只得暫時同姑娘告別。如今考試得中了，趙嘏心裏甜滋滋的，盼望能早日向姑娘報告喜訊。眾進士聽他如此一說，無不為他感到高興。可是不久，趙嘏收到了母親寄來的一封急信。告知他那姑娘遭到了不幸。原來，就在去年趙嘏離家不久，七月十五中元節那天，那姑娘陪伴趙嘏老母去鶴林寺遊玩，誰知在寺裏碰到了浙西節度使一行。節度使見姑娘長得美貌，垂涎欲滴，竟令人把她強搶走了。趙嘏悲憤難抑，他步履踉蹌，走到窗前，遙望故鄉，悲吟了一首詩：“寂寞堂前日又曛，陽台去作不歸雲。當時聞說沙吒利，今日青娥屬使君。”他的詩前兩句悲歎愛人難以再回到身邊，後兩句抨擊世道的黑暗，官僚的無恥：當年詩人韓翃的情人被蕃將沙吒利掠去，如今，強搶我心上人的竟是堂堂的“使君”——浙西節度使。

趙嘏憤怒之下病倒了，眾進士紛紛去探望，無不扼腕怒斥浙西節度使的無恥。半月後，趙嘏病情稍稍好轉，急忙動身趕回家去。中途經過橫水驛，見幾個隨從打扮的人圍着一輛車催促車上人下來。車裏傳出女子隱隱的啜泣聲，十分淒傷。傷心人遇見傷心事，趙嘏忍不住上前詢問。一個隨從告訴他：“這是浙西節度使送新及第趙進士娘子入京。”趙嘏大吃一驚，急步上前揭開車簾一看，果然是自己的心上人。姑娘也認出了趙嘏，縱身抱着趙嘏痛哭，向他傾訴自己的不幸遭遇。 原來，浙西節度使得悉趙嘏進士及第，又聽說許多新科進士在京城裏張揚其事，迫於輿論壓力，他只得把姑娘放出，又假意作好人，把她送往長安去見趙嘏。趙嘏聽了，心裏無限辛酸。不想這次相聚竟是死別，倍受摧殘的姑娘在極度悲傷中很快去世了。趙嘏傷心地把姑娘埋葬在橫水之畔，在墳上植了幾棵松樹，然後揮淚而去。不久，尚處在盛年的趙嘏終因悲痛過度而去世。

（王國安）

原文

座上獻元相公〔1〕

唐•趙嘏

寂寞堂前日又曛〔2〕，陽台去作不歸雲〔3〕。

當時聞說沙吒利〔4〕，今日青娥屬使君〔5〕。

註釋

〔1〕詩題中元相公，指元稹，但是，這時元稹早已去世，所以，這題目可能是後人弄錯誤加的。

〔2〕曛，昏暗，指黃昏時刻。

〔3〕據宋玉《高唐賦》，巫山有神女，曾託夢同楚襄王幽會，分別時說：我早晨變成雲彩，晚上變成雨絲，朝朝暮暮，在陽台之上。這裏反用典故，意思是說：情人從此再不能返回身邊。

〔4〕沙吒利，中唐時代一員蕃將，曾劫掠、霸佔了詩人韓翃的情人。

〔5〕 青娥，這裏指女子。君，漢代對刺史（地方行政長官）的稱呼；這裏借指浙西節度使。

添州改字總難依

唐代有不少詩僧，晚唐的貫休就是其中的一個。他妙擅丹青，又善於寫詩，馳名一時，人們都以得到他的詩畫為榮。一些附庸風雅的達官貴人，也紛紛請貫休題詩作畫。但他生就一副傲骨，絕不肯從俗逢迎，經常詩語帶譏，畫面寄嘲，因而得罪了不少權貴，在長安呆不下去，只得四出雲遊。

一路上他觀山玩水，飽賞大好河山，不知不覺到了杭州。杭州之美，早在唐代就聞名遐邇。貫休徘徊西湖，只見青巒疊翠，碧波蕩漾，真是天下勝景。賞玩之際，貫休突然發現湖畔街頭處處張燈結綵，似乎有什麼喜慶大事。他向路人一打聽，才知道這一帶剛剛平定了一場戰亂。原來，統轄兩浙的原是浙東軍節度使董昌，靠鎮壓黃巢起義起家後，自恃兵馬強悍，見唐室衰微，就抗拒朝廷，割據一隅，自稱皇帝。他委派屬下大將軍錢鏐為兩浙都將軍。錢鏐雖為董昌部將，卻不滿他分裂國家的行徑，秘密遣使報告朝廷。唐昭宗隨即命他討伐董昌。錢鏐英勇善戰，精於韜略，一戰而平定了董昌之亂，使兩浙之地免除了一場戰禍。朝廷嘉獎他忠於皇室，任命他為鎮海軍節度使，統轄兩浙十四州。鎮海軍治所正在杭州，所以這幾天全城熱鬧。

貫休早就聽說錢鏐是個將才，又能禮賢下士；如今又削平叛亂，維護統一，有益於江南百姓安居樂業，也就一時興起，主動上門投詩致賀。錢鏐正在宴飲賓客，一聽鼎鼎大名的詩僧前來登門致賀，滿心歡喜。詩箋上寫的是一首七律，中聯是："滿堂花醉三千客，一劍寒霜十四州。"這兩句，上句稱讚錢鏐禮賢下士，賓客滿堂；下句頌揚他雄才大略，統轄兩浙十四州之地。錢鏐看了，不禁洋洋得意。他正要請貫休進來就席，忽一轉念，如今天下紛擾，我兵精將勇，倘乘機擴大地盤，豈不容易得很？如果詩中"十四州"改成"四十州"，不就是一個吉兆？於是，他趕緊讓門公告訴貫休，請他把詩改成"一劍寒霜四十州"，然後錢鏐將親自出門迎接。貫休見錢鏐要他如此改詩，十分吃驚，繼而恍然大悟。這個擁戴皇室、戰功赫赫的錢鏐，也萌生了稱王稱霸的野心了啊！貫休痛恨自己看錯了人，更憂憤藩鎮割據混戰，百姓又將遭塗炭之苦。他不願以詩取媚錢鏐，換取進身的機會，斷然回答說："請轉告錢將軍，州亦難添，詩亦難改。重蹈董昌覆轍者，必將自取滅身之禍。"門公十分敬佩貫休的氣節，卻擔憂會因此得罪錢鏐。可是貫休卻笑笑說："我孤雲野鶴，哪裏不能飛翔呢？"說畢，拂袖而去。錢鏐只落得一場空歡喜。但是也給錢鏐一個教訓，國家統一是民心所向，他一生不敢擴充地盤、僭越稱帝。後來宋太祖重新統一全國時，錢鏐孫子錢俶奉表歸順，使五代離亂之際兩浙民眾得以過着相對安定的生活。

（王國安）

原文

獻錢尚父〔1〕

唐·貫休

貴逼人來不自由〔2〕，龍驤鳳翥勢難收〔3〕。
滿堂花醉三千客〔4〕，一劍寒霜十四州〔5〕。
鼓角揭天嘉氣冷〔6〕，風濤動地海山秋。
東南永作金天柱〔7〕，誰羨當年萬户侯。

註釋

〔1〕錢尚父，指錢鏐，唐末人，因平定董昌叛亂有功，賜鎮海軍節度使。
〔2〕不自由，不由自主。
〔3〕驤，昂首的樣子。翥，飛翔。龍驤鳳翥，比喻錢鏐青雲直上，取得重位。
〔4〕這句是說，錢鏐禮賢敬士，堂上賓客眾多。
〔5〕這句是說，錢鏐將略出眾，威懾浙東十四州。

〔6〕揭天，震天。

〔7〕金天柱，黃金鑄就的支撐天的柱子，喻指錢鏐永為朝廷的股肱之臣。

一笑君王便著緋

羅隱，字昭諫，唐末杭州餘杭（在今浙江）人。他出生的年代，長安朝廷已被宦官所把持，政治日益腐敗，人民生活痛苦不堪。羅隱年輕時就立下大志，希望能早日登上仕途，輔佐君王振刷朝綱，為國效力。公元 860 年，羅隱二十八歲。他從家鄉千里迢迢地趕往長安參加進士考試。雖然自己覺得策論和詩賦都寫得很好，但放榜結果竟然名落孫山。無情的現實給了他一次沉重的打擊。落第以後，羅隱長期寓居京城，耳聞目睹宦官、權臣專橫跋扈和廣大人民飢寒交迫的情景，寫了不少諷刺現實的小品文。由於這些文章觸怒了權貴，因此他在長安連續考了七年，竟一次也沒有被錄取。

公元 873 年，唐懿宗因病死去。宦官們合謀殺害了懿宗年長的兒子，擁立只有十二歲的普王李儇為天子，史稱僖宗。僖宗自小長在深宮，只知道遊戲玩樂，把政事全部交給中尉田令孜去管理，還尊稱他為阿父。田令孜是個飛揚跋扈的宦官頭目，他把僖宗視同傀儡，經常利用僖宗來樹立自己的權威。僖宗任意耗費財物，田令孜就教他派人到市上去掠奪，誰出面反對，就一律交給京兆尹杖殺。有一次，田令孜陪僖宗在宮廷裏觀看擊毬比賽。有個左神策軍將士陳敬瑄最後取勝，走到僖宗面前請賞。僖宗知道他是田令孜（本姓陳）的哥哥，為了博取阿父的歡心，竟然當場把他任命為西川節度使。

唐朝政府的腐敗統治，終於激發了空前規模的農民大起義。公元 875 年，黃巢、王仙芝在山東聚眾起兵，經過五年多的艱苦轉戰，終於攻克了東都洛陽，隨即又揮師西進，直撲長安。就在黃巢起義軍即將到達長安的前夕，田令孜下令集中守衛宮城的全部禁軍，在一天夜裏擁着僖宗出走宮廷，渡過渭河，準備取道鳳翔，逃往四川去避難。

這支鬆散的隊伍迤邐地走了三天，還沒有到達鳳翔，士兵們已經累得人困馬乏。一直在深宮裏過慣享樂生活的僖宗，哪裏經得起這樣的奔波。因此剛過午時，他就叫田令孜就地安營休息，不想再往前趕路了。長安方面的風聲越來越緊，田令孜生怕不儘快到達鳳翔，會被起義軍的追兵趕上。他聽說僖宗要就地安營休息，不由急得抓耳撓腮，不知如何是好。過了片刻，忽然靈機一動，一個絕妙的辦法被他想了出來。他走到御輦前，滿臉堆笑地說："陛下一定是連日奔波，感到乏味了。老奴離京時正好帶着一個弄猴人，讓他給陛下開開心怎麼樣？"僖宗一聽，高興得叫他馬上把弄猴人召來。

轉眼間，弄猴人牽着一隻猴子來到僖宗面前。他鬆開猴脖上的銀鏈，時而揮手，時而發出口令，讓猴子對着僖宗脱帽跪拜，兩手倒豎，又沿場地打圈小跑，騰空連翻十幾個筋斗，逗得僖宗和田令孜哈哈地笑個不停。弄猴人耍完猴戲，就牽着猴子垂手站在一邊。僖宗十分高興，當即命內侍取過一領紅色官服賜給他說："朕今日授予你供奉之職，以後你就隨時聽旨侍候朕吧。"弄猴人接過袍服，叩頭謝恩。周圍的宦官也齊聲高呼"萬歲"。田令孜見僖宗已經恢復了精神，就趁機湊上前去說："陛下今天玩得很痛快。現在天色尚早，還是趕一程路再休息吧。"僖宗含笑點了點頭。於是田令孜一聲命令，隊伍又開始向西進發了。

僖宗向弄猴人賜官的事情，很快被沿途的難民傳了開去。這時詩人羅隱正好也在關中，他聽到了這個令人啼笑皆非的奇聞，想起自己十多年來屢試不中的遭遇，不由感到無限的憤慨。他當着沿途的人群，拿出紙來鋪在地上，揮筆寫下一首七絕："十二三年就試期，五湖煙月奈相違。何如學取孫供奉，一笑君王便著緋！"對這個昏庸無道、禍國殃民的唐僖宗，作了無情的鞭撻和辛辣的諷刺。

（金文明）

原文

感弄猴人〔1〕賜朱紱〔2〕

唐・羅隱

十二三年就試期〔3〕，五湖〔4〕煙月奈相違〔5〕。

何如〔6〕學取孫供奉〔7〕，一笑君王便著緋〔8〕！

註釋

〔1〕弄猴人，馴養，訓練猴子的雜技藝人。

〔2〕朱紱，紅色的官服。

〔3〕就試期，按時參加進士考試。

〔4〕五湖，指古代吳越地區的五個湖泊。作者羅隱為餘杭（在今浙江）人，正屬這一地區。因以"五湖煙月"泛指故鄉的風光。

〔5〕奈相違，奈，無奈，無可奈何。相違。相離，離開。

〔6〕何如，哪裏比得上。

〔7〕孫供奉，供奉，官名，因在皇帝左右供職，故稱。孫，表面上指弄猴藝人的姓，但因猴子俗稱猢猻，"猻"和"孫"同音，所以實際上是帶有諷刺意味的謔稱。

〔8〕著緋，穿上紅色的官服。這裏指孫供奉因弄猴而受賜。

羅隱吟詩罷徵魚

唐僖宗光啟三年（887），羅隱回到浙江，投奔鎮海節度使錢鏐。他的才學受到錢鏐的賞識，先後被任命為錢塘令、著作令等職。唐亡後，錢鏐建吳越國，定都杭州。吳越地處魚米之鄉，經濟比較發達。但是，百姓所需承擔的苛捐雜稅也相當繁重。比如，錢鏐規定，西湖漁民必須每天上繳一定數額的鮮魚，以供王宮食用，叫做"使宅魚"。那些經辦官員，不顧漁民死活，不僅一天也不放鬆，而且層層加碼。有的漁民打不到魚時，只得到市上買魚來交差，弄得怨聲載道。一天，有位朋友來拜望羅隱。閒聊中，談起了"使宅魚"使得漁民苦不堪言的情形。羅隱是第一次聽到這些事情，感到很吃驚。朋友走後，羅隱親自去調查一番，才知道實際情況比朋友講的還要糟糕。於是，他決定進宮去為民請命。這時剛好一位名畫家以姜太公遇文王為題，在宮中繪了一幅壁畫。吳越王錢鏐正在考慮請哪位名家給這幅畫題詩，因此聽說羅隱求見，非常高興，吩咐內侍立即引他入宮。

羅隱看了看壁上畫的《磻溪垂釣圖》，決定借題發揮，來諷喻錢鏐。於是，隨口吟了一首七絕："呂望當年展廟謨，直鈎釣國更誰如？若教生在西湖上，也是須供使宅魚。"錢鏐見羅隱年紀雖老，才思仍然如此敏捷，所以也沒有仔細辨明詩中的意思，便連聲稱"好"，並當場命內侍將文房四寶捧來。羅隱將筆舔飽，不假思索便把詩句題到壁上。錢鏐將這首詩反復看了幾遍，恍然大悟，知道羅隱是在批評自己，錢鏐素來尊敬這位"江東才子"，深知他的為人，一定是他聞悉民間怨憤，才這麼寫的。就這樣，錢鏐的氣又平了下來。錢鏐問羅隱："先生寫這樣的詩，想必聽到些什麼？"羅隱便原原本本地把所見所聞對他講了，並要求廢除"使宅魚"的規定。錢鏐為了表示自己的賢明，只得下令把"使宅魚"免了。

（倉陽卿）

原文

題磻溪〔1〕垂釣圖

唐・羅隱

呂望當年展廟謨〔2〕，直鈎釣國更誰如〔3〕？
若教生在西湖上，也是須供使宅魚。

註釋

〔1〕磻溪，在今陝西省寶雞縣。

〔2〕呂望，姓姜，名尚，又叫姜子牙，俗稱姜太公。呂望垂釣於磻溪遇周文王，後輔助文王滅商立國。展，施展。廟謨，指朝廷的方針大計。

〔3〕直鈎釣國，相傳呂尚隱居磻溪時，用直鈎垂釣待聘。

畫眉深淺入時無

唐朝寶曆二年（826），各地參加進士考試的讀書人，陸續雲集京城。內中有一位中等身材、眉目秀朗的年輕人，他就是越州（今浙江紹興）的朱慶餘。唐代“進士科”考試，崇尚文辭，尤重詩賦。因此，考生往往在應試之前，先把詩文獻給著名文士，如能得到他們的揄揚，也就容易登第。朱慶餘在京中無親無故，只得孑身一人在客舍吟詩看書。一個偶然的機會，朱慶餘見到著名詩人、水部員外郎張籍。兩人談論詩藝，十分相得，引為知己。分別時，張籍囑咐朱慶餘把自己創作的詩篇送來。

朱慶餘回到客舍，立即鋪紙磨墨，將新舊詩作選了二十六篇，謄抄成一卷。寫畢，他又想到，此番應試，正可倚重張籍的幫助，於是他把這心意寫在信上，打算隨詩一起送去。朱慶餘把擬好的信稿又看了一遍，自己覺得不滿意，便隨手揉成一團，扔了。沉吟再三，提筆寫下一首七絕：“洞房昨夜停紅燭，待曉堂前拜舅姑。妝罷低聲問夫婿：‘畫眉深淺入時無？’”朱慶餘自比新娘，以梳妝完畢將去見公婆來隱喻自己即將參加考試。新娘對着鏡子，顧影自憐的情態，正和他自恃才不學不凡又生怕考不中的心情很相像。所以他以此來探詢張籍：自己的作品能否合主考官的意？

張籍看了朱慶餘送來的詩卷，十分欣賞。尤其那首七絕《近試上張水部》，全用比喻，寫得巧妙自然，親切中又別具矜莊的情致。張籍一邊看一邊讚歎不已，隨即揮筆也寫了一首七絕《酬朱慶餘》。張籍酬詩這樣寫道：“越女新妝出鏡心，自知明豔更沉吟。齊紈未是人間貴，一曲菱歌抵萬金。”詩中，把慶餘比作越地美女，把他清新的詩作比為齊地細絹，巧妙地肯定了朱慶餘的才學與作品。此後，張籍外出時，總把朱慶餘的詩卷帶在身邊，閒時便取出賞閱。並且，他還在一些文士名流面前，熱情讚揚、推薦朱慶餘的作品。由於張籍的推崇，人們紛紛從他那裏抄錄朱慶餘的詩作，吟詠傳誦。朱慶餘的詩名，傳遍京城。這年科試揭曉，朱慶餘果然榜上有名，高中進士，不久授秘書省校書郎。關於他任官後的情形，人們知曉不詳。然而他與張籍的這段交往，成了詩壇佳話，一直流傳至今。

（倉陽卿）

原文

近試上張水部[1]

唐·朱慶餘

洞房昨夜停紅燭，待曉堂前拜舅姑[2]。

妝罷低聲問夫婿[3]，"畫眉深淺入時無[4]？"

註釋

〔1〕近試，接近考試的時候。上，呈送給。張水部，張籍，當時任水部員外郎。

〔2〕待曉，等待天亮，舅姑，公婆，這裏隱喻主考官。

〔3〕妝罷，梳妝打扮完畢。夫婿，丈夫，這裏借指張籍。

〔4〕入時無，合不合時樣？這句意思是說：自己的文章能不能合主考官的意？

皮日休哭悼詩友

嚴惲，字子重，唐代湖州（今浙江吳興）人氏。他出生在風光如畫的太湖之濱，從小酷愛文學，尤其擅長寫詩，十多歲時就以才華馳譽鄉里。

唐宣宗大中四年（850），詩人杜牧來到湖州擔任刺史，上任不久就聽到人們對嚴惲的交口讚揚，於是他特地前去登門拜訪，想試一試這位青年詩人是否真有才學。當時嚴惲只有十七八歲，但言談舉止卻十分謙恭有禮，一見面就給了這位新任刺史很好的印象。他把杜牧請到屋後場上，拿出家釀的醇酒和幾碟菜餚，與客人對飲暢談起來。喝了幾杯酒以後，杜牧便請嚴惲即席一詠。嚴惲知杜牧是詩界的前輩，能夠屈尊來訪，請自己即席賦詩，心裏也深感榮幸，於是抬起頭來看了一眼園中的景色，這時節令已近春末，籬邊的幾株桃花正隨着輕風片片凋落。他即景生情出口吟誦道：“春光冉冉歸何處？更向花前把一杯。盡日問花花不語，為誰零落為誰開！”這首一氣呵成的《落花》詩，樸素自然而又餘意無窮，杜牧聽了十分讚賞，當即乘着酒興依韻和了一首：“共惜流年留不得。且環流水醉流杯。無情紅豔年年盛，不恨凋零卻恨開。”杜牧和嚴惲分手以後，兩人便沒能再見過面。這年初冬，杜牧被朝廷調回長安，不久就因病去世了。他在湖州所作的《和嚴惲秀才落花》詩，後來被編進《樊川文集》，很快就在民間流傳開去。當時湖北襄陽有位少年詩人皮日休，正在鄉校讀書。一天，他在《樊川文集》的抄本上翻閱到了杜牧的和詩，很想看一看原作。但他不知道嚴惲是什麼人，也找不到那首《落花》詩，心裏感到非常遺憾。

時間匆匆過去了十多年。皮日休已經在長安考中進士，擔任了官職。一天他公餘後正在府中休息。忽然衙役進來通報說門外有個名叫嚴惲的秀才特來求見。皮日休一聽這個名字，很快便想起了當年他在鄉校時讀到的杜牧那首《和嚴惲秀才落花》詩，喜出望外，親自出門去迎接。皮日休沒有想到，出現在他面前的嚴惲，竟是一位青鞋布袍、形容憔悴的窮書生。三十多歲年紀，看去已是飽經風霜，兩鬢花白。一股憐惜之情不禁湧上心頭。他連忙把客人請進後堂，吩咐僕人置酒款待。喝過幾杯酒後，皮日休向嚴惲問起他同杜牧交往的經過，並且表達了自己的仰慕之意。嚴惲聽後十分感動，就詳細講述了當年在湖州與杜牧歡聚唱和的情景。接着，嚴惲又應皮日休的請求，從布包裏拿出一疊詩稿遞給了他。皮日休展卷細讀，覺得篇篇精妙，不同凡響，尤其是那首傾心已久的《落花》詩，更使他流連吟誦，愛不忍釋。

當皮日休了解到嚴惲數次進京應舉，只為無人援引，年年都名落孫山時，皮日休立即向刺史崔璞介紹了嚴惲的人品和才學，請他選拔嚴惲為貢生，參加明年在長安舉行的省試；同時又寫了好幾封信寄給在京任職的朋友，請他們盡力向主考官和社會名流引薦嚴惲。兩個多月過去了，皮日休的努力開始有了眉目。他剛剛想寫信把這些情況告訴給嚴惲，忽然有人專程從湖州趕來，向他報告了一個意外的消息：嚴惲由於感染風寒，沒有及時治療，病情迅速惡化，已經在幾天前不幸去世。聽罷皮日休為這個才華橫溢，但在貧病交迫中過早去世的詩人感到痛惜。“生前有敵唯丹桂，沒後無家只白蘋。”最後他只能把這首淒涼哀怨的七律奉獻在嚴惲的靈前，以表示深切的悼念。

（金文明）

原文

傷嚴子重詩

唐•皮日休

十哭都門牓上塵〔1〕，蓋棺〔2〕終是五湖人〔3〕。
生前有敵唯丹桂〔4〕，沒後〔5〕無家只白蘋〔6〕。
箬下斬新醒處月〔7〕，江南依舊詠來春〔8〕。
知君精爽〔9〕應無盡，必在酆都〔10〕頌帝晨〔11〕。

註釋

〔1〕十哭都門牓上塵，都門，指長安城門。牓，公佈考取進士名單的黃榜。這句是說：嚴惲（字子重）參加了十次進士考試，結果都名落孫山，傷心而歸。

〔2〕蓋棺，指死去。

〔3〕五湖人，古稱太湖為五湖，嚴惲家鄉在湖州，鄰近太湖，所以稱他為五湖人。

〔4〕丹桂，桂樹的一種，舊時稱科舉及第為折桂。

〔5〕沒後，死後。

〔6〕白蘋，一種水草，五月間開白花，故稱白蘋。

〔7〕箬，竹葉，這裏指用箬竹葉編成的帽子。斬新，即嶄新。

〔8〕來春，來年春天。

〔9〕精爽，指靈魂。

〔10〕酆都，舊時迷信者所謂的陰府，是人死後靈魂歸宿之地。

〔11〕帝晨，是前人詩中的用語，含意不明，可能指天帝所居仙境的風光。

一字師

古代詩人作詩很注意下功夫錘字煉句，追求“語不驚人死不休”。師友之間，切磋討論，煉字錘句的事例，經常傳為文苑佳話。其中“一字師”的故事，就一直為人們廣為傳誦。

晚唐有個詩人叫鄭谷。他在詩壇很有名望，做詩字斟句酌，不輕易落筆，精於錘煉字句。其他詩人也都樂意向他請教，因此他家中經常高朋滿座，吟聲琅琅。在他家不遠處有座寺院，住着一個叫齊己的和尚，很愛寫詩，也頗有才氣，是鄭谷家的座上客。這年冬天，天氣格外寒冷，接連幾天大雪紛飛，把世間萬物裝點得一片銀裝素裹。好不容易雪霽天晴，在寺裏悶了幾天的齊己興沖沖地去村外踏雪遊玩。

一路上，齊己發現儘管酷寒逞威，萬木凋謝，卻偶爾已能看見梅花吐豔。善於捕捉詩意的齊己，趕緊回到廟裏，鋪紙揮筆，寫了一首《早梅》詩。詩的開頭四句是：“萬木凍欲折，孤根暖獨回。前村深雪裏，昨夜數枝開。”意思是天寒地凍，萬木凋零，只有梅花透露着大地快要春回的消息。你看，儘管雪壓冬雲，可是前村已有數枝梅花傲然怒放。雪裏梅花，而且只有數枝剛剛吐蕾暴綻，這樣寫是比較能切合詩題“早梅”的。齊己感到滿意，但他還想聽聽鄭谷的意見，就興沖沖地攜帶詩卷，登門求教。鄭谷正與幾位詩友在談詩論文，齊己拿出新作，請大家指正。幾位詩人都讚不絕口，認為這首詩寫出了早梅的神韻。齊己也很高興。鄭谷也一眼看出這是首好詩。但他仔細琢磨了一番，就誠懇地對齊己說：“確實是佳作啊！但我不揣冒昧，還想改動一個字。”齊己謙虛地點點頭。鄭谷接着說：“題目既是早梅，那麼，數枝開還不算早，不如改成一枝開，你看怎麼樣？”齊己一聽，不禁拍掌稱絕，情不自禁地合掌行禮，連聲說：“您真是我的‘一字師’啊！”

（小旻）

原文

早梅

唐・齊己

萬木凍欲折〔1〕，孤根〔2〕暖獨回。
前村深雪裏，昨夜一枝開。
風遞〔3〕幽香出，禽窺素豔來〔4〕。
明年如應律〔5〕，先發望春台。

註釋

〔1〕萬木，各種樹木。折，斷裂。

〔2〕孤根，指梅花。

〔3〕遞，送。

〔4〕禽，飛鳥。素豔，指梅花。

〔5〕應律，古時候，人們常把樂律同曆法聯繫起來，十二樂律正好同一年十二個月相配合，認為律管中置以葭灰，到某一個月，相應的律管中的葭灰就會振動，叫作“律應”。應律，即“律應”，這裏即指適應時令。

“打油詩”的由來

唐代南陽地方有個讀書人，名叫張打油，平時很喜歡鄉間俚曲，經常與民間歌手交往，收集俚語，寫入詩中。文字雖然俚俗，但由於它明白如話，容易聽懂，卻也受到村民們的歡迎。

這一年冬天，臘月十五，村裏下了一場鵝毛大雪，大地一片銀裝。遠山近水，渾然一體。冬旱逢瑞雪，村民們都很高興，便請張打油寫首詠雪詩。張打油見村民們這樣看重自己，馬上一口答應。他望着漫天飛舞的雪花和雪中的景物，詩興大發，片刻間，吟成一首五絕：“江山一籠統，井上黑窟窿。黃狗身上白，白狗身上腫。”這首詩的意境並不高，但因為通俗易懂，寫景比較實在，竟然大受村民們的讚揚。從此，“張打油”的名字就在附近傳開了。

第二年冬天，張打油在南陽城的親戚家中讀書。有一天，他出門散心，路過參政（官名）的私邸，見裏面碧瓦飛簷，松柏葱蘢，不覺得凝神停步。恰好後園門又開着，他就信步踱進去玩賞。這時，天空忽然暗下來，彤雲密佈，雪花紛紛揚揚地落下來。他怕受凍，就朝屋裏走，不知怎的竟然闖到參政的書房裏來了。他望着窗外的飛雪，想起了去冬在鄉間的詠雪詩，不禁詩興勃發，便在桌上取筆蘸墨，在白粉牆上題了一首詠雪詩：“六出飄飄降九霄，街前街後盡瓊瑤。有朝一日天晴了，他使掃帚你使鍬。”題完以後，他見雪稍小，就揚長而去。出門時，參政的一位老僕發現了他，知他是本縣的有名詩人，並未阻攔。

不久，參政從官衙辦完公事回到書房，發現牆上題詩，不禁勃然大怒。他把老僕叫來詢問是誰弄髒了書房的牆壁？老僕回答說本城南街上那個有名的張打油弄髒的。參政派人把張打油抓來斥他不應在書房裏胡寫亂畫，準備責罰。當張打油知道是題詩引起的禍端後，他不慌不忙地說：“我雖然沒有什麼才氣，但也略懂得寫詩作文，哪會胡寫亂畫。大人如不相信，可以馬上出題面試！”當時，南陽城被叛軍圍困，正求朝廷派兵救援。參政便以此為題，命他寫詩。張打油略加思索，唸道：“天兵百萬下南陽，”參政聽了連忙稱讚：“好，有氣魄！先聲奪人，出口成章。這牆上的詩一定不是你寫的。下面幾句怎麼續下去？快唸！”張打油接着說：“固若金湯拒跳樑。內外夾攻齊奮力，叛軍慘敗哭爹娘。”參政一聽，詩的腔調同牆上的一模一樣，禁不住大笑起來，放張打油走了。後來，人們就把張打油這種俚俗粗淺的詩，稱為“打油詩”。

（楊兆林）

原文

詠雪

唐•張打油

江山一籠統，井上黑窟窿。
黃狗身上白，白狗身上腫。

國亡詩述亡國恨

公元 934 年，五代後蜀皇帝孟知祥得病去世，他年方十六的兒子孟昶繼位。孟昶即位初年，勵精圖治，興修水利，注重農桑，實行“與民休息”政策，後蜀國勢強盛。但是他在位後期，沉湎酒色，不思國政，生活荒淫，奢侈無度，連夜壺都用珍寶製成，稱為七寶溺器。孟昶後宮有一位徐貴妃，美貌和才華出衆，孟昶極為寵愛。一天兩人在御苑裏閒步遊覽，孟昶看到苑中萬紫千紅，繁花似錦，就笑着對她說：“愛卿的容貌只有嬌妍的花蕊可以相比，寡人就賜你號為花蕊夫人吧！”從此，孟昶與花蕊夫人日日宴飲，夜夜笙歌。雖然花蕊夫人也屢次勸諫孟昶以國事為重，關心朝政，但孟昶總認為蜀地山川險阻，不足為慮。

當時，位於中原地區的後周，國勢日益強大，對後蜀政權構成了嚴重的威脅。公元 960 年，後周歸德軍節度使、檢校太尉，殿前都檢點趙匡胤發動兵變，“黃袍加身”奪取了後周政權，建立北宋皇朝。宋朝軍隊，南征北伐，目標逐漸指向後蜀。後蜀廣政二十七年 (964 年)，宋太祖下詔伐蜀，宋軍將士從鳳州和歸州分兩路長驅直入。蜀軍與宋軍在劍門關外進行一場大戰，蜀軍全軍覆滅，後蜀精兵被全殲，滅亡之勢已不可免了。宋軍包圍成都府，孟昶投降。直到宋軍衝進皇宮，深居內廷的花蕊夫人才知道成都已經陷入敵手，蜀國從此滅亡了。孟昶在後宮與花蕊夫人抱頭痛哭。不久，孟昶、花蕊夫人等人被押赴汴梁。馬蹄得得，車聲轔轔。當花蕊夫人的車駕到達劍閣東面的葭萌驛時，她忽然撩起簾幔，走下宮車，來到滾滾南去的嘉陵江邊。這時，幾隻杜鵑掠空而過，發出了聲聲"不如歸去"的哀鳴，攪得她心都幾乎碎了。回到驛中後，她再也抑制不住內心的痛苦，取過筆墨，就在驛館的牆上寫下一首《採桑子》："將離蜀道心欲碎，離恨綿綿。春日如年，馬上時時聞杜鵑。"來到汴京後，孟昶受到了宋朝的隆重禮遇。第二天花蕊夫人就被召進宮。宋太祖久聞花蕊夫人豔絕塵寰，一見幾乎驚為天仙，花蕊夫人當着太祖的面，吟成一首七絕："君王城上豎降旗，妾在深宮那得知。十四萬人齊解甲，更無一個是男兒！"這次召見，使太祖對這位才貌雙全的花蕊夫人心生愛慕。七天後孟昶暴疾而終，年四十七歲，史家多認為是太祖毒死的。

對於孟昶的死因，花蕊夫人十分清楚，但她只能獨自飲恨，終日身穿素服，以淚洗面。為了寄託對亡夫的哀思，她親自畫了一幅孟昶的遺像掛在房內，每天早晚焚香祈禱。一天，太祖忽然來到她的臥室，見了畫像就加以詢問，花蕊夫人說："這是送子張仙人的像，妾身每天焚香祈禱，祝願陛下多子多福。"花蕊夫人的冷漠態度，使太祖感到無計可施，但他仍然不願就此罷手。他聽說花蕊夫人不但精通文墨，而且還會騎馬射箭，因此常借到御苑打獵的機會，召她去隨從觀覽。不久，這件事情被太祖的弟弟晉王趙匡義知道了。晉王擔心讓這樣一個亡國之君的妃子在太祖身邊隨獵，可能會帶來危險。於是有一天，他也騎着馬跟進御苑，突然張弓搭箭，向花蕊夫人射去。這位才貌雙全的一代佳人，終於在征服者的暴力之下，飲恨而死。

（金文明）

原文

述國亡詩〔1〕

後蜀·花蕊夫人

君王城上豎降旗，妾在深宮那得知。

十四萬人齊解甲〔2〕，更〔3〕無一個是男兒！

註釋

〔1〕後蜀，五代時十國之一。公元 933 年，西川節度使孟知祥受後唐封為蜀王。次年稱帝，建都成都，國號蜀。因唐末王建也曾在其地建立。

〔2〕解甲，脱掉甲衣，即解除武裝。

〔3〕更，絕，完全。

一江春水向東流

李煜是五代十國時期的南唐後主，他“生於深宮之中，長於婦人之手”，不通政治，卻具有非凡的藝術才華，精書法，善繪畫，通音律，詩和文均有一定造詣，尤以詞的成就最高。

李煜嗣位之時，南唐已奉宋為正統，苟安於江南一隅。宋太祖趙匡胤滅了後周、後蜀、南漢以後，對偏安江南的南唐仍不放心。開寶七年（974）九月，他命曹彬為大將，率領大軍南下進討。南唐將惰兵弱，連吃敗仗。宋軍鋭不可當，勢如破竹。第二年（975）六月，即長驅渡江，兵臨金陵城下，把南唐京城圍成鐵桶一般。十一月二十七日晚，宋軍猛烈攻城。李後主奉表，帶領百官向曹彬投降。南唐遂亡。

開寶九年（976）正月初四，李後主到了宋朝京城汴京（今河南開封市），白衣紗帽，在明德樓下待罪。宋太祖封他為“違命侯”，封小周后為鄭國夫人。後主朝見後，宋太祖感歎地說：“李煜的詞雖然寫得好，只能算個翰林學士，哪能當國君？他若以寫詞的功夫治理國事，哪會成為我的俘虜啊！”十月，宋太祖病死，其弟趙光義即位，即宋太宗。他名義上雖然加封李煜的官銜，實際上卻對李煜更加刻薄，監視更為嚴密。李煜的生活大不如前，才四十歲的人就鬢髮花白，滿臉皺紋了。春花秋月，暮雨晨風，雁去燕來，甚至天上飄過一片浮雲，都會觸動李煜的思緒，惹起他的痛苦。就在這種悲涼的境遇下，他寫下了不少抒發故國之思、亡國之痛的詞章。

太平興國三年（978）六月初，宋太宗對李煜能否甘當俘虜，很不放心，就命南唐舊臣、給事中徐鉉去看李煜。徐鉉來到李煜的太尉府門前下馬，但見門前只有一個老兵守衛。老兵進去通報後，李煜頭戴紗帽、身穿道袍出來迎接，引入房中。他見到從前的臣子，想到目前的囚居生活，緊緊握住徐鉉的手，失聲痛哭。徐鉉也覺淒然。過了好一會兒，李煜不禁長歎一聲："當日殺了潘佑、李平，真是後悔莫及！"原來，這潘佑、李平都是南唐忠心耿耿的大臣。他們勸後主驅逐奸佞、整頓朝綱，但忠言逆耳，卻被後主殺害了。徐鉉怕有人監視，不敢多言，坐了一會，就起身告辭。李煜也不敢多留，送出門來，灑淚而別。徐鉉走出太尉府不久，宋太宗就命太監召他進宮，詢問李煜說了些什麼。徐鉉不敢隱瞞，如實奏告。宋太宗很不高興，知道李煜心懷怨望，頓萌殺機。

七月七日，是乞巧佳節，又是李煜的生日。晚上雲淡星稀，半輪明月。李煜仰望夜空，回想過去每逢壽辰，百官慶賀，何等風光，如今囚居異地，愁苦難言，就命南唐來的一個宮女，彈奏琵琶，演唱他今春新作《虞美人》詞。"春花秋月何時了，往事知多少？小樓昨夜又東風，故國不堪回首月明中。雕欄玉砌應猶在，只是朱顏改。問君能有幾多愁？恰似一江春水向東流！"李煜一邊聽，一邊落淚，借酒澆愁。此事傳到宋太宗那裏。宋太宗勃然大怒，再看《虞美人》那首詞。其中什麼"故國不堪回首月明中"，什麼"問君能有幾多愁？恰似一江春水向東流"，更是怒不可遏，遂毒殺李煜。李煜死時，只有四十二歲。亡國之君終因亡國之詞斷送性命，卻在詞壇上留下了不朽的篇章，李煜也因之被稱為"千古詞帝"。

（楊兆林）

原文

虞美人

南唐・李煜

春花秋月何時了[1]，往事知多少？小樓昨夜又東風，故國[2]不堪回首月明中。

雕欄玉砌[3]應猶在，只是朱顏改[4]。問君能有幾多愁？恰似一江春水向東流。

註釋

〔1〕了，了結，完結。

〔2〕故國，滅亡了的國家，指作者的南唐政權。這句是說：在皎潔的月光下，回想起故國的情景，忍受不住精神的痛苦。

〔3〕砌，台階。雕欄玉砌，指遠在金陵的南唐故宮。

〔4〕朱顏改，紅潤的臉色變得蒼白、憔悴。

宋代

錢塘自古繁華

北宋初年，位於錢塘江北岸的杭州，是一座風景秀麗和繁華富庶的都市。它東臨海灣，三面環山，整個城區到處是煙柳畫橋，風簾翠幕，自古以來，曾引得多少詩人墨客為它悠然神往！

著名文人柳永正寄寓杭州。他為人落拓不羈，才華出眾，不但寫得一手好詞，而且對音律也很精通。由於多次沒有考中進士，因而感到失意無聊，整天同樂工和歌伎們混跡在一起，過着風流狂放的生活。兩浙轉運使孫和，過去是柳永很好的朋友，這時也駐守在杭州。柳永曾經多次去登門拜訪，希望得到他的提攜和幫助，由於孫府門禁森嚴，始終沒有能同他見面。後來，柳永想出了一個辦法。他通過精心構思，把杭州這座江南名城的繁華景象和秀麗風光寫成了一首《望海潮》詞，為它譜了曲。然後就去找當時著名的歌伎楚楚。柳永對楚楚説："我一直想去拜訪孫相公，可惜找不到門路。如果你有機會參加孫府的宴會，就請把我這首《望海潮》唱給客人們聽。有人問起作者是誰，你就説是柳七（柳永排行第七）。事成之後，我一定重謝你。"

到了中秋節晚上，孫和邀集了許多賓朋在府裏飲酒賞月，楚楚也參加了。開筵以後，客人們都請楚楚唱歌助興。只見她緩步走到庭中，面含笑容，輕展歌喉，唱起了柳永新作的《望海潮》詞。"東南形勝，三吳都會，錢塘自古繁華……"那清新流暢的詞句和宛轉動聽的詞曲，叩動了人們的心弦。當她唱到"有三秋桂子，十里荷花。羌管弄晴，菱歌泛夜，嬉嬉釣叟蓮娃"時，整個客廳響起了一片喝彩聲。歌聲才落，孫和就立即斟上一杯美酒遞給楚楚，並且問她這首新詞的作者是誰？楚楚告訴他創作這首詞的正是他的知交、大名鼎鼎的柳七柳公子。孫和一聽，非常高興，隨即向楚楚問了柳永的住處，派人去把他請進府來，添酒回燈，暢飲敍舊。不久，這首《望海潮》詞就不脛而走，迅速地傳遍了杭州全城，成為家喻戶曉、眾口傳唱的名作。

時間過去了一百多年，中國出現了宋、金南北對峙的局面。當年的杭州改為臨安府，成了南宋王朝的都城。有一天，住在燕京的金帝完顏亮讀到了柳永的《望海潮》詞，他被詞中描寫的繁華景象深深吸引住了，心頭湧起了強烈的慾望：有朝一日，他要舉兵南下，攻佔臨安，去親眼領略這天堂一般的旖旎風光。公元 1159 年，完顏亮特地派翰林學士施宜生出使南宋，去祝賀正旦（陰曆正月初一）。隨行人員中有幾名高手畫工。他們一到臨安，就四出遊覽觀察，暗中把全城的宮室街巷以及吳山、西湖等名勝古蹟一一描繪下來。施宜生回到燕京，向完顏亮獻上了這幅精心繪製的臨安山水風光圖。完顏亮展開一看，不由樂得心花怒放，立即命人撤掉座間軟屏，換上新的畫障，同時再讓畫工在圖中的吳山絕頂添上自己橫鞭立馬的勇武形象。畫工按照他的命令添畫好以後，完顏亮忽然又詩興大發，拿起筆來在上面題了一首七絕："萬里車書盡混同（天下統一），江南豈有別疆封？提兵百萬西湖上，立馬吳山第一峰！"公元 1161 年，完顏亮調集了六十萬軍隊，大舉進攻南宋，在採石磯附近的江面上遭到了宋將虞允文的迎頭痛擊，損失慘重，只好收集殘兵撤退到揚州。不久，金朝內部發生政變，完顏亮遇刺身亡，他那想要奪取臨安、立馬吳山的野心也像春夢一樣地煙消雲散了。柳永生前所寫的《望海潮》詞，竟會在一百多年後引出這樣一段歷史插曲，也是他當初沒有想到的。

（金文明）

原文

望海潮

宋·柳永

東南形勝〔1〕，三吳都會〔2〕，錢塘自古繁華。煙柳畫橋〔3〕，風簾翠幕〔4〕，參差〔5〕十萬人家。雲樹繞堤沙，怒濤捲霜雪〔6〕，天塹〔7〕無涯。市列珠璣〔8〕，户盈羅綺〔9〕，競豪奢〔10〕。

重湖疊巘清嘉〔11〕，有三秋桂子，十里荷花。羌管弄晴〔12〕，菱歌泛夜〔13〕，嬉嬉釣叟蓮娃〔14〕。千騎擁高牙〔15〕，乘醉聽簫鼓〔16〕，吟賞煙霞〔17〕。異日圖將好景〔18〕，歸去鳳池〔19〕誇。

註釋

〔1〕形勝，形勢重要、交通便利的地區。

〔2〕都會，人口眾多、貨物集中的都市，指杭州（亦稱錢塘），因位於錢塘江北岸，古代屬於吳國，所以稱“三吳都會”。

〔3〕煙柳，掩映在輕霧中的柳樹。畫橋，雕有圖案的橋樑。

〔4〕風簾，擋風的簾子。翠幕，翠色的帷幕。

〔5〕參差，高低不齊。這裏形容市中的房屋。

〔6〕霜雪，這裏比喻白色的浪花。

〔7〕天塹，天然的險阻。古代多稱長江為天塹，這裏指錢塘江。

〔8〕市列珠璣，市場上陳列着各種珍珠寶貝。璣，不圓的珠子。

〔9〕戶盈羅綺，家家戶戶充滿着絲織品。

〔10〕競豪奢，比賽豪華和奢侈。

〔11〕重湖，北宋時西湖已分外湖和裏湖，所以稱重湖。疊巘，重疊的山峰。清嘉，清秀美麗。

〔12〕羌管弄晴，晴朗的白天，處處都在演奏着音樂。羌管，出產在我國西北羌（古代少數民族）地的笛子。

〔13〕菱歌泛夜，採菱船在夜晚的湖面上蕩漾，傳來陣陣歌聲。

〔14〕嬉嬉，戲笑歡樂的樣子。釣叟，漁翁。蓮娃，採蓮少女。

〔15〕千騎，形容騎馬的隨從很多。擁，簇擁。高牙，軍前的大旗。這裏借指高級官員。

〔16〕簫鼓，泛指樂器。

〔17〕煙霞，指山水風光。

〔18〕圖將好景，畫取美好的景色。

〔19〕鳳池，即鳳凰池，中書省（最高行政機構）所在地，這裏借指朝廷。

似曾相識燕歸來

晏殊（991—1055），是北宋著名詞家。他 7 歲就能寫文章，13 歲時，被作為神童推薦給皇帝。宋真宗命他與進士一起參加宮廷考試，晏殊操筆立成。真宗大喜，賜他同進士出身。這樣，晏殊便很早就踏上了仕途。在政治上他一帆風順，仁宗時，官已做到宰相。晏殊樂意起用賢士，像范仲淹、韓琦、歐陽修等傑出人物，都出自他的門下。

晏殊寫的詞，在當時頗受重視。他的那首《浣溪沙》，尤其受人稱頌："一曲新詞酒一杯，去年天氣舊亭台。夕陽西下幾時回？無可奈何花落去，似曾相識燕歸來，小園香徑獨徘徊。"詞中先寫去年曾於此歡聚，以歌侑酒，今次舊地重遊，天氣相同，亭台如故。接着寫詩人望着西下的夕陽，看到花落燕歸，便想到春天的衰殘和年華的飛逝，從而表現出流連光景、傷春遲暮的情感。這首詞之所以著名，主要在於其中"無可奈何花落去，似曾相識燕歸來"兩句，對仗工巧而流利。尤其是"無可奈何"對"似曾相識"，以虛語顯出屬對的清新自然、諧婉流美，更是難得。後來，晏殊又把花落去燕歸來兩句用在他的七言律詩《示張寺丞王校勘》中，可見他自己對這一聯也是頗為得意的。關於這一名對，還有個與王校勘直接有關的故事呢。

有一次，晏殊遊揚州大明寺，見寺壁詩板上題得密密麻麻，就命隨行侍史（古代官員手下任文書工作的侍從）把這些詩詞唸給他聽，並關照不許講作者是誰。晏殊自己反剪雙手，微微閉目，緩緩而行。侍史將詩板上的作品依次而誦，可是往往一首詩才唸上幾句，晏殊就擺擺手，示意不必唸下去，另換一首。終於有一首五言律詩把晏殊吸引住了。等到侍史把最後兩句"淒涼不可問，落日下蕪城"唸完，晏殊就問作者是誰，侍史答道："是江都縣小吏王琪所作。"晏殊聽說如此，就命人把王琪召來，並請他一起用餐。王琪，字君玉，童年時就會作詩。席間，晏殊與他談詩論詞，十分融洽。飯後，兩人一起到池邊散步。時值暮春，已有落花。晏殊說："我每得佳句，就寫在牆壁上，然而有時整年對不上貼切的句子。比如'無可奈何花落去'一句，至今未能對上。"晏殊剛說完，王琪就接道："似曾相識燕歸來。"晏殊聽了，大喜，於是就把他留在身邊，後又推薦他擔任了館閣校勘等職。晏殊這首七律所示贈的王校勘，就是指王琪。

這則故事，載於宋人筆記《能改齋漫錄》，不一定實有其事。然而，這個故事至少可以說明：晏殊作詞，講究遣辭造句，常為一字一句的得失煞費苦心，他的花落去燕歸來兩句在宋時已備受重視和讚賞。

（倉陽卿）

原文

浣溪沙[1]

宋·晏殊

一曲新詞酒一杯，去年天氣舊亭台。夕陽西下幾時回？

無可奈何花落去，似曾相識燕歸來，小園香徑獨徘徊[2]。

註釋

〔1〕浣溪沙，曲牌名。

〔2〕徘徊，含留連之意。

更隔蓬山一萬重

宋祁（998—1061），字子京，宋朝安州安陸（今湖北安陸縣）人，後遷徙至開封雍丘（今河南杞縣）。他的兄長名叫宋庠，兄弟倆俱以文學才華名傳天下。宋仁宗天聖元年（1023），宋氏兄弟赴汴京（今河南開封）趕考，同時舉進士。宋祁高中榜首，宋庠位居第三。章獻太后認為弟弟不宜名列兄長之前，便提升宋庠為第一，而將宋祁排至第十位。金榜題名後，兄弟倆名動京師，人們稱呼他倆為“二宋”，並以“大宋”、“小宋”加以分別。

宋祁年少英俊，清雅脱俗，更為少男少女所傾慕。一日，宋祁偶爾途經繁台街，巧遇皇家的車隊擦身而過。忽然從彩車中傳出輕柔甜美的聲音：“小宋！”循聲看去，只見一輛彩車上一隻纖纖玉手微搴繡簾，繡簾後半露姣容。宋祁當街佇立，凝視着漸漸遠去的彩車，心裏湧起一股似歡悦又似悵惘的情感。夜晚，如水的月華灑滿大地，四周一片靜悄悄。宋祁看着天上孤月，形單影隻，一縷縷情思，無聲無息而又壓抑不住地從心底浮起。他浮想聯翩，援筆寫下了一首《鷓鴣天》："畫轂雕鞍狹路逢，一聲腸斷繡簾中。身無彩鳳雙飛翼，心有靈犀一點通。金作屋，玉為籠，車如流水馬遊龍。劉郎已恨蓬山遠，更隔蓬山一萬重。"這首詞的上篇描述宋祁與車中女子街頭邂逅，一見傾心，彼此的心靈已經相通感應。下篇點明女子的宮女身份，用劉晨重入天台山尋覓仙侶不遇的典故，表現了深宮如樊籠，愛情受阻隔的主題。詞很快就在都城流行。富家大院，酒樓妓館，乃至陋街小巷，到處傳唱着宋祁的《鷓鴣天》。不久，這首詞傳入了皇宮，宮娥們也都很喜愛，吟詠不已。

宋仁宗知道此事後有些生氣，他召集宮女們追問道："是第幾車的誰呼叫小宋的？"那宮女自知隱瞞不過，主動道出實情："上次我侍候皇上御宴，看見了宣召上殿的翰林學士，左右宦官說，他就是小宋。那日車隊駛過繁台街，我在彩車中偶然看見他，就順口叫了一聲。"宋仁宗聽了為之一笑。過了幾天，宋仁宗召見宋祁，談話間慢慢說到他的《鷓鴣天》。宋祁深怕皇上降罪，大難臨頭，恐懼得渾身打顫。仁宗看到他驚慌失措的樣子，呵呵大笑起來。宋仁宗笑着說："蓬山不遠！"當即將那位宮女賜給他。宋祁非但無禍，反而得此佳人，真是喜從天降。他趕緊叩首謝恩，由衷地稱頌仁宗的仁德。

（魏亦珀）

原文

鷓鴣天

宋・宋祁

畫轂雕鞍〔1〕狹路逢，一聲腸斷〔2〕繡簾中。身無彩鳳雙飛翼，心有靈犀一點通〔3〕。

金作屋，玉為籠〔4〕，車如流水馬遊龍。劉郎已恨蓬山遠，更隔蓬山一萬重〔5〕。

註釋

〔1〕 畫轂雕鞍，有彩色圖案裝飾的馬車。

〔2〕 腸斷，猶斷魂、銷魂，此指令人銷魂的聲音。

〔3〕身無二句，舊說犀牛為靈異之獸，角中有白紋如線，貫通兩端。比喻戀愛的男女兩心相通。

〔4〕金作屋，玉為籠，極言皇家宮殿的華美，同時也暗寓深宮如樊籠之意。

〔5〕劉郎二句，相傳東漢永平年間，劉晨、阮肇入天台山採藥迷路，巧遇兩位仙女，被邀至家中，半年後回家，子孫已過七世。此處用劉晨重入天台山尋找仙女不遇的典故，說明愛情阻隔，重逢無日。

雲外一聲雞

梅堯臣，是宋初詩壇上的一位著名詩人，字聖俞，宣城（今屬安徽）人。當時詩壇脫離現實、注重形式、講究詞藻的西昆體佔了統治地位。梅堯臣反對這種詩體，他的詩於平淡中見功夫，在當時聲望極高。其實，梅堯臣作詩，主要不是依仗天賦和才氣，而是靠平時細心觀察，積累素材。許多優秀的作品，都是他刻苦努力的成果。他的這一創作秘密，後來終於被人們發覺了。

那是深秋時節，梅堯臣公務閒暇，邀了幾位朋友同登魯山。金風陣陣送爽，秋水泠泠可人，群山蜿蜒起伏，所經過的每一座峰巒，都是秀色可餐而又形象各異，林木蓊鬱的幽深山路，簡直會使獨行者迷徑。偶而可以看到遠處一頭笨熊，居然攀援樹幹要往上爬；忽然又見一隻小鹿，跑出樹林至溪邊飲水；一聲雞啼，宛似天外傳來，引得大夥仰首四處尋覓，山間人家究在何處，誰也沒有發現。山亭雖小，翹角欲飛，十分精緻。眾人入內，在石凳上小憩，眺望四方景色。梅堯臣卻乘此機會，走入林叢，好一會才返回山亭。眾人亦未在意，又一起往前遊覽。大家再次休息時，梅堯臣又藉故獨自走進附近的小樹林。這下可引起了詩友們的注意。他們悄悄地循跡掩入樹林，只見梅堯臣坐在大石塊上，掏出紙筆，擱在膝上寫着。梅堯臣寫畢，將紙條投入布袋時，忽聽得背後笑聲喧嘩，這才發覺詩友們早已在觀察着自己的一舉一動。他正想藏過布袋，冷不防被朋友一把搶去，這下秘密全都揭開了。原來，袋中都是寫着詩句的字條，有的一句，有的一聯，還有一首完整的五律，題為《魯山山行》："適與野情愜，千山高復低。好峰隨處改，幽徑獨行迷。霜落熊升樹，林空鹿飲溪。人家在何許？雲外一聲雞。"詩人妙手編織自然景象，形象地繪出了眾人所見而無法描畫的晚秋山景。這首詩語言清新，意境幽美，情趣溶漾，沁人心脾，最能體現梅詩"工於平淡，自成一家"的風格。朋友將詩反復吟詠，對每一聯都讚不絕口。

"看似尋常最奇崛，成如容易卻艱辛。"（王安石語）當時和後世的人們，不僅喜愛吟詠梅堯臣的詩，而且把他的"詩袋"傳為佳話，讚美他勤奮刻苦的創作精神。

（倉陽卿）

原文

魯山山行[1]

宋・梅堯臣

適與野情愜[2]，千山高復低。

好峰隨處改，幽徑獨行迷。

霜落熊升樹，林空鹿飲溪。

人家在何許[3]，雲外一聲雞[4]。

註釋

〔1〕 魯山，在今河南魯山縣東北。

〔2〕 適與句，恰好符合我愛好山野風光的情趣。愜，合。

〔3〕 何許，猶言"哪裏"。

〔4〕 雲外，形容高遠。

直道誠知世不容

宋仁宗慶曆八年（1048），歐陽修由滁州改知揚州（今屬江蘇）。皇祐元年（1049）二月，又移知潁州（今安徽阜陽）。次年七月，又徙知應天府兼南京（即應天府別稱，今河南商丘）留守司事。歐陽修在這些地方做官時，他本着"節用以愛農"的主張，實行"寬簡"的政治，與民休息，想以此來緩和民生矛盾。皇祐四年，歐陽修因母親去世，辭官回潁州，守喪三年。

至和元年（1054）五月，歐陽修守喪期滿，奉詔重返京師，官拜翰林學士兼史館編修，參與編寫《新唐書》的工作。此後，歐陽修仕途漸見順利，嘉祐五年（1064），他被任命為樞密副使（最高軍事副長官）。次年又改任參知政事，進封開國公。儘管如此，他也沒有因為要保全身價名位而去和權貴保守勢力同流合污。歐陽修剛正不阿，在他任翰林學士到參知政事的十年裏，他上了六十餘道奏章，或為民興利除弊，或直言諍諫，或薦賢舉能，或揭露奸邪。因此，得罪了不少人，對他的怨謗越來越厲害。

宋英宗治平四年（1067）二月，怨謗者終於對歐陽修發起了突然襲擊。御史蔣之奇、彭思永彈劾他"帷薄不修"，與長媳通姦。事情原來是這樣：歐陽修的妻子有個堂弟名叫薛良儒，幾年前因犯法入獄，曾託歐陽修設法開脫。歐陽修不僅不應允，而且明確告誡有關方面，決不要循私枉法。薛良儒因此懷恨在心，刻意對歐陽修進行報復，於是就挖空心思地編造了這一惡毒的流言。那個蔣之奇，本是由歐陽修薦舉才當上御史的。當時攻擊歐陽修的人也因此把蔣指為"歐黨"。蔣為了表白自己並非"歐黨"，竟昧着良心，利用薛良儒製造的流言，告了歐陽修一狀。對於素以名節自重的歐陽修來說，當然無法容忍這種奇恥大辱。他強烈要求公開辯明事實，一個月裏，九上奏劄，大聲疾呼："當舉族碎首號天叫冤，仰訴於闕廷。"宋朝制度，准許御史"風聞奏事"，就是說，御史可以光憑傳聞呈報皇帝，報告的內容不符合事實也不要緊。因此，新登基的神宗皇帝便想按照成例，對蔣之奇等不予追究，對歐陽修稍加安慰，將此事不了了之。但是，歐陽修態度堅決，非要辯明事實不可。許多朝臣們也為他憤憤不平。宋神宗見此情形，只好親自過問，當面責成蔣之奇、彭思永交出"事狀"（證據）。蔣之奇等本來就是憑藉流言對歐陽修進行誣陷的，當然什麼證據也拿不出來。宋神宗無可奈何，只得罷了他們的官。同時，又按照歐陽修的要求，在朝堂出榜為他辯誣。一場兇險的風波總算平息了。歐陽修不僅因此認清了狐鼠之徒們的醜惡嘴臉，而且深刻地感受到朝政的因循腐敗。於是，他決心辭去參知政事，要求一個外任，以便進一步辭官退休。

在歐陽修的堅持請求下，這年三月，宋神宗終於准許他辭去參知政事，以觀文殿學士、刑部尚書銜知亳州（治所在今安徽亳縣）。曾經與歐陽修同為朝廷諫官的王素（字仲儀），這時正在澶州任觀察使，知武成軍。他聞悉歐陽修遭受不幸，並將啟程前往亳州，便特意寫信表示慰問。 歐陽修也當即寫了一首七律，向好友王素傾訴衷腸："豐樂山前一醉翁，餘齡有幾百憂攻。平生自恃心無愧，直道誠知世不容。換骨莫求丹九轉，榮名豈在祿千鐘。明年今日如尋我，潁水東西問老農。"前四句，寫這次遭誣之事，點出被小人嫉恨的原因。五六兩句，表明自己不慕神仙，不戀富貴。末後是說，到亳州的次年就將請求退休，往潁州定居。悲憤之情，深含不露。詩人把詩稿謄清後，派人給王素送去。王素看到詩，知道歐陽修已決意退出政治舞台。他對國家將失去這樣一位不可多得的治國人才深感惋惜，對那些打擊歐陽修的惡勢力更是深惡痛絕。他臨窗而立，凝視遠方，遙祝朋友平安地度過晚年。

（倉陽卿）

原文

寄答王仲儀太尉素[1]

宋·歐陽修

豐樂山前一醉翁[2]，餘齡有幾百憂攻[3]。

平生自恃心無愧，直道[4]誠知世不容。

換骨莫求丹九轉[5]，榮名豈在祿千鍾[6]。

明年今日如尋我，潁水東西問老農[7]。

註釋

〔1〕王仲儀，名素，慶曆三年曾與歐陽修同為諫官。太尉，宋時已無此官職，一般藉以對高級武官的客氣稱呼。王素這時任澶州觀察使、知武成軍，故稱。

〔2〕醉翁，作者自指。

〔3〕餘齡有幾，年已垂暮的意思。百憂攻，指不斷遭到怨謗。

〔4〕直道，指堅貞正直的處世態度。

〔5〕丹九轉，服“九轉仙丹”可以脱胎換骨平地成仙，這是道教的迷信説法。這句是作者表示自己不慕神仙。

〔6〕祿千鍾，極高的俸祿。鍾，古代計量單位，一鍾相當於百斗。這句是表示自己注重名節，不戀富貴。

〔7〕這兩句是作者暗示自己明年將辭官退休。

題詩醉翁亭

歐陽修因支持和參與政治革新活動，觸忤了權貴，再次遭受貶謫。宋仁宗慶曆五年（1045）十月，他來到貶所滁州（今安徽省滁縣），擔任知州（行政長官，兼掌軍事）。

滁州四面環山。它的西南方的那些山峰、樹林和山谷，尤其優美。一眼望去，那樹木茂盛而又幽深秀麗的，就是琅琊山。這年冬天，滁州遍降瑞雪，積得尺把厚。一位老農告訴歐陽修説，他年已古稀，這樣的大雪也只見過三四回。歐陽修聽了很高興，盼望這場大雪能帶來豐年。次年春天，積雪融盡，滿山重又蒼翠欲滴。歐陽修興致勃勃地去遊琅琊山。他把車馬隨從留在山前，只讓山間老翁和自己一起漫步山林。在山上走了六七里，漸聞水聲潺潺，泉水從兩座山峰之間飛瀉而出。據老翁說，用這山泉釀的酒，清洌香美，所以稱為“釀泉”。走累了，就在松樹陰下坐坐，或在磐石上躺躺。山鳥啾啾，幽泉叮咚，勝過奏樂，他真想攜帶着七弦琴在此譜寫一支新曲。山中佳景，層出不窮，使歐陽修流連忘返。但他畢竟公務在身，所以只得依依不捨地往回走去。這時，一輪皎月已高高地掛在山峰上。

回到府邸後，歐陽修興猶未盡，便寫了一首《遊琅琊山》詩，記下了初遊琅琊山的情景和感受。此後，每當公餘閒暇，他就驅車前往遊玩。不久，歐陽修又以琅琊山上的歸雲洞、琅琊溪、石屏路、斑春亭、庶子泉、惠覺方丈為題，寫了一組絕句，並將這六首詩刻在大石上。如今，刻石雖已湮沒，他的這些詩依然為人們所傳頌。為了便於遊人憩息，歐陽修又命琅琊寺的智仙和尚，在釀泉旁建造了一座亭子。亭的四角如飛鳥展翅，淩空而起，在四周景物的映襯下，顯得十分生動可愛。亭子落成後，歐陽修就在此宴請賓客。招待客人的是山溪肥魚，野味菜蔬，以及用釀泉之水釀造的美酒。客人們暢懷痛飲，投壺下棋，個個興高采烈。歐陽修稍微喝點酒就有了醉意，他又是這些人中年紀最大的，所以自稱“醉翁”，並且將此亭命名為“醉翁亭”。醉翁的目的不在於喝酒，而是醉心於這裏的山水風光啊！日落西山，賓客們跟隨太守歐陽修回去。那盡情歡唱的鳥兒只知道深山密林的自由，而不知道遊人們的舒暢。遊人們只知道跟着太守遊玩非常快樂，卻不知道太守是因為看到滁州的人快樂才這麼高興的。

歐陽修回府邸後，寫下了著名的散文《醉翁亭記》，又寫了《題滁州醉翁亭》詩。歐陽修自稱“醉翁”，其實他當時還不過四十歲。他的詩中有幾句這樣寫道：“四十未為老，醉翁偶題篇。醉中遺萬物，豈復記吾年。”“野鳥窺我醉，溪雲留我眠。山花徒能笑，不解與我言。”可見，詩人被貶後，寄情山水，自號醉翁，正是他內心憤懣的曲折反映。歐陽修為醉翁亭所撰的文和詩，膾炙人口，深受珍重。慶曆八年（1048），當地人士將《醉翁亭記》刻於石碑。元祐六年，又請蘇東坡改書大字重刻。明朝時候有人特意在亭內建“寶宋齋”，專為保護這著名碑刻。

（倉陽卿）

原文

題滁州醉翁亭

宋·歐陽修

四十未為老，醉翁偶題篇。
醉中遺[1]萬物，豈復記吾年！
但愛[2]亭下水，來從[3]亂峰間；
聲如自空落，瀉向兩簷前；
流入岩下溪，幽泉助涓涓[4]；
響不亂人語，其清非管弦[5]，
豈不美絲竹？絲竹[6]不勝繁。
所以屢攜酒，遠步就潺湲[7]。
野鳥窺[8]我醉，溪雲留我眠。
山花徒能笑，不解[9]與我言。
唯有岩風來，吹我還醒然[10]。

註釋

〔1〕遺，忘記。
〔2〕但愛，只是喜愛。
〔3〕來從，從……來；來自。
〔4〕涓涓，流水細而不絕的樣子。
〔5〕管弦，吹奏彈撥樂器，這裏指樂聲。這句説：水聲清冷非管弦所能比擬。
〔6〕絲竹，樂器。這句説：絲竹樂器也難以表達豐富多彩的泉聲。
〔7〕就，靠近。潺湲，水緩緩流動的樣子，這裏指溪流。
〔8〕窺，偷看。
〔9〕不解，不懂。
〔10〕然，助詞。

野芳雖晚不須嗟

北宋仁宗明道二年（1033），范仲淹因得罪皇帝，被貶知睦州。景祐二年（1035），朝廷重又起用他為吏部員外郎，權知（暫代）開封府事。景祐三年（1036），范仲淹上《百官圖》，指責宰相呂夷簡任用私人。范又在論遷都事上與呂不合，連上四論譏刺時弊。呂大怒，與范交章對訴。呂夷簡攻擊范仲淹，說他身非諫官，“越職言事，薦引朋黨，離間君臣”。宋仁宗聽信呂的謗言，下令將范貶知饒州。

范仲淹素以忠直剛正、敢於直言諍諫受人稱道。對他的不幸遭貶，朝中許多正直之士深感不平。集賢校理余靖上疏，請求朝廷改正前命，結果竟因此被套上“朋黨”的罪名，落職為監筠州酒稅。館閣校勘尹洙上疏朝廷，說自己與仲淹義兼師友，交情比余靖還深，請求一起貶謫，以此來支持范仲淹。於是，尹洙也因此落職為監郢州稅。當時，身為左司諫（掌規諫皇帝過失的官）的高若訥，懾於權勢，不僅不站出來說公道話，反而附和呂夷簡，說范仲淹應該貶黜。高若訥對范仲淹落井下石的無恥行為，激怒了歐陽修。歐陽修當即給高寫了一封信（《與高司諫書》），指斥他“不復知人間有羞恥事”。這封信寫得理直而氣盛，表現出作者鮮明的正義感。高若訥讀着歐陽修的信，不覺臉紅頸赤，惱羞成怒。於是，他氣急敗壞地將這封信呈交皇帝，並乘機大肆誹謗。歐陽修因此被貶為峽州夷陵（今湖北宜昌）縣令。夷陵山城，地高天寒。歐陽修到了貶所之後，不時為疾病纏磨。但他努力為地方百姓辦些好事，頗受人們的敬仰。

當時，歐陽修的好友丁寶臣（字元珍）也在夷陵，擔任軍事判官。丁也小有文名。於是兩人常以詩文互酬，十分相得。轉眼已是第二年的春天。可是，夷陵山城卻經常下雨，並無春暖花開的氣象，實在令人心懷不暢。因此，丁寶臣給歐陽修的一首詩中，對花時久雨景象，頗多傷感。歐陽修讀了丁的來詩，不免勾動思鄉、懷京的愁苦心緒，以及身陷貶所、帶病進入新年的悵惘感觸。但他從殘雪餘寒中感到了“猶有橘”的春天氣息，從含凍驚雷中看到了“筍欲抽芽”的春天生意。

於是，歐陽修作了一首七律，戲答丁寶臣："春風疑不到天涯，二月山城未見花。殘雪壓枝猶有橘，凍雷驚筍欲抽芽。夜聞歸雁生鄉思，病入新年感物華。曾是洛陽花下客，野芳雖晚不須嗟。"花時久雨，乍暖還寒的山城春景，在詩人筆下被刻畫得細緻入微，詩人故作寬解之語，把謫居的怨思、對前途的希望巧妙地融合在一起。丁寶臣讀了這首詩，很受感動。歐陽修也把這首詩列為自己的得意之作。

（倉陽卿）

原文

戲答元珍〔1〕

宋・歐陽修

春風疑不到天涯〔2〕，二月山城未見花。
殘雪壓枝猶有〔3〕橘，凍雷〔4〕驚筍欲抽芽。
夜聞歸雁生鄉思〔5〕，病入新年感物華〔6〕。
曾是洛陽〔7〕花下客，野芳〔8〕雖晚不須嗟。

註釋

〔1〕元珍，丁寶臣，字元珍，當時任峽州判官（協助地方長官處理政務和公文的官）。

〔2〕天涯，天邊，遠方。這裏指峽州。

〔3〕猶有，還有。

〔4〕凍雷，指早春寒氣未消時的雷聲。

〔5〕鄉思，對家鄉的懷念。

〔6〕物華，美麗的景物。

〔7〕洛陽，今屬河南省。當時的洛陽，花園多而花盛，春時城中無論貴賤皆有插花的習俗。

〔8〕野芳，山野之花，指峽州夷陵山城的花。不須，不必。嗟，歎氣。

不及林間自在啼

歐陽修被貶為滁州知州的第二年（1046）初夏，有人給歐陽修送來了當地產的新茶。歐陽修不願獨享，派人去請僚屬們一起來品嚐。同時，吩咐家人去汲釀泉之水，以便烹茶。家人從釀泉汲了滿滿一甕水，擱在肩上，往回就跑。哪知將近府廨時，一不小心，滑了一跤，水全部潑翻，幸好水甕沒有破碎。怎麼辦？家人想，如果重新回釀泉去汲水，來回十餘里，豈不耽誤時間！他靈機一動，便就近在幽谷汲了一甕泉水。這時，僚屬們已陸續會齊。可是還不見釀泉水送到，歐陽修不免有些着急，正欲差人去察看究竟，只見家人汗涔涔地掮着水甕跨進大門。歐陽修命他放下水甕，隨手舀了一盅，嚐了嚐，發覺不是釀泉，但是水味清醇可口，堪與釀泉媲美。歐陽修感到很奇怪，便再三追問家人。家人說了實話，本以為受到責備，沒想到歐陽修竟十分欣喜。原來，歐陽修這才知道近在咫尺的幽谷有着如此甘美的泉水。他因此雅興勃發，當即帶領座上諸客同往幽谷探勝。

歐陽修和眾人沿着一條山間小路南行。剛進入竹木茂密的山林，即聞潺湲的水聲。穿過翠玉般的竹叢，便見青山懷抱中的幽谷。一泓清泉，滃然而出。幽谷泉，又名紫薇泉。歐陽修同諸賓在此置酒歡飲，直到傍晚才想到回去。“是時新雨餘，日落山更明。”雨霽日落，周圍景致越發顯得秀色可餐。歐陽修一路走，一路吟成了《幽谷晚飲》的詩篇。歐陽修深深愛上了這個新發現的天地。不久，他就召集工匠，疏導泉水，鑿開山石，平出地基，建造了一座亭子。亭建於幽谷泉旁，一面高峰，三面竹林，回抱泉上，妙趣天成。亭子竣工後，歐陽修便欣然撰文作記。因感於滁州物阜地豐，民情淳樸，相居安樂，便命名此亭為“豐樂亭”。這篇記文，就是傳頌至今的《豐樂亭記》。這年冬天，歐陽修請人在亭前栽花。那人請示如何栽種適宜，歐陽修以詩答道：“淺深紅白宜相間，先後仍須次第栽；我欲四時攜酒去，莫教一日不花開。”希望亭前一年四季都有花可賞。

又是一年春天來臨了。水明山秀，春光駘蕩。幽谷泉旁的農舍四周，篁竹茂密，碧葉扶疏。農民引泉溉田，稻的長勢很好。歐陽修看着這些景象，十分欣喜。“紅樹青山日欲斜，長郊草色綠無涯。遊人不管春將老，來往亭前踏落花。”豐樂亭很快成了滁州的遊覽勝地。暮春時節，依然遊人熙攘。歐陽修見此情景，若有深感。回到書齋後，詩人手執一卷，坐在窗前觀看。忽然，他被一陣鳥鳴聲吸引住了。原來是畫眉鳥在樹上舒展歌喉。是啊，鎖在金籠裏的鳥兒，怎比得上牠們在林間樹巔自由歡唱啊！詩人不禁聯想到，自己雖遭貶謫，卻因此遠離朝中權貴，這正是值得慶幸的事啊！於是，他提起筆，慨然寫下一絕：“百囀千聲隨意移，山花紅紫樹高低。始知鎖向金籠聽，不及林間自在啼。”自比徜徉於林間的畫眉鳥。

（倉陽卿）

原文

畫眉鳥〔1〕

宋·歐陽修

百囀千聲隨意移〔2〕，山花紅紫樹高低。

始知鎖向金籠〔3〕聽，不及林間自在啼。

註釋

〔1〕 畫眉鳥，眼圈白色，向後延伸成蛾眉狀，故名。

〔2〕 百囀，形容鳴聲婉轉悅耳。隨意移，隨心所欲地鳴唱。

〔3〕 金籠，貴重鳥籠。

五更驚破客愁眠

北宋仁宗時，民窮財乏，內外交困，危機四伏。朝中一些有識之士，紛紛提出改革的要求。代表豪族地主階層利益的夏竦、呂夷簡等人，由於諫官歐陽修等的彈劾，先後被罷免。仁宗慶曆三年（1043），參知政事（副宰相）范仲淹，提出了均公田、厚農桑、修武備、減徭役等十項政治改革的主張。樞密副使（全國軍事副長官）富弼，也上了安邊十三策、當世之務十餘條。這就是著名的"慶曆新政"。

"新政"觸犯了權貴的利益，因此頒行不久就遭到他們的激烈反對。夏竦、呂夷簡等竭力製造輿論，誣衊范仲淹等引用朋黨，把持朝政。宋仁宗雖曾採納范仲淹等人的主張，但他並沒有全力支持改革工作，不久便聽信讒言，站到了權貴勢力一邊。慶曆五年正月，先後罷免了范仲淹、富弼等人的職務，並以反對新政的人物取而代之。歐陽修是慶曆四年八月被臨時差遣為河北都轉運按察使的。次年正月，又奉命代理真定府事。當他得知新政失敗、范仲淹等被罷官的消息後，就立即上書，指斥"群邪"，為范仲淹等鳴不平。這年四月中，歐陽修回京仍供諫職。這時，他寫下了著名的《朋黨論》。這篇筆鋒犀利的論文，提出"為人君者，但當退小人之偽朋，用君子之真朋"，有力地反斥了權貴們的污蔑，給政敵以沉重的打擊。歐陽修積極支持並參與范仲淹等的政治革新活動，因而被反對派視為心腹之患。他們處心積慮地尋找機會，一心要把歐陽修除掉。

就在這時，一件意想不到的事發生了。原來，歐陽修有個妹妹，嫁給張某做"填房"。張某前妻留下一個孤女，這時便由繼母撫養。哪知時隔不久，張某也病死了。張某死後，歐陽修的妹妹只得帶着孤女來投靠哥哥生活。孤女張氏漸漸長大成人，歐陽修便給她作主擇婿，配給了自己的一個遠房姪子。正在歐陽修痛斥群邪的時候，外甥女張氏卻被告發與人"通姦"，關進了開封府獄中。開封府的代理知府楊日嚴，兩年前曾因貪污被歐陽修彈劾，一直懷恨在心。這時，他就乘機唆使獄吏散佈謠言，説歐陽修與張氏有曖昧關係，並曾吞沒她的財產。曾經受到歐陽修打擊的權貴們，立即藉機大作文章。他們讓一個叫做錢明逸的諫官出面，用流言來彈劾歐陽修。歐陽修因此被下到開封府"鞫治"（審訊）。最後，雖然查無實據，朝廷仍下令革除歐陽修的龍圖閣直學士和河北都轉運按察使等官銜，將他貶知滁州（今安徽省滁縣）。慶曆五年（1045）九月，歐陽修由真定（今河北正定）啟程，乘舟前往滁州。秋風蕭瑟，孤舟沿着汴河向南而行。清晨，歐陽修被一陣大雁鳴聲驚醒。他不禁聯想到九年前貶往夷陵途中，也曾遇見北雁南飛，當時還寫了一首絕句："雲間征雁水間棲，矰繳（獵鳥的工具）方多羽翼微。歲晚江湖同是客，莫辭伴我更南飛。"現在再度被貶，又一次見到北雁南飛，詩人因此倍覺傷感。他仰視着雁行，默默想道，這些雁莫不是從真定結伴隨自己一起南來的麼？在這柳黃霜白、令人愁腸難解的時刻，詩人心潮起伏，提起筆，寫了一首《自河北貶滁州初入汴河聞雁》："陽城淀裏新來雁，趁伴南飛逐越船。野岸柳黃霜正白，五更驚破客愁眠。"

（倉陽卿）

原文

自河北貶滁州初入汴河聞雁

宋•歐陽修

陽城淀裏新來雁〔1〕，趁伴南飛逐越船。

野岸柳黃霜正白，五更驚破客愁眠〔2〕。

註釋

〔1〕 陽城，即真定，今河北正定。淀，淺水湖。

〔2〕 客愁，指旅途孤愁的情懷。

殘菊飄零滿地金

蘇軾是宋代著名的文學家，字子瞻，號東坡，四川眉州人。他天資聰明，學識淵博，過目成誦，出口成章，但有些恃才傲物。蘇東坡參加考試一舉成名，官拜翰林學士。他的恩師正是當朝宰相王安石。王安石很器重蘇東坡的才學，就是不滿意他自恃聰明，有時目中無人，就常常對他婉言勸諷。但蘇東坡並不在意。

一天，蘇東坡來相府拜訪王安石。王安石正在午睡，門人不敢驚動他，就讓蘇東坡在東書房稍等。蘇東坡見書房四周都是書櫥，桌上紙、墨、筆、硯都整整齊齊，佈置得十分樸素雅致，心中暗暗讚許。他走近書桌，隨手打開硯盒，見是一方綠顏色的端硯，光彩異常，硯台上餘墨還未乾。蘇東坡正要蓋上硯匣，忽見硯匣下露出一角紙來。他移開硯匣，見一張摺疊着的素箋。打開一看，原來王安石在上面題着一首詠菊詩，字跡蒼勁有力，可是只寫了兩句："黃昏風雨打園林，殘菊飄零滿地金。"蘇東坡把這兩句詩反復讀了幾遍，心中暗暗好笑，想道：菊花盛開於深秋，最耐霜寒，任憑老來焦枯，也不落花瓣，怎麼可以說"殘菊飄零滿地金"呢？蘇東坡越想越好笑，不覺忘乎所以起來，就在桌上取過筆，在王安石的詩後續上兩句："秋花不比春花落，説與詩人仔細吟。"然後，又把詩稿按原樣摺好，壓在硯匣下面，轉身出了書房，對大門首的門僕説："請通稟老太師，蘇某等候多時，明天上午再來拜見。"隨即翻身上馬，回住處去了。不多時，王安石午睡醒來，來到書房，想起菊花詩還有兩句未寫完，就在書桌前坐下來，取出詩稿，見上面已有了續句，忙問左右："剛才誰來過這裏？"僕人道："蘇老爺曾在此等候老爺多時，适才離去。"王安石細看字跡，也認出是蘇東坡的手跡，感歎道："東坡傲慢習氣未改，我定要教訓他一番，不然這自滿情緒一定要誤他終身。"於是，第二天他就奏明皇帝，安排蘇東坡去黃州任團練副使。蘇東坡心中很是不服，認為這是王安石因他續詩冒犯，挾嫌報復。王安石知他心事，也不作解釋。過了幾天，蘇東坡前去向王安石辭行。兩人以師生之禮見過，王安石笑説："此去黃州，公務之暇還望多讀書，博學才好。"蘇東坡以為王安石在諷刺自己，很不以為然。

蘇東坡到了黃州，公事之暇常常登山玩水，飲酒賦詩。光陰迅速，不覺將近一年。正是重陽時節，連日颸大風，蘇東坡閒坐書齋，十分煩悶。一日風停，他忽然想起：定惠院長老曾送黃菊，栽在後園，今日風停，何不去後園賞賞那幾株菊花？就興沖沖直往後園而去。到後園菊花棚下，蘇東坡大吃一驚，目瞪口呆，半晌説不出話來。只見菊花落瓣滿地，枝上全無一朵。真是一幅"殘菊飄零滿地金"的圖景。他立刻想到在王安石處續菊花詩一事。蘇東坡恍然大悟，原來王安石讓他到黃州，並非公報私仇，而是要讓他知道，天下真有落瓣的菊花。這時，他只恨自己見識寡陋，又目中無人，心中無限羞愧。正在這時，門上報：黃州的馬太守來訪。蘇東坡趕快迎進客人，即在落花旁設宴與馬太守對酌閒談。蘇東坡在閒談中提到去年錯續菊花詩，得罪了王丞相的事。馬太守笑道："我初到此地，也不知黃州菊花落瓣，後來親眼見到一次，方才相信。想學士大人也出於不知，何不到京中太師門下賠罪，太師必然回嗔為喜。"蘇東坡說："我正這樣想。但恨一時又沒有進京的理由。"馬太守說："最近正有一件事情，可以進京，只是不敢輕易勞學士的大駕。"蘇東坡忙問是什麼事情。馬太守說："每年常規，逢冬至節必定要有賀表到京，因此各地都要差一個地方官進京送表。學士大人若不嫌棄這瑣屑之事，就藉進表機會，到京中拜訪太師。"蘇東坡滿心喜悅，當下答允前往。

再說王安石把東坡貶謫黃州之後，命侍從將東坡續成的那首詠菊詩稿貼在東書房柱上，不覺已有一年。今日聽門僕稟報："黃州蘇老爺求見。"王安石會心一笑，吩咐說："先讓他等一會兒，再引他見我。"王安石吩咐門僕去後，自己先到東書房。看見去年貼在柱上的那首詩稿，已蒙上一層灰塵。就在鵲尾瓶裏取出塵拂，輕輕拂去浮塵，那詩稿就如剛貼上去一樣醒目。那門僕按王安石吩咐，故意拖延了一些時候，才對蘇東坡說："丞相請蘇老爺在東書房相見。"蘇東坡一聽"東書房"，想起去年續詩的事，不由臉色微微發紅，跟着進了東書房。進了書房，見王安石端坐正中，蘇東坡慌忙下拜，王安石笑道："別來光陰迅速，不覺已一年了。"蘇東坡坐下，抬頭一看，見柱上貼着的詩稿，忙又起身拜伏在地。王安石忙用手扶起蘇東坡說："為何如此？"蘇東坡答道："晚生知罪了！"王安石又笑了笑說："你見了黃州菊花落瓣麼？"蘇東坡說："是的，晚生已親眼見到了，特來賠罪，望老師寬恕晚生無禮妄為。"王安石見他認錯，也不再責怪，說："你因未曾親眼見過菊花落瓣，也怪不得你。老夫若不是親自到過黃州，怎敢在詩中亂寫黃花落瓣。"蘇東坡唯唯應諾。王安石見東坡有愧悟之心，也愛惜他的才能，於是奏過皇帝，恢復他翰林學士的官職。

這個故事見於《高齋詩話》與《警世通言》，未必實有其事，但說明"學無止境"，決不可囿於一偏之見，自以為是。

（王國安）

原文

殘菊

宋・王安石

黃昏風雨打園林，殘菊飄零滿地金〔1〕。

擷〔2〕得一枝猶為在，可憐公子惜花心。

註釋

〔1〕 金，菊花顏色金黃，因以金比喻菊花。

〔2〕 擷，折。

春風又綠江南岸

北宋中期，統治集團加重剝削，內外矛盾急遽發展，一些開明官員改革現狀的要求愈益強烈，終於匯成一道洪流。公元1070年，登基未久的宋神宗委任革新派王安石為宰相，展開變法運動。王安石執政後，迅速團結和提拔了一批積極主張改革的人士，大刀闊斧地革除弊政，並且實行"青苗法"、"免役法"等有利於緩和社會矛盾、促進經濟發展的措施。同時，王安石全力着手提高軍隊的素質，鞏固邊防。在他的支持下，王韶在西北邊防線展開攻勢，佔有了熙、河、洮、岷等州幅員達二千平方里的地區。但是，王安石變法觸犯了豪強的利益，遭到朝野保守派的激烈反對。他們明裏暗裏，攻擊王安石，破壞變法。

公元1073年起，北方各地連續三年發生旱災，河北農民四處流亡。在"三朝元老"文彥博的策動下，保守派鄭俠繪製一副《流民圖》獻給神宗，並彈劾王安石，揚言"上天降災，以昭新法之誤國害民"，甚至說"去安石，天乃雨"。這時，宮廷內部也形成了一股反變法的勢力。一次，宋神宗和他弟弟嘉王趙群擊毬，以玉帶為賭注。嘉王竟說："我勝了，不要玉帶，只求廢掉青苗、免役諸法。"兩宮太后也擠眼抹淚，要挾神宗罷免王安石。在重重壓力下，宋神宗動搖了。1074 年 4 月，王安石被解除宰相職務。但由於他事先作好準備，政權仍掌握在革新派手中。革新派骨幹韓絳和呂惠卿出任宰相和參知政事，堅持了過去的改革。

王安石離京返回故居江寧（今南京）鍾山。他沒有因被解除宰相之職感到憂傷，相反，他一路上看到各地實施新法後出現的生氣勃勃的情景，使他心情舒暢，滿懷喜悅，詩意澎湃。他想寫一首詩抒情言志。船經過瓜洲，他憑舷眺望兩岸的春景，口占了一首七絕："京口瓜洲一水間，鍾山只隔數重山。春風又到江南岸，明月何時照我還？"在詩中，他用春風給大地帶來了無限生機，比喻變法給國家帶來了新景象。王安石極喜歡"春風又到江南岸"這句詩。但他覺得"到"字還不夠妥切，沒能把春天賦予大地的勃勃生機、變法帶給國家的巨大變化表達出來。於是，他改成"過"字，又改成"經"字……但始終找不到一個滿意的字。船兒順流東下。突然，岸邊一片翠綠宜人的小草映入他的眼簾，他高興得直嚷："綠！綠！春風又綠江南岸！"可不是，只有這"綠"字才把春臨大地、萬物蘇生的情景描摹入神，才把他對革新事業的讚美表達盡致啊！

（王國安）

原文

泊船瓜洲〔1〕

宋・王安石

京口〔2〕瓜洲一水間，鍾山〔3〕只隔數重山。
春風又綠〔4〕江南岸，明月何時照我還？

註釋

〔1〕這首詩是王安石第一次辭去宰相職務以後，返回江寧（今南京）路經瓜洲時寫的。瓜洲，在長江的北岸，揚州市的南面。

〔2〕京口，今江蘇省鎮江市，在長江南岸，與瓜洲相對。

〔3〕鍾山，即今南京市紫金山。王安石從少年時起即移家居住鍾山。

〔4〕綠，這裏作動詞。傳說這個"綠"字是作者反復推敲錘煉，然後才定下來的。

茫茫黃出塞

一天，王安石同他的好友、詩人郭功父正在府中談論詩文，一個家丁進來報說有個書生求見，並把名帖呈上。王安石一看名帖上寫着“詩人龍太初”五個字，字跡工整，不由微微一笑。郭功父見名帖上有“詩人”二字，大為不滿地說：“相公面前，此人竟敢自稱詩人，真不知天高地厚。這樣的人，不見他算了！”王安石搖搖頭：“世界之大，人才極多。盛名者未必有實，無名者未必無才。他既然自稱詩人，總有些真才實學。不妨請來相見，當面試試。”他要家丁請龍先生書房相見。

龍太初是個面容清瘦的年輕人，見了王安石、郭功父，十分謙虛地說：“久仰相公大名，海內文宗，眾望所歸。學生不才，學寫了一些詩，今日冒昧登門，特請相公賜教。”說完，恭敬地把詩稿遞到王安石手裏。王安石翻了翻詩稿，說：“先生如此用功，老夫敢不從命。請將詩稿暫留此處，容看後再抒管見。”郭功父接着問他能否當場寫一首，龍太初知道郭功父要考他，胸有成竹地說：“請老先生命題。”郭功父請王安石出題。王安石一時也想不出。這時，恰好書房外有一個老兵正在用沙擦拭銅器，王安石心中不覺一動，就指着那用沙擦銅器的老兵對郭功父說：“就以沙為題，做一首五絕如何？”郭功父點頭說好。

龍太初欣然接受了這個題目。他望着那老兵用沙把銅器擦得發亮，從老兵的遠征，想到塞外的塵土飛揚，黃沙滾滾……他又聯想到家鄉海邊、河灘上的白沙，大風颳來，沙洲上的水鳥飛走，沙灘上像篆書一樣各種曲折多變的裂痕也被風沙填平了。潮退之後，明亮的陽光照在沙粒上，銀光閃爍，就像天上的星星一樣。龍太初略一沉吟，想好了一首詩，滿懷感情地朗誦道：“茫茫黃出塞，漠漠白鋪汀。鳥去風平篆，潮回日射星。”並謙虛地說：“班門弄斧，見笑大方，請二位相公指正。”王安石笑着讚揚說：“寫得好！對仗工整，音韻協調。題名‘沙詩’，通篇無一沙字，卻句句寫沙，字字切題。塞外之沙，沙灘之沙，海邊之沙，景色鮮明，躍然紙上。若非平日仔細觀察，怎能寫得出來？龍先生出口成章，可喜可賀。”龍太初謙遜地說：“相公過獎了，學生愧不敢當。”接着對郭功父道：“久聞老先生詩壇名手，蜚聲海內，不知可否仍以沙為題，請老先生大筆一揮，寫詩一首，讓學生大開眼界？”郭公父見龍太初詩才敏捷，筆力老練，自己如照題做詩，斷難超過他，便自我解嘲地說：“龍先生大作在前，我哪敢再作‘續貂’之筆啊！”從此以後，他再也不敢輕視無名作者了。

（楊兆林）

原文

詠沙

宋·龍太初

茫茫〔1〕黃出塞，漠漠〔2〕白鋪汀〔3〕。
鳥去風平篆〔4〕，潮回日射星〔5〕。

註釋

〔1〕茫茫，遼闊、深遠。
〔2〕漠漠，密佈的樣子。
〔3〕汀，水中或水邊的平地。
〔4〕篆，漢字的一種書體。這句是說：大風颳來，沙灘上水鳥飛走，那些留在沙灘上像篆書一樣各種曲折多變的痕跡也被風沙填平了。
〔5〕這句是說，潮退之後，明亮的陽光照在沙粒上，銀光閃爍，就像天上的星星一樣。

烏台詩案

蘇軾（1037－1101），字子瞻，號東坡居士，四川眉山縣人，是北宋著名的詩人、文學家。他 21 歲考取進士，開始走上仕途。蘇軾在

26歲時，被授為大理評事、簽書鳳翔府判官。後來，又做過大理寺丞、中丞、攝開封府推官等職。他有一些比較開明的政治主張。後期生涯中，他一直被捲在激烈的新舊黨爭的政治漩渦裏。

蘇軾在政治上屬於舊黨，與王安石政見不合，被派到外地去做地方官。先任杭州通判。臨行前，弟弟蘇轍和表兄文同來送行。蘇轍見哥哥出判杭州，倒也高興，免得在京惹事。但勸他少做詩，即使做詩，也不必觸及朝政。文同亦贈詩兩句："北客若來休問信，西湖雖好莫吟詩。"蘇軾在杭州呆了四年，轉遷密州，不多時，又遷徐州。原因何在？他過去曾反對新法，因此，新黨有意刁難他。宋朝元豐二年（1079），御史府諫官李定、舒亶、何正臣等人，彈劾蘇軾，說他"利用寫詩，諷刺新法，愚弄朝廷"，並在他的詩中摘出許多句子，羅織罪名。宋神宗聞奏後，派人將蘇軾從湖州任上押解到京，然後投入監獄。這在宋代歷史上稱為"烏台詩案"。所謂烏台，就是宋朝專任彈劾百官的中央機關之一的御史府。

這時，蘇轍仍在京做官，見兄因詩遭禍，怨他不聽勸諫，便上書願以現任官職贖兄之罪，執政者予以批駁："官職乃朝廷的榮恩，又不是你的世業，怎麼拿來贖罪！"連蘇轍也貶到筠州監酒場去。對此案，神宗主張"只根究吟詩事"，並沒有打算治以重罪的念頭。有一天早朝時，他談到蘇軾吟詩的事，準備開釋。可是，朝臣王禹玉卻出班奏道："蘇軾有忤君之罪，請陛下詳察。"神宗問："卿何以知道呢？"王禹玉舉出蘇軾《詠檜》詩中"根到九泉無曲處，世間惟有蟄龍知"兩句，並隨意解釋道："陛下好比飛龍在天，俯視九州，蘇軾卻把您比作藏於九泉的蟄龍。這不正說明他有忤君之嫌嗎？"另一朝臣章子厚為蘇軾抱不平，立即出班奏道："陛下，根據史書記載，不只君王可以稱龍，臣子也有稱龍的！"神宗頻頻點頭："你說得對，自古以來，作臣子稱龍的，不就有荀子的八龍，孔明的臥龍嗎？"章子厚順着神宗的意思，讚頌道："陛下博學，所見英明。"神宗轉向王禹玉問道："蘇軾的《詠檜》詩，他只是在詠檜嘛，你怎麼把它同我連在一起呢？"王禹玉見神宗有斥責之意，有點緊張。幸好神宗剛一說完，便拂袖退朝了。下殿後，章子厚質問王禹玉道："你謬言進上，難道要害蘇軾滅族嗎？"王禹玉顯得十分狼狽，只好說出實話："殿上之言，實非本意，是舒亶他們要我這樣講的。”

蘇軾在獄中想起弟弟勸告的話，即寫了一首七律：“聖主如天萬物春，小臣愚暗自亡身。百年未了須還債，十口無歸更累人。是處青山可埋骨，他時夜雨獨傷神。與君今世為兄弟，更結來生未了因。”託獄卒送與弟弟。那獄卒已得了舒亶的囑咐，要他留心伺察蘇軾所為，及時報知，獄卒得了此詩，立即送與舒亶。舒亶得了這首詩，如獲至寶，立即進宮，參拜神宗，説蘇軾心懷怨望，請求從重治罪。神宗展開一看，乃是一首七律，是寫給弟弟蘇轍的，情詞哀切，並無怨望之念，倒也有點動心。但他把詩交給舒亶，沒有表態，示意舒亶退出。這年十二月二十八日，神宗下詔釋放蘇軾，貶為黃州團練副使。蘇軾是八月十八日入獄，到釋放為止，共計一百三十天。他在京的幾個朋友，為了慶賀他的平安，都騎了馬邀他一同到郊外遊覽。蘇軾舉目遙望，看到枝頭上有幾隻喜鵲，正對着他們一行人喳喳地叫，好像也在慶賀他的獲釋一樣。回來後，他寫了兩首七律，錄其一首如下：“百日歸期恰及春，餘年樂事最關身。出門便旋風吹面，走馬聯翩鵲啅人。卻對酒杯渾是夢，偶拈詩筆已如神。此災何必深追究，竊祿從來豈有因。”這首詩既表現了作者出獄後的喜悦，也抒發了達觀的情緒。最後一句含有自我解嘲的意思。蘇軾在京流連了幾天，便到黃州上任去了。

（楊兆林）

原文

七律（二首〔1〕之一）

宋‧蘇軾

百日歸期〔2〕恰及春，餘年樂事最關身。

出門便旋〔3〕風吹面，走馬聯翩〔4〕鵲啅人〔5〕。

卻對酒杯渾是夢，偶拈詩筆已如神。

此災何必深追究，竊祿〔6〕從來豈有因。

註釋

〔1〕 宋元豐二年，諫官何正臣、舒亶、李定等彈劾蘇軾。蘇軾被捕到京，到十二月釋放，貶黃州。這詩是作者出獄後所作。

〔2〕 蘇軾八月十八日下獄，十二月二十八日獲釋，共一百三十天。這裏說百日是舉其成數。

〔3〕 便旋，猶如說徘徊，又意同輕捷。

〔4〕 聯翩，連續不斷。

〔5〕 啅，這裏作眾口雜鳴解。啅人，朝着人叫。

〔6〕 竊祿，竊據祿位，猶如說尸位素餐（居位食祿而不盡職）。

休將白髮唱黃雞

蘇軾因為烏台詩案，被貶謫黃州（今湖北黃岡）。元豐三年（1080）二月，蘇軾帶着長子蘇邁，到達黃州，寓居於定惠院，隨僧蔬食。蘇軾名義上是黃州團練副使（軍事助理官），實際上是個被看管的罪人，不得參與公事。因此他時常尋溪傍谷，與漁父樵夫相處，扁舟草履，釣魚採藥，放浪於山水之間。不久，蘇軾的家眷由弟弟蘇轍送到黃州，全家就從定惠院遷居至江邊驛亭——臨皋亭。此時，蘇軾不得不為一家的柴米油鹽操心。

窮書生馬正卿，見蘇軾經濟拮据，生活匱乏，就向郡守請求，撥給他數十畝遍佈瓦礫、長滿蓬蒿的荒地。蘇軾親自規劃開墾，根據地勢高庳和土性乾濕，或種稻麥，或植棗栗，或栽桑竹，或養鮮魚。這一大塊荒地，在郡城舊營地東南，就叫做"東坡"，蘇軾也因此自號為"東坡居士"。當時正逢大旱，墾荒格外艱難，常常累得他筋疲力竭。又可惱的是，他患了關節疾病，有時胳臂紅腫，疼痛難忍。蘇軾到黃州的第三年的三月七日，幾位熱心朋友約他往沙湖（即螺師店，在黃州東南三十里）看田，陪同蘇軾的一位老兵，是沙湖人，對當地情況很熟。他聽說蘇軾犯病，就介紹說："離這兒很近的麻橋，有位祖傳世醫，叫龐安常，擅長針灸，你不妨請他治治。”蘇軾點點頭，隨老兵來到了麻橋龐先生家。龐安常細細檢查了蘇軾的患處後，就給他針灸。對於這位才氣橫溢的蘇東坡，龐安常早有所聞，很是欽佩。因此，他一見如故，邀蘇軾在自己家中住下，以便進行治療。龐安常的醫術果然高明，連針數日，蘇軾便痊癒了。可惜是的是，龐安常耳聾，蘇軾只能跟他筆談。不過，他耳朵雖聾，人卻絕頂聰穎。人家跟他筆談時，往往才寫了幾個字，他就能讀懂得人家所要表達的真實意思。蘇軾和龐安常在紙上談得十分投機。

有一次，蘇軾在紙上寫道：“我用手來代替口，你用眼來代替耳，我和你都稱得上是一代奇人啊！”龐安常看了，樂得前俯後仰。蘇軾治癒了疾病，又遇上這位如此有趣的朋友，心裏十分愉快。那天，正值東風和煦，春光融融，詩人興致很濃，就邀請龐安常一同去流覽清泉寺。清泉寺，在蘄水（今湖北浠水縣）城外不遠，以寺內有“洗筆泉”而著名，相傳東晉大書法家王羲之曾在這兒洗過筆。泉水清泠可愛，蘇軾和龐安常不約而同地彎下腰，各自捧了掬品嚐，水味清洌甘美。兩人相視會意，情不自禁地一起哈哈大笑起來。剛剛萌芽的蘭草，沿着山麓一直生長到溪邊；松林間鋪着細沙的小路，分外潔淨。他們兩人在這裏盤桓終日，樂而忘返。傍晚時分，下起濛濛細雨，他們這才往回走去，一路上只聽得杜鵑鳥在不停地鳴叫。在清泉寺用畢晚餐，蘇軾便又獨自沿蘭溪畔散步。他默默地思索着：通常都説水向東流，眼前這條淙淙溪水，卻歡快地向西流去。水可西流，人生為什麼就不能從白髮老年恢復青春呢！回到寺中，蘇軾請寺僧取來筆墨，當即寫了一首《浣溪沙》詞：“山下蘭芽短浸溪，松間沙路淨無泥。蕭蕭暮雨子規啼。誰道人生無再少？門前流水尚能西！休將白髮唱黃雞。”寫畢，又反復吟誦起來。這首詞，一別那種因政治失意而傷時歎老的調子，唱出了呼喚青春的積極樂觀的心聲。龐安常本已上牀休息，見蘇軾如此興奮，便披衣而起，取過詩稿細細玩味。龐安常受到了啟示和鼓舞，他告訴蘇軾：詞寫的好極了，老年人確實可以努力保持青春，充分發揮生命的活力，絕不可因為年老而消沉。兩人筆談着，興致愈濃，索性取出佳釀，暢懷痛飲。

（倉陽卿）

原文

浣溪沙

宋・蘇軾

山下蘭芽短浸溪，松間沙路淨無泥。蕭蕭〔1〕暮雨子規〔2〕啼。

誰道人生無再少〔3〕？門前流水尚能西〔4〕！休將白髮〔5〕唱黃雞〔6〕。

註釋

〔1〕蕭蕭，形容雨聲。

〔2〕子規，杜鵑鳥。

〔3〕再少，重又年輕。

〔4〕尚能西，還能夠朝西流。中國的主要江河都是從西向東流，人生本來總是由少年過渡到老年；這裏是把流水"能西"比喻人生也能"再少"。

〔5〕白髮，指老年。

〔6〕黃雞，白居易詩中有"黃雞催曉"、"白日催年"的話，用來感歎人生容易衰老。這句意為，不要因為自己老了就消極悲觀。

落木千山天遠大

黃庭堅，字魯直，號山谷，北宋分寧（今江西修水縣）人。他多才多藝，既是一代詩人、詞人、散文家，又是著名的書法家。在文學上，黃庭堅和蘇軾並稱為"蘇黃"。他又和秦觀、張耒、晁補之被稱為"蘇門四學士"。黃庭堅把寫詩作為自己畢生的事業，被奉為"江西詩派"的祖師。他那些大量的有個性的作品，對當時和後世影響很大。

在宋代，蘇軾是首屈一指的文豪和書畫家。他很賞識黃庭堅的詩，兩人常相唱和，一起切磋詩藝書技。在政治上，他倆更有着共進退的遭遇。宋神宗元豐二年（1079），蘇軾因寫詩遭到御史台諫官李定、舒亶、何正臣等人的彈劾，投入御史台監獄。這就是有名的“烏台詩案”。“烏台詩案”也波及黃庭堅，使他調離國子監，改任吉州太和縣知縣。黃庭堅在太和任上，曾多次寫詩寄贈蘇軾兄弟，其中有兩句寫道：“風雨極知雞自曉，雪霜寧與菌爭年？”表達了身處逆境還要自勵發奮，不跟那些一味應時的傢伙計較短長的心志。黃庭堅雖是舊派中人，可是他對王安石變法的看法比較客觀，從來沒有像司馬光那樣持全面否定的態度。新派掌權時，他在執行新法時敢於作些便民的修改；舊派得勢時，他對變法被全部廢棄感到惋惜。元豐五年四月中，黃庭堅下太和縣農村作調查。他入萬歲山，宿早禾渡，上大蒙籠，過金刀坑，翻山涉水，找農民談話，對正推行的鹽法按實際情況作了修改。並寫下《雕陂》等十餘首詩，詠敍此行。黃庭堅在地方任上，有機會接觸下層，能關心百姓疾苦，為農民做了一些好事。但他也因此常與頂頭上司不和。他曾寫詩道：“真成忍罵加餐飯，不如西江之水可療飢。”曲折地表達了內心的不滿。

元豐五年秋，黃庭堅來太和任職已經三年了。詩人對煩冗的官務感到厭倦，他渴望過沒有束縛的自在生活。那天，他像往常一樣，辦完公事，登臨附近澄江上的快閣。他倚在快閣欄杆上，隨意眺望着晴空晚霞。高樹落葉飄零，秋山連綿蜿蜒，天空更顯得遼遠闊大；澄澈的澄江在快閣下流過，黃昏時映着一彎新月，更覺分明。大自然的美景，深深感染了詩人，於是他寫下了七律《登快閣》。“癡兒了卻公家事，快閣東西倚晚晴。落木千山天遠大，澄江一道月分明。朱弦已為佳人絕，青眼聊因美酒橫。萬里歸船弄長笛，此心吾與白鷗盟。”三四兩句，在高遠明淨的秋景中，展現出了詩人坦蕩蕩的精神境界。詩的後半部分意思說：因為知音不在，我弄斷琴弦，不再彈奏；對着清樽美酒，姑且表示快樂，藉以消憂。我多麼希望能乘上歸船，吹着悠揚的笛曲，回到故鄉；我的心啊，早已跟白鷗訂好盟約了。知音是誰，詩人沒有點明，也許是指蘇軾，也許是指其他志同道合的友人。他思念家鄉，懷念摯友，想與他們暢敍，但是現實不允許。末句所表達的歸隱思緒，流露出他對當時現實的不滿。《登快閣》是黃庭堅最優秀的作品之一。詩中，既抒發了內心的豐富感受，表現手法上又頗具特色，曲折盤旋，含不盡之意。後世詩家，常舉此詩作為黃詩主要風格的代表作，傳誦至今。

（倉陽卿）

原文

登快閣[1]

宋・黃庭堅

癡兒[2]了卻公家事，快閣東西倚晚晴。
落木千山天遠大，澄江一道月分明。
朱弦已為佳人絕[3]，青眼[4]聊因美酒橫[5]。
萬里歸船弄長笛，此心吾與白鷗盟[6]。

註釋

〔1〕快閣，在江西太和縣東，澄江（贛江）之上，以江山廣遠，景物清華得名。

〔2〕癡兒，晉朝的清談家把幹實際工作的稱為癡。這裏是作者自指。

〔3〕伯牙善奏琴，鍾子期知音，鍾死後，伯牙破琴斷弦，終身不再操琴。本句即化用此意。佳人，美人，古詩文中常喻作有才智者，這裏指知音。

〔4〕青眼，眼睛正視，眼珠在中間，對人表示好感。

〔5〕橫，斜着眼看，這裏表示無可奈何、勉強的神情。

〔6〕白鷗盟，指隱居的人跟鷗鳥做伴侶。

不辭羸病臥殘陽

北宋宣和七年（1125）十二月初，燕京（今北京西南）守將郭藥師降金。金國南路都統宗望乘勢率軍長驅南侵。消息傳到北宋京城汴梁（今河南開封），宋徽宗竟嚇得昏厥過去。驚魂稍定後，宋徽宗下了一道“罪己詔”，接着，他又把皇位讓給兒子趙桓，為自己逃跑作準備。十二月二十三日，宋欽宗趙桓即位。次年（1126），改年號為“靖康”。欽宗同様軟弱無能，一上台就打算逃跑，不少朝臣也勸他放棄京師開封，向南出走。軍民輿論沸騰。這時，唯有復職不久的太常少卿（掌管朝廷禮樂和祭祀的官）李綱，挺身而出，力排眾議，進行諫阻。欽宗為了平息軍民輿論，任命李綱為兵部侍郎（掌管全國軍事的副長官）。可是，才隔數日，金兵渡黃河的消息傳至京城，宋徽宗慌忙帶着蔡京、童貫等寵臣，在二萬兵馬保護下，逃往南京（今河南商丘縣南）。這時，欽宗也惶惶不可終日，朝中密佈悲觀氣氛。朝會上，李綱義正辭嚴，批駁了白時中、李邦彥等大臣的逃跑主張，提出了保衛京城的具體措施。欽宗任命李綱為尚書右丞兼東京留守，同時，秘密安排避難事宜。次日，李綱上朝時，只見護送皇帝逃跑的禁軍已整裝待發，宮女們正欲扶欽宗上車。李綱大怒，高聲問眾將士：“願守城還是願逃跑？”眾人齊呼：“誓死守衛京城！”李綱便轉向欽宗，說：“士兵們的父母妻兒都在京城，所以他們情願死守，陛下為何硬要他們離京出走呢？”欽宗無可奈何，只好答應留在京城。於是李綱下令：凡敢主張棄城逃跑者一律處死。頓時群情感奮，歡聲雷動，士氣大振。

正月五日，李綱便以親征行營使的身份，調兵遣將，只三四天工夫，便把守城軍隊佈置妥當。這時金兵出動了數十艘火船，猛攻開封城的宣澤門。李綱全身披掛，親自督陣，命二千宋兵用撓鈎搭牢敵船，將大石塊從城上狠砸下去，致使金兵死傷無算。李綱又派幾百精兵，用繩索縋到城下，殺退攻城金兵，焚毀了敵軍的幾十座攻城雲梯。老將種師道、都統制姚平仲等率領的幾路勤王軍，共二十萬人馬，也陸續來到開封城外。城內宋軍鬥志倍增，紛紛要求與城外宋軍裏應外合，乘勝徹底擊潰金兵。哪知宋欽宗非但不支持將士們抗戰熱情，反而派使者往金營求和，並訂立了向金國割地賠款、做兒皇帝的喪權辱國的約定，甚至為了討好金國，求得苟安，竟以姚平仲擅自偷襲金營遭受失敗一事作藉口，下令將李綱和種師道一併革職罷官。

宋欽宗的倒行逆施，激起了人們的強烈反對。以陳東為首的數百名太學生直至宣德門向朝廷請願。京中數萬軍民不約而同前往聲援。懸掛在宮門外的“登聞鼓”，也被憤怒的人們擊破了。宋欽宗生怕事情越鬧越大，只得收回成命，召李綱、种師道進宮，重新起用。這樣，李綱終於在廣大軍民支持下，擊退金軍，解了開封之圍。金兵退走以後，宋徽宗也回到了京城開封。徽宗、欽宗與朝中一班大臣，重又過起了歌舞昇平、居安忘危的生活。

（倉陽卿）

原文

病牛

宋·李綱

耕犁千畝實千箱〔1〕，力盡筋疲誰復傷〔2〕？
但得眾生皆得飽〔3〕不辭羸病臥殘陽〔4〕。

註釋

〔1〕 實，充實，裝滿。箱，通“廂”，指糧倉。

〔2〕 傷，憐惜，同情。

〔3〕 但得，只要能夠。眾生，百姓。

〔4〕 羸病，身病體弱。羸，瘦弱。

黃花比瘦

李清照，號易安居士，是宋代最著名的女詞人。她出身書香門第，從小博覽群書，才思敏捷，琴棋書畫，樣樣精通，特別擅長寫詞，無論抒情詠物，都能曲盡其妙，因此受到當時許多著名文人的頌揚。清照 18 歲那年，和太學生趙明誠結了婚。趙明誠是吏部侍郎趙挺之的兒子，從小受到良好的教育，在金石學方面很有造詣。兩人才貌相當，志趣相投，婚後生活過得十分美滿。每天晚上，當趙明誠從太學回來時，李清照總要為他準備一點菜餚，兩人在房中對坐小酌，吟詩取樂。

趙明誠雖然知識淵博，但不如李清照那樣才氣橫溢，往往成詩較慢，因此經常被李清照罰酒，喝得酩酊大醉。

兩年歡樂相聚的日子很快過去了。趙明誠從太學畢業以後，就被派到離汴京（北宋都城，今河南開封）幾十里外的縣城去做官。由於公務繁忙，他只能每隔一個多月回來一次。這種分居兩地的生活，使李清照感到非常寂寞。每當春花爛漫的良辰和秋月皎潔的夜晚，她總要獨坐高樓，舉目遠眺，默默地數着趙明誠歸來團聚的日子。難以排遣的思念，使她變得形容憔悴，身體一天比一天消瘦下來。一年一度的重陽佳節來到了。庭院裏彌漫着輕紗似的薄霧。微風過處，飄來陣陣菊花的清香。往年這一天，趙明誠總要回來陪着李清照遊園賞花，共度良辰，可是今天，她卻只能獨坐空房守着爐香，度過了難捱的白天。半夜以後，李清照從碧紗帳裏一覺醒來，感到了侵人的涼意。她漫步走到窗前，忽然一陣秋風把湘簾高高捲起。只見東籬下幾叢黃花正在風中搖曳，那形象同自己瘦弱的身影多麼相似！她的詩思一下子被挑引起來了，立即走到書桌旁邊，鋪開錦箋，揮筆寫成了一首著名的《醉花陰》詞，抒發了自己思念親人而百無聊賴的淒涼心情。第二天早晨，她就託人把這首詞寄給了趙明誠。

趙明誠讀了《醉花陰》詞以後，不但激起了對妻子的懷念和愛憐，而且也對她的才華感到十分欽佩。他想寫一首和詞，力求超過原作，以酬答妻子的相思之情。於是，他謝絕賓客，關起門來苦思冥索了三天三夜，一共寫成五十首《醉花陰》詞。他認為其中有幾首寫得很好，但是否已經超過了李清照的原作，一時卻很難判斷。趙明誠有位好友陸德夫，是個很有文才的人，兩人過往比較密切。趙明誠特地把李清照寫的《醉花陰》，夾雜在自己的五十首詞作中，然後去拜訪陸德夫，請他評論哪一首寫得最好。陸德夫把這些詞全部認真地讀了一遍，然後說："這些詞中，只有三句寫得最好。"趙明誠馬上問道："是哪三句呢？"陸德夫說："莫道不消魂，簾捲西風，人比黃花瘦。"趙明誠聽了以後，半晌說不出話來。陸德夫感到有點奇怪，就問他什麼原因，趙明誠說："這三句正好是清照寫的。沒想到我三天三夜廢寢忘餐地寫了五十首，竟然還抵不上她一首！"事情傳開去以後，許多文人紛紛加以採錄，一時在士林中傳為佳話。這首情意真摯、風格婉約的小詞，從此便膾炙人口，成為宋詞中的一篇名作。

（金文明）

原文

醉花陰

宋·李清照

薄霧濃雲愁永晝[1]，瑞腦消金獸[2]。佳節又重陽，玉枕紗廚[3]，半夜涼初透。

東籬把酒[4]黃昏後，有暗香盈袖。莫道不消魂[5]，簾捲西風[6]，人比黃花[7]瘦。

註釋

〔1〕 永晝，長長的白天。人閒着沒事，就覺得白天很長。

〔2〕 瑞腦，也稱龍瑞腦，一種香料。消，漸漸燒完。金獸，獸形的銅香爐。

〔3〕 紗廚，紗帳。

〔4〕 把酒，捧着酒杯，指喝酒。東籬把酒，晉陶潛《飲酒》詩有"採菊東籬下"的句子，這裏即用陶詩作典故。

〔5〕 消魂，形容感情極其愁苦悲傷。

〔6〕 簾捲西風，簾子被秋風捲起來。

〔7〕 黃花，菊花。

有客有客官長安

梁師成，是北宋末年的一個太監。他善於逢迎，深得宋徽宗的寵信，一直做到太尉、開府儀同三司，權勢大得跟宰相差不多，所以人們把他看作不露面的宰相。梁師成外貌老實，其實內心卻陰險毒辣，連權傾一時的奸臣蔡京父子都要巴結他。由蔡京等一手提拔，後來代替蔡京執政的王黼，更把梁師成當作父親一般侍奉。

梁師成接受賄賂，鬻爵賣官，無所不為。有的讀書人向他贈禮獻媚，送上數百萬錢賄賂，梁師成就設法讓他參加廷試。廷試，是決定名次的關鍵時刻。梁師成這時候就侍候在皇帝身邊，用輕聲耳語來左右皇帝對這批應試者的升降決定，從而達到他打擊異己、提拔行賄者的目的。梁師成納賄受禮出了名，投其所好者當然也就絡繹不絕。一個姓鄧的洛陽留守（官名），聽說梁府過年需要大量牛酥，就親自督人煎熬百斤，並兼程送往梁府。梁師成不在家，鄧某就等候在梁府門前，準備一看到梁的轎輿歸來，就立即迎上去當面表達自己的孝敬之心。梁府的看門人見鄧某如此模樣，就對他說："牛酥早已有人搶先送來過了，數量也比你多幾倍。大人本來對這第一筆禮還很滿意，可是昨天又有人送上用美麗的純漆桶裝的牛酥，於是大人又覺得第一筆禮平常了。"看門人又指指鄧某用青紙包紮的牛酥，說："你來得遲，數量少，包裝得又如此簡陋，我看你還是帶回去吧，不必白費心思了。"鄧某聽了看門人的這番話，大為掃興，只得帶着禮包怏怏而回，一路上還在想着，明年無論如何要搶先做第一個送禮的。江端友，是一位富有正義感的詩人。他對於當時官場上形形色色的醜惡現象，感到十分痛恨。於是他選擇了這一具有典型意義的事例，寫成了一首諷刺敘事詩《牛酥行》。《牛酥行》淋漓盡致地揭露了梁師成之流的醜惡嘴臉和骯髒靈魂，受到了人們的讚賞，在京城中被廣為傳抄。

梁師成之流的倒行逆施，也引起了當時許多正直之士的強烈反對。徽宗宣和七年（1125），太學生陳東、布衣張炳等，數次上書，請誅梁師成、蔡京、王黼等"六賊"。但是，宋徽宗故意把奏章擱置了下來。後來，宋欽宗受禪即位，陳東等再次上疏。皇帝迫於公憤，下令將梁師成貶為彰化軍節度副使。梁在赴貶所途中，被縊死在八角鎮。

（倉陽卿）

原文

牛酥行

宋・江端友

有客有客官長安〔1〕，牛酥〔2〕百斤親自煎。

倍道奔馳少師府[3]，望塵且欲迎歸軒[4]。
守閽呼語"不必出[5]，已有人居第一先。
其多乃復倍於此，台顏顧視初怡然[6]。
昨朝所獻雖第二，桶似純漆麗且堅。
今君來遲數又少，青紙題封難勝前。"
持歸空慚遼東豕[7]，努力明年趁頭市[8]。

註釋

〔1〕長安，本是漢代的京都，這裏借指北宋的陪都洛陽。
〔2〕牛酥，牛奶油。
〔3〕倍道，兼程，以加倍速度趕路。少師，大官名，這裏指梁師成。
〔4〕這句暗用晉潘岳諂媚賈謐的典故。每逢賈謐坐車出行，潘岳遠遠看到車行揚起的塵土，就急忙下拜。這裏以潘岳喻指送牛酥的洛陽留守鄧某，以賈謐喻指梁師成。軒，指車。
〔5〕守閽，看門人。不必出，不必把禮品（牛酥）拿出來。
〔6〕台顏，指少師的臉色。台，敬詞。怡然，高興的樣子。
〔7〕遼東豕，古代寓言：遼東有個人，家裏的母豬生了一頭"白頭豬"，十分稀罕，決計送給皇帝。誰知到了河東，看到的都是"白頭豬"，他只得抱着豬羞慚而回。
〔8〕趁頭市，指搶先第一個送禮（行賄）。

胡銓忠諫

胡銓（1102—1180），字邦衡，宋代廬陵（今江西吉安）人。他秉性正直，不畏強暴，而且博學多才，善於論辯。公元 1128 年，他在揚州參加進士考試，寫了一篇很有見地的政論文章，得到宋高宗趙構的賞識。當時，剛剛建立的南宋王朝正處於金人兵鋒的嚴重威脅之下。

胡銓考中進士以後，被朝廷任命為撫州軍事判官，後來又代理贛州幕府的軍務，曾經召募鄉民協助南宋軍隊抵抗金兵的南侵，因功被轉為承直郎。他一貫反對同金朝侵略者議和，堅決主張用武力收復失地，洗雪國恥。

公元 1138 年，奸臣秦檜取得宋高宗信任，排擠宰相趙鼎，獨攬朝政大權。他不顧群臣反對，竭力主張對金屈辱求和，引起了胡銓的強烈不滿。這年秋天，秦檜派端明殿學士王倫為計議使，前往金國求和。金人氣焰囂張，在同南宋政府往來通問的時候，竟然用了"詔諭江南"的説法（君主對臣下的口氣）。面對這種奇恥大辱，胡銓感到忍無可忍，於是，懷着極其憤慨的心情寫了一封奏疏給朝廷，歷數秦檜、王倫等的誤國之罪，請高宗立即把他們斬首示眾，並且扣留金使，興師問罪，以激勵民心和士氣，否則自己寧可投海而死，也不願在小朝廷忍辱偷生。這封長達一千多字的文章，寫得慷慨激昂，義正辭嚴，字裏行間充滿凜然正氣。當時有個宜興進士吳師古特地把它刻印成書，廣為流傳。甚至金朝統治者也下令以千金募購，可見其影響之大。但是，這時的宋高宗早已把對金求和作為既定的國策，根本聽不進胡銓的忠諫。為安撫秦檜等人，他竟把胡銓撤職除名，發配昭州（今廣西平樂）編管，同時下詔播告中外。高宗的這一處置，在朝臣們中間引起了震動。許多正直的官員紛紛上書營救，請求朝廷收回成命。高宗和秦檜迫於公論，只好把對胡銓的處分從編管昭州改為監理廣州鹽倉，後來又遷任威武軍（治所在廣州）判官。

公元 1141 年，高宗和秦檜合謀殺害了抗金名將岳飛，同金朝簽訂了喪權辱國的和約。第二年，金人指派使者冊封高宗為皇帝，同時宣稱將遣送以前俘虜的宋太后韋氏返回臨安。秦檜竟把這些當作喜事向高宗祝賀。由於主和有功，秦檜被加贈太師，晉封為魏國公，地位更加顯赫。這時他想到胡銓過去上書的事情，就指使爪牙右諫議大夫羅汝楫彈劾胡銓"飾非橫議"，誣陷宰輔，提出把他押送新州（今廣東新興）編管。胡銓在新州度過了 6 年謫居生活。他想起當初離開故鄉去揚州赴考，就是要為處在危亡中的國家效力，誰知自己的一腔熱血，滿腹忠誠，卻換來了如此不幸的遭遇。為了抒發自己的憤懣，他寫了一首《好事近》詞。其中最後兩句説："欲駕巾車歸去，有豺狼當轍！"

他把秦檜比作兇惡的豺狼，不甘心在惡勢力的打擊下就此消沉退隱。《好事近》詞流傳出去以後，很快就被新州太守張棣看到了。他立即上奏朝廷，檢舉胡銓心懷怨望，謗訕秦檜。於是，一場新的打擊降臨到胡銓頭上，他被遷謫到更加遙遠荒僻的吉陽軍（今海南島南部）去編管居住。張棣是秦檜的私黨，為了討好主子，派惡吏在押送途中對胡銓橫加迫害。後幸得雷州太守王彥恭的保護，胡銓一家才終於順利地渡過海峽，平安到達吉陽軍戍地。王彥恭見義勇為的行動，受到了當地賢士的普遍推重。

時間又過了漫長的 8 年，奸相秦檜終於得病死去，歷盡艱辛的胡銓才被內移到衡州（今湖南衡陽）安置。宋孝宗即位以後，他逐漸得到升遷，先受任為饒州太守，後來又進京擔任秘書少監，兼國史院編修官。公元 1163 年宋金符離之戰後，南宋王朝又向金人屈膝求和，胡銓堅決反對。雖然他一貫的抗金主張未被當權者接受，但是他那堅定不移的愛國思想和臨難不懼的鬥爭精神，足使他名垂青史，永遠受到後人的景仰。

（金文明）

原文

好事近

宋・胡銓

富貴本無心[1]，何事故鄉輕別？空使猿驚鶴怨[2]，誤薜蘿秋月[3]。

囊錐剛要出頭來[4]，不道甚時節[5]。欲駕巾車[6]歸去，有豺狼當轍[7]。

註釋

〔1〕富貴本無心，本來無心做官，去追求富貴的生活。

〔2〕猿驚鶴怨，南朝齊孔稚珪《北山移文》："蕙帳空兮夜鶴怨，山人去兮曉猿驚。"這裏概括兩句文章，説自己離別故鄉出去做官，使山中的猿、鶴都感到吃驚和怨恨。

〔3〕薜蘿，指薜荔和松蘿，都是蔓生的攀緣植物。古代山野居民屋外多有薜蘿叢生，後世用來借指隱士的住所。

〔4〕囊錐剛要出頭來，戰國時代趙公子平原君對毛遂説：賢士處世，好

比錐子放在囊中，它的尖端會立即顯露出來（見《史記·平原君列傳》）。

〔5〕不道甚時節，沒有先觀察一下現在是什麼世道，這句話帶有憤慨和牢騷。

〔6〕巾車，有帷幔的小車。

〔7〕有豺狼當轍，比喻奸臣當權誤國。

弦斷有誰聽

公元 1136 年，本來只想苟安江南的宋高宗趙構，在宰相張浚等人的勸說下，決定出兵北伐。湖北、襄陽路宣撫副使岳飛，奉命率領精銳的岳家軍從鄂州（今湖北武漢市武昌）移駐襄陽（今湖北襄樊），隨時準備揮師北上。

收復中原，迎回被金人俘虜的徽、欽二帝，這是岳飛夢寐以求的願望。到達襄陽後不久，他就派遣王貴、董先、牛皋等將領分路向北挺進，連戰連勝，一直打到離故都汴梁（今河南開封）不遠的蔡州（今河南汝南）城下。由金朝統治者扶立的偽齊皇帝劉豫，連忙派大將李成率軍前去解救蔡州之圍。岳飛得到報告。命令王貴、董先向南撤退，將敵軍引到唐州（今河南唐河）的牛蹄附近，打了一個漂亮的伏擊戰，俘敵數千人，戰馬三千餘匹。牛蹄之戰的勝利，堅定了岳飛收復中原的信心。他在行軍途中對將士們說："過去我喜歡喝酒。後來皇上要我戒酒，從此我就沒有再喝過。等將來打下了黃龍府（指金朝都城），我要重開酒戒，和你們痛飲一番！"但是，由於南宋朝廷沒有充分做好深入敵境的準備，戰爭無法長久地進行下去。因此，岳家軍在取得了幾次戰役的勝利以後，不得不奉命撤回鄂州。眼看剛剛收復的國土又重新淪入敵手，岳飛的心裏感到非常痛苦。不久，鎮守淮西的大將劉光世因畏敵避戰被免去軍職。宋高宗在臨安（今浙江杭州）召見岳飛，向他宣佈：決定將淮西軍五萬將士全部劃歸他統轄。皇帝的信任，激發了岳飛忠君報國的熱忱。他寫了一道奏章給宋高宗，提出了北伐中原的具體打算。他説："只要採納臣的計劃，不出二三年，淪陷的國土就可以全部收復，陛下也一定能夠重新回到故都汴京去！"但是意想不到的事情發生了。掌握實權的宰相張浚，為了個人的目的，竭力説服宋高宗改變主張，另派自己的心腹呂祉去統轄淮西的軍隊。岳飛知道後非常憤慨，一氣之下辭去軍務，跑到廬山母親的墓地守喪去了。呂祉是個剛愎自用的官僚，根本不會帶兵。他到淮西軍中只有兩個月，劉光世的部將酈瓊就舉兵叛變，殺掉呂祉，帶着四萬多將士投降了偽齊政權。這一變故給整個戰局帶來嚴重的影響。岳飛在朝廷的再三敦促下，不久就從廬山回到了軍中。雖然報國的壯志一再受到挫折，但他並沒有絕望，仍然積極整飭軍隊，訓練將士，以便有朝一日能夠投入北伐中原的戰鬥中去，為光復大宋河山貢獻力量。

公元1138年，畏戰的宋高宗終於起用秦檜為宰相，同金朝訂立了喪權辱國的和約。這對主張用武力收復失地的愛國志士來説，是一個沉重的打擊。消息傳到鄂州，岳飛感到無限的痛心。一個深秋的夜晚，岳飛在鄂州大營裏做了一夢。他夢見自己騎在馬上，率領將士們浩浩蕩蕩跨過冰封雪凍的黃河，向着汴京進發。突然，他的坐馬發出淒厲的長鳴，縱身一跳，把他顛下鞍來。他從夢中驚醒過來。"咚咚咚，篤篤篤……"營外傳來報夜的更鼓，時間已經三更了。岳飛再也無法入睡，就披衣走出營門來。空曠的營地上除了朦朧的月色，靜悄悄地不見一個人影。岳飛想到淪陷敵手的故鄉湯陰，多少年來，他渴望收復失地，重返家園，現在已經無法實現了。"欲將心事付瑤琴，知音少，弦斷有誰聽？"這深沉悲憤的感情，後來就凝成了一首著名的詞篇——《小重山》。

（金文明）

原文

小重山

宋•岳飛

昨夜寒蛩[1]不住鳴，驚回千里夢[2]，已三更。起來獨自繞階行，人悄悄，簾外月朧明[3]。

白首為功名。舊山[4]松竹老，阻歸程。欲將心事付瑤琴[5]，知音[6]少，弦斷有誰聽？

註釋

〔1〕寒蛩，秋天的蟋蟀。

〔2〕驚回千里夢，從遙遠的夢境中醒來。

〔3〕月朧明，月光朦朧。

〔4〕舊山，指故鄉。

〔5〕瑤，美玉；瑤琴，琴的美稱。

〔6〕知音，相傳古代俞伯牙善奏琴，鍾子期善聽琴，兩人一見如故。後來鍾子期死去，伯牙破琴絕弦，終生不再彈奏。因稱知己朋友為知音。

滿城風雨近重陽

潘大臨，字邠老，是北宋詩壇上有一定特色的詩人。他家境貧寒，寓居齊安（今湖北黃岡），曾經向蘇東坡認真學習寫詩。他寫了多首五律，歌詠家鄉的景色，例如："西山連虎穴，赤壁隱龍宮。形勝三分國，波流萬世功。沙明拳宿鷺，天闊退飛鴻。最羨魚竿客，歸船雨打篷。"和他同時代的黃庭堅就曾讚歎地說："邠老，天下奇才也。"

這年三秋時節，金風颯颯，山紫水清，天高地迥，令人心曠神怡，到處都能引起詩興。然而生活困頓，常常為柴米油鹽所苦，干擾了他的情緒。一天清晨，潘邠老閒臥在家，天氣忽然變了，天上烏雲密佈，聽得林間風雨作響，心上有所觸動，就在牆上題了一句："滿城風雨近重陽。"他正想往下寫，忽聽得"乒乓乒乓"，敲門聲急促。他連忙披衣下牀，這時，催繳租稅的差役已破門而入，氣勢洶洶，限他十天之內必須繳清欠稅。潘邠老經過這一番折騰，詩興一掃而光，再也寫不下去了。幾天後，他接到好友謝無逸的遠方來信。信上問他："近來有何新作，請寄來拜讀一下。"潘邠老和謝無逸是至交，便寫了一封回信，敍述了自己的近況，並附上一句詩："滿城風雨近重陽"。說明了寫不下去的原因，請求老朋友諒解。

謝無逸也是北宋較有影響的詩人。他接到潘邠老的來信，以及那一句詩，對老朋友的困頓處境深表同情，反復吟誦那句"滿城風雨近重陽"，叫好不迭。不久，潘邠老因貧病交迫而去世了，死的時候還不到五十歲，那句"滿城風雨近重陽"，始終沒有續下去。謝無逸接到這個噩耗，悲痛不已。而重陽節已經過去四天了。謝無逸在小園中徘徊低詠，為了悼念老朋友，他就用"滿城風雨近重陽"開頭，打算續下去，一時卻又找不到好的句子。金風忽然送來陣陣清香，他回顧了一下，發現竹籬周圍的菊花，正開着金黃色的花朵。要在平時，籬菊吐香，多麼令人爽心愜意。然而，詩人正在為老友哀傷呢。謝無逸觸景生情，便寫下了第二句："無奈黃花惱意香。"抱怨菊花，為什麼偏偏要在我十分煩惱的時候吐香呢？這時，天色頓時陰暗下來，風雨大作。他聯想到潘邠老那句詩，接下去寫道："雪浪翻天迷赤壁，令人西望憶潘郎。"謝無逸還寫了另兩首七絕，每首開頭都用了"滿城風雨近重陽"，以表達他對老友的哀悼之情。

（楊兆林）

原文

亡友潘邠老有滿城風雨近重陽之句，今去重陽四日而風雨大作，遂用邠老之句廣為三絕（選一）

宋·謝無逸

滿城風雨近重陽〔1〕，無奈〔2〕黃花惱意香。

雪浪翻天迷赤壁〔3〕，令人西望憶潘郎。

註釋

〔1〕重陽，節令名，農曆九月初九叫"重陽"，又叫"重九"。

〔2〕無奈，無可奈何。

〔3〕赤壁，山名，在湖北黃岡縣城西北江濱。山形截然如壁，而有赤色，故名。

家祭無忘告乃翁

陸游是南宋傑出的愛國詩人。他出生在宋徽宗宣和七年（1125），就在這一年，北方的金國發動了侵宋戰爭。由於宋王朝的軟弱，被金國侵佔了北方大片土地而無力抵抗，只得妥協求和，偏安臨安（今杭州）。陸游的幼年，經歷了兵荒馬亂的生活。他非常痛恨金國侵略者，從小便樹立了抗金收復失地的遠大志向。

陸游天資穎悟，學習勤奮，12 歲時便能寫出優美的詩篇，博得人們的稱賞。陸游是文武雙全的英才，他不僅腹中文采錦繡，還有強健勇力，曾在雪中與猛虎搏鬥，氣勢豪邁。陸游成年後，雖然做過不大不小的幾任官，但由於他的抗金愛國主義立場，受到秦檜等權臣的忌恨。他一再遭到罷官的處分，始終沒有得到朝廷的重用。英雄無用武之地，他只能把一腔愛國情懷傾注於詩篇之中。寫下了大量感人肺腑的作品，是中國歷代大詩人中書寫愛國題材詩篇最多的人。直到白髮蒼蒼的晚年，陸游還是念念不忘被侵佔的中原大地。

八十五歲那年，陸游病倒了。眼看自己的病越來越重，將不久於人世，他便把幾個兒子叫到牀前。兒子們拿來紙和筆，扶起陸游。陸游拿起那支顯得比往常沉重的筆，顫巍巍地寫下“示兒”兩字。只見陸游略加思索，寫下一首七言絕句：“死去元知萬事空，但悲不見九州同。王師北定中原日，家祭無忘告乃翁。”詩的大意是：我本來就知道人死後一切事情都是空的，但令人悲哀的是沒有能親眼看到祖國的統一。要是在將來大宋王朝的軍隊北進平定中原的那一天，你們千萬別忘了在家中祭奠我的亡靈，告訴我這個好消息啊！不久，陸游去世了。他的這首《示兒》詩充分表現了一位愛國詩人的崇高情操，催人奮發向前。

（曹大民）

原文

示兒〔1〕

宋·陸游

死去元知〔2〕萬事空，但悲不見九州〔3〕同。

王師北定中原日，家祭無忘告乃翁[4]。

註釋

〔1〕 陸游死於寧宗嘉定二年十二月。這首《示兒》詩是他臨終前寫的。這是他的遺囑，也是他的壓卷之作。

〔2〕 元知，本來就知道。

〔3〕 九州，泛指全中國。

〔4〕 乃翁，你的父親。

千古絕唱

陸游是南宋的著名詩人，與范成大、楊萬里、尤袤並稱“四大家”。他寫的詞也很優美動人，尤以《釵頭鳳》最為世人傳頌。

南宋高宗時，英俊瀟灑的青年詩人陸游和美麗多才的表妹唐琬成了親。陸游和唐琬從小青梅竹馬，成婚後，兩人情投意合，恩愛非常。卻不料陸游的母親對唐琬非常不滿，硬逼着兒子把妻子休棄掉。陸游雖然不願休棄恩愛的妻子，可是，母命難違。他只得讓妻子住在外面借的房子裏，瞞着母親暗中與妻子相會。但這事很快被陸游母親知道了，她非常生氣，帶了家人吵上門去。陸游見事情已經敗露，無法再相會，只得被迫分離。後來，陸游另娶了王氏，唐琬改嫁趙士程。這對恩愛夫婦雖然被活生生拆散了，但他們的心中仍愛戀着對方。

七年後的一個春天，陸游到會稽（今浙江紹興）禹跡寺南的沈園遊玩。正巧唐琬隨後夫趙士程也來沈園遊春。陸游和唐琬不期而遇，兩人感到又是驚又是傷心，不知說什麼才好。直到唐琬和趙士程已經遠去，陸游還一人呆呆地站在那兒。忽然，有個僕人手端酒菜，走了過來，對陸游說：“這是我家趙相公要我給你送來的。”陸游一問，原來是趙士程按照唐琬的意思讓僕人給自己送來的酒菜。陸游對着酒菜，望着一步步遠去的唐琬的背影，心中更為哀痛，一腔悲緒難以抑制，他拿出隨身所帶的筆硯，在沈園粉白的牆上，題了一首《釵頭鳳》詞。詞的上闋是陸游回憶當年和唐琬結婚不久，在城外春遊，擺開酒菜小酌，妻子用紅潤的手捧起黃縢酒，生活是多麼美好。但轉眼間，美好的生活成了泡影，只留下滿懷愁緒和分離的痛苦！下半闋寫眼前情景，如今同樣是春天，可她比以前消瘦了，她的眼淚一定濕透了手帕。桃花謝了，池台亭閣也冷落起來，過去的山盟海誓雖還未忘卻，但卻連託人給我捎信也辦不到了。

陸游在沈園題詞的事傳到唐琬耳中。唐琬特意再去沈園看了這首詞，不由更加悲傷。回到家中，唐琬也寫了一首《釵頭鳳》："世情薄，人情惡，雨送黃昏花易落。曉風乾，淚痕殘，欲箋心事，獨倚斜欄。難！難！難！人成各，今非昨，病魂常恨秋千索。角聲寒，夜闌珊，怕人尋問，嚥淚裝歡。瞞！瞞！瞞！"由於傷感過度，不久唐琬鬱鬱而死。唐琬的死訊，使陸游悲傷不已。他一直忘不了自己和她深切的情愛，忘不了在沈園的最後相見。陸游多次來到沈園憑弔遺蹤，寫下不少詩篇。他 84 歲那年，還在一首《春遊》詩中寫道："也信美人終作土，不堪幽夢太匆匆。"對於那短暫的美好的愛情生活，感慨不已。一年以後，陸游也離開了人世。千千萬萬善良的人都為陸游和唐琬那淒婉哀怨的愛情悲劇所感動，灑下一掬同情的淚水。

（曹大民）

原文

釵頭鳳

宋・陸游

紅酥手[1]，黃縢酒[2]，滿城春色宮牆柳。東風惡，歡情薄。一懷愁緒，幾年離索[3]。錯！錯！錯！

春如舊，人空瘦，淚痕紅浥鮫綃透[4]。桃花落，閒池閣。山盟[5]雖在，錦書[6]難託。莫！莫！莫！

註釋

〔1〕 酥，軟。紅酥手，形容紅潤柔軟的手。

〔2〕 黃縢酒，即黃封酒，一種官釀的酒。因用黃羅帕或黃紙封口，故稱

黃封酒。

〔3〕 離索，分離孤獨地居住。

〔4〕 浥，濕潤。鮫綃，指手帕，絲巾。這句是説眼淚濕透了紅手帕。

〔5〕 山盟，表示愛情忠貞不二的山盟海誓。

〔6〕 錦書，錦字書。指妻子給丈夫的表達思念之情的書信。

花落花開自有時

南宋時期，浙江台州有一個歌伎名叫嚴蕊，能歌善舞，精通琴棋書畫，又能寫詩作詞，是四方有名的才女。當時台州知府唐仲友，久聞嚴蕊才名，有一次大宴賓客，便叫人把嚴蕊召來。嚴蕊才藝超群，姿容美麗，在酒宴上作了精彩的表演，曼妙的歌喉，婀娜的舞姿，贏得滿堂熱烈喝彩。太守有意要試試嚴蕊的才學，見宴會廳的庭院裏一株株紅白桃花怒放，春意盎然，便指着桃花請嚴蕊即席賦紅白桃花。嚴蕊便走到廊下欣賞桃花，略略思索，轉過身來，對着眾賓客賦《如夢令》詞道："道是梨花不是，道是杏花不是。白白與紅紅，別是東風情味。曾記，曾記，人在武陵微醉。"嚴蕊這首詠物詞很切題，又很有情味，即興之作寫得這樣好，更見她才智過人。客人們拍案叫絕，唐太守也讚不絕口，並拿出兩疋綢緞贈送給嚴蕊。嚴蕊賦紅白桃花的事很快傳開，她的名聲更大了，很多人不遠千里慕名而來，登門拜訪。

後來，道學家朱熹巡按台州，聽到關於嚴蕊的種種傳聞，便向皇帝彈劾唐仲友作風不正，並以有關風化罪將嚴蕊關進監獄。獄吏對嚴蕊嚴刑逼供，要她招認與唐太守有私情。一個弱女子受盡鞭打，但她忍受痛苦，絕不胡亂招供。獄吏又改用好言勸誘，嚴蕊説："身為歌伎，縱與太守有私情，也不至於死罪。然而，這都是沒有的事情，我怎可用不實之詞來玷辱士大夫的聲譽呢！"朱熹抓不到罪證，把案子拖延下來。後來朱熹改官他任，離開了台州，他的職位由岳霖繼任。岳霖上任後，重新調查嚴蕊的案子，感到嚴蕊是無辜的，決定釋放她。

這天，岳霖把嚴蕊叫了出來，説道："你不是很會寫詞嗎？命你當場作詞訴説自己的身世和今後的打算。"嚴蕊估計事情有了轉機，便當場賦《卜算子》詞云："不是愛風塵，似被前緣誤。花落花開自有時，總賴東君主。去也終須去，住也如何住！若得山花插滿頭，莫問奴歸處。"這首詞説自己本不愛這種賣笑生涯，而是命運的安排。命運像花開花落那樣，全賴春之神作主了，委婉地表示了她對岳霖釋放她的企望。她用"山花插滿頭"的村姑形象，表示自己想過男耕女織的正常生活。這首詞寫出了一位流落風塵的女子的真情實感，十分感人。岳霖很同情她，當即宣佈將她無罪釋放，並判令從良。

（湯高才）

原文

卜算子

宋・嚴蕊

不是愛風塵[1]，似被前緣誤[2]。花落花開自有時，總賴東君[3]主。

去也終須去，住也如何住！若得山花插滿頭，莫問奴歸處。

註釋

〔1〕風塵，指歌舞賣笑生涯。

〔2〕這句説，自己淪落風塵，是命運所誤，不由自主。

〔3〕東君，指司春之神。

幾時真有六軍來

公元 1164 年，即宋孝宗隆興二年，北方的金國與宋朝續議和約，議定：宋金為姪叔之國，宋朝每年貢納銀、絹各二十萬；宋金間仍東以淮河、西以大散關為疆界。隆興和議對南宋政權來説，是喪權辱國的條約，這且不説，就從儀禮上來講，也令人難堪。每當金朝使者南來的時候，態度倨傲，南宋的皇帝必須下榻接受對方的國書，日子一久，孝宗有點後悔了。孝宗又想起另一件事：即北宋的末代皇帝宋欽宗的棺柩仍然葬在金朝土地上，沒有南遷。他覺得對不起祖宗，便打算派一名使者到北方去，和金廷交涉，要求歸還欽宗棺柩和重新制定接受國書的儀禮。

乾道六年，即公元 1170 年，孝宗和丞相虞允文商量出使金朝的人選。虞允文提了兩個人：李燾和范成大。孝宗同意了。要他去兩人。虞允文退朝後，先徵求李燾的意見。李燾一口拒絕，說："我去辦這兩件事，金朝是不會同意的。那我就要據理力爭，其結果是可想而知的。這是丞相讓我去送死啊！"虞允文再找范成大談，成大毫不猶豫地同意了。范成大，吳郡（今江蘇蘇州）人，字致能，號石湖居士，當時任起居郎的官職。臨行時，孝宗對成大說："你氣宇不凡，是可以勝任這件大事的。聽說官員們都怕出使，不知道有沒有這回事？"范成大堅決地說："我已不作生還的打算了！"孝宗正式敕封范成大為"金國祈請使"，命他要求金廷歸還欽宗棺柩，並重新制定接受國書的儀禮。

范成大一行人北上，途經北宋舊京汴梁時，停留了幾日。有一天，他們登上天漢橋，南望朱雀橋（汴京舊城的南大門），北望宣德樓（北宋宮城正南的門樓）中間一條御道，行人稀稀落落，十分淒涼。四十多年前，這兒是北宋的都城。御街兩旁，允許商賈設攤買賣，多麼繁華熱鬧。每到春天，道旁桃李開花，爭鮮鬥妍，景色如畫。可是現在呢，已經淪陷四十多年了，收復無望。范成大不禁悲從中來，潸然落淚。在回到賓館的途中，范成大一行人被汴梁的老百姓發覺了。他們用期待和祈求的眼光凝視着宋朝的使者。范成大在金朝接待官員的監視下，無法和百姓們攀談，但他知道百姓們的心情：始終盼望宋軍能夠回來。他回到住處，感慨萬端，揮筆寫了一首七絕《州橋》："州橋南北是天街，父老年年等駕回。忍淚失聲詢使者：幾時真有六軍來？""失聲"形容父老的悲痛，當時，他們不可能詢問使者，這是范成大表達自己的悲憤情緒。"幾時真有六軍來？"這是一個難以回答也無可回答的問題，一方面抒發父老們對苟且偷安的南宋朝廷的失望，一方面表現作者無限的悲憤和感慨。

范成大繼續北上，到了金朝京都，朝見金世宗完顏雍，呈上國書。當時，金強宋弱，完顏雍對宋孝宗的要求自然嗤之以鼻。范成大事先寫好了一封奏疏，要求歸還欽宗棺柩，並重新制定受書儀禮，但金世宗拒絕接受。范成大不卑不亢，一定要把奏疏呈上去。金太子竟欲拔劍殺害成大，但被其他大臣勸止住。為了打發宋朝使臣范成大，金世宗派人寫了一封復書。復書中指責宋廷不顧盟約，不分尊卑，舉動輕率。范成大雖然不畏艱阻，但因國勢孱弱，是難以達到目的的，只得回國覆命。宋孝宗親自接見范成大，雖然沒有完成任務，仍然嘉獎他的忠心耿耿。後來，范成大寫了使金紀行的雜詩七十二首和日記《攬轡錄》一卷，抒發自己的感受。這《州橋》詩就是其中的一首。

（楊兆林）

原文

州橋〔1〕

宋•范成大

州橋南北是天街〔2〕，父老年年等駕〔3〕回。
忍淚失聲詢使者：幾時真有六軍〔4〕來？

註釋

〔1〕州橋，即天漢橋，在北宋汴京宮城南汴河上。
〔2〕天街，即御街，舊稱帝都的街市。
〔3〕駕，車駕，指南宋的皇帝。
〔4〕六軍，古時天子統有六軍，這裏指南宋的軍隊。

夢回吹角連營

辛棄疾（1140—1207），字幼安，號稼軒，是南宋最著名的愛國詞人。他出生以前，北宋王朝已被金人滅亡，家鄉歷城（今山東濟南）淪陷敵手。金朝統治者對漢族人民的殘酷壓迫，在他的心裏播下了仇恨的種子。辛棄疾的祖父辛贊，是個愛國人士。他經常啟發辛棄疾的民族意識，教育和激勵孫兒要不忘故國，立志恢復中原。

公元 1161 年，金朝統治者完顏亮調集四十萬大軍分路南侵，企圖一舉消滅南宋政權。沉重的賦役和殘暴的掠奪激起了北方人民的強烈不滿，山東、河北等地先後爆發了大規模的抗金武裝起義。當時，農民起義軍領袖耿京攻佔了東平府城（今山東泰安），自稱天平軍節度使，節制山東、河北各地義軍，聲勢浩大。辛棄疾也在家鄉集合了一支兩千人的隊伍，投奔了耿京。耿京非常器重辛棄疾，讓他掌管起草軍令文書的工作，重要的軍機大事都請他一起參加謀劃。軍旅生活繁忙而艱苦，但年輕的辛棄疾卻十分喜愛。他渴望有朝一日能夠親自跨馬上陣，為國殺敵。因此一有空閒，他就刻苦地學習騎馬開弓，甚至晚上還經常在月光下舞刀弄劍，練出了一身高強的本領。這時，耿京的部隊已經發展到二十五萬人，分佈在幾百里的廣大地區內。一個秋高氣爽的日子，辛棄疾隨着耿京從東平出發去檢閱部隊。他放眼一望，只見星羅棋佈的營壘連綿不斷，軍號聲此起彼落，顯得十分壯觀。檢閱完畢，耿京下令殺牛宰豬，犒勞全軍將士。入夜以後，熊熊的篝火燃燒起來了，原野上飄散着烤肉的香味。興高采烈的戰士們撥動琴弦，唱出了悲壯的歌聲。這幅動人的情景，給辛棄疾留下終生難忘的印象。

可是時隔不久，金朝統治者穩定了內部，就準備調集大軍前來鎮壓耿京的部隊。辛棄疾考慮到義軍沒有鞏固的後方，難以擊破金兵的進攻，就勸說耿京派人去見宋高宗趙構，率領全軍歸順南宋王朝。耿京採納了他的建議，並且委派將軍賈瑞和辛棄疾為代表，趕到建康（今江蘇南京）去進謁宋高宗。高宗親自接見了他們，立即對耿京、賈瑞等封官嘉獎，隨後就派官員跟着賈瑞、辛棄疾前去接應義軍南歸。誰知就在他們一行返回山東的時候，義軍內部發生叛變，叛將張安國等人刺殺耿京，投降了金朝。二十多萬義軍將士失去了首領，頓時軍心動搖，沒等賈瑞、辛棄疾回到軍中，就已經全部潰散。看到義軍潰散後的淒涼情景，辛棄疾不由義憤填膺。他決心要嚴懲叛徒，為耿京報仇。於是，他立即趕往海州（今江蘇連雲港西南），集合 50 餘位壯士，騎着快馬直撲金兵大營，像天神般地出現在正在營中同金將們開懷暢飲的張安國面前，用刀劍逼住金將，捆起叛徒，跨上馬飛奔出營而去。他們押着叛徒，馬不停蹄地跑過淮河，押送到臨安（南宋都城，今浙江杭州），斬首示眾。從此，辛棄疾就在臨安住了下來。他希望南宋政府能夠派他到抗戰前線去任職，為收復中原貢獻力量。可是幾個月過去了，對他的任命遲遲沒有下達。

一天，他登上高樓，眺望城內的景色，忽見有人騎着馬迎面走來。來人名叫陳亮，也是當時一位著名的愛國志士。他性格豪放，才氣橫溢，聽到辛棄疾勇懲叛徒的事跡後十分欽佩，特地前來登門拜訪。當他走近辛府的時候，迎面遇到一座小橋，就一縱韁繩，準備策馬走過橋去。誰知那馬看見橋面狹窄，兩旁又沒有扶欄，竟把前腿往上一聳，不肯再朝前走了。陳亮用鞭子抽了三次，那馬反而後退三次，激得他怒火直冒，拔出寶劍揮手砍去，一下把馬頭砍了下來，然後徒步過橋去。辛棄疾在樓上看見這幅情景，對陳亮的剛烈性格感到十分驚異，問明陳亮的來由後，馬上把他迎進府中，傾心交談。由於兩人在政治上都堅決主張抗金，志趣相投，因此一直談到深夜才依依不捨地分手。過了幾天，辛棄疾被朝廷任命為江陰簽判。本來他想在臨走前再約陳亮來見面暢談，但派人去找了幾次都沒有碰上。由於公務在身，不能耽擱，他只好帶着遺憾的心情離開臨安，到江陰去赴任。

十多個年頭過去了。辛棄疾由於才幹出眾，治績顯著，已被任命為江西安撫使。官職雖然升得很快，但是南宋王朝執行的對金屈辱求和的國策，使他收復中原的抱負一直無法實現。他曾經根據自己對時局的分析，寫過十篇著名的論文（《美芹十論》）上奏給朝廷，主張南宋政府樹立抗戰的決心，加強軍事實力，並且從臨安向北遷都到金陵，積極作好收復中原的準備。但是這些主張都沒有被採納。每當想起這件事，他總感到鬱鬱不樂。有一天，闊別已久的陳亮忽然來到安撫使衙門。由於遭到當權者的排擠，他至今還是個沒有一官半職的文士。辛棄疾高興地把他請進府中，擺酒接風，暢敘別後的情景。幾杯酒落肚以後，辛棄疾就把自己對南宋統治者偏安江南的不滿情緒傾吐了出來。他說："臨安不是帝王建都之地，隔斷了牛頭山，天下的援兵就無法進來，決開西湖水，全城軍民全都會變成魚鱉，只有死路一條！"

辛棄疾酒後的話語説得越來越激烈，以致一向無所顧忌的陳亮也感到他有些失言了。席散的時候，辛棄疾已經喝得酩酊大醉，由僕人扶送回房睡覺，而陳亮則被安置在廳後的一間書房裏歇宿。夜闌人靜，星斗滿天。陳亮躺在牀上，輾轉不能成眠。他感到辛棄疾雖然豪爽好客，但畢竟同自己只見過兩面，並沒有很深的了解。現在辛棄疾已是一郡之長，如果明天知道酒後失言，就有可能把自己殺掉滅口。陳亮想到這裏，立即披衣下牀，偷了辛棄疾一匹駿馬，趁夜逃回家鄉永康（在今浙江）去了。第二天早晨，辛棄疾剛剛醒來，僕人就向他報告駿馬失蹤，陳亮已經不辭而別。他起初吃了一驚，但很快就料到了事情發生的緣由，於是，他不露聲色地叫僕人拿來紙筆，寫了一首《破陣子》詞，派人送到永康去給陳亮。在這首詞裏，他描寫了自己南歸前所經歷過的戰鬥生活。十多年來，為“了卻君王天下事，贏得生前身後名”，他作了艱苦的奮鬥和不懈的努力，以致兩鬢平添許多白髮，希望陳亮能夠通過這首詞了解自己的為人。

（金文明）

原文

破陣子

為陳同甫賦壯詞以寄之

宋・辛棄疾

醉裏挑燈[1]看劍，夢回吹角連營[2]。八百里分麾下炙[3]，五十弦翻塞外聲[4]，沙場秋點兵[5]。

馬作的盧[6]飛快，弓如霹靂[7]弦驚。了卻君王天下事[8]，贏得生前身後[9]名，可憐[10]白髮生！

註釋

〔1〕挑燈，撥亮燈光。

〔2〕夢回，從夢中醒來。吹角連營，響着號角的連綿不斷的兵營。

〔3〕八百里，《世説新語・汰侈》：“王君夫（愷）有牛，名八百里駁。”這是語含雙關，既指牛，也兼指營地的廣闊。麾下，部下。炙，烤肉。這句是説：八百里的營地中，把烤熟的牛肉分送給部下。

〔4〕五十弦，古代的瑟有五十根弦，這裏泛指樂器。翻，演奏。塞外聲，反映邊塞戰鬥生活的樂曲。

〔5〕沙場，戰場。點兵，檢閱軍隊。

〔6〕的盧，駿馬名。相傳劉備曾經騎着的盧"一踴三丈"，從河中跳出。

〔7〕霹靂，本指雷聲，這裏比喻弓弦的響聲。

〔8〕了卻，完成。君王天下事，指收復中原等大事。

〔9〕身後，死後。

〔10〕可憐，可惜。

人道寄奴曾住

宋寧宗開禧元年（1205）三月，六十多歲的辛棄疾被朝廷任命為鎮江知府。他雖然年老多病，但愛國熱情不減當年，仍抓緊練兵。當時，朝廷以韓侂胄為相，軍事上毫無作為。辛棄疾看在眼裏，憂在心頭。

深秋的一天，他獨自登上北固亭。亭在鎮江東北的北固山上，下臨長江，三面環水，是登臨的勝地。他縱目遠眺，祖國的山山水水盡在眼前。然而北方的大片土地，卻淪陷在金人手中。他感慨萬端，浮想聯翩，兩位歷史上的英雄人物躍現在他的面前。三國時吳主孫權（字仲謀），創業於京口，曾和劉備聯軍大破曹操軍隊於赤壁，從而奠定了東吳政權。他寫下了著名的《永遇樂•京口北固亭懷古》。"千古江山，英雄無覓、孫仲謀處。"意思是說，英雄孫仲謀，已經無處尋覓了。接着寫道："舞榭歌台，風流總被，雨打風吹去。"意思是說：六朝時代的建築物和當時的歌舞繁華景象，經過風吹雨打，都消失了，說明歷史的變遷。辛棄疾又想起第二個英雄人物——南朝宋武帝劉裕來。劉裕小名寄奴，早年居住京口，家貧。後為東晉北府兵將領，曾擊敗桓玄，屢立戰功，官至相國，後代晉稱帝，改國號為宋。辛棄疾寫道："斜陽草樹，尋常巷陌，人道寄奴曾住。想當年，金戈鐵馬，氣吞萬里如虎。"這幾句是說：當年劉裕，出身平常，他率領着精強兵馬征伐，英勇無敵，所向披靡，大有氣吞山河的氣概。詞的上闋寫好了。辛棄疾構思下闋，立刻聯想到劉裕的兒子——宋文帝劉義隆來。劉義隆在和北魏太武帝拓跋燾的對抗中，輕舉妄動，急於建功，草草地派王玄謨北伐。元嘉年間滑台一仗，被拓跋燾殺得大敗。辛棄疾寫道："元嘉草草，封狼居胥，贏得倉皇北顧（急急忙忙南逃時回看追敵）。"再聯想到四十三年前的事：那是紹興三十二年（1162）冬十月間，金主完顏亮渡淮侵宋。北方將領耿京也隨即派賈瑞和辛棄疾南來與宋廷聯絡。正當金軍準備強渡長江時，完顏亮被部下射殺，揚州路上一片烽火。辛棄疾一行渡江南來。從那年秋天到開禧元年（1205）秋他登上北固亭，恰好四十三年。京口對岸就是揚州的瓜洲渡。詩人寫道："四十三年，望中猶記，烽火揚州路。可堪回首，佛狸祠下，一片神鴉社鼓。"這幾句是作者抒發自己的感歎：朝廷但求苟安，直到如今，還是社鼓神鴉，粉飾太平，真是不堪回首！辛棄疾聯繫自己，藉趙王不認同老將廉頗的故事，表示憤恨："憑誰問：廉頗老矣，尚能飯否？"

幾天之後，辛棄疾在府裏舉行宴會。歌女們演唱了他的舊作《賀新郎·甚矣吾衰矣》和新作《永遇樂·京口北固亭懷古》，客人們齊聲讚好。辛棄疾興致勃發，也唱起他這兩首詞中的得意句子。他先唱《賀新郎》中的警句："我見青山多嫵媚，料青山見我應如是。""不恨古人吾不見，恨古人不見吾狂耳。"他一邊唱一邊用手擊桌子打節拍。接着，又唱《永遇樂》中的警句："千古江山，英雄無覓、孫仲謀處。""尋常巷陌，人道寄奴曾住。"剛一唱完，客廳裏爆發出一片掌聲和讚美聲。辛棄疾並沒有陶醉，而是虛心地請客人們提意見，客人們異口同聲地誇讚寫得好。辛棄疾一再向客人徵求意見，最後，當他問到抗金名將岳飛的孫子岳珂，岳珂年紀輕，就直率地說："辛帥的詞，雄視千古，自成一家。晚生無知，豈敢妄言？不過，辛帥既然不棄芻蕘，晚生不才，只得冒昧以呈了。"辛棄疾聽了十分高興，鼓勵他放膽直言。岳珂就說："前一首《賀新郎》寫得慷慨激昂，很有氣派，只是前面'我見青山多嫵媚，料青山見我應如是'，與後面'不恨古人吾不見，恨古人不見吾狂耳'似嫌雷同。"辛棄疾頻頻點頭。岳珂接着說："後一篇《永遇樂》，一連用了吳大帝孫權，宋武帝劉裕，宋文帝劉義隆，趙國大將廉頗等四個典故，不熟悉史實的人，怎能聽得懂呢？”辛棄疾剛一聽完，連聲説：“岳公子這話正好抓準了我的毛病，我就是愛用典故啊！”説完，他滿斟了一杯酒，雙手遞到岳珂手中，表示謝意。

（楊兆林）

原文

永遇樂 京口〔1〕北固亭懷古

宋・辛棄疾

千古江山，英雄無覓、孫仲謀處。舞榭〔2〕歌台，風流總被，雨打風吹去。斜陽草樹，尋常巷陌，人道寄奴曾住。想當年，金戈鐵馬，氣吞萬里如虎。

元嘉〔3〕草草〔4〕，封狼居胥〔5〕，贏得倉皇北顧。四十三年，望中猶記，烽火揚州路。可堪〔6〕回首，佛狸祠〔7〕下，一片神鴉社鼓〔8〕。憑誰問：廉頗〔9〕老矣，尚能飯否？

註釋

〔1〕京口，即今江蘇鎮江市。三國時，孫權曾建都於此，是江防的戰略要地。

〔2〕榭，築在高台上的敞屋。

〔3〕元嘉，南朝宋文帝劉義隆的年號，藉以指代文帝。

〔4〕草草，冒失。

〔5〕封狼居胥，封指封山包；古時在山上築壇祭天的一種儀式。狼居胥，山名，在今內蒙古自治區西北部。

〔6〕可堪，怎能。

〔7〕佛狸祠，北魏太武帝拓跋燾小名佛狸。這裏借佛狸説金主完顏亮，因為後者是被嘩變的部下亂箭射殺於揚州瓜步鎮龜山寺的。

〔8〕神鴉社鼓，神鴉，啄食祭品的烏鴉。社鼓，社日祭祀時敲的鼓聲。

〔9〕廉頗，戰國時趙國名將，後不被重用。這裏作者用以自比。

壯歲旌旗擁萬夫

辛棄疾一生堅持抗金，淳熙八年（1181），在他 42 歲時，由於長年受到朝廷主和派的打擊和排擠，被迫離開仕途。他到信州鉛山（今屬江西省）的鄉下閒居，一住就是二十年。歲月蹉跎，國仇未報，壯志難酬，辛棄疾漸進晚年了。他雖然在栽花種樹，但經常流露出悲憤的情緒。

一天，在鉛山別墅裏，他接見了一位青年時代的抗金戰友。久別重逢，免不了感慨萬端。那位朋友說："想當年，你我馳騁沙場，橫掃金虜，何等氣概！想不到罷官出朝，閒居僻野，都兩鬢生霜了，怎不叫人嗟歎！"辛棄疾憤憤地說："中原淪陷已經六十多年，北方父老日夜仰望王師北伐，可是朝廷一味苟且偷安，竟向金人稱臣納幣！"朋友說："這真是我們民族的奇恥大辱。"辛棄疾氣憤地以手擊桌，震得桌上的酒杯潑出了酒："這些誤國害民的賣國賊必將遺臭萬年！"他和朋友暢敘多時，一吐為快。辛棄疾送走老朋友，已是掌燈的時候。他的心情萬分激動，往事歷歷在目，顧不得書僮送來的熱茶，坐在書桌旁，提起筆來，凝神構思，腦子裏浮現出四十年前自己奮勇殺敵的戰鬥情景。他寫出了《鷓鴣天》的上闋："壯歲旌旗擁萬夫，錦襜突騎渡江初。燕兵夜娖銀胡䩮，漢箭朝飛金僕姑。"自己當時正是壯年，率領着精鋭的錦衣騎兵，渡江和金兵作戰。戰士們夜間拿了箭袋，一早就和敵人鏖戰。寫完上闋，辛棄疾又回憶到南歸之後，主和派與金議和，簽訂了屈辱投降的"隆興和議"。他寫了《美芹十論》獻給宋孝宗，堅決主張以戰爭收復中原，政治上自治圖強，後來，又寫了《九議》，但都如石沉大海。想着想着，又寫了下闋："追往事，歎今吾。春風不染白髭鬚。卻將萬字平戎策，換得東家種樹書。"想不到自己寫的數萬字的抗金奏章，卻換來了東鄰的"種樹書"，不禁唏噓嗟歎。第二天，他讓書僮把這首詞送給他的這位朋友，讓朋友也能知道他的心情。從這首詞裏，我們不僅能感受到他的愛國精神，也可看出他是怎樣運用藝術手法來反映生活和抒發感情的。

（楊兆林）

原文

鷓鴣天[1]

有客慨然談功名，因追念少年時事，戲作。

宋‧辛棄疾

壯歲旌旗擁萬夫，錦襜突騎[2]渡江初。燕兵[3]夜娖[4]銀胡䩮[5]，漢箭朝飛金僕姑[6]。

追往事，歎今吾。春風不染白髭鬚。卻將萬字平戎策[7]，換得東家種樹書[8]。

註釋

〔1〕 鷓鴣天，詞牌名。

〔2〕 錦襜突騎，精鋭的錦衣騎兵。襜，繫在衣服前面的圍裙。

〔3〕 燕兵，指北方籍宋兵。

〔4〕 娖，通"捉"。握的意思。

〔5〕 銀胡䩮，銀色或鑲銀的箭袋。

〔6〕 金僕姑，箭名。

〔7〕 平戎策，平定當時入侵者的策略。這裏指作者所著《美芹十論》等論恢復中原的文章。

〔8〕 換得東家種樹書，表示退休歸耕。東家，東鄰的農家。

鄭廣罵官

南宋時，東南沿海的莆田、福州（在今福建）一帶，有個著名的海盜鄭廣，綽號滾海蛟。他本來是個貧苦的漁民，由於不堪忍受官府和漁霸的殘酷剝削，就聚集起一幫窮哥兒們揚帆出海，做起海盜來了。他們從來不搶貧苦百姓，專門跟官府和地主作對。福州附近的漁霸被他們殺掉了好幾個，其餘的一聽鄭廣的名字就嚇得魂不附體。因此無以為生的漁民經常去投奔他，海盜的勢力日益壯大。南宋政府曾經多次下令沿海州郡派兵搜捕鄭廣。但是那些地方官員大多腐敗不堪，只知道貪財享樂，不願出海打仗。在朝廷的一再嚴令催促下，福州、莆田的守將才不得不率領官軍前去搜捕。在海戰中，海盜們作戰非常勇敢，經常把官軍打得狼狽潰逃。政府見無法用武力鎮壓鄭廣，就決定改用軟的一手：一面下詔沿海州郡不再出海搜捕，一面派出使者去招撫鄭廣，告訴他只要歸順朝廷，不但可以既往不咎，而且還能讓他到府城去做官。

鄭廣和他的徒眾本來都是走投無路才去當海盜的。雖然他們經常打敗官軍，但是常年飄泊無定的海上生活畢竟十分艱苦，聽到朝廷的詔命以後，許多人的心開始動搖起來，想起了陸上的家園，紛紛勸說鄭廣接受招安。鄭廣最終接受了朝廷的詔命，遣散部屬，跟着使者返回福州。但是他向朝廷提出請求，希望把他派到沿海地區去守衛。於是朝廷任命他為延祥寨的駐軍將領。延祥位於閩江的入海口，軍事地位十分重要，直屬福建安撫司管轄。每月初一和十五兩天，各地的文武官員都要集中到福州去參加例行的會議，商議軍政事務。鄭廣每次都參加。 可是，官僚們都知道鄭廣的過去，認為他出身卑微，又當過海盜，很看不起他。只要一見鄭廣來了，就心照不宣地紛紛走開，誰也不跟他説話，鄭廣感到非常氣憤。

有一次，又到了例會的日期。那天早晨，鄭廣來到安撫司衙門，還未走上大堂，只見官員們都三三兩兩地站在廊簷下閒聊，好像沒有看到他一樣。鄭廣憋着一口氣從旁邊走過，忽然聽得有人在談論寫詩的事情。 這時，他靈機一動，想到了一個出氣的辦法，當即回過身去大聲説道：“諸位同僚，剛才聽得有人在談詩。我鄭廣是個粗人，也有一首拙劣的詩想讀給大家聽聽。”事發突然，一時之間竟沒有人吭聲。大家聽鄭廣説自己能夠做詩，都感到有點出乎意料，不約而同地轉過頭去，想聽聽鄭廣唸出來的是一首什麼樣的詩。鄭廣捋了捋鬍子，輕輕地咳了一聲，就放開嗓門朗吟起來：“鄭廣有詩上眾官，文武看來總一般……”官僚們聽這通俗而毫無文采的話，不由哄堂大笑起來。鄭廣等他們笑過之後，繼續大聲地朗吟下去：“眾官做官卻做賊，鄭廣做賊卻做官。”這兩句詩一出口，就像悶雷一樣沉重地打在這幫官僚們的頭上，整個廳堂頓時變得鴉雀無聲。鄭廣看着他們個個臉上都現出了狼狽的神色，感到心頭的怨氣總算出了，就一揮袍袖，頭也不回地走出衙門，回駐地延祥去了。不久，這首嘲弄文武官僚的小詩，就不脛而走，傳遍了福州全城。

（金文明）

原文

文武詩

宋•鄭廣

鄭廣有詩上眾官，文武看來總一般〔1〕。
眾官做官卻做賊〔2〕，鄭廣做賊卻做官〔3〕。

註釋

〔1〕 文武，指文臣武將。總，都。一般，一樣。

〔2〕 做官卻做賊，指眾官表面上是官，背地裏卻在搜刮錢財，殘害百姓，像做賊一樣。

〔3〕 做賊卻做官，指自己雖然當過海盜，卻從來沒有危害過百姓，就像朝廷命官一樣。

留取丹心照汗青

文天祥是南宋末年著名的民族英雄和傑出詩人。他在風華正茂的20歲那年，就以第一名進士的身份踏入仕途。但因為他為人正直，不肯對權貴阿諛奉承，因此，二十幾年後，還仍然只是一個中級官員。當時，北方的蒙古族日益強盛，成吉思汗完成了蒙古族內部的統一。隨後，不斷向外擴張。公元1224年，滅女真族政權金國。公元1235年起，兵鋒直逼南宋。成吉思汗的孫子忽必烈繼位，國號“元”。在元軍的壓力下，南宋軍節節敗退。元軍兵臨南宋首都臨安城下。在國家危亡之秋，文天祥同大將張世傑等奏請集中兵力背城死戰，掩護皇室由海路撤退到閩、粵一帶。南宋皇室卻決定投降。他們向元軍奉獻降表，臨安不戰而下，結果，皇帝和許多大臣都被元軍擄掠北去。押送途中，文天祥乘元軍不備，趁夜逃出元營。中途，他聽説張世傑已在福州立益王趙昰為帝，圖謀恢復南宋江山。文天祥日夜兼程，趕到福州，朝廷任命他為右丞相兼樞密使，都督諸路軍馬。公元 1275 年，在文天祥、張世傑的共同努力下，南宋軍收復浙江、江西一帶若干失地。但終於寡不敵眾，不久，又被迫從惶恐灘一帶撤兵。

公元 1278 年，文天祥在五坡嶺（今廣東海豐北）遭到元軍突然襲擊，不幸被俘。元軍統帥張弘範聞訊大喜，把他軟禁軍營，天天美酒佳餚，待如"上賓"。文天祥睹此情景，感到其中必有陰謀。原來，這時張世傑已把朝廷所在地遷至厓山（今廣東新會縣南）。厓山地勢險峻，四周環海，難攻易守。元軍屢次進攻，傷亡慘重，但未能攻克。所以張弘範想勸降文天祥，並利用文天祥誘使厓山將士歸降。張弘範迫使文天祥隨軍去厓山。船經過零丁洋（今廣東珠江口外），厓山已是在望。張弘範軟硬兼施，百般脅迫文天祥投降，並要他寫信招降張世傑。文天祥決心以身殉國，他斷然拒絕了張弘範的要求，嚴正地説："國家猶如父母，我不能捍衛父母，難道反教人背叛父母？"他拿起一首剛寫畢的詩稿——七律《過零丁洋》擲給張弘範，並正氣凜然地把詩吟誦了一遍。這首詩前六句沉痛地述説了國破家亡的悲憤心情。最後兩句是"人生自古誰無死，留取丹心照汗青"。意思是説自古以來，人皆有死，自己寧死也要留下赤膽忠心，彪炳史冊。張弘範逼降失敗。文天祥威武不屈，保持了崇高的民族氣節。後來，他終於犧牲在元軍的屠刀下。但他的浩然正氣，受到後人的欽慕。他的這兩句詩更一直鼓舞着不少英雄志士不怕犧牲，成仁取義的決心。

（王國安）

原文

過零丁洋

宋・文天祥

辛苦遭逢起一經[1]，干戈寥落四周星[2]。

山河破碎風飄絮，身世浮沉雨打萍。

惶恐灘頭說惶恐，零丁洋裏歎零丁[3]。
人生自古誰無死，留取丹心照汗青[4]。

註釋

〔1〕遭逢，遭遇。起一經，依靠了精通經籍，考試得中，開始做官。

〔2〕干戈，古代的兵器，這裏指戰爭。寥落，荒涼冷落。四周星，四年；作者從公元 1275 年起兵抗元，到 1278 年被俘。

〔3〕惶恐灘，在今江西萬安縣，急流險惡。“說惶恐”、“歎零丁”，即承上句“身世浮沉”。

〔4〕丹心，赤紅的心。汗青，指史冊。

化作啼鵑帶血歸

公元 1278 年，元軍統帥張弘範率領幾十萬大軍長驅南下，向退守到廣東的宋軍發起進攻。當時，正在潮陽的南宋丞相文天祥得到消息，一面派人趕往厓山向朝廷報告，一面移軍海豐，準備結營固守抵抗。12 月間，文天祥來到了海豐，元軍先頭部隊已隨後緊緊追來。由於叛徒陳懿充當了敵人的嚮導，元軍派出輕騎直撲宋軍營地。經過一場激戰，宋軍全線崩潰。文天祥見大勢已去，吞下毒藥準備以死殉國。由於藥量不足，他被搶救過來了。元軍將領派人把他送到潮陽去見張弘範，押隊的軍官對他說，見了張元帥必須跪拜行禮。文天祥堅決拒絕道：“我是宋朝的大臣，兵敗被俘，唯死而已，決不會屈膝下跪！”押隊的軍官沒有辦法，只好去向張弘範請示。張弘範說：“文天祥是個不怕死的忠臣，千萬不能用強相逼。”他命人把文天祥請進大營，以禮相待。文天祥不為所動，口口聲聲只求一死。張弘範派人護送文天祥到後營，嚴加看守。不久，決定南宋王朝命運的最後一場戰鬥，終於在廣東新會以南、厓山附近的海面上展開了。

1279 年 2 月的一個早晨，天色昏暗風雨交加，幾百艘元軍戰艦張起帆篷，乘着狂風，向宋軍的船隊直衝過去。在猛烈的炮火和震天的喊殺聲中，宋、元兩軍展開了空前激烈的搏鬥。戰鬥一直延續到中午以後。兇悍的元軍終於突破宋軍的西南防線，奪取了大批戰艦。整個形勢開始急轉直下。眼看戰局已經無法挽回，南宋禮部侍郎陸秀夫便背着 9 歲的小皇帝趙昺跳進了波濤洶湧的大海。無數不願降敵的將士都紛紛投海殉國。厓山統帥張世傑也在突圍中遭到颶風襲擊，壯烈犧牲。南宋王朝滅亡。整整一天的激戰中，文天祥目睹了南宋將士浴血奮戰直至全軍覆沒的景象，更堅定了死不降敵的決心。兩個月過去了，張弘範一次又一次地以高官厚祿勸誘文天祥歸順元朝，都遭到了文天祥的嚴辭拒絕。最後，張弘範感到實在無法可想，只好根據元朝政府的命令，派鎮撫石嵩押送文天祥北上，前往燕京。文天祥有個同鄉好友鄧光薦，先前也在厓山朝廷任職。這次他在跳海後被元軍救起。張弘範特地讓他和文天祥結伴同行，以示優容。在這漫長的萬里行途中，能夠同久別的好友朝夕相處，文天祥的心總算得到了一點慰藉。

4 月下旬，他們從廣州啟程，一路跋山涉水，來到了廣東和江西交界處的梅嶺。梅嶺以北是文天祥的家鄉，押隊的石嵩擔心那裏有文天祥的舊部聚眾劫走文天祥，就立即加以防範。一過梅嶺，石嵩便下令改走水路。文天祥決心死在家鄉廬陵（今吉安），不願意跟着元人北上了。上船以後，他就開始拒絕進食。他讓隨從孫禮帶着自己寫的一篇《告先太師墓文》，趕到家鄉祖墳前去焚化祭奠，約定六月初二在廬陵城下會合，然後自己不再向北前進。六月初一船到廬陵時，岸上不見孫禮的蹤影，文天祥只好再等。又過了三天，船到豐城以後，他才發現孫禮被元人扣留在另一條船上。原來石嵩根本沒有讓孫禮上岸，他用這種欺騙的手段，使文天祥的打算落了空。天祥絕食已經 8 天，身體十分衰弱。石嵩非常恐慌，生怕文天祥一死，自己無法向上司交代，就苦苦懇求文天祥進食。文天祥感到既然廬陵已過，自己即使死去也在異鄉了，決定停止絕食，等以後尋找機會再從容就義。船到隆昌（今南昌）以後，穿過煙波浩渺的鄱陽湖，進入滾滾東去的長江。這天，鄧光薦偷偷地進艙來告訴文天祥，説船到建康（今南京）後要停留一段時間再北上。這個消息，給處在絕境中的文天祥，帶來了一線新的希望。他記得 3 年前，自己第一次陷入敵手，被押解北上來到鎮江時，就是由於幾天的停留，才逃出虎口的。誰能說這次在建康就沒有脫身的機會呢？他的心開始振作起來了。6 月 20 日，船到建康。文天祥和鄧光薦被安置在金陵驛中暫住。兩人立即抓緊時間，開始密商脫逃的辦法。由於元軍對天祥的看管十分嚴緊，因此兩人研究決定的計劃，只能由鄧光薦尋找機會暗暗地去進行。可是，鄧光薦自己的行動也受到嚴格的限制，連驛館的二門都不能出入。他只好叫孫禮儘快同看守的元軍搞熟，每隔兩三天就找個藉口上街去買些筆墨詩箋之類的零星雜物,想盡辦法同隱伏在建康城中的義士接頭。

機會終於來了。一天，孫禮剛剛在青溪街口買好詩箋，突然有個中年漢子在背後拉了下他的衣袖。孫禮跟着他拐進小巷，那人低聲說，自己是文丞相的舊部，已經集結了幾十名義士，準備在文天祥渡江時前來營救。那人又取出一塊繡有紅條的白色方綢交給孫禮，要他在渡江那天繫在身上作為信號，然後就匆匆地走了。孫禮回到驛館就把這個喜訊告訴給鄧光薦，文天祥和鄧光薦感到無限的欣慰。可是，孫禮的幾次外出，已經引起了石嵩的警惕。關於有人準備劫救文天祥的說法，他早就有所風聞。為了以防萬一，他下令把孫禮從文天祥身邊調開，單獨囚禁起來，同時將鄧光薦別行押送到天慶看管。眼看脫身的希望一下子完全破滅，文天祥的心裏充滿了難言的痛苦和悲憤。傍晚他站在驛樓上推窗遙望蒼茫的暮色，只見離宮映帶着西下的夕陽，滿地蘆花在秋風中搖曳，感到自己就像天際的流雲那樣孤獨無依。對於歷盡艱險的文天祥來說，早已把生死置之度外，遺憾的是，從此他再也不能為宋室的復興繼續奮鬥了。他在悲憤中疾步走回桌旁，奮筆寫下了兩首著名的《金陵驛》詩，表達了自己以死殉國的決心。渡江北上的時刻終於來到了。由於元軍在江面和兩岸佈設重兵嚴加防衛，義士們的營救計劃沒有能夠實現。“從今別卻江南日，化作啼鵑帶血歸”。文天祥默誦着這兩句詩，懷着視死如歸的決心，坦然踏上了北行的征途。

（金文明）

原文

金陵驛[1]（二首選一）

宋·文天祥

草合離宮轉夕暉[2]，孤雲飄泊復何依！
山河風景元無異[3]，城郭人民半已非[4]。
滿地蘆花和我老， 舊家燕子傍誰飛[5]。
從今別卻江南日， 化作啼鵑帶血歸[6]。

註釋

〔1〕金陵，南宋建康府治，古稱金陵，即今江蘇南京市。驛，驛館，古時供遞送公文的人或來往官員暫住的地方。

〔2〕離宮，帝王出巡時臨時居住的館舍。轉，移動。夕暉，傍晚的陽光。

〔3〕此句用《世説新語·言語》篇的典故：西晉滅亡後，北方南渡的名士在建康亭聚飲，座中有人歎道：“風景不殊，正自有山河之異！”元，同“原”，本來。

〔4〕此句用《搜神後記》的典故：漢丁令威學道於靈虛山，後來化鶴回到遼東，徘徊作歌，其中有“城郭如故人民非”之句。

〔5〕唐杜甫《歸燕》詩有“故巢倘未毀，會傍主人飛”之句，劉禹錫《烏衣巷》詩有“舊時王謝堂前燕，飛入尋常百姓家”之句，都是寫時勢變亂以後的興亡之感的。這裏化用前人的典故，表達相同的意思。

〔6〕古代傳説，杜鵑為蜀帝杜宇所化，鳴聲似“不如歸去”。《格物總論》説它“三四月間，夜啼達旦，其聲哀而吻有血”。作者這裏以杜鵑自比，表達了忠於故國的思想感情。

寧可枝頭抱香死

鄭思肖（1241—1318），字憶翁，號所南，連江（今屬福建省）人，宋末詩人、畫家。南宋被元朝滅亡以後，他隱居蘇州，種田 30 畝，以此為生。他最擅長畫蘭花，畫的蘭花全都離地露根。最初，人們不理解他的用意，後來才知道，他是以畫寄志。意思是，國土被敵人奪去，自己不願當亡國奴。

蘇州知府聽說鄭思肖在他境內，便派了一位親信幕僚去拜訪鄭思肖，轉達知府對鄭思肖的賞識，希望他畫兩幅畫送給知府大人。鄭思肖知道這位知府的為人，甘心投敵，平時魚肉鄉民，便婉言謝絕了。那幕僚碰了個軟釘子，回去如實向知府彙報。過了十多天，知府又派了另一位幕僚再去向鄭思肖索畫。這位幕僚和鄭思肖有一面之交，很有把握地來到鄭家，不料剛道出來意，鄭思肖便斷然拒絕了。那位幕僚見軟的不成，便威脅說："老友在蘇州治下，一點面子不給，恐怕未必妥當吧！"鄭思肖鐵板着面孔，冷冷地要來人回去傳話："頭可斷，蘭不可得！"那幕僚討了個沒趣，悻悻地走了。鄭思肖心情久久不能平復，凝望着庭園中的一叢菊花，在北風中挺立着，頓時豪情滿懷，他立刻揮筆，畫了一幅菊花，題上一首七絕："花開不併百花叢，獨立疏籬趣未窮。寧可枝頭抱香死，何曾吹落北風中。"前兩句寫菊花遠離百花叢，獨自開放，表示自己不與元朝合作，並引以自豪。後兩句寫菊花寧願抱着香氣枯死枝頭，決不被北風吹落，表示自己寧死不肯向元朝投降的決心。鄭思肖其他的詩和畫，都是有所感憤而作，反映了一個藝術家的民族氣節。

（楊兆林）

原文

畫菊

宋 • 鄭思肖

花開不併百花叢，獨立疏籬趣未窮。

寧可枝頭抱香死，何曾吹落北風中。

斷魂千里

南宋末年，位於洞庭湖畔的岳州（今湖南岳陽）城裏，住着一對年輕的夫婦。丈夫名叫徐君寶，出身書香門第，很有才華，妻子也是一位聰明美麗的淑女，兩人才貌相當，情意相投，生活過得十分美滿。可是好景不長，他們歡樂的生活，很快就在戰火的摧殘下，像春夢一樣地煙消雲散。

公元1275年春，沿着漢水長驅南下的元朝軍隊，迅速地進入湖南，攻佔岳州。徐君寶夫婦不幸落入元軍之手，徐妻年輕美麗被元軍強行掠走，徐君寶也被打成重傷，氣絕身亡。被送進城中元軍大營的徐妻，當時並不知道君寶已死。她決心盡力保住清白，免遭敵人的凌辱，等待與丈夫重逢。果然，從被俘開始，一位元兵將領就垂涎徐妻美貌，幾次想羞辱她，都被她巧妙解脫。一年後，元軍攻陷了南宋都城臨安，徐君寶妻也被押解到杭州，拘留在南宋初年抗金名將韓世忠故居中。那位元將再也按捺不住心頭的慾念，準備強娶徐妻，並告訴徐妻徐君寶已死的消息。徐妻悲憤難抑，但仍鎮定地請求元將寬緩一天，待她祭奠過亡夫以後，再與之行禮成親。當夜，徐妻點起一炷香，默默地朝着南方遙拜祝禱。透過模糊的淚眼，她彷彿看到了久別的故鄉。那時"漢上繁華，江南人物，尚遺宣政風流。綠窗朱戶，十里爛銀鈎"，到處是一派升平氣象。可是轉眼之間，侵略者的鐵蹄就把南宋的半壁江山蹂躪得滿目瘡痍，風捲落花愁。一年多來，她始終懷着這樣的希望：君寶還活在人間，有朝一日自己也會脫離魔掌，同他破鏡重圓。現在，這個希望終於最後破滅了。她只有以身相殉，讓自己的魂魄返回千里以外的故鄉，和夫君相會。

想到這裏，她的心情反而平靜了下來，取出紙筆，把剛才馳騁在腦海中的情景，寫成了一首著名的《滿庭芳》詞。然後整好衣裳，輕輕推開角門，向着園中的水池走去。第二天清晨，侍女們在池上發現了徐妻的遺體。當時，元將府附近住着一位文士徐子祥，聽到徐妻殉身的消息後，對這位堅貞不屈的烈女十分欽佩。他想方設法託人把《滿庭芳》詞抄錄下來，傳播開去。從此徐妻的事跡才為世人所知，這首哀怨沉痛的遺作也一直流傳到後世。

（金文明）

原文

滿庭芳

宋・徐君寶妻

漢上〔1〕繁華，江南人物，尚遺宣政風流〔2〕。綠窗朱户〔3〕，十里爛〔4〕銀鈎。一旦刀兵〔5〕齊舉，旌旗擁、百萬貔貅〔6〕。長驅入，歌台舞榭〔7〕，風捲落花愁。

清平三百載〔8〕，典章文物〔9〕，掃地俱休〔10〕。幸此身未北〔11〕，猶客南州〔12〕。破鑒徐郎〔13〕何在？空惆悵〔14〕、相見無由。從今後，斷魂千里，夜夜岳陽樓〔15〕。

註釋

〔1〕漢上，泛指漢水流域一帶。

〔2〕遺，保留着。宣政，宣和（1119—1125）、政和（1111—1118），都是宋徽宗年號。風流，這裏指社會生活、文化等方面的風尚和氣象。

〔3〕綠窗朱戶，綠色的紗窗和紅色的門戶。

〔4〕爛，光彩鮮明。銀鈎，銀製的簾鈎。

〔5〕刀兵，泛指兵器。

〔6〕旌旗，多指軍旗。貔貅，古代傳説中的猛獸，這裏借指入侵南宋的元軍。

〔7〕榭，建築在台上的房屋。

〔8〕清平，太平。三百載，宋朝從公元960年建國，到1279年被元朝滅亡，共三百多年。

〔9〕典章文物，泛指制度、法令、文化典籍等。

〔10〕掃地俱休，一掃而空，形容破壞無餘。

〔11〕未北，沒有被擄掠到北方去。

〔12〕南州，南方，這裏指杭州。

〔13〕鑒，鏡子。破鑒徐郎，即指南朝陳駙馬徐德言與妻子樂昌公主，在亡國後，憑藉一半銅鏡，破鏡重圓的故事。這裏的“徐郎”語含雙關，

作者實際上是指自己的丈夫徐君寶。

〔14〕惆悵，因失意而哀傷。

〔15〕岳陽樓，在岳州（今湖南岳陽）西北角城樓上，是古代登臨遊覽的名勝之地。

遼金元

惟有知情一片月

在內蒙古自治區東南部鬱鬱葱葱的慶雲山中，埋葬着遼代聖宗、興宗、道宗三代皇帝。民國初年，這三座皇陵都被先後盜掘。在發掘出土的大量文物中，值得重視的是這些皇帝及皇后的哀冊。特別是遼道宗宣懿皇后的哀冊，在歌頌這位皇后的種種懿德後，還有"青蠅之舊污知妄，白璧之清輝可珍"等字句，揭示了她受誣而死的宮廷慘劇。

宣懿皇后，姓蕭，小字觀音，出生於一個顯赫的契丹貴族家庭。父親蕭惠，是遼國的皇親國戚，曾任北院樞密使。蕭觀音美麗、端莊，自幼能吟詩，還能譜寫歌曲，特別善彈琵琶，被人們視為絕代佳人。遼道宗耶律洪基在當燕趙國王時，聞知蕭觀音的才貌，便聘納她為妃。兩年後，耶律洪基繼承了遼國的皇位，即冊封她為皇后。此時，她才16歲。此後，性格婉順、多才多藝的蕭皇后曾長期獲得遼道宗的寵愛，她的兒子耶律濬也被遼道宗立為皇太子。然而，遼道宗卻是個昏庸的皇帝，他常常遠出射獵，把國家大事置諸腦後。蕭皇后深以為憂，便模仿漢代大文學家司馬相如的文筆，寫了篇《諫獵疏》，勸告遼道宗以國事為重。對於皇后的忠告，遼道宗雖然無法反駁，但覺得皇后拂逆自己的意願，內心頗為不快。

蕭皇后30多歲時，顏色漸衰。遼道宗便另覓新歡，與皇后日益疏遠。見此情景，蕭皇后十分悲哀。她作了情意纏綿的《回心院》詞十首，表達了她的孤寂、痛苦，和她對遼道宗的一往深情，盼望遼道宗能回心轉意，夫妻恩愛如初。蕭皇后又把《回心院》詞配上自譜的曲子，令宮中的伶官們演奏。其中伶官趙惟一技藝出眾，得到蕭皇后的稱讚，並要他常侍身旁。遼道宗聽了《回心院》詞後，無動於衷。而獨攬朝政的奸臣耶律乙辛因見皇太子耶律濬精明強悍，惟恐日後太子執政會遭清算，便決定利用皇后失寵的機會，陷害皇后與皇太子。耶律乙辛買通宮婢，要他們出面誣告蕭皇后與趙惟一私通。同時，耶律乙辛又模仿皇后的筆調，偽造了十首香豔之詞，因為每首詞都以"香"字結尾，故稱之為《十香詞》。接着，耶律乙辛等就哄騙蕭皇后來抄寫《十香詞》。他們謊稱《十香詞》是當時遼國的一個名流所作，如果這些詩詞配上皇后的書法，可稱“二絕”。蕭皇后不知其中玄機，答應了這一要求。抄完《十香詞》後，蕭皇后發現詞意香豔，不足稱道，便在詞後自題了一首《懷古詩》：“宮中只數趙家妝，敗雨殘雲誤漢王。惟有知情一片月，曾窺飛燕入昭陽。”揭示了淫亂的宮廷生活，將導致國家衰亡的歷史教訓。

耶律乙辛取得蕭皇后抄寫的《十香詞》後，立即密奏遼道宗，說《十香詞》是淫詞，是皇后與伶官趙惟一私通的鐵證。遼道宗信以為真，即令耶律乙辛等查辦此事。他們便對趙惟一濫用酷刑，趙惟一受刑不過，被迫供認與皇后私通。於是，耶律乙辛進諫遼道宗懲辦皇后。這時，遼道宗雖覺得《十香詞》不雅，但在讀了詞後的《懷古詩》後又產生了疑竇。他問道：“皇后分明在罵趙飛燕輕薄，怎麼會作《十香詞》呢？”耶律乙辛又急忙胡謅說：“皇后的《懷古詩》，其實是在懷念趙惟一。詩中‘宮中只數趙家妝’、‘惟有知情一片月’兩句，已包含了‘趙惟一’三字！”遼道宗異常惱怒，於是，他也不召見皇后問個明白，就下令誅殺趙惟一的全族，並令皇后自盡。蕭皇后不容分辯，便接到了賜死的旨令。她在向遼道宗所住的宮殿再三遙拜後，懷着滿腔的怨憤懸樑自盡，年僅36歲。耶律乙辛在害死蕭皇后之後，又誣陷皇太子耶律濬要篡奪皇位，使遼道宗將皇太子貶為庶人。不久，耶律乙辛又秘密地殺害了皇太子。

耶律乙辛雖然一時陰謀得逞，但遼國朝野有很多人都知道皇后、皇太子的奇冤。特別是目睹這一事變的漢族官吏王鼎更是義憤填膺。他搜集內幕情況，撰寫了《焚椒錄》一書，揭露耶律乙辛等誣陷皇后母子的始末。遼道宗死後，蕭皇后的孫子耶律延禧繼承皇位。蕭皇后的冤案終於得到昭雪。耶律延禧追謚祖母為宣懿皇后，與遼道宗合葬於慶雲山的陵墓之中，並在《宣懿皇后哀冊》中為祖母恢復了名譽。

（費成康）

原文

懷古詩

遼•蕭觀音

宮中只數趙家妝〔1〕，敗雨殘雲誤漢王。

惟有知情一片月，曾窺飛燕入昭陽〔2〕。

註釋

〔1〕趙家妝，指趙飛燕的妝束。趙飛燕，漢成帝皇后，體輕，善歌舞，據説能為“掌上舞”，故人稱“飛燕”。她生活淫蕩，穢亂宮闈，後來被迫自殺。

〔2〕昭陽，漢代宮殿名。後世常稱皇后所居之宮為昭陽宮。

賦詩拒婚

元遺山是金朝一代最傑出的詩人。元遺山有個妹妹，也極擅長吟詩作文，加上花容月貌，長得美麗動人，因此，説親的人絡繹不絕。元遺山感到這是小妹的終身大事，要慎重對待，就去徵求小妹的意見。小妹向哥哥提出了兩個要求：一是求婚者必須寫詩一首，面交她裁定；二是決定權應該歸她自己。元遺山笑着應允了。那些求婚者都自以為才高八斗，學富五車，都紛紛帶了詩卷上門，誰知小妹一首也看不上眼，一個個只落得垂頭喪氣而走。人們雖説羨慕小妹的容貌文才，但見她如此擇婿，也不再敢隨便妄想了。就這樣，敢向小妹求婚的人日益減少。

這時，城裏有個姓張的公子，父親當過一朝宰相。此人有些歪才，加上門第高貴，自認為一定能把小妹娶到手，就上門求親。元遺山迎客入廳。張公子説明來意，談話之間，還抬出了宰相父親的招牌，要元遺山作主，把小妹許配給他。元遺山把小妹的兩個條件告訴他，表示早同小妹有約，終身大事，允否在妹。張姓公子自恃才高，表示同意面試作詩。元遺山把他引入內廳。元小妹問清來意後，見張公子那副色迷迷的樣子，就冷冷地說："要娶我為妻先得賦詩一首，讓我看看。"她停了停又說："你就以'補天花板'為題，做一首詩吧！"

張公子一下子愣住了，他搔首撓腮，苦思冥想，就是不能成詩。可是，他並不甘心，眼珠一轉，說這題目太俗，無法落筆；還將了小妹一軍說："不然，就請小姐自己試試吧！"小妹見他如此糾纏不休，就冷笑一聲，高聲吟道："補天手段暫施張，不許纖塵落畫堂。寄語新來雙燕子，移巢別處覓雕樑。"小妹的這首詩造句清新，語意雙關，既切合詩題"補天花板"，又借題發揮，明確地拒絕了他的求親的要求。張公子聽了，羞慚萬分，趕緊離開元家，再不敢提求親之事了。

（王國安）

原文

補天花板

金•元遺山妹

補天手段暫施張〔1〕，不許纖塵落畫堂〔2〕。

寄語新來雙燕子，移巢別處覓雕樑。

註釋

〔1〕 補天，這裏借指補天花板。

〔2〕 纖塵，極細微的灰塵。

郝經"鴻雁傳書"

元朝初年，澤州有個名叫郝經的人，從小勤奮好學，後來又求師深造，成了當時很有造詣的學問家。元世祖忽必烈即位前，便把他羅致王府；即位後，拜他為翰林侍讀學士，擬派他到南宋轉告新皇即位，並且商洽兩國和議。當時南北兵連禍結多年，郝經希望能通過議和贏得一代和平，使百姓免遭兵禍，也算沒白讀聖賢的書。

1260 年秋季的一天，元世祖正式封郝經為國信使使宋。郝經離開京城大都（今北京）後，朝臣王文統耍弄陰謀。他怕郝經化干戈為玉帛的使命成功，功勞必在己上，便私下命令將軍李璮侵擾宋境，想藉宋朝之手殺害郝經。郝經一行四十人到了濟南時，接到將軍李璮的來書，李璮以個人名義要他中止南行。郝經經過考慮後，寫了一封奏表並附上李璮的書信，派人送往大都，稟告世祖，自己仍然南下。不久，李璮在淮安一帶發動進攻，但宋軍奮力抵抗，終於把元軍擊敗，李璮被迫北撤。郝經一行人到了宿州。他派副使劉仁傑和宋方聯繫。宋方拖延不理。郝經繼續南行，到達真州（今江蘇儀征），繼續寫信給宋軍將領李庭芝和丞相賈似道，要求商定會見日期。

賈似道過去在和元軍作戰時，曾經向皇帝冒功，怕郝經來了泄漏了其中隱情。因此藉口李璮興兵犯境，把郝經一行四十人拘押在真州。郝經和另外六人關在另一個房間。在內外不謀而合的陷害下，國信使轉眼成了階下囚。在好幾年的虐待與折磨中，多數隨員死去了。郝經欲歸不得，想晉見宋皇也見不到。賈似道幾次派人勸降郝經，郝經不為所動。在遙遙無期的囚徒生活中，有人動搖了，有人埋怨了。郝經大義凜然地說：“一入宋境，生死當然掌握在宋朝廷的手中，但能不能做到守節不屈，全在我們自己，我們決不做不忠於國家的事情！”為了使元朝廷知道自己的行蹤和處境，買來一隻雁。並在帛書上題詩一首：“霜落風高恣所如，歸期回首是春初。上林天子援弓繳，窮海縲臣有帛書。”他在詩後又寫：“至元五年（實為至元十一年）九月一日放雁，獲者勿殺。國信大使郝經書於真州忠勇軍營新館。”他把帛書繫在雁足上，在 1274 年雁陣北飛的時候，郝經把雁放走。

不久，恰好汴州百姓在金明池把這隻雁射落下來，得到帛書，呈獻給元朝廷。元世祖忽必烈得到帛書，派丞相伯顏南征，又派禮部尚書中都海牙及郝經的弟弟郝庸入宋，責問為何扣留國信使。宋朝廷理屈詞窮，又懼怕元軍的強大，因而派總管段佑以禮將郝經一行人送歸。郝經在歸途中得了病。忽必烈派樞密院和名醫、近侍遠道迎接。1275 年的夏天，郝經一行回到了闊別十五年的大都，忽必烈設盛宴歡迎，並厚加賞賜。十多年的囚禁生活，郝經耗盡了體力。這年七月，年僅五十二歲的郝經病逝，死後留下《續後漢書》、《陵川文集》等著作共數百卷。

（楊兆林）

原文

七絕

元・郝經

霜落風高恣所如〔1〕，歸期回首〔2〕是春初。
上林天子〔3〕援弓繳〔4〕，窮海纍臣〔5〕有帛書。

註釋

〔1〕恣，聽任；任憑。如，往；去。恣所如，任憑飛到哪兒去。
〔2〕回首，回頭；回頭看。
〔3〕上林天子，上林，即上林苑，古宮苑名。上林天子，指元朝的皇帝。
〔4〕繳，繫在箭上的生絲繩，射鳥用。
〔5〕纍臣，纍，古時拘繫犯人的大索。纍臣，指被拘禁的臣子。

虎跑續詩

貫雲石（1286—1324）是元代著名戲曲家，兼擅詩歌散曲，蜚聲文壇。他因看不慣元統治者腐敗和殘暴，辭去翰林學士知制誥同修國史之職，拂袖離京，隱居在以湖光山色之勝馳名天下的杭州。從此，在美麗的西子湖畔，南、北兩高峰下，人們經常會看到他在那裏吟山詠水，怡然自樂。漸漸地，他的那些令人口舌生香的詩句傳遍了杭州。可是，他依然獨來獨往，很少與人交遊。

杭州城西有一注泉水，聞名全國，叫虎跑泉。據說從前這裏本無泉水，一天，人們看見一隻斑額猛虎從這裏躍出，迅速隱滅在叢林中。此後，清洌的泉水汩汩而出，因此，人們把它稱作“虎跑泉”。用虎跑泉水泡茶，無比香洌甘美，所以這裏逐漸成了一個品茶之地。一天，杭州城裏有幾個文人又去虎跑泉品嚐茶味，他們說說笑笑，十分高興。飲茶之餘，其中一人建議說：“今日文人雅會，何不用‘泉’字為韻，每人做一首詩，吟詠虎跑。”大家拍手贊成，各自開始冥思苦索。過了些時間，幾個人的詩先後完成了，互相傳閱評論，但是他們自己也感到這些詩都寫得平平常常，不見佳處。這時，還有一個人仍在一邊哼道：“泉、泉、泉……”他實在寫不下去了。

正在他感到十分羞慚的時候，只見一個中年男子走來，隨口問他是怎麼回事。那幾個文士見這中年人舉止不俗，就把賦詩一事告訴他。這人剛聽完，就莞爾一笑說：“這有何難，我雖不才，願續貂幾句。”說罷，他曼聲長吟道：“泉泉泉，亂迸珍珠個個圓。玉斧斫開頑石髓，金鈎搭出老龍涎。”文士們見他詩才如此敏捷高超，不禁驚詫萬分，半晌，才一齊脫口而出說：“您一定是貫雲石先生吧！”文士們爭着邀請貫雲石入座，向他請教寫詩之道。這首《詠虎跑泉》詩，雖僅寥寥數句，但抓住了虎跑泉的特點，描繪得形象傳神。因此，詩很快流傳開來，成為吟詠虎跑的名篇。

（王國安）

原文

詠虎跑泉

元·貫雲石

泉泉泉，亂迸珍珠個個圓。

玉斧斫開頑石髓[1]，金鈎搭出老龍涎。

註釋

〔1〕 斫，砍。石髓、龍涎，古人認為都是可以延年益壽之物；這裏借指泉水。

只留清氣滿乾坤

元朝時候，諸暨（今浙江諸暨）農村裏，有一個放牛娃，姓王，單名冕。他愛好讀書，白天放牛，晚上就到廟裏藉着佛殿上長明燈的亮光，看書到深夜。

有一天，雨霽日出，湖水金光閃爍，山嵐五彩繽紛，青樹綠葉，鮮嫩欲滴。尤其是那湖中數十枝荷花，亭亭玉立，透明的水珠在花苞荷葉上滾動，無比可愛。王冕坐在湖邊，看入了迷。多美的荷花啊！王冕真想把它畫下來，可以天天欣賞。但是，他既無紙墨筆硯，又無老師指點，怎麼畫呢？再一想，天下沒有學不會的事，只要天天畫，總有成功的日子。從此，王冕就經常坐到湖邊，悉心觀察荷花的神韻姿態。他又找來一塊大方磚，自己做了一枝毛筆，蘸着湖水，在磚上畫着。磚容易吸水，他剛畫好，水就乾了，於是再畫。後來王冕終於得到了筆硯和一些紙張，於是就在紙上正式作起畫來。有志者，事竟成。王冕的畫，特別是他的水墨梅花，很快就名聞遐邇，受到了人們的重視和歡迎。會稽（今浙江紹興）有位姓韓名性的學者，見了王冕的畫，讚不絕口。等到知道這些繪畫精品竟出自一個牧童之手，更是驚奇不已。於是他就主動收王冕為學生，教他讀書。王冕聰慧好學，在韓先生的指點下，進步極快，終於成了博學多聞、通曉古今的儒者。

（倉陽卿）

原文

墨梅〔1〕

元・王冕

我家洗硯池邊樹〔2〕，朵朵花開淡墨痕。

不要人誇顏色好，只留清氣滿乾坤〔3〕！

註釋

〔1〕墨梅，水墨畫的梅花，不着色。這裏是作者詠自己的繪畫作品。

〔2〕洗硯池，傳說會稽蕺山有晉朝大書法家王羲之的洗硯池，由於經常

洗筆硯，池水都被染黑。這裏是借指。樹，指水墨畫上的梅樹。

〔3〕 清氣，語義雙關，以梅花的清香和高尚氣質比喻畫家的人品和節操。乾坤，指天地，人間。

明代

盡在留侯一借間

劉基（1311－1375），即劉伯溫，懂天文、善兵法、有文才，是一位富有傳奇色彩的人物，其人其事在民間廣為流傳。

元朝至順年間，劉基中進士後，先後在浙東行省元帥府擔任都事等官職，後被罷官，回到家鄉浙江青田隱居，一邊耕作一邊讀書。至正二十年（1360），劉基深感元朝氣數已盡，遂毅然離家，投奔當時在南京一帶活動的義軍領袖朱元璋。朱元璋聽說有個名聲不揚、且上了年紀的書生來訪，反應十分冷淡。他讓人把劉基帶入，一邊吃飯一邊打量着眼前的人，並隨口問："會不會寫詩？"劉基笑道："寫詩是讀書人的小技，如何不會？"朱元璋便舉起手中拿着的斑竹筷，讓他以筷為題吟詠。劉基應聲吟道："一對湘江玉並看，二妃曾灑淚痕斑。"傳說古代舜帝有娥皇、女英兩位妃子，他們感情甚好。有一年舜帝南巡，病死在湘南九嶷山下。二妃聞訊，跑到湘江邊痛哭，其淚灑竹枝，留下斑斑點點的印跡，故後人把此竹稱為斑竹或湘妃竹。劉基所吟的兩句詩以典故指出了斑竹之名的來歷，"書生氣"頗重。朱元璋聽後頗不以為然地說："秀才味！"劉基微微一笑，接着吟道："漢家四百年天下，盡在留侯一借間。"劉基在詩中又借用了古代的一個與筷子有關的典故。楚漢相爭時期，謀士酈食其為漢王劉邦出主意：為打敗強敵項羽，最好分封六國後裔為王，以籠絡各方勢力為他打天下出力賣命。謀士張良（字子房）聽到這個錯誤決策，立即趕到劉邦大帳內勸阻。其時，劉邦正在吃飯，張良便借用劉邦手中之筷子指劃着，分析天下大勢和分封諸侯的危害。劉邦豁然開朗，便取消了原來的決定。此後，劉邦借助張良的出色謀劃，打敗了項羽，建立漢朝。張良因建功赫赫被封為留侯。劉基借詩句以張良自比，表示自己欲效張良輔佐劉邦那樣來幫助朱元璋奪天下。

朱元璋聽後果然動心，覺得劉基是個有抱負的人才。於是，起身整衣，與劉基重行見禮，並請入上座，與之商討天下大勢和取天下之策。自此，劉基成為朱元璋身邊重要的謀臣，屢建大功，受到朱元璋的尊重，以"老先生"稱之，並指其為"吾之子房也"。明朝建立後，劉基官拜御史中丞兼太史令，封為"誠意伯"，又成為朱元璋治天下的幫手。

（斯元）

原文

詠斑竹筷〔1〕

明・劉基

一對湘江〔2〕玉並看，二妃〔3〕曾灑淚痕斑。
漢家四百年天下〔4〕，盡在留侯〔5〕一借間。

註釋

〔1〕 斑竹，產於湖南，竹竿上點點斑痕，傳説古代舜帝死，其二妃痛哭，淚灑竹上，淚痕斑斑。因二妃死後為湘水神，所以斑竹也稱湘妃竹。民間又稱作"淚竹"。

〔2〕 湘江，江名，在湖南。

〔3〕 二妃，指舜帝的兩個妃子娥皇和女英。

〔4〕 漢家，包括西漢、東漢，前後統治約 400 餘年。

〔5〕 留侯，指漢高祖劉邦的主要謀士張良。

百年父老見衣冠

高啟，字季迪，號槎杆，又號青丘子，是元末明初傑出的詩人。公元 1336 年（元順帝至元二年）生於風光秀麗的江南水鄉蘇州。少年時代的詩人，就在這繁華的城市中過着安靜的讀書生活。高啟在 18 歲時，與吳淞江邊青丘的富豪周子達之女結婚。婚後，舉家遷到青丘，依岳家為活，以詠歌自適。

至正十六年（1356），江南地區張士誠領導的起義軍佔領了蘇州，他雖然出身鹽販，但對讀書人十分尊敬。張的重臣饒介很愛重頗有才名的高啟，延為上賓。青年詩人和朋友們在一起飲酒賦詩，豪縱自樂。人們把高啟和楊基、張羽、徐賁合稱為"吳中四傑"。雖然蘇州是安靜的，但在全國範圍內卻是動盪不安，戰火紛飛，好多支起義隊伍和元朝統治者進行着殊死拼搏。高啟在25歲時出外浪遊，歷時將近三年，為了見見世面，考察人生，詩人冒着危險來到戰火紛飛的杭州、紹興一帶。這裏是張士誠、朱元璋、方國珍和元朝軍隊混戰爭奪的地區，他目睹了當地人民在離亂之中的痛苦生活：房屋被燒毀、莊稼無人收，還有路旁的屍體，高啟心裏十分難受，寫下了十五首《吳越紀遊》詩。

公元1366年（至正二十六年），朱元璋消滅了盤據湖北、江西一帶陳友諒的勢力後，向張士誠大舉進攻。11月，朱元璋的軍隊包圍了蘇州城。經過十個月的圍攻，昔日繁華的都市變成一片廢墟。高啟也在圍城中過着飢寒交迫的生活，他的愛女高書因受驚嚇而病死。第二年9月，蘇州被朱元璋軍攻破，張士誠被擒自殺。城破後，高啟又回到青丘鄉間過着隱居的生活。朱元璋平定張士誠後，又降服了盤據浙江南部的方國珍，消滅了在福建的陳友諒殘部，然後命大將徐達、常遇春率領大軍北伐，推翻了元朝的統治。1368年正月，朱元璋在南京即皇帝位，建立了明朝。

這年冬天，朱元璋下詔編纂《元史》，由宰相李善長監修，宋濂、王瑋為總裁，廣招在野的文學之士。時年三十四的高啟也在招聘之列。在使者的頻頻催促之下，詩人懷着複雜的心情西赴京城。在途中，他碰到一位還鄉的朋友。他寫了一首五絕《赴京道中逢還鄉友》："我去君卻歸，相逢立途次。欲寄故鄉言，先詢上京事。"反映了詩人心中的疑懼不安。到達京城後，高啟被任為編修，負責《元史》中《曆誌》的編纂工作。寓京期間，他結識了一位朋友，是中書省的一位姓沈的左司郎中。這年八月，大將軍徐達平定陝西，明太祖令御史中丞汪廣洋分擔陝西事務，沈左司也以幕賓的身份隨同前去。臨行之前，高啟宴請了他的朋友。並寫了一首七律：《送沈左司從汪參政分省陝西》。詩中三四兩句表現他對祖國河山重新統一的喜悅，歌頌明太祖的豐功偉績。最後兩句是說他朋友留戀南方，希望他能早日回京。清代詩人沈德潛評價此詩："音節氣味，格律詞華，無不入妙。"

（楊兆林）

原文

送沈左司從汪參政分省陝西

明・高啟

重臣分陝去台端〔1〕，賓從威儀盡漢官〔2〕。
四塞河山歸版籍〔3〕，百年父老見衣冠。
函關月落聽雞度〔4〕，華嶽〔5〕雲開立馬看。
知爾西行定回首，如今江左是長安〔6〕。

註釋

〔1〕 重臣，指汪廣洋。去，離開。台端，即御史台。

〔2〕 賓從，指幕客等隨行人員。這句是說，幕賓從者的儀態莊嚴，完全是漢官的服飾制度。

〔3〕 四塞，指四方屏藩之國。版籍，地圖、戶籍，指一國的疆域。這句是說，祖國河山已經統一。

〔4〕 函關，即函谷關，在今河南靈寶縣南。這句是說，在月落時分聽到雞鳴，便度過函谷關。

〔5〕 華嶽，即西嶽華山。

〔6〕 江左，即江南。長安，古都長安，即今陝西西安市。這裏指明朝建都金陵（今南京市）。

任教沉在碧波間

明朝時，有一位名叫吳訥的人，由醫士推舉做官，他為官清廉，辦事公正。在貴州巡撫任上，嚴肅懲處地方官吏的貪贓枉法行為，替老百姓辦了不少好事。所以在當地有口皆碑。當他即將離任回京之際，貴州的父老鄉親俯伏在地口頌“青天”，不肯放他走，甚至有人上書朝廷，要求讓他留在貴州做官。當地的大小官吏前來送行，見吳訥只帶着簡單的行李，兩袖清風而去，便奉上黃金百兩以作路費。吳訥不肯接受，退了回去。等吳訥走後，眾官吏吩咐衙門公差拿着這百兩黃金，即刻上路，務必趕上吳訥，請他收下。差人不敢耽擱，快馬加鞭，星夜趕路，終於在夔府（今四川奉節）追上了吳訥。當時，吳訥正在長江邊的船中，打算坐船下長江三峽。來人跪着獻上黃金，苦苦懇求他收下。吳訥堅決將黃金退還來人，而差人一味懇求收下。吳訥無奈，便當着來人的面，提筆在禮盒上題詩一首：“蕭蕭行李向東還，要過前途最險灘。若有贓私並土物，任教沉在碧波間。”然後將盒子奉還來人，命他原物帶回，自己揚帆而去。

吳訥回到南京，任都御史之職，負責糾察百官。他聽說大理寺少卿楊公復很貪小，天天派家人到風景勝地玄武湖撈取萍藻餵豬，很煞風景，便上章彈劾楊公復。楊公復為此受到罰款處分，心中大為不滿，就寫了首詩寄給吳訥：“太平堤下後湖邊，不是君家祖上田；數點浮萍容不得，如何肚裏好撐船？”譏諷吳訥多管閒事，度量狹窄，不是當宰相的料。吳訥看完來詩，不動聲色，將原文一字不改重抄一遍，署上自己的名字，回贈給楊公復。意思是：玄武湖又不是你楊家祖上的產業，你卻連幾點浮萍都不容它生存，這樣自私自利，目光短淺，真正不是當宰相的料吶！這一招既幽默又深刻，完全出乎楊公復的意料，使他頓時語塞。從此，吳訥剛正不阿、廉潔奉公的美名廣為流傳。

（凌皞）

原文

退金

明 • 吳訥

蕭蕭〔1〕行李向東還，要過前途最險灘。
若有贓私〔2〕並土物〔3〕，任教〔4〕沉在碧波間。

註釋

〔1〕 蕭蕭，此指行李很少的樣子。

〔2〕 贓私，指受賄的財物。

〔3〕 土物，指土產。

〔4〕 任，由着，聽憑。教，這裏讀平聲。

要留清白在人間

于謙（1398－1457），錢塘人。他的父親于彥昭是當地的一個小官員。于謙八九歲時，就很聰明，讀書過目能誦，出口皆成對句。有一天，他在門外玩耍。見許多人擠在一起，便走近前去看個究竟，原來人群中坐着個和尚，在那裏替人相面。那和尚見于謙的頭上綰着兩髻，就用手去摸了摸，笑着説："牛頭且喜生龍角。"于謙見他出口放肆，便答道："犬口何曾出象牙。"説罷便走了。有一年的正月元旦，父親要他到親戚家拜年。14 歲的于謙，穿了一件紅棉衣，騎着馬從小路匆匆而去，不期巡按大人從大街而來。于謙的馬竟衝進巡按儀仗隊伍之中，直到巡按面前，那馬方才收住。左右侍衛要拘捕他。巡按見是一個十三四歲的孩子，便搖手制止。又見他容貌端正，舉止自若，毫不驚恐，就問道："你曾讀書嗎？"于謙回答："怎麼不讀書。"巡按微微一笑："既讀書，我出一對與你對。若對得來，便不難為你。"因唸道："紅孩兒騎馬過橋。"于謙反應很快，馬上就答："赤帝子斬蛇當道。"（赤帝子指漢高祖劉邦，這句話是講劉邦斬蛇起義的故事）巡按見他應對敏捷，出語軒昂，又驚又喜，就問了一下他的家庭情況，然後贈他十兩紋銀，作為讀書之費。

三年後，于謙就進了學，在富陽山中讀書。這時，明朝廷政治腐敗，宦官專權，官員魚肉百姓，貪賄成風，對外屈膝投降。于謙胸懷大志，發誓要為國盡忠，為民謀利。一天，他讀完書，信步走到石灰窰前觀看工人們在燒石灰，熊熊烈火，映紅了他的面容，便吟詩一首："千錘萬鑿出深山，烈火焚燒若等閒。粉骨碎身渾不怕，要留清白在人間。"來抒發自己的懷抱。于謙認為：一個人立身處世，應該像石灰那樣清白無瑕。石灰之所以能從石灰石中煉出，是經過烈火焚燒的。一個人做到清白，也要經過鍛煉、鬥爭。即使粉身碎骨，也全然不怕，無所畏懼。于謙30歲左右，考中進士，歷任監察御史和河南、山西等地巡撫。他在任上，平反冤獄，救災賑荒，深得百姓愛戴。他為官清廉，兩袖清風，真正做到了"要留清白在人間"。

（楊兆林）

原文

石灰吟〔1〕

明・于謙

千錘萬鑿〔2〕出深山，烈火焚燒若等閒〔3〕。
粉骨碎身渾〔4〕不怕，要留清白在人間。

註釋

〔1〕這首詩借石灰作比喻，傾訴自己為國盡忠、堅強不屈、不怕犧牲的意願。從作者一生言行看，這首詩成了他的真實寫照。

〔2〕錘，錘打；鑿，開鑿。形容開採石灰石極不容易。

〔3〕等閒，平常。

〔4〕渾，全。

四月平陽米價低

明宣宗宣德二年（1427），于謙奉命出巡江西。到任後，認真負責地處理了一批積案，為數百名被錯判的人洗雪了冤屈，打擊了徇私枉法的官吏。

于謙的政治才幹，受到了朝廷的重視。當時正逢各部需要增設右侍郎（副長官之一），於是明宣宗朱瞻基親自寫了于謙的名字，交給吏部，將于謙越級升為兵部右侍郎，巡撫河南、山西。于謙走馬上任後，並不埋頭案牘文劄，而是輕裝簡從，到各處作實地視察。當時，山西、河南的許多地方，連年災荒，民不聊生。地方官既不把實情報告朝廷，也不賑濟災民，依然如狼似虎地催徵賦稅，逼得老百姓賣兒鬻女，走投無路。見此景象，于謙痛心疾首，他不斷實地調查，訪問父老，根據實際情況，提出興建廢除的建議，及時上報朝廷。他發現災害，不論大小，立即報告，以便採取相應措施，減輕百姓苦痛。靠近黃河的地方，時常因決堤造成禍害，于謙就組織力量，厚築堤障。堤防築妥後，他還下令每隔一定距離置亭，每亭設亭長，責成長官負責平時的維修加固工作。又命鑿井、種樹，不幾年，就榆柳夾路，道無渴者。到了正統六年（1441），原來經常鬧饑荒的河南、山西，就已"積穀各數百萬"。這年四月，于謙巡視平陽（今山西臨汾），一路上，見農田莊稼長勢很好。本來每當這種青黃不接的時候，總是米價大漲，怨聲載道，然而今年米價便宜，百姓交口讚譽。見此情景，于謙感到十分欣慰，情不自禁地吟成了一首七絕："楊柳陰濃水鳥啼，豆花初放麥苗齊。相逢盡道今年好，四月平陽米價低。"這就是傳頌至今的《平陽道中》。在實際工作中，于謙發現參政王來和孫原貞很有才幹。於是，這年秋天于謙上北京向皇帝奏事的時候，推薦王來、孫原貞代替自己做了巡撫。

明英宗九歲做皇帝，這時才十五歲，朝政大權由太監王振操控。王振的黨羽爪牙遍佈全國，為所欲為。許多大臣對此敢怒而不敢言，唯有正直無私的于謙敢於揭發他們的罪惡，因此王振早就對他懷恨在心。這次于謙進京，王振就揪住他推薦王來、孫原貞自代一事大做文章。王振在英宗面前誣衊于謙因為長久沒有升官，對朝廷不滿，所以擅自推薦別人來代替。於是，于謙被投入監獄。河南、山西的官民，聽到于謙遭受誣陷被捕下獄的消息，非常憤怒，紛紛趕赴北京，強烈要求釋放于謙。眾怒難犯，王振無可奈何，只得推說弄錯了一個同名同姓的人，釋放了于謙。不久，于謙再次奉命巡撫河南、山西。他決心要像青松翠柏那樣，不畏北風苦寒，堅持正義，繼續為國家為人民做有益的事情，讓老百姓生活得好一些。

（倉陽卿）

原文

平陽道中

明 • 于謙

楊柳陰濃水鳥啼，豆花初放麥苗齊。

相逢盡道今年好，四月平陽米價低。

題畫戲貪官

祝允明，號枝山，是明代有名的書法家、文學家。他博覽群書，精通詩文，寫得一手好狂草。與唐伯虎、徐禎卿、文徵明齊名，並稱“吳中四才子”。祝枝山為人放浪不羈，不習慣官場生活，因此，在做了幾任知縣、通判等地方官之後，就辭職回鄉居住。當時，有很多人慕名前來，求他題詩寫字，但他大多婉言謝絕。

有一次，祝枝山與好友唐伯虎結伴，坐船去杭州，暢遊西湖。杭州太守素仰祝枝山大名，聽說他來到杭州，趕忙拿出一幅名貴的古畫，委託相識的唐伯虎轉呈祝枝山在畫上題詩。這個太守平日魚肉百姓，雖然搜刮了萬貫家財，為人卻吝嗇得很。祝枝山知道此人底細後，決心叫他破點財，故意獅子大開口，要二百兩銀子為酬才肯動筆。那太守如何捨得，幾經拖延，才勉強送來一百兩銀子。祝枝山看見銀子只有半數，大為不快，決計與太守開個玩笑。他展開畫軸，見畫的是河岸上有幾株楊柳，上棲幾隻鷓鴣、杜鵑；一艘小船泊在柳蔭下，船頭立着一個青年，似將遠行；一個姑娘站在岸邊，臉帶依依不捨之態……祝枝山對着畫面沉吟片刻，即揮筆題字四行：“東邊一棵大柳樹，西邊一棵大柳樹，南邊一棵大柳樹，北邊一棵大柳樹。”寫畢，請唐伯虎拿去交給太守。唐伯虎看着題詩大笑道：“這樣的詩，我怎能送去？”祝枝山道：“你只管送去。我的詩還沒有題完，他只給了一半銀子，所以我也只題一半。”

唐伯虎將畫送給太守。太守一見大怒，大罵祝枝山糟蹋了名畫，揚言要索取賠償。唐伯虎笑着説："太守息怒，這裏面有個緣故。祝枝山託我捎來口信，説是你的銀子只給了一半，所以他的詩也只題了一半。只要你把銀兩補足，他自然會將題詩續完。"太守捨不得銀子，但更肉痛這幅名畫，無奈之下，只得對唐伯虎説："我明天在府中設宴，招待你們兩位，就請祝先生在席上揮毫，把詩續完，銀子也當面付足。"次日，祝枝山在唐伯虎的陪同下，大搖大擺地來到賓客雲集的官衙。酒過三巡，太守命人奉上白銀百兩，並吩咐下人準備好筆墨，催促祝枝山下筆。祝枝山從容地再乾三杯，才離席揮毫續題："任你東南西北，千絲萬縷，總繫不得郎舟住。這邊啼鷓鴣，那邊喚杜宇，一聲聲：'行不得也，哥哥！'一聲聲：'不如歸去！'"祝枝山寫完，擲筆大笑，在場賓客也齊聲喝彩。在一片讚歎聲中，祝枝山毫不客氣，取了銀子，與唐伯虎一道出府，揚長離去。

（斯元）

原文

題畫

明•祝允明

東邊一棵大柳樹，西邊一棵大柳樹，

南邊一棵大柳樹，北邊一棵大柳樹。

任你東南西北，千絲萬縷，總繫不得郎舟住。

這邊啼鷓鴣〔1〕，那邊喚杜宇〔2〕，

一聲聲："行不得也，哥哥！"一聲聲："不如歸去！"

註釋

〔1〕 鷓鴣，鳥名，其啼聲被古人模擬作"行不得也，哥哥。"

〔2〕 杜宇，即杜鵑鳥。傳説古代四川有一國君稱杜宇，也叫望帝，死後魂魄化為杜鵑，鳴聲作"不如歸去"，淒婉泣血。

若人有眼大如天

王守仁（1472－1529），字伯安，號陽明先生，生於浙江餘姚，是明代著名哲學家、教育家。他從小聰穎，讀書之餘，酷愛下象棋，不少時間都用在下棋上。他母親怕他荒廢學業，經常勸他少下棋，但他口頭答應下來，一轉身又偷偷地下。他母親非常生氣，乘他上私塾讀書時，把象棋扔進了村邊的大河。王守仁放學回家知道此事，立即跑到河邊，只見還有幾個木頭棋子在水面漂浮着，大部分棋子已不見蹤跡，心裏非常難過。回屋後，他悄悄地寫了一首詩，描寫棋子落水的情景：“象棋終日樂悠悠，苦被嚴親一日丟。兵卒墜河皆不救，將軍溺水一齊休。馬行千里隨波去，象入三川逐浪游。炮響一聲天地震，忽然驚起臥龍愁。”詩句寫得詼諧、風趣，而且想像豐富，他母親讀後，也忍不住笑了起來。

王守仁 11 歲那年，隨祖父從家鄉前往南京，路過鎮江，順道去拜訪他祖父的一些友人。賓主一起到金山寺遊玩，大家一邊喝酒，一邊欣賞風景，興致很高，有人提議說：“眼前江水日夜東流，隔江的揚州遙遙相對，風景如畫，每人應該以此為題賦詩一首，以助酒興。”於是，有人拿來紙筆分給大家，小守仁也領了一份。大家一個個搖頭晃腦，推敲起詩句來，再沒心思飲酒了。只有小守仁一聲不響，很快寫好了一首詩，第一個交了卷：“金山一點大如拳，打破維揚水底天。醉倚妙高台上月，玉簫吹徹洞龍眠。”意思是說：金山就像一隻握着的拳頭，一拳將倒映在江中的揚州之影打破了。我喝醉後，靠在妙高台上，欣賞美麗的月色，傾聽動人的簫聲，這簫聲將睡在洞裏的白龍也喚醒了。大家見到此詩，滿口稱讚他設想奇妙，詞句優美。有人還想試試，就指着附近的薇月山房，問小守仁道：“你能不能再寫一首？”小守仁馬上寫道：“山近月遠覺月小，便道此山大於月。若人有眼大如天，還見山小月更闊。”這首詩設想更見奇妙：因為月遠山近，所以人們覺得山大月小了，如果有人眼睛像天一樣大，就會覺得山小月亮大了。同時，這首詩還顯示出了小守仁的人小志大，不同凡響。因此，大家不僅驚異小詩人的才思敏捷、才華出眾，而且深深佩服他的不凡的胸懷，感覺他將來定是個國家棟樑之才。後來，王守仁果然成為一代學人。他的思想對後代產生了很大的影響。

（斯元）

原文

蔽月山房

明・王守仁

山近月遠覺月小，便道此山大於月。

若人有眼大如天，還見山小月更闊。

不使人間造孽錢

唐寅，字伯虎，明成化六年（1470）出生於蘇州閶門外一個商人之家，是明代"吳中四才子"之首。

唐寅相貌英俊，天資聰明，成化二十一年前後，唐寅以第一名考入蘇州府學。唐寅風流倜儻，而且喜歡戲謔。傳説他曾和祝允明、同窗好友張靈等在雨雪中打扮成叫化子，敲着小鼓口唱《蓮花落》，挨家挨戶乞討。然後，大家一起將討來的錢買酒肉，到荒山野寺裏，暢懷痛飲，還得意地宣稱："可惜沒法讓李白知道這種快樂。"有一年秋天，唐寅又穿上破破爛爛的衣服扮作乞丐登山遊覽，正遇見一群秀才在飲酒賦詩，便上前開玩笑，要求唱和。秀才們見是個乞丐，就紛紛嘲笑他不識時務，假充斯文。其中一個秀才取出筆墨，不無揶揄地對唐寅説："化子能詩文，平生未聽説，你就讓我們開開眼界吧！"唐寅並不推讓，接過紙筆，揮毫寫了"一上"兩字。秀才們看了，笑得前仰後合。唐寅並不在意，又在下邊寫了"一上"兩字。一個秀才在一旁冷笑道：

“天下哪有會作詩的乞丐！除非太陽西邊出來。”唐寅笑了一笑，說：“李白斗酒詩百篇，我的詩興須借酒勁才能發出來。你們讓我也喝一口嗎？”另一個秀才就舉着酒杯說：“你如果能作，就讓你喝個夠，不行的話，就要責罵你！”唐寅聽了，揮筆再寫了“又一上”三字，拿過酒杯，一飲而盡。秀才們笑得東倒西歪，亂嚷道：“這也算是詩嗎？”唐寅不予理睬，提筆續成一首詩：“一上一上又一上，一上上到高山上。舉頭紅日向雲低，萬里江天都在望。”眾秀才看後，十分驚異，趕忙邀他入席，盡醉而散。

弘治十一年（1498），唐寅考中解元。他雖說看不起舉業，但鄉試的成功使他對仕途充滿幻想。日後，他的印章中有一方叫“南京解元”，又有一方稱“江南第一風流才子”，均與這次鄉試第一有關。次年春天，唐寅北上北京參加禮部會試，途中結識江陰舉人徐經。徐經花錢弄到試題，請唐寅代他起草。唐寅雖知這些題目來路不正，但礙於徐經面子，勉強答應下來。唐寅志得意滿而又年輕不諳世事，在與朋友聊天時將此事漏了出來，馬上就被妒忌他的人所告發。弘治皇帝得知此事，大怒，把唐寅、徐經等人從考場上捉起來，打入大牢，革去了他們的功名。後來，案情審清，唐寅被釋放，當局安排他去浙江做一個小吏，算是“給出路”。唐寅表示“士也可殺，不能再辱”，斷然予以拒絕，回到了家鄉蘇州。唐寅還家，卻遭到了家人的白眼、辱罵，為此唐寅與兄弟分家，使本就衰落的家境更為不堪，生計維艱。迫於無奈，唐寅只得出賣書畫詩文來維持生計。

弘治十八年，唐寅在蘇州桃花塢建桃花庵別業，庭前種牡丹，花開時，邀朋友飲酒賦詩作畫其中，“我也不登天子船，我也不上長安眠，姑蘇城外一茅屋，萬樹桃花月滿天。”唐寅在此度過了後半生 20 餘年時光。雖然唐寅功名未就，但自適、適志的志趣，賣書畫為生的生活方式，給他帶來了人格的獨立，使他能自豪地向世人宣稱：“不煉金丹不坐禪，不為商賈不耕田。閒來就寫青山賣，不使人間造孽錢。”嘉靖二年，唐寅終於過完了他“花中行樂月中眠”的“神仙”生活，終年 54 歲。但他傲視權貴、才華風流的生活方式，深為市民們所津津樂道，使他成為許多人們構造的傳說故事裏的主角，廣傳民間。

（斯元）

原文

言志

明·唐寅

不煉金丹[1]不坐禪[2]，不為商賈不耕田。

閒來就寫青山賣，不使人間造孽[3]錢。

註釋

〔1〕金丹，道教講究煉金丹以求長生不老。

〔2〕坐禪，佛教的一種修持方法。

〔3〕造孽，佛教徒講因果報應，人生在世如為惡，便是在給自己來生製造罪孽。

獨此垣中未入門

李贄（1527—1602），號卓吾，又號宏甫，明朝福建泉州府晉江縣人。26歲中了福建鄉試舉人，30歲才選做河南輝縣教諭，做了20多年的小官。他51歲時，升任雲南姚安府知府。李贄做官時，敢於堅持正義，常常和上級長官們的意見相衝突，因此，54歲就辭官不做，應湖北黃安（今紅安）名士耿定理之邀到黃安講學。因和耿定理之兄大官僚耿定向經常發生意見衝突，1585年，李贄來到麻城外30里的龍潭芝佛院居住，研究學問，從事著作，完成《初潭集》、《焚書》等著作。他在麻城還多次講學，抨擊時政，針砭時弊，聽任各界男女前往聽講，並受到熱烈的歡迎。

李贄批判宋代理學，揭露道學家們的偽善面目，又剃髮以示和鄙俗斷絕，雖身入空門，卻不受戒、不參加僧眾的唪經祈禱，被當地保守勢力視為"異端"、"邪說"，群起圍攻，加以迫害。1591年，李贄出遊武昌黃鶴樓，被人驅逐，說他是淫僧異道；1600年，李贄在麻城龍潭又被驅逐，甚至把他十多年居住的寺院和預備死後葬骨的塔都搗毀和焚燒了。1601 年二月，罷官御史馬經綸將李贄接到通州家中，共同研究《易經》。這年，耿定向的弟子蔡毅中考中進士，選任翰林院庶起士，他的舊日座師溫純任都察院左都御史。他倆於 1602 年会同都察院禮科給事中張問達奏劾李贄，羅織罪名，要求"將李贄解發原籍治罪"。明神宗朱翊鈞看了奏疏，批示：李贄敢倡亂道，惑世誣名，嚴拿治罪。其書籍已刊未刊者，令所在官司盡搜燒毀，不許存留。

這時，李贄已是 76 歲的老翁，病臥在牀。他聽到被抓捕的消息，毫不畏懼，大聲叫人取來門板。他睡臥在門板上，由抓捕他的衙吏抬走。第二天，開始審訊李贄。李贄由衙役攙扶着出來，倒在台階之上。大金吾（官名）問道："你為何胡亂著書？"李贄說："我著書很多，都是宣揚聖教，有益無損。"一堂審問下來，大金吾搜集不到李贄任何罪狀。李贄關在獄中，除了讀書，就是作詩，寫下了《繫中八絕》。第一首題名叫《老病始蘇》："名山大壑登臨遍，獨此垣中未入門。病間始知身在繫，幾回白日幾黃昏。"意思是說：名山深谷我都跑遍了，唯獨監獄的大門還沒進過啊！病中不知被囚，蘇醒以後方才知曉，但已度過了好幾個白晝和黃昏。這首詩表達了李贄的無畏強權和死亡的精神。李贄決心以死來抗爭。三月十五日，他呼侍者剃髮，伺機奪剃刀自殺。獄吏趕來詢問，他說："七十老翁何所求？"在此以前，他也表示了自己的決心："我頭可斷而我身不可侮。"李贄死後，馬經綸把他葬在通州北門外，並依照他的遺言，墓前立一石碑，上寫"李卓吾先生之墓"。他留下了許多著作仍然放射着反宗教、反迷信、反道學的光輝。

（楊兆林）

原文

老病始蘇[1]

明・李贄

名山大壑[2]登臨遍，獨此垣[3]中未入門。

病間始知身在繫[4]，幾回白日幾黃昏。

註釋

〔1〕 蘇，醒過來；病體復原。

〔2〕 壑，坑谷，深溝。

〔3〕 垣，矮牆；也泛指牆。舊時又用為城池或某些官署的代稱。這裏指監獄。

〔4〕 縶，拴縛，拘囚。

一劍橫空星斗寒

明朝嘉靖年間，倭寇（日本海盜）活動猖獗，不斷襲擾中國東南沿海地區，燒殺擄掠，無惡不作，沿海百姓深受殘害。嘉靖三十一年（1552）後的三四年間，江浙軍民被殺害者就達十萬餘人。嘉靖三十四年（1555），戚繼光被任命為參將，到浙江抵抗倭寇。他發現舊軍素質不良，便到義烏招募了礦工等3000人，編成新軍，並親自教練，使他們熟練地掌握長短兵器的運用。戚繼光根據南方多河流澤藪等地形特點，制訂了不同陣法，教習全軍。他又對所有戰艦、火器、兵械作了全面的檢查與更新。訓練有素，配備精良的"戚家軍"迅速壯大起來。

嘉靖四十年（1561），倭寇大掠浙江桃渚、圻頭等地，戚繼光率軍奮勇抗擊。台州一戰，戚繼光親手斬殺了一個倭寇的首領，並將餘寇統統逼到江陵江中溺死。接着，戚繼光又在仙居伏擊成功，使那支倭寇無一生還。戚家軍先後九戰皆捷，生擒倭寇1000餘人，用各種方法消滅的敵人更是難以數計。在廣大軍民支持下，戚繼光平定了浙江倭患。次年，倭寇又大舉侵犯福建。他們在橫嶼紮下大本營，接連發兵攻陷了福建的許多城鎮。因為橫嶼在寧德城外十里的海中，四面都是水路險隘，明朝官軍吃了幾次敗仗，逡巡不敢進擊。福建連連告急，朝廷就命戚繼光率軍前往聲援。戚繼光到了福建，便親自視察了橫嶼周圍形勢。然後，他命令軍士每人持草一束，填壕而進。終於一舉搗破倭寇老巢，殲滅了寇眾2600餘人。戚繼光又乘勝打垮了盤踞在牛田的倭寇。倭寇的殘餘人眾，慌忙逃亡興化。戚繼光率軍窮追猛打，一夜間連克倭寇六十營，大獲全勝。天剛亮時，戚繼光率軍進入興化。城中百姓無不興高采烈，紛紛送來酒食菜餚，犒勞祝捷。嘉靖四十二年（1563），戚繼光又以總兵官身份鎮守閩疆，大破倭寇於平海衛。接着揮師南下，解仙遊之圍，殲同安、漳浦之敵，完全平定了福建沿海的倭患。不久，戚繼光又配合另一抗倭名將俞大猷，剿平了侵擾廣東的倭寇。在廣大軍民努力之下，東南沿海的倭患基本解除。身經百戰、功勳赫赫的戚繼光和他的戚家軍，威震天下。

可是，就在這時候，北方邊境的形勢卻日益緊張起來。韃靼的封建主屢次興兵南侵，攻城掠地，氣焰囂張。為了切實解除北方邊境的憂患，鞏固邊防，剛繼位的明穆宗朱載垕，接受了朝臣的建議，決定將久經沙場的戚繼光調往北方，鎮守薊州（治所在今天津薊縣）。隆慶元年（1567）十二月，戚繼光結束了他在東南沿海十多年的戎馬生涯，動身北上。途經福建崇安時，這位抗倭名將，興致勃勃地遊覽了武夷山。碧水丹山、變幻無窮的武夷風光，深深吸引戚將軍。他一路觀賞，不覺來到了沖佑觀。這座規模宏偉的宮觀，歷來受到重視。宋時辛棄疾、陸游、朱熹等著名人物，都曾被任命為沖佑觀"提舉"這一官職。戚繼光見沖佑觀三清殿上，有許多名家高手所題詩詞，不由得也豪興勃發，在壁上題了一首七絕："一劍橫空星斗寒，甫隨平虜復征蠻。他年覓取封侯印，願向君王換此山。"寫畢，署名為"赳赳鄙人"。戚繼光因公務在身，不能在山中多加盤桓。當地官員得知他將要離別，不約而同地前來送行，並請求題詞。戚繼光也不推辭，揮筆寫道："大丈夫既南靖島蠻，便當北平勁敵。黃冠布袍，再期遊山。"這慷慨誓言，表達了他這次前往北疆，為國戍邊的雄心壯志，抒發了他對曾用自己心血保衛過的祖國東南山水的眷戀之情，也正可以作為他在沖佑觀所題詩句的註腳。戚繼光的題詞手跡，勒刻在武夷山的水光石上。水光石，又名晴川石，高達數丈，臨溪聳立。幾百年來，無數的人們曾佇立石前，誦唸題詞，緬懷這位民族英雄的光輝業績。

（倉陽卿）

原文

絕句

明•戚繼光

一劍橫空星斗寒，甫隨平虜復征蠻，

他年覓取封侯印，願向君王換此山。

笑語江南申漸高

湯顯祖（1550－1616），字義仍，號海若、若士，江西臨川人，是明代著名的戲曲家。他出身富裕的書香世家，少負才名，年僅十四，就進入了縣學，21 歲時中舉人。參加進士考試時，因不願交結權貴，拒絕與權相張居正的兒子聯誼，所以落第而歸。直到張居正死後，他 34 歲時才中了進士。但又因不願受執政的大學士申時行的籠絡，所以不能留在北京做官，被分到南京做太常博士。

湯顯祖在南京時，結識了顧憲成、高攀龍等東林黨人，一起議論朝政，抨擊腐敗。因此，湯顯祖一直受到權臣壓抑，仕途蹭蹬。萬曆十九年（1591），湯顯祖上《論輔臣科臣疏》，越職批評朝政敗壞，彈劾大學士申時行，言詞激烈，震動整個朝廷。湯顯祖被貶雷州半島徐聞縣去做典史小官。在南行途中，他寫下一系列紀行詩，如《馮頭灘》："南飛此孤影，箐峭行人稀。"抒發其鬱悶、孤寂之情。湯顯祖並沒因此而屈服。兩年後，他調任浙江遂昌知縣，有意在施政上為民做了一些好事，嚴加懲處侵害百姓的土豪、貪吏。萬曆二十四年，明神宗派遣太監到各地去徵收礦稅，肆意搜刮民財，被百姓稱作"搜山使者"。湯顯祖對此十分反感，在給友人的信中寫道："中涓鑿空山河盡，聖主求金日夜勞。賴是年來稀駿骨，黃金應與築台高。"對明神宗只知搜刮財富，不知招羅賢才治國的行徑提出了批評。萬曆二十六年初，湯顯祖因對朝政日益不滿，便棄官歸隱，回到家鄉臨川。是年初夏，京畿大旱，明神宗按照慣例，夜間在皇宮中焚香，並請道士築壇施法術祈雨。於是，忙壞了朝廷上一批幫閒文人，紛紛上表章、賦詩頌揚天子"為民宵旰"的"美德"，而沒有誰真正來關心一下百姓的疾苦。

此時，正在家鄉的湯顯祖耳聞這一場鬧劇，不由得啼笑皆非，憤而寫下了這首傳頌一時的諷刺詩《聞都城謁雨時苦攤稅》。詩中揭露了明神宗一面巧立名目、橫徵暴斂，一面卻惺惺作態地焚香祈雨的偽善面目，而那些俗儒為粉飾太平，說什麼"五風十雨"，真是天大的笑話！詩人還借古代申漸高的故事諷刺時弊：有一年，都城廣陵大旱，中書令徐知誥問左右道："近郊下了不少雨，都城內卻大旱不雨，是什麼原因？"伶人申漸高在一旁戲答道："這是因為雨也怕抽稅，不敢進入京城的緣故。"徐知誥知道這是申漸高借戲言來勸諫自己，就下令減輕關稅，四方商人因此都來都城經商。不久，天下大雨，減輕了災情。湯顯祖在詩中把諷刺的鋒芒直指最高統治者，由祈雨一事引出"雨亦愁抽稅"的笑謔，與明神宗開了一個不大不小的玩笑；同時，也希望明神宗能因天旱而減免稅賦來減輕百姓的痛苦。

（斯元）

原文

聞都城謁雨時苦攤稅

明•湯顯祖

五風十雨[1]亦為褒，薄夜焚香沾御袍[2]。
當知雨亦愁抽稅，笑語江南申漸高。

註釋

〔1〕五風十雨，五日一風，十日一雨，為太平盛世的"祥瑞"之一。

〔2〕薄夜，夜間。焚香，祈雨之儀式。御袍，即龍袍，皇帝所穿的衣袍。

從容待死與城亡

瞿式耜，字伯略，江蘇常熟人，生於 1590 年。在明朝末年得中進士後，一直為官清正、克己奉公，受到朝廷內外廉直人士的一致讚揚。1644 年清兵入關後，不少文武官員望風迎降。為免使漢民族受滿洲貴族奴役，此時出任廣西巡撫的瞿式耜與其他一些大臣一起，於 1646 年擁立桂王朱由榔為帝（史稱永曆帝），在西南建立了抗清政權。此後，升任文淵閣大學士的瞿式耜竭力支撐西南的危局，並曾屢次督率勇將焦璉等堅守受到清兵猛攻的桂林城。在堅守危城的日子裏，瞿式耜總是身冒矢石，與士卒同甘苦、共生死。缺餉之時，他的妻子邵氏也摘下簪釵、耳環，將它們捐充軍餉。由於瞿式耜等誓死苦守，明軍屢次擊退了驃悍的清兵，使桂林城幾次轉危為安。

1650 年初，清兵在定南王孔有德的率領下再次發動了強大的攻勢。幾個月間，明軍節節敗退，清兵接連攻破了南雄、全州、嚴關等地，並於同年 11 月直向桂林撲來。留守桂林的瞿式耜急忙飛催守將趙印選、胡一青、蒲纓等人來籌商戰守事宜。但是，他卻遲遲不見這些將領來府議事。瞿式耜連忙出府探聽，才知道這些懦怯的武夫們因清兵來勢兇猛，都成了驚弓之鳥，已全都帶着家眷、私產棄城出逃了！面對着這座無兵守衛的空城，悲憤已極的瞿式耜撫膺頓足。他一面痛哭這些貪生怕死的逃將，一面決定，作為留守桂林的大臣，他將以一死來殉節。總督張同敞在城外獲悉瞿式耜一人尚留在城內，就泅水過江，直入瞿式耜的府邸，決心與瞿式耜一同殉國。此時，瞿府內家人也全都逃散，只有一個老兵在旁侍候。瞿、張二人便端坐在廳堂之上，一面飲酒，一面從容待死。第二天即十一月初五的清晨，清兵在孔有德的率領下進入桂林。一隊清兵直奔瞿式耜的府邸。清兵們見瞿式耜與張同敞尚端坐在廳堂之上，唯恐他們逃脫，急忙上前捕捉。面對如狼似虎的清兵，瞿式耜鎮定地說："我們已坐等了整整一夜，何須你們來捕捉！"說罷，他們便隨着清兵離開了府邸。

孔有德得悉這些情況後，知道瞿式耜十分倔強，便想用殺雞儆猴的卑劣伎倆來進行恐嚇。他下令對張同敞大加拷打，企圖使用酷刑迫使二人屈服，瞿、張二人不為所動。孔有德見瞿式耜等威武不屈，又以榮華富貴勸誘瞿式耜等屈膝降清。瞿式耜與張同敞嗤之以鼻。孔有德無計可施，只得將瞿、張二人囚禁於民房之中，企圖用長期的囚禁生活，消磨他們的民族氣節。然而，瞿式耜等心如磐石，絕不動搖。他們還不住地唱和詩歌，共吟出了詩歌百餘首。其中瞿式耜吟出的"莫笑老夫輕一死，汗青留取姓名香"等警句，表達了他們為國家視死如歸的浩蕩胸臆。在此期間，為了勉勵舊部堅持抗清鬥爭，瞿式耜還寫下了給麾下猛將焦璉的書信，請人秘密地捎帶出去。可惜所託信使露出了破綻，被清兵抓住了。孔有德發現了瞿式耜的秘密書函，十分驚恐。他明白，瞿式耜不僅絕不會投降，而且只要一息尚存，也絕不會停止抗清鬥爭。於是他決定立即殺害瞿、張二人。

同年陰曆閏十一月十七日，瞿式耜與張同敞被清兵押到了桂林城內著名的風景區 —— 獨秀峰的仙鶴岩下。瞿式耜知道，他們為國殉難的最後時刻已經到來。在這生命的最後時刻，瞿式耜吟出了著名的絕命詩："從容待死與城亡，千古忠臣自主張。三百年來恩澤久，頭絲猶帶滿天香。"吟罷這首詩歌，他便與張同敞一起慷慨就義。瞿式耜的從容殉國，震動了明軍將士，激勵了他們與敵人死戰到底的決心。不久後，在抗清名將李定國的統率下，明軍大舉反攻，迫使困守桂林的孔有德自殺。這樣，西南地區的抗清鬥爭又出現了新的高潮。

（費成康）

原文

十七日〔1〕臨難賦絕命詞

明·瞿式耜

從容待死與城亡，千古忠臣自主張。

三百年〔2〕來恩澤久，頭絲〔3〕猶帶滿天香。

註釋

〔1〕 十七日，指永曆四年（1650）閏十一月十七日。瞿式耜於此日殉國。

〔2〕 三百年，明王朝創建於 1368 年，至瞿式耜殉國時已歷時近三百年。

〔3〕 頭絲，即頭髮。當時，清政府已下了“薙髮令”，而瞿式耜在被囚後仍拒不薙髮。

西湖有師

張煌言（1620－1664）是明末著名的文學家。他 26 歲投筆從戎，在浙東地區組織抗清義軍，與滿清統治者抗爭了 19 年，使清兵聞風喪膽。但終因寡不敵眾，遭到失敗。公元 1664 年 7 月，由於叛徒出賣，他不幸被捕。清兵將他押解到寧波——他闊別近 20 年的故鄉。

寧波民眾得知消息，紛紛聚集在城門口大道兩側，希望最後一次瞻仰這位民族英雄。他們看到張煌言仍然穿着大明衣冠，無不傷心落淚。滿清提督張傑聽聞張煌言押到，趕忙裝模作樣地大開提督府中門迎接。張煌言進入大廳，昂然高坐。張傑設宴招待，張煌言毅然拒絕，說：“國亡不能救，死有餘辜。今日之事，速死而已！”此外再無一語。張傑把他暫時羈押於一所民房，派兵看守，一面申報上級，聽候發落。張煌言在寧波關押了十幾天，清廷下令把他押到杭州。解送張煌言的船行至錢塘江南岸，突然從人群中擠出一個和尚，向船艙中投入一塊包着紙的瓦片。張煌言順手拾起，見紙上寫着幾首詩，其中一句是“靜聽文山《正氣歌》”。文山是文天祥的字，他在元人的獄中堅貞不屈，寫下長詩《正氣歌》。張煌言想：看來，人們都在關心我在生死關頭能否堅持民族氣節。

張煌言被投入杭州牢獄。一天，滿清浙江巡撫趙廷臣進獄探望。他百般勸降，許諾說：“只要張兄真心歸順，我一定保薦你以兵部尚書原職起用。”張煌言沉默片刻，突然說：“我到杭州後做了一個夢。”趙廷臣感到很奇怪。張煌言繼續說：“夢中獨遊西湖，望見西湖有兩座高墳——一座是岳武穆的，一座是于忠肅的。”武穆、忠肅，是岳飛、于謙死後的謚號。“張兄何以做此一夢？”趙廷臣還是愕然不解。張煌言哈哈大笑道：“你難道不知，如今兩座高墳之間，又要增添一座新墳了。”張煌言一陣激動，撫案而起，昂首大呼：“西湖有師，西湖有師啊！”他當場寫了一首七律。前四句是：“國亡家破欲何之？西子湖頭有我師。日月雙懸于氏墓，乾坤半壁岳家祠。”意為國家危亡之際，西湖邊有我效法的榜樣。于謙的功績猶如日月高懸，岳飛保住了南宋半壁江山。後四句是：“慚將赤手分三席，敢為丹心借一枝。他日素車東浙路，怒濤豈必屬鴟夷!”是說他抗清未成，同岳、于並墓，心懷慚愧。但報國之心，雖死猶存，定將化作錢塘江的怒濤，以抒泄悲恨！寫畢，張煌言擲筆於地。張煌言英勇不屈，清人見勸降無效，決定殺害他。

九月初七，天色陰霾，一隊清兵把張煌言押赴刑場。他從容不迫，遙望鳳凰山一帶的山色，連呼：“大好河山，竟淪陷敵手！”張煌言慷慨就義後，人們偷偷地收拾他的遺骨，遵照他生前在詩中表示的願望，埋葬在杭州南屏山北的荔子峰下。從此，他的墓同岳飛、于謙兩墓鼎足而三；他的英名，流芳千古，彪炳史冊。

（王國安）

原文

甲辰八月辭故里

明・張煌言

國亡家破欲何之[1]？ 西子湖頭有我師。
日月雙懸于氏墓，乾坤半壁岳家祠。
慚將赤手分三席，敢為丹心借一枝。
他日素車東浙路，怒濤豈必屬鴟夷[2]。

註釋

〔1〕 欲何之，將要到什麼地方去呢？之，往。

〔2〕 素車，白色的車，這裏指江中的波濤。東浙，浙江的東部。鴟夷，裝酒的皮袋；這裏指春秋時代的伍子胥。相傳伍子胥為吳國立有大功，被讒身死後，吳王把他裝入皮袋，投於錢塘江，他精魂不泯，變成了洶湧的浪濤。

開闢荊榛逐荷夷

明朝末年，歐洲的荷蘭殖民者乘明王朝統治崩潰之際，侵佔了中國台灣島。他們在台灣徵收很重的賦税，還把大批台灣同胞掠賣到海外去當奴隸。

清朝初年，在東南沿海一帶進行抗清鬥爭的明朝將領鄭成功，看到大陸上抗清鬥爭漸次被清軍鎮壓，難以發展，就決心收復台灣，作為抗清基地。1661 年，鄭成功率領 350 艘戰艦，25000 名戰士，從福建出發，浩浩蕩蕩渡過海峽，向台灣進軍。鄭成功的軍隊很快到達了台灣南部的禾寮港。台灣同胞見到鄭軍到來，喜出望外，紛紛趕來迎接，幫助大軍登陸。駐在台灣的荷蘭總督揆一聽説中國軍隊已在台灣登陸，大吃一驚，慌慌張張地分兵二路，企圖從海上和陸上夾擊鄭軍，將鄭軍趕下大海。鄭成功指揮軍隊，奮勇迎戰。接戰不久，一艘荷蘭兵船就被擊沉，180 多名荷蘭水兵被殲。在陸地上，荷蘭殖民軍遭到鄭成功軍旅的伏擊，100 多名荷蘭兵被擊殺，其餘的慌忙逃竄。揆一接連吃了兩個敗仗，不敢再戰，下令荷蘭士兵都躲到赤嵌城和台灣城（故址在今台南市安平鎮）內固守。鄭成功乘勝派兵包圍了這兩城。赤嵌城內的荷蘭軍隊人數較少，又缺乏水源，無法防守，沒過多少天，就開城門投降了。這樣一來，躲在台灣城內的揆一更加孤立，不久，他又得到從菲律賓來支援的艦隊被鄭軍擊敗的消息，使他更加驚恐了。次年一月，鄭成功下令對台灣城發動總攻擊。他派出 3 個炮隊，每隊 28 門大炮，對城內猛轟。頓時，台灣城內成了一片火海，荷蘭兵死傷纍纍。同時，鄭成功又派了一批船隻，前去進攻停泊在城外的荷蘭兵船。荷蘭兵猝不及防，一下子被燒毀了好幾艘戰船。鄭成功在發動強大的軍事攻勢的同時，又派人去見揆一，敦促他及早投降。揆一見大勢已去，只得同意投降。揆一在投降書上簽字後，帶着殘兵敗將，灰溜溜地乘上殘存的兵船走了。

經過艱苦的戰鬥，終於收復了台灣。鄭成功非常高興，決心好好建設台灣。為了勉勵自己的部下，他寫了這首《復台》。這首詩的意思是：像開闢荊棘叢生的荒地一樣，大家不顧艱險，為驅逐荷蘭侵略者而奮勇戰鬥。經過十年的精心準備，直到今天才收復了祖先的基業。詩中還引用了一個古代壯士田橫故事：西漢初年，漢高祖劉邦經過多年苦戰，終於打敗項羽，取得了天下。齊王田橫因不願尊奉劉邦為帝，就和自己部下 500 人，逃到海中荒島上。最後因不肯降漢，全部悲壯地自殺了。鄭成功用田橫的故事激勵部屬堅持抗清鬥爭，並以田橫自喻，說如今我有部將三千多人，他們都不怕吃苦，不顧道路險阻，始終不肯離開我，哪裏還怕大業不成呢？他的部下看了這首詩，都很感動，決心不辜負他的殷切期望。經過大家多年齊心努力，台灣終於成為當時抗清鬥爭的重要基地。

（斯元）

原文

復台〔1〕

明•鄭成功

開闢荊榛〔2〕逐荷夷〔3〕，十年始克復先基〔4〕。

田橫〔5〕尚有三千客，茹苦間關〔6〕不忍離。

註釋

〔1〕台，台灣。復台，收復台灣。

〔2〕荊榛，泛指叢生的荊棘，也比喻障礙和困難。

〔3〕荷夷，荷蘭侵略者。明末，荷蘭殖民者侵佔了台灣。

〔4〕克，能。復先基，收復祖先的基業。

〔5〕田橫，西漢初年齊王，因不肯降漢高祖劉邦，和部下五百人逃到荒島，最後全部壯烈自殺。

〔6〕茹苦，吃苦。間關，指道路險阻。

卻似壯遊時

夏完淳，明末著名詩人，少年抗清英雄。公元 1645 年（南明弘光元年），清軍南下，攻陷揚州、南京、蘇州、杭州等地。十五歲的夏完淳辭別新婚的妻子，慷慨從戎，參加了江南人民的抗清鬥爭。他先在吳易軍中任參謀，親臨前線，屢立戰功。後因寡不敵眾，吳易兵敗被殺，夏完淳奔走於江浙一帶，聯絡反清力量，圖謀再起。

1647 年 7 月，夏完淳回到家鄉松江華亭，探望母親，不幸被清兵逮捕。他父親夏允彝也是抗清英雄，前年殉國。母親靠他一人養老。他愛母親，但更看重民族氣節。在拜別母親時，寫了一首詩，表示他一死報國的決心。夏完淳被押到南京，審訊他的就是當過明朝宰相後來降清的洪承疇。洪知道夏完淳少年多才，有心想軟化他降清，便說：“你年幼無知，豈能稱兵叛逆？想來是受奸人矇騙。你只要肯歸順我朝，本督當保你做官。”夏完淳知道洪承疇的底細，故意恭維道：“我常聽說，亨九先生（洪的字）是本朝人傑，松山、杏山之戰，身先士卒，壯烈殉國，先皇帝聞訊，悲痛萬分。我雖然年輕，也仰慕他的忠烈。殺身報國，決不投降。”洪身旁的侍衛以為夏完淳不識堂上的大人，發生誤會，便對夏完淳說洪並沒有死，已歸順清朝，當了大官。現在審問他的正是洪大人。夏完淳明知就裏，仍不點破：“亨九先生殉國已久，誰人不知！當時先皇帝親自設祭，眾大臣向東遙拜，痛哭失聲。爾等狐假虎威，竟敢假冒亨九先生的大名，污辱忠魂，真乃可惡可恨！”洪承疇見夏完淳在公堂之上，口口聲聲稱他是大明忠臣，壯烈殉國，比直接罵他是大漢奸還要惱火。他又羞又惱，坐立不安，好半晌才有氣無力地揮了揮手：“帶下去！”

夏完淳在獄中談笑自若，吟詠不絕。當時他的岳父錢栴（也叫錢彥林，號半邨）與他一同受審。錢栴意志不夠堅定，有乞生之意。夏完淳激勵他說：“我們與陳公子龍一同起義，如今兵敗被擒，當與岳父大人慷慨就義，豈能乞生苟活！”當天夜裏，月色清冷，寒霜凝地，夏完淳思緒萬千，吟了一首詩：“樂令竟如此，王郎又若斯。自羞秦獄鬼，猶是羽林兒。月白勞人唱，霜空毅魄悲。英雄生死路，卻似壯遊時。”第二天，他把這首詩贈給岳父錢栴。錢栴看了兩三遍，極受感動。他覺得女婿把為國犧牲看得像到另一個世界去壯遊那樣平常，不禁奮然興起，也就吟詠如常了。1647 年 10 月 16 日，夏完淳與錢栴、劉曙等三十餘人，一同在南京西市就義，年僅十七歲。夏完淳用他生命寫成的愛國詩篇《南冠草》，至今仍然是肝膽照人，光芒四射。

（楊兆林）

原文

柬半邨先生

明・夏完淳

樂令〔1〕竟如此，王郎〔2〕又若斯。
自羞秦獄鬼〔3〕，猶是羽林兒〔4〕。
月白勞〔5〕人唱，霜空毅魄悲。
英雄生死路，卻似壯遊時。

註釋

〔1〕樂令，是指晉人樂廣。樂廣曾任尚書令，故《世說新語》每以樂令稱之。這裏借指錢栴，並不是從“岳父”的角度，而是從風流豪爽的名士角度來用典的。

〔2〕王郎，大概是用的王羲之袒腹東牀的故事。羲之年輕時與王承、王悅被時人目為“王氏三少”，太尉郗鑒以女妻之。夏完淳在這首詩中自稱王郎，是以女婿的身份作詩給岳父的。

〔3〕秦獄鬼，指南宋秦檜害死抗金名將岳飛的事。

〔4〕羽林兒，泛指健兒，作者自比為捍衛南明王朝的志士。

〔5〕勞人，勞苦的人。

清 代

莊騷馬杜待何如

金聖歎，江蘇吳縣人，原名采，後改為人瑞，字若采，以聖歎之號評點文章，是明末清初著名的文學批評家。他生於1680年三月初三，這天俗傳是天上主文運的文昌帝君的生日，故而金聖歎從小就很自負，滿懷金榜題名、出將入相的雄心。金聖歎自幼年起就絕頂聰明。10歲時，他與族兄同進鄉塾讀書，臨窗誦書，每至薄暮。很快地，金聖歎脫穎而出，學業明顯地超過了族兄。金聖歎由此被吳縣收為縣學生。但他恃才傲物，舉止倜儻離奇，視功名為遊戲，還常常戲弄縣學教授。有次，州府學使來縣歲考，以"如此則動心否乎"為題。金聖歎在文章背後連寫39個"動"字，說題旨是"四十不動心"，故寫39個"動"字，學使看後哭笑不得。此後金聖歎累遭罷黜，功名不成，卻贏得"狂生"之名。

金聖歎絕意功名後，以講經評書教學為業。在住所講經堂中設高堂，召徒講經。每升堂開講時，他聲音洪亮，旁徵博引，門徒無不對他頂禮膜拜。他還四處講學，每有相邀總欣然前往，甚至出入寺院與僧侶交往。在寺院飲酒食狗肉，登壇講經。金聖歎在講學時，經常抨擊當時的一些知名學者，其議論常能發前人之所未能，時有驚世駭俗之語，所以遭到衛道士們的憎惡。順治十七年（1661）底，酷吏任維初擔任吳縣縣令。他一面監守自盜，侵吞公糧三千餘石；一面用酷刑催逼賦稅，杖打欠租稅者，並打死1人，激起眾怒。次年二月，順治皇帝死訊傳到縣城，巡撫朱國治等地方官員都在府堂奠祭。吳縣諸生倪用賓等百餘人到文廟集合哭祭，然後到府堂請願，跪進揭帖，要求驅逐縣令任維初。但朱國治自己就是個大貪官，任維初所盜之糧，有一部分是送給朱國治的。所以，朱國治以震驚先帝、聚眾倡亂、情同謀反的罪名上報，將參予請願的18位才子逮捕下獄，其中包括金聖歎。這年五月，清帝聖旨下，金聖歎等人被判處腰斬，沒收家產，妻子被發配到遼東邊遠之地，史稱"哭廟案"。

消息傳來，金聖歎於獄中寫《絕命詞》三首，與親友訣別。其一寫與族兄金昌，詩曰："鼠肝蟲臂久蕭疏，只惜胸前幾本書。雖喜唐詩略分解，莊、騷、馬、杜待何如？"金聖歎將一生主要精力放在評點古書上。他曾説，天下才子之書，計有六種：《莊子》、《離騷》、《史記》、《杜詩》、《水滸》和《西廂》。當時，後兩種評點之書已完成出版，引起文壇和讀者很大的反響。在詩人有生的最後二年中，他常常挑燈夜讀、每每至深夜，專注於評解《杜詩》，但未能完成。金聖歎故而稱自己如"鼠肝蟲臂"，死去原無顧惜，只是"胸前幾本書"，雖已作出評論，但未鏤版印行，深感痛惜，希望族兄能完成他未竟的心願。七月，金聖歎在南京被斬，時年53歲，"哭廟案"是清朝鎮壓知識分子的一個信號，由此拉開了大興文字獄的帷幕。聖歎評《水滸》、《西廂》，在中國文學批評史上具有深遠影響。

（斯元）

原文

絕命詞

清・金聖歎

鼠肝蟲臂〔1〕久蕭疏〔2〕，只惜胸前幾本書。

雖喜唐詩略分解，莊、騷、馬、杜〔3〕待何如？

註釋

〔1〕鼠肝蟲臂，比喻生命如鼠肝、蟲臂一樣微末卑賤，毫不足道。

〔2〕蕭疏，冷落、沒有生氣的樣子。

〔3〕莊，指《莊子》；騷，指《離騷》；馬，指司馬遷之《史記》；杜，指杜甫之詩。

遺民猶有一人存

顧炎武，原名絳，字忠清，明亡後，改名炎武，字寧人，號亭林，江蘇崑山人。他是明清之際傑出的思想家、學者和詩人。他的母親王氏性情剛烈，17 歲時便守寡。顧炎武在王氏的撫育教誨下長大成人。顧炎武自幼耿介絕俗，落落有大志。年輕時常和諸名士吟詩作文，文壇上頗為有名。南明王朝成立，他以貢生薦授兵部司務。後與同鄉好友歸莊應崑山知縣楊永吉的號召，糾合義兵守城，抗擊清兵，終因力量不支而失敗。城破之日，母親王氏對顧炎武說："我雖是婦人，身受國恩，與國俱亡，義也。你不要做異國臣子……則吾可瞑目於地下。"王氏絕食 15 天而死，詩人悲痛之餘，對着母親的靈位發誓，定牢記母親遺言，誓死不與清廷合作。

此後四五年間，顧炎武不辭辛勞，奔走於大江南北，聯絡各地豪傑，以圖復明。他還賦詩以古代神話中精衛填海的故事自勉："我願平東海，身沉心不改。大海無平期，我也無絕時！"表現了詩人矢志抗清、不惜捐軀的決心。他的仇家葉方恒想陷害他，特地收買了他的僕人陸恩，讓陸恩去告發顧炎武與南明魯王、康王有聯繫。不久，由於葉方恆的告密，顧炎武被捕，被關在大獄，處境十分危險，但他依然拒絕了前來勸降的朝廷使臣，不與清廷合作。在朋友們的多方營救下，顧炎武才得以脫身出獄。出獄後，為避免更大的迫害，他離開了家鄉，渡江北上。此後，顧炎武的足跡遍於大河南北、長城內外。他背負行囊，沿途察看地勢，交結豪傑。同時，顧炎武注意在交通衝要之地，召集義士從事墾田，屯集糧草，為復明大業作準備。

顧炎武在奔波行旅之中照樣專心於學術研究，手不釋卷。他常用兩匹馬換着騎，兩匹騾馱着書跟在後面。每經過名山重鎮、祠廟古墳，他便採錄古碑遺碣，作為研究的資料。每到險要之地，他便找些老兵退卒，詢問山川形勢、風土人情，倘若和以前見聞不合，便打開書本加以糾正。這樣，他將學術研究、實地考察和救世安民之志結合起來。康熙十六年（1677）年，顧炎武來到陝西華陰，喜愛此處為交通要道，且背山面河，形勢險要，遂決定定居於此。儘管此時顧炎武年已 65 歲，但反清復明之志不衰。他置地 50 畝，收穫所得，除自用外，都儲蓄起來，以備將來起兵復明之用。次年，清廷首開博學鴻詞科、以圖收攏前明遺民，朝中一些大臣爭着向他表示希望推薦他應舉。顧炎武堅決拒絕，並宣稱道："刀繩俱在，硬逼我，我以自殺來抗爭！"他對自己的得意門生說：“你替我去京城一趟，務必制止他們推薦我！”

康熙十九年十一月，顧炎武北行考察至山西汾州，接到夫人王氏卒於崑山的訃告。此時詩人從事反清復明事業而遠離家鄉已 20 多年，真是亡國之痛未消，喪妻之哀又生！接到妻子死訊後，顧炎武悲慨萬端，寫下《悼亡》詩五首。其中第四首告訴亡妻：你婆婆王貞女葬在江村，你也由六歲的小孫兒送葬去江村，我因從事大業未酬，不能前來。你在黃泉與婆婆相見時告訴她：我至今仍然還是大明的遺民。次年春節，他在鞭炮聲中提筆寫下了一幅春聯以明其志：“六十年前二聖升遐之歲，三千里外孤忠未死之人。”兩年之後，顧炎武病逝於山西曲沃，終年 70 歲。他學問極為淵博，留下等身著作，如《日知錄》、《天下郡國利病書》、《音學五書》等，對後世影響頗深。

（斯元）

原文

悼亡〔1〕（五首之四）

清・顧炎武

貞姑〔2〕馬鬣〔3〕在江村〔4〕，送汝黃泉六歲孫。
地下相逢告公姥〔5〕，遺民〔6〕猶有一人存。

註釋

〔1〕 悼亡，哀悼亡妻之意。
〔2〕 貞姑，指詩人之嗣母王貞女。姑，婆婆，是針對亡妻而言的。
〔3〕 馬鬣，古代墳墓的一種形式。
〔4〕 江村，是崑山千墩浦右，為詩人亡母村葬之處。
〔5〕 公姥，公婆，這裏偏指婆。
〔6〕 遺民，這裏指不願出仕清朝的明朝臣民。

六月煎鹽烈火旁

吳嘉紀，字賓賢，江蘇泰州東淘人，是清初一位富有現實主義精神的詩人。他的祖父吳鳳儀，是明代著名理學家王心齋的學生，嘉紀又受業於鳳儀的弟子劉國柱。嘉紀 27 歲的時候，親眼看到明王朝淪亡，清兵南下，沿海居民，慘遭屠殺。巢覆卵破，詩人寧肯局處海濱，過着極端貧困生活，也絕不應試做官。

嘉紀所居住的那一楹草房，壁頹頂漏，使得他常年與冷風涼月為鄰，與荒草寒煙為伍，因此人們都稱他"野人"。詩人不僅不以此為苦，反而很樂意地把"野人"作為自己的別號。他每天早晨起牀後，便開卷枯坐。又忽而在屋中踱步，忽而操筆疾書；寫畢，或輕聲細吟，或高聲誦讀；讀畢，再操筆疾書。有時，他卻整日苦思，幾次吮毫而不落筆。嘉紀多病，鬚髯早白，瘦骨嶙峋。他經常飲食不周，朝不謀夕。但他安貧樂道，不願攀龍附鳳，不與富商大賈往來。有時他與同鄉隱者一起論詩，抱膝高吟。人們稱讚他處境愈窮而詩寫得愈好。詩人終身居住的地方 —— 東淘，是兩淮的重要鹽場之一。這裏的居民，大多是以煮鹽為生的窮灶戶，他們受盡官吏和鹽商的重重剝削，再加上天災不斷，長年過着人間地獄的生活。

農曆六月的一個中午，火辣辣的太陽曬得大地冒煙。一位老鹽工，呆呆地站在草房前的炎炎烈日之下。詩人見此情景，深感迷惑不解。詩人走上前去，關心地詢問究竟。老人苦笑了一下，指指草房裏煮鹽灶說："這裏面熱得使人透不過氣來，我在門前站一會兒，也算是乘涼了啊！"老鹽工的這番話，頓使詩人心中像壓了鉛塊似的，十分沉重。他一回到自己的茅屋，就立即寫了一首絕句："白頭灶戶低草房，六月煎鹽烈火旁。走出門前炎日裏，偷閒一刻是乘涼。"這首詩，用質樸清新的語言，描寫了富有典型意義的內容，形象地揭示了鹽戶的非人生活。更可貴的是，詩人把窮苦鹽民的感情化成了自己的感情，從而對殘酷的封建壓迫剝削提出了血淚控訴。

（倉陽卿）

原文

絕句

清・吳嘉紀

白頭灶户[1]低草房，六月煎鹽烈火旁。

走出門前炎日裏，偷閒一刻是乘涼。

註釋

〔1〕 灶戶，也稱鹽戶，舊時負擔製鹽徭役的人家。

驚世友情助絕寒生還

吳兆騫，清初江蘇吳江人，字漢槎，又稱季子。他博學能文，年輕時就有詩名。在一次聚會上，他結識了著名詞人顧貞觀。兩人一見如故，傾心相交，從此便唱和酬答，時相往來，結下了深厚的友誼。

公元 1657 年秋天，兆騫離開吳江，到江寧府（今江蘇南京市）去參加科舉考試，被取中為舉人。但考試結束後不久，有人告發江南闈主考方猷等受賄舞弊，順治皇帝震怒，立即下詔把主考和房考官逮捕下獄。經過審訊查實，二十二名考官全部判處死刑，他們的家產被抄沒，妻子兒女也都淪為官奴。中試的舉人奉旨入京參加復試。復試於瀛台舉行，武士林立，持刀挾兩旁，吳兆騫戰慄未能終卷，遭除名，責四十板，家產籍沒。更因仇家誣陷，被加重判罪，發配到遠離京城八千里以外的寧古塔（今黑龍江寧安）去。當吳兆騫懷着淒涼的心情從順天被押到北上的時候，同他肝膽相照的好友顧貞觀還在遙遠的江南。因行期倉促，顧貞觀無法趕去相送，只能含着悲痛的熱淚凝望北方，默默立下“必歸季子”的誓言。

寧古塔位於荒僻的北疆，當時還是一片沒有開發的不毛之地。那裏冰封雪凍，氣候酷寒，只能掘地蓋屋居住。吳兆騫跋山涉水、歷盡艱辛地來到這舉目無親的異鄉，只能住在一間用泥土砌成的簡陋小屋裏，過着伶仃孤苦的流放生活。四年以後，他的妻子葛氏也來到寧古塔戍所，同他相依為命。夫婦兩人時時都在盼望朝廷能頒下一道赦令，好讓他們重新回到江南的故鄉去。公元 1666 年，顧貞觀來到順天府應試，考中了第二名，被分配在國史館任職。他經常去尋訪和拜託朝中權貴和名士，為營救吳兆騫而辛勤奔走。但這個案件是順治皇帝所欽定，有誰敢拿自己的前程去冒天大的風險呢？因此營救兆騫的事情，仍然毫無眉目。

公元 1676 年冬天，顧貞觀接到吳兆騫從戍邊寄來一信，才知吳在戍邊的苦況：“塞外苦寒，四時冰雪，鳴鏑呼風，哀笳帶血，一身飄寄，雙鬢漸星。婦重多病，一男兩女，藜藿不充，回念老母，煢然在堂，迢遞關河，歸省無日……”信中幾乎是用和着血淚的話語，向貞觀訴說了十八年來的痛苦和不幸，希望他能夠竭盡全力幫助自己從絕塞生還。顧貞觀讀信後，淒傷流淚，他想立即給吳兆騫寫一封回信，可是一般的文字已經無法表達他那奔騰激越的感情，於是他用酣暢淋漓的筆墨寫下了兩首《金縷曲》詞。在前一首詞中，他對當初落井下石的無恥小人作了憤怒的鞭撻，對兆騫的不幸遭遇表示了深切的同情，並承諾：“廿載包胥承一諾，盼烏頭馬角終相救。”無論有多大的風險，自己決不會辜負摯友的期望和委託。

當時，顧貞觀被當朝太傅明珠延聘至府中教書，與明珠的長子納蘭性德結為忘年之交。顧貞觀深知身居絕塞的好友再經不起風霜雨雪的摧殘，便託請摯友納蘭相助。納蘭性德性格豪放，極重情義，也是當時名動海內的詞人，他對吳兆騫的不幸遭遇早已有所聽聞，也被《金縷曲》中的肺腑之言深深感動，答應顧貞觀以十年為期，營救吳兆騫南返。顧貞觀被納蘭的俠義心腸深深感動，可是吳兆騫已經在絕塞苦熬了十八年，目前處境艱難，顧貞觀深感救友生還已刻不容緩，便懇請納蘭將期限縮為五年。納蘭告別以後，不久就按貞觀的《金縷曲》原文寫了一首和詞，其中最後幾句是：“絕寒生還吳季子，算眼前此外皆閒事。知我者，梁汾耳。”向貞觀（號梁汾）表達了他為營救兆騫而義無反顧的決心。

經過納蘭幾個月的奔波努力，事情仍然沒有多少進展。最後，他不得不把貞觀帶到自己家裏，去請求父親明珠太傅出面幫助營救兆騫。時間又過去了五年。1681 年，在納蘭明珠、顧貞觀、納蘭性德和其他一些朋友的盡力營救下，歷盡千辛萬苦的兆騫終於同妻子兒女一起，被朝廷放歸，回到了京城。當絕塞生還的吳兆騫同顧貞觀這位闊別了二十多年的生死不渝的知友緊緊擁抱在一起的時候，同來迎接的人們都不禁流下了悲喜交集的熱淚。記載着他們之間深情厚誼的《金縷曲》詞，也被後人傳誦為“贖命詞”，成為清詞中的壓卷之作。

（金文明）

原文

金縷曲（二首之一）

寄吳漢槎寧古塔，以詞代書，時丙辰冬寓京師千佛寺冰雪中作〔1〕。

清・顧貞觀〔2〕

季子〔3〕平安否？便歸來生平萬事，那堪回首！行路悠悠誰慰藉？母老家貧子幼。記不起從前杯酒。魑魅擇人〔4〕應見慣，總輸他覆雨翻雲手。冰與雪，周旋久。

淚痕莫滴牛衣〔5〕透。數天涯依然骨肉，幾家能彀〔6〕？比似紅顏多薄命，更不如今還有。只絕塞苦寒難受。廿載包胥〔7〕承一諾，盼烏頭馬角〔8〕終相救。置此劄，君懷袖。

註釋

〔1〕這是《金縷曲》詞的小序。漢槎，清初詩人吳兆騫（1631－1684）的字。書，信。丙辰，公元 1676 年。

〔2〕顧貞觀（1637－1714），字華峰，號梁汾，清初著名詞人。

〔3〕季子，古代兄弟之間，年齡較小的稱叔或季。吳兆騫排行第三，因也稱吳季子。

〔4〕魑魅，山野中害人鬼怪。這裏比喻誣陷兆騫的壞人。擇人，找人吞食。古書中有老虎添上翅膀“擇人而食”的説法（《逸周書・寤儆》）

〔5〕牛衣，蓑衣。本來給牛遮蓋禦寒，後泛指窮人的衣被。

〔6〕能彀，能夠。

〔7〕包胥，春秋時代楚國忠臣申包胥。據《左傳》記載，伍子胥父兄被楚平王殺害，子胥逃往吳國，決心滅楚報仇。申包胥知道以後説：“如果

你滅掉楚國，我一定要使他復興起來。”後來他果然履行了自己的諾言。

〔8〕烏頭馬角，戰國末年，燕太子丹在秦國當人質，要求秦王放他回去，秦王說：“等到烏鴉頭白馬生角以後，才能放你。”這裏比喻極難出現的情況。

冷雨寒燈夜話時

清代康熙年間，在山東淄川縣（在今山東淄博市）西鋪村通往縣城的大道上，每當金雞曉唱或炊煙四起以後，人們經常可以看到在道旁一棵亭亭如蓋的大樹下，有一位三十多歲的教書先生坐在蘆席上。他穿着簡樸，身旁放着一個裝滿濃茶的瓶子和兩隻茶碗，一包當地出產的淡巴菰煙。每當有行人路過，他就站起身來，熱情地邀對方坐下，請來人講故事，講自己的見聞。別人講故事講得口渴了，他馬上獻上一碗濃茶。當他發現別人有些疲倦了，又奉上旱煙袋。別人不談完，他就不讓走。時間一長，很多人都知道西鋪村有個愛聽故事的教書先生。這位先生是誰？就是《聊齋誌異》的作者蒲松齡。

蒲松齡，字留仙，別號柳泉。生於明崇禎十三年（1640），卒於清康熙五十四年（1715）。他出身於一個小地主小商人的家庭，從小就接受了正統的儒家教育。後來，他的家庭破落了，想通過科舉考試走向官場，來改善自己的政治地位和生活處境。19歲時初應童子試，後來又連中縣、府、道三個第一，補博士弟（秀才），總算是一帆風順。但往後卻不行了，屢遇挫折，考運不佳。為了生活所迫，蒲松齡只好給“縉紳人家”做塾師。科舉失意，生活貧困，長期居住在鄉村，和農民接觸多了，使他能夠體察民間疾苦，看清社會的黑暗。為了免陷文網，他決心通過談鬼說狐來寫一部表達自己憤世嫉俗的書。於是，搜集材料，準備創作。蒲松齡每到夜晚，不管是酷暑嚴冬，不管是冷雨淒風，總是對着那熒熒孤燈，把白天聽來的那些動人心弦的故事，進行藝術加工，敷衍成篇。這樣辛勤了二十多個寒暑，終於完成了著名的《聊齋誌異》。

當時的大詩人王漁洋（士禛）十分讚賞蒲松齡的這部書。未等全書脫稿，就"按篇索閱，每閱一篇寄還，按名再索"。並在原稿上寫下若干條眉批。王漁洋打算用三千金買下這部原稿，代為刊行。蒲松齡起初沒有答應，後來卻不過王漁洋的再三懇請，才請人把原稿送到王漁洋那兒去。蒲松齡 50 歲那年，王漁洋寫了一首詩："姑妄言之姑聽之，豆棚瓜架雨如絲。料應厭作人間語，愛聽秋墳鬼唱時。"以示對《聊齋誌異》的推崇。王漁洋官位高，詩壇上又有影響。蒲松齡對他的讚賞頗為感激，就寫了一首和詩："誌異書成共笑之，布袍蕭索鬢如絲，十年頗得黃州夢，冷雨寒燈夜話時。"《聊齋誌異》由於王漁洋的讚賞和刊刻，很快就廣為流傳了。

（楊兆林）

原文

七絕

清・蒲松齡

誌異〔1〕書成共笑之，布袍蕭索〔2〕鬢如絲。
十年頗得黃州夢〔3〕，冷雨寒燈夜話時。

註釋

〔1〕 誌異，指《聊齋誌異》。
〔2〕 蕭索，蕭條，冷落。
〔3〕 黃州夢，黃州，指代蘇軾。蘇軾曾被貶為黃州團練副使。黃州夢，指蘇軾在黃州做官時強人談鬼的事情。

依舊淮南一片青

鄭燮，是清代著名的書畫家、文學家。他是江蘇興化人。興化城東門外，有一座木板橋，曾經給了他美好而深刻的印象，因此他就以“板橋”為號，後來常常自稱“板橋道人”、“板橋居士”。

乾隆七年（1742）春天，鄭板橋被任命為山東範縣知縣。於是他帶了個書僮，騎上毛驢，另用一頭蹇驢馱着行李書囊和一把阮咸琴，就這樣“走驢上任”了。鄭板橋做了範縣知縣，經常“芒鞋問俗入林深”，實地了解民生疾苦。五年的官場生涯，使他看到了政治的腐敗和社會的黑暗，深感自己報國濟民的抱負難以伸展。他苦悶喟歎，打算告病辭職。辭呈還沒來得及遞上，他卻又被改任為山東濰縣知縣了。這時板橋已 54 歲。他無可奈何地到達任上，偏又碰上了百年罕見的旱荒。赤地千里，顆粒無收，滿眼都是慘不忍睹的景象。鄭知縣寢食不安。鄭板橋冒着“目無上司，獨斷擅行”的罪名，“先斬後奏”，下令開倉賑濟災民。同時，又果斷地採取以工代賑、抑制富豪、打擊奸商等措施，使許多百姓倖免死亡，勉強度過了災荒。

鄭板橋為官清廉剛正，敢於為民請命，必然結怨土豪，觸忤大吏。結果，乾隆十八年（1753）清廷竟然給他套上了莫須有的罪名，將他罷了官。鄭板橋原來就“屢思乞休”，脱離惡濁的官場樊籠。如今既被褫職罷官，也就二話不説，理理書箱行李，騎上驢就走。濰縣士民，聞悉此事，都感到不平，早早候在道旁，揮淚相送。鄭板橋十分感動，情不自禁地下了驢，喝了一碗餞行酒，隨即鋪紙揮毫，畫了一幅墨竹，並且題了詩：“烏紗擲去不為官，囊槖蕭蕭兩袖清。寫取一枝清瘦竹，秋風江上作漁竿。”詩的前兩句，刻畫了作者為官十數年，依然囊空如洗、兩袖清風的形象。後兩句表明他日後將寄跡江湖，過貧寒而無拘無束的生活。鄭板橋把這幅畫送給了最年長者，然後與送行的人們一一拱手道別。鄭板橋回到興化故園，重又在屋前屋後栽上竹子，種上幽蘭，親手營建起了終年青翠、四季清芬的“擁綠園”。

與“擁綠園”相鄰的，是“浮漚館”，館主就是著名畫家李鱓。這位負才使氣，“兩革科名一貶官”的李鱓，現在正閒居在家。於是，板橋與他朝夕相處，吟詩論畫，心曠神怡，十分相得。不久，李鱓到了揚州。揚州的許多朋友因此得悉鄭板橋已棄官回家，於是紛紛寄書相邀。揚州的文物，往事的回憶，朋輩的盛情，書畫的創新，都時刻把板橋往揚州方向吸引過去。於是他請堂弟幫他整理好書稿行囊、文房四寶，便動身往揚州而去。揚州位於大運河與長江匯合處，是南北交通的樞紐，商業經濟相當繁榮。並且，“海內文士，半集維揚”，在這座文化名城裏，雲集了許多富有正義感的知識分子。板橋一踏上闊別多年的揚州，就受到友人們熱誠歡迎。板橋當眾欣然揮毫，作了重返揚州的第一幅畫——墨竹。那嫩竹用濃墨，顯得很滋潤，而老竹以飛白畫，愈見歷盡滄桑、遒勁堅韌之態。板橋隨即又在畫上題詩一首：“二十年前載酒瓶，春風倚醉竹西亭。而今再種揚州竹，依舊淮南一片青。”詩中，抒發了他遠離官場，重又回到畫友們中間的輕快自在的心情。鄭板橋重返揚州後，一方面仍以賣畫為生，一方面以更多的時間來和朋友們切磋書畫技藝，與板橋來往最密、關係最深的是汪士慎、黃慎、金農、高翔、李鱓、李方膺、羅聘等七人。鄭板橋和他的七位朋友，被世人稱作“揚州八怪”。他們打破了正統畫派的窠臼，把詩、書、畫、印融合成有機整體，開創了新的畫派——揚州畫派，並以各自的成就和個性，為中國繪畫史寫下了新篇章。

（倉陽卿）

原文

初返揚州畫竹第一幅

清・鄭燮

二十年前載酒瓶，春風倚醉竹西亭。
而今再種揚州竹，依舊淮南一片青。

被天強派作詩人

清代著名詩人袁枚早年參加科舉，中了進士，被委派到江蘇江寧縣做知縣。江寧是個大縣，戶多事繁，但袁枚卻治理得井井有條。他常常整天坐堂辦公，聽吏民百事，一般簡單的案件，當堂作出判決，因斷事公正，所以受到了當地百姓的愛戴。但是，袁枚內心卻交織矛盾與苦悶。他原是個放浪不羈的才子，喜歡遊山玩水，流連詩酒，品評古玩，種植花木。就是對“官若原同受戒僧“的官場生活，感到拘束和壓抑，所以，不久他便稱病辭職了。

袁枚喜愛金陵山水，便花三百兩銀子，買下小倉山北邊的一座花園，堆壘假山，種植花木，建造亭台樓閣，為它起個名兒，叫做“隨園”。竣工後，袁枚就同全家一起閒居隨園內，吟風弄月，過着“竟同猿鳥結芳鄰”的隱士生涯。這樣自由自在地生活了三年，積蓄用光，生活發生困難。主張順應自己本性生活的袁枚，在親友妻子的慫恿下，懷着“入山愁我貧，出山愁我身”的矛盾心情，不得已離開隨園，去陝西做官。袁枚在陝西任上，與上司意見不合，加上他曾向朝廷獻治國安民的萬言書，結果卻不受重視，沒多久，他就以奉送年邁的母親為由，再次告長假辭官，返回江南。從此再也沒踏入官場。以後，袁枚一直閒居隨園，賦詩作文，暢遊山水。他曾高興地寫詩道：“花竹千行環子舍，牙竿四面繞吾廬，此中便了幽人局，門外浮雲萬事虛。”袁枚除了忘情山水外，還常聯繫一班才子文人，在秦樓楚館與青樓女子飲酒唱和作樂。無官一身輕，每天只在隨園裏看看風景，談談愛情，寫寫詩。想起年輕時匡時濟世的抱負，袁枚自嘲道：“自笑匡時好才調，被天強派作詩人。”

由於袁枚享有很高的文名，四方之士凡路過江寧的，大都前來拜訪，經常有人投送詩文，請他指點。“座下客常滿”。他對賓客十分熱情，對別人詩文的優點稱譽不絕。不少年輕學子拜在他的門下，尊他為師。他還不顧衛道士們的詬罵，收了幾十個女學生，為她們評點詩文。袁枚對朋友十分真誠。編修程晉芳死後，尚欠他一筆錢，他前往弔祭，就在靈前將借條燒掉，還為程撫養兒女，因而得到人們的讚揚。70 歲時，袁枚還拄着竹杖、穿着草鞋，尋幽訪勝。安徽、江西、兩廣、湖南的山山水水，無不留下了他的足跡和詩句，成為清代著名的大詩人。

（斯元）

原文

自嘲

清•袁枚

小眠齋裏苦吟身，才過中年老亦新〔1〕。

偶戀雲山忘故土，竟同猿鳥結芳鄰。

有官不仕偏尋樂，無子為名又買春〔2〕。

自笑匡時〔3〕好才調，被天強派作詩人。

註釋

〔1〕 老亦新，作者幽默地認為自己"才過中年"，即使可稱之為"老"，也屬於"新老"。

〔2〕 買春，買小老婆。封建社會一夫多妻制下的收養偏房的做法。

〔3〕 匡時，扶佐時事，對國家、時代作貢獻。

一人獨佔一江秋

紀昀，字曉嵐，是清乾隆帝的寵臣，他為人詼諧，才思敏捷，一向有"才子"之稱。一次，有個翰林為自己的母親做壽，特意邀請紀昀等人一起去祝壽。宴慶當日，翰林家熱鬧非凡，到處張燈掛綵。席上，眾人紛紛為翰林母親作詩祝壽。輪到紀昀，只聽他稍加思索後吟出這麼一句："這個婆娘不是人！"在座的賓客聽了無不大驚失色，這不是在罵人嗎？紀昀卻不慌不忙，從容不迫地繼續吟道："九天神女下凡塵。"原來如此，老夫人不是人，而是天上的神女下塵世。眾人把繃緊的臉放鬆了，露出笑容。誰知紀昀接吟出的第三句卻是："生下兒子去做賊！"剛才是罵太夫人，現在罵到翰林頭上了，翰林剛剛綻出的笑靨一下子凍凝了。眾人面面相覷，暗地為紀昀捏一把汗。只見紀昀呷了一口茶，慢悠悠地說道："諸位不要誤會，這個兒子也不是凡賊，而是一個到天宮裏偷摘蟠桃的‘仙賊’，所以，詩的最後一句就是：“偷得蟠桃壽母親。”大家聽後，禁不住哈哈大笑，欽佩紀昀的才思敏捷，有人甚至帶頭鼓起掌來。紀昀作詩祝壽，一時傳為佳話。

一年秋天，乾隆皇帝離開北京，下江南巡遊。紀昀等大臣隨同前去。渡長江時，乾隆立在船頭，看到有一艘小漁船，上有一個漁翁在垂釣。乾隆一向愛吟詩，很想將眼前景色寫成一首詩，但一時想不出滿意的詩句。乾隆知道紀昀學識淵博，絕頂聰明，一心想出個難題，將他難倒，便指着漁船對他說：“你將這眼前景色，給我吟一首詩。”乾隆接下去開出條件說：“你只能寫一首短短的七絕詩，而且詩句一定要包括十個‘一’字。”紀昀不敢違旨，只得說：“待臣慢慢想來。”一首僅有二十八字的七絕，且要十個“一”字，多難寫啊！御船上的其他大臣不禁都為紀昀捏着一把汗。但這並沒有難倒紀昀。不一會兒，紀昀說：“詩已做成。”乾隆大為吃驚：“啊！那就吟給朕一聽吧。”紀昀朗聲高吟道：“一篙一櫓一漁舟，一個梢頭一釣鈎，一拍一呼還一笑，一人獨佔一江秋。”乾隆默默地掐指一算，詩中正好十個“一”字，而且最後一句充滿情趣，便誇獎道：“吟得好！”其他大臣也都跟着稱好。

過了幾年，乾隆皇帝再次南巡，來到杭州。紀昀等人陪着坐船遊覽西湖。當時，正值寒冬季節，天氣很冷，乾隆來到湖邊樓頭，坐下一邊喝酒，一邊欣賞湖光山色。一會兒，突然大雪紛飛，大片大片的雪花飛落在盛開的梅花上，簡直分不清是雪花還是梅花，景色迷人，富有詩意。乾隆皇帝一心想吟詩詠雪，就隨口吟了一句：“一片一片又一片。”默默地數着飛舞的雪片，乾隆帝又隨口繼續吟道：“二片三片四五片，六片七片八九片。”這算什麼詩啊？乾隆吟不下去了，露出滿臉尷尬的神色，看着身旁的大臣，希望有人馬上前來幫他續上一句。這詩怎麼續啊？眾大臣面面相覷，不敢作聲。這時，只見紀昀上前跪道：“請皇上准許微臣來續吟一句。”乾隆看到紀昀前來解圍，不禁點了點頭。於是，紀昀站起來，朗聲吟道：“飛入梅花都不見。”一下子，使前面三句普通的口語，帶上一點詩意。乾隆聽了，大為滿意，馬上解下身穿的貂皮披風，親自替紀昀披上，以示獎勵。乾隆朝修《四庫全書》，紀昀擔任總編纂官，歷時十年，終於編成了中國古代收書最多的大叢書——《四庫全書》。而紀昀的聰明才智，也被人們作為美談，流傳了下來。

（斯元）

原文

江上漁舟

清·紀昀

一篙一櫓一漁舟，一個梢頭一釣鈎。

一拍一呼還一笑，一人獨佔一江秋。

春雷欻破零丁穴

林則徐（1785－1850），福建侯官人，是清代傑出的政治家和民族英雄。他在年輕時即中進士、點翰林，踏上了政治舞台。由於他為官清正，才幹出眾，到 1837 年，他被清廷擢升為湖廣總督。這時，英國商人為了牟取暴利，也為了打開中國的大門，違反清政府一再頒佈的禁令，正在加緊向中國販運鴉片。廣東是走私鴉片的主要入口，湖南、湖北兩省緊連廣東，也已成為煙害十分嚴重的地區。林則徐早已注意到鴉片的嚴重危害。那些吸食鴉片的官吏、兵丁、百姓等"呼吸成滋味"，逐漸染上煙癮，便不能不吸鴉片，弄得人不像人，鬼不像鬼，精神、肉體都受到極大的摧殘。不僅如此，林則徐覺察到這種烏黑的毒品換走的不只是大量的茶葉、生絲、布匹、藥材，還使中國的白銀滾滾外流，造成了空前的銀荒。

為了消除煙害，林則徐便在湖廣地區開展禁煙運動，破獲多起販煙案件，收繳了大批煙槍、煙膏等，並將收繳的煙槍、煙膏一併銷毀。同時，林則徐一再給道光帝上奏摺，積極參加了有關"弛禁"還是"嚴禁"鴉片的論爭，駁斥了大學士穆彰阿和直隸總督琦善等反對禁煙的謬論。他指出，再因循下去，中國將沒有可以禦敵之兵，也沒有可以充餉之銀。

林則徐對鴉片危害的揭露，打動了在禁煙問題上動搖不定的道光帝。1838 年 12 月底，他任命林則徐為欽差大臣，前往煙害最烈的廣東去查禁鴉片。在前往廣東途中，林則徐收到了兩廣總督鄧廷楨等的來信。鄧廷楨曾一度主張“弛禁”鴉片，但是現實的鬥爭使他改變了原來的主張。因此，他在來信中發誓，要與林則徐同心協力，除掉中國的“大患之源”。

得到鄧廷楨等人合作，林則徐非常高興。他很快下達了密拿販毒、吸毒人犯的命令。於是廣東官兵立即按照林則徐的命令，拘拿了數十名臭名昭彰的煙販子，並在夜間逐戶搜查，捕獲吸毒、販毒人犯 2000 多名。英、美等國的鴉片販子發現林則徐確實在厲行煙禁，為了暫避禁煙的風雷，他們將停泊在珠江口附近零丁洋面上的 22 隻滿載鴉片的躉船都駛到了口外的大洋之中。林則徐認識到，要禁絕鴉片，必須要收繳躉船上囤積的大量鴉片。他便會同鄧廷楨等傳令外國鴉片販子，要他們將鴉片盡數繳出，並保證以後再不向中國走私鴉片。英國駐華商務監督義律和鴉片販子們竭力對抗禁煙運動，並企圖逃離廣州。林則徐便下令將停泊的外國貨船暫行封艙，將各國商館的中國買辦、工役一律撤出，並調派巡船把守交通要道，嚴防鴉片販子逃離廣州。義律無計可施，只得命令鴉片販子們將躲往外洋的鴉片躉船駛到虎門海口的沙角一帶，將 20000 多箱鴉片全部呈繳給中國官府。林則徐和鄧廷楨也來到沙角炮台，“春雷欻破零丁穴”，“沙角台高，亂帆收向天邊”。看到禁煙的春雷摧毀了零丁洋上的鴉片巢穴，如今那些繳出鴉片的躉船只能收帆而去的情景，林則徐的心情無比興奮。

在收齊鴉片後，1839 年 6 月 3 日，震驚中外的銷煙行動開始了。林則徐和鄧廷楨等都親臨現場，督察銷煙的壯舉。遠近民眾聽到這一喜訊，也都趕來觀看。虎門海灘上人山人海，在民眾的歡呼聲中，工人把一箱箱的鴉片傾入兩個長寬各十五丈餘，已灌進海水、加入食鹽的方形大池之中，用燒透的石灰將鴉片集中銷毀。在銷禁鴉片的同時，林則徐還會同鄧廷楨和水師提督關天培等督令官兵們搶修炮台，增添大炮，安放封江的木排鐵鏈，並加緊了軍事訓練，以防英國船艦來犯。沒過多久，英國侵略者果然點燃了戰火。從 1839 年 9 月始，義律率領一些英國戰艦在穿鼻洋海面和九龍洋面一再向中國水師發動襲擊。在林則徐、關天培的直接指揮下，廣東駐軍毫不畏懼，英勇回擊，與英國侵略者進行了激烈的戰鬥，取得了七戰七捷的勝利。捷報傳來，萬眾歡騰，滿懷喜悅的鄧廷楨還用《高陽台》詞牌填詞一首，贈給林則徐表示祝賀。林則徐也極為興奮，隨即用這個詞牌，依照原韻填詞一首，回贈鄧廷楨。在這首詞中，林則徐深刻地揭露了鴉片的危害，熱情地歌頌了禁煙鬥爭的勝利，並希望"春雷歘破零丁穴"的消息傳到"絕島重洋"，使那些販運鴉片的船舶"取次回舷"，再也不敢來侵害中國。

（費成康　黃介欽）

原文

高陽台和嶰筠前輩韻[1]

清•林則徐

玉粟[2]收餘，金絲[3]種後，蕃航別有蠻煙。雙管橫陳，何人對擁無眠？不知呼吸成滋味，愛挑燈，夜永如年。最堪憐，是一丸泥，捐萬緡錢[4]。

春雷歘破零丁穴[5]，笑蜃樓氣盡，無復灰然。沙角台高，亂帆收向天邊。浮槎漫許陪霓節[6]，看澂波[7]，似鏡長圓。更應傳，絕島重洋，取次回舷[8]。

註釋

〔1〕高陽台，詞牌名。嶰筠，鄧廷楨的字。和韻，作詩術語，即依照所和詩中的韻作詩。前輩，清代翰林稱比自己科第早的翰林為前輩。

〔2〕玉粟，蒼玉粟，即罌粟。

〔3〕金絲，金絲醺，即呂宋煙草。

〔4〕緡，古代一千文錢為一緡。全句意為，鴉片煙丸使損失大量的錢財。

〔5〕春雷，指禁煙運動。歘破，忽然衝破。零丁穴，零丁洋上走私鴉片的巢穴。

〔6〕浮槎，傳説中來往於海上和天河之間的木筏。漫，隨意。陪，伴隨。霓節，出使時手持的手杖。全句是指林則徐將致英王照會交付英國商船帶往倫敦一事。

〔7〕澂，通"澄"。澂波，清澈而平靜的水面。

〔8〕取次，次第。回舷，返航。全句意為，使走私鴉片的船隻全都返航。

試吟斷送老頭皮

林則徐以虎門銷煙、奮力抗英而聞名中外，成為一代名臣、民族英雄。但也是因為禁煙和抗英，使林則徐成了朝廷的一名"罪臣"，遭受了5年悲壯的流放生活。

1840年，鴉片戰爭爆發，由於清軍接連失利，朝廷主和派誣陷是因為林則徐禁煙才燃起戰火，昏憒的道光帝竟把廣東軍事的失敗歸罪於林則徐和鄧廷楨，下令將他們二人從重懲處，"發往伊犁，效力贖罪"。1842年夏季，遣戍新疆的林則徐和他的眷屬抵達了陝西省的省城西安。因為有幾個門生在那裏為官，所以林則徐決定把妻子安置在西安。此時，林則徐已經五十八歲，他的妻子鄭氏又是久病未癒。在夫妻倆執手話別時，鄭氏痛感此番生離，也許就是死別，心中自然充滿了憂傷。林則徐雖然遭到如此不公正的處罰，卻並不悲悲切切，而是十分從容、坦然。為了安慰憂傷的妻子，林則徐便給她講了一段宋代楊樸和蘇軾的故事。

北宋時，有個隱逸之士名叫楊樸，他嗜愛飲酒，也喜歡吟詩，在當時頗有一點名聲。宋真宗聽説楊樸善於寫詩，便召他進京陛見。楊樸浪跡江湖，無意仕進，不願去覲見皇帝，但因皇帝下了詔令，又不敢公然抗命。臨行時，楊樸之妻作詩一首送他啟程。詩云："更休落魄貪杯酒，亦莫猖狂愛吟詩。今日捉將官裏去，這回斷送老頭皮。"詩中詼諧地把楊樸應詔進京稱為捉進官府，把他可能被迫做官稱為是要了這個老頭子的命，讀後令人解頤。到了汴京後，楊樸很快見到了宋真宗。宋真宗便問他道："此次來京，有人作詩送你嗎？"楊樸答道："臣的妻子作了一首詩。"接着，他便把此詩唸了出來。因為這首詩極為風趣，宋真宗不禁大笑起來。他明白要楊樸做官，簡直是"斷送老頭皮"，便同意放楊樸返回家鄉。幾十年後，在宋神宗時，大文豪蘇軾因譏刺時政，遭到了御史們的彈劾。於是，朝廷頒下旨令，將他逮捕法辦。蘇軾的妻子、兒女見蘇軾鋃鐺入獄，淒淒惻惻地送他出門。妻兒們難卜日後的凶吉，都牽衣頓足，失聲痛哭起來。蘇軾雖遭不測之禍，但仍非常鎮靜、從容，他對妻子説："你難道不能像楊處士的妻子那樣，作一首詩送我嗎？”提起了楊樸之妻所作的詩歌，蘇軾的妻子想起了“今日捉將官裏去，這回斷送老頭皮”這些風趣的詩句，不禁破涕為笑。於是，蘇軾便在妻子的笑聲中前往監獄而去。

林則徐講完這段故事後，鄭氏是否失聲而笑，這在史書上沒有記載。不過，在想到楊樸與蘇軾在被迫與親人離別之際都十分達觀，日後他們夫妻又都重新團圓的情形時，鄭氏大約多少能得到一些慰藉吧。隨後，林則徐又口占兩首七律，來與妻兒志別。他在詩中吟道：“苟利國家生死以，豈因禍福避趨之！”再次鮮明地表示了他願為國家鞠躬盡瘁、死而後已的決心。同時，林則徐也把與妻子話別時的情形吟入詩中：“戲與山妻談故事，試吟斷送老頭皮。”從而使這些詩歌也進一步體現了他浩蕩的襟懷和寵辱不驚的大臣風度。

（費成康　黃介欽）

原文

赴戍登程口占〔1〕示家人（二首選一）

清・林則徐

力微任重久神疲〔2〕，再竭衰庸定不支。
苟利國家生死以，豈因禍福避趨之！
謫居正是君恩厚〔3〕，養拙剛於戍卒宜。
戲與山妻談故事〔4〕，試吟斷送老頭皮。

註釋

〔1〕口占，作詩術語，即不起草稿，隨口吟誦成詩。

〔2〕力微，能力低微。任重，責任重大。全句意為：能力低微而擔負重任，久已感到精疲力乏。

〔3〕謫居，舊時官員因罪降調或遣戍遠方稱謫居。全句意為：遣戍伊犁，而未受到更重的處分，正是皇帝的厚恩。

〔4〕戲，逗趣。山妻，對自己妻子的謙稱。全句意為：逗趣地與老伴講起前朝的故事。

盼風雷

清朝後期，政治腐敗，社會黑暗，中國封建社會已進入了全面崩潰的時代。詩人龔自珍（1792－1841）為了振興國家，在京城裏奔走呼號，宣傳變革，但是官卑言輕，又有誰聽他呢？他報國無路，感到十分苦悶。他深知自己的宏圖難以實現，就在公元 1839 年 6 月，憤然辭去官職，決心返回家鄉仁和（今浙江杭州），去照顧風燭殘年的老父。

夕陽西沉，群鴉亂噪，詩人滿懷愁緒，離開北京。水路坐船，陸路駕車。一路上，龔自珍看到處處都是荒蕪的土地、流離失所的災民，心憂如焚。他抬頭仰望茫茫蒼天，反覆自問：這種局面什麼時候才能結束呢？七月盛夏，他到達鎮江。這時，鎮江一帶正在大鬧旱災，一連三月，滴雨不下。百姓們心急火燎，可是官府豪紳還乘機搜刮。他們藉口賽神祈雨，強迫百姓交納錢財，大部分錢財當然都落進了他們的腰包。所以這幾天玉皇廟前，人山人海，熱鬧非凡。旗幡高掛，青煙繚繞，一群道士天天唸經拜神做道場。廟裏玉皇天帝面前的供桌上，擺滿了豬頭三牲。龔自珍好奇地擠進去觀看。一群"善男信女"正在木魚鐘磬聲的伴和下，向玉皇天帝、風雷二神合掌膜拜。龔自珍對這種場面早已見慣，這分明是官府豪紳玩的把戲。這時，他發現書案旁那個袍大袖寬、童顏鶴髮的老道士是個老相識，就笑着上前打了個招呼。龔自珍發現書案上有一大疊道教祭神用的青藤紙，奇怪地問："這是什麼？"老道士説："這是善男信女們寫的祭文，等火化後，會上達天庭！"他猛想起龔自珍是一代名士，如他肯寫一篇，這次道場豈不身價百倍！於是他再三懇請龔自珍寫一篇青藤祭文。龔自珍本想拒絕，但轉念一想，也就答應了。老道士大喜，趕緊準備了筆、墨、硯和青藤紙。

龔自珍沉思片刻，然後振筆疾書，但他寫的並不是什麼祈禱神靈的諛詞，而是借筆端以寄意，妙語雙關，盡情地在"祭文"中傾吐對黑暗社會的憤懣。他一口氣寫畢"祭文"，猶覺餘意未盡。他又在"祭文"後題了一首詩："九州生氣恃風雷，萬馬齊喑究可哀。我勸天公重抖擻，不拘一格降人才。”詩意是盼望天公，振作精神，激蕩風雷，廣降人才，衝破猶如萬馬嘶啞難鳴的死氣沉沉的局面。道士看了，以為是求神降雨，連聲讚好。他哪裏知道，龔自珍呼喚的“風雷”是要震撼大地，變革現實的風雷呵！然而，誰才是真正的“風雷”呢？由於歷史的局限，龔自珍也並不知道什麼是真正的風雷。但就在龔自珍去世後不久，近代民主革命的風雷終於震撼了九州大地，摧毀了“氣息奄奄”的封建社會。從此，歷史翻開了新的一頁。

（王國安）

原文

己亥雜詩〔1〕

清・龔自珍

九州生氣恃〔2〕風雷，萬馬齊喑〔3〕究可哀。
我勸天公重抖擻〔4〕，不拘一格〔5〕降人才。

註釋

〔1〕這首詩是作者在公元 1839 年（農曆己亥年）路過鎮江時，應道士請求而寫的祭神詩。

〔2〕九州，指中國，古代中國分成九州。恃，依靠。

〔3〕喑，啞。萬馬齊喑，比喻在封建專制統治下，人民都不敢説話，人才被扼殺的死氣沉沉的局面。

〔4〕重抖擻，重新振作精神。

〔5〕不拘一格，不要局限於一定的框格。

老夫慣聽怒濤聲

翁同龢，字叔平，號松禪，晚號瓶庵居士，江蘇常熟人，為咸豐六年（1856）的狀元。翁同龢仕途暢達，曾入直軍機處，官至協辦大學士，總理各國事務衙門大臣。作為光緒皇帝的師傅，光緒皇帝很倚重他，每逢國家大事必詢問他的意見。

甲午戰爭後，翁同龢"憾於割台（灣），有變法之心"，竭力輔佐光緒皇帝，籌思新政。翁同龢向光緒皇帝密薦維新黨首領康有為，由此被西太后一夥頑固派視為眼中釘。光緒二十四年（1889）六月十一日，光緒皇帝決意採納康有為的意見，推動新政，詔定國是，宣告朝野，即為史稱"百日維新"之始，海內震動。四天後，反對變法的西太后怒而下令，逼迫光緒帝首辦翁同龢，撤去他的協辦大學士、戶部尚書的職務，將他"開缺回籍"，逐回江蘇常熟老家，削弱維新黨人的力量。同年九月，西太后發動戊戌政變，囚禁了光緒皇帝，譚嗣同等"六君子"被殺，維新運動失敗。

消息傳來，翁同龢正在江西探視其姪子的船上，鬱憤之餘，他奮筆寫成《江行》詩，一抒胸中不平之氣。詩人"風帆一片傍山行"，鼓風擊浪，順流而下，北望京師，思想光緒皇帝詔頒新政，勵精圖治，卻終遭敗局，壯志未酬，不禁"無限蒼涼"湧上心頭，胸中不平恰如滾滾長江波濤激蕩。在神話傳說中，長江波濤滾滾，是由於蛟龍在水中作祟，興風作浪的緣故。因此，詩人"傳語蛟龍莫作怪"，因為"老夫慣聽怒濤聲"。區區波濤，何足道哉！翁同龢歷經咸豐、同治、光緒三朝，宦海沉浮，幾經磨練，豈會因"蛟龍""作怪"而心懼卻步！為此，頑固派對翁同龢的迫害變本加厲。同年十二月，西太后下諭旨，歷數其"罪狀"，再加重譴，旋即革職，永不錄用，並交地方官嚴加管束，不准滋生事端。翁同龢以權臣之重，輔佐光緒帝，負朝野重望，卻屢遭排擠打擊，怎不淒傷？光緒三十年，忍受着政治的壓力、經濟的困窘和對國家命運的擔憂，翁同龢在家鄉孤寂地病逝。臨終前，翁同龢向守候在身邊的親屬口占絕命詩一首："六十年中事，淒涼到蓋棺。不將兩行淚，輕向汝曹彈。"對自己踏入仕途以來的榮辱生涯作一概括，抒發了他對人世的深沉感慨，但不屈之志依然如舊。

（斯元）

原文

江行（二首之二）

清•翁同龢

風帆一片傍山行，滾滾長江瀉不平。

傳語蛟龍莫作怪，老夫慣聽怒濤聲。

翼王吸酒

太平天國後期，翼王石達開率領數萬將士，轉戰江南，突入四川，於 1862 年春，攻佔了川東的石砫城。當地群眾熱烈歡迎翼王，紛紛要求參加太平軍。清朝四川總督駱秉章聞知太平軍攻入四川，驚恐萬狀，慌忙調集兵力，扼守長江防線。石達開於是率軍南進，趁黑夜渡過了烏江。當太平軍逼臨川東南的軍事重鎮涪州時，正遇上清軍在城外放火焚燒民房。石達開怒不可遏，指揮將士們奮勇上前，將清軍殺得大敗，撲滅了熊熊燃燒的烈火。由於駱秉章所派的大隊援兵趕到涪州，太平軍戰鬥失利。石達開乘虛蹈隙，迂回行軍到了貴州西部的大定。

大定是苗族人民聚居的地區。石達開嚴格約束部隊，尊重苗族風俗習慣，大軍所到之處，秋毫無犯。苗家百姓因此對翼王十分愛戴。苗族人民為了表達對太平軍和翼王的熱愛，把貯藏在地下許多年積陳得發香的雜酒取了出來。這種酒是用黃豆、毛稗、高粱、小米、包穀、穀子等混合釀成的，只有盛大的節日和尊貴的客人才能享受。雜酒盛在甕裏，放在花場正中央。主人將翼王奉作上賓，請他共飲。石達開聞到撲鼻的酒香，近前一瞧，清冽的酒液像是無數顆明珠聚收在甕中，好不叫人喜歡！他見花場上既無酒盅酒杯，也無酒勺酒碗，不知苗家風俗該怎麼喝這酒。正在猶疑的當兒，主人拿來了幾根通心的稈子，遞給翼王一根。苗家青年男女在花場翩翩起舞。主人俯身在甕口，作出用杆子吸酒的樣子，一邊笑着說："您雖是太平天國的翼王，飲咱們這酒，也不得不低一下頭啦！”石達開也爽朗地大笑了一陣，然後用右手五指握住了通心杆子，對主人說：“我從來沒這麼飲過酒，這回是五嶽抱住擎天柱哩！”他們一起俯首在甕前，用通心稈子啜吸着香洌的雜酒。太平軍另外幾名將領，也學着樣兒痛快地吮飲了一陣。歌聲中，舞影裏，一甕雜酒很快飲完了。

石達開為了感謝苗族人民的心意，即席賦詩道：“千顆明珠一甕收，君王到此也低頭，五嶽抱住擎天柱，吸盡黃河水倒流。”這首《駐軍大定與苗胞歡聚即席賦詩》，既描繪了太平軍將領與苗族同胞親密無間吃酒的情形，也表現出翼王氣吞山河的英雄氣概。直到今天，一些苗族老人還能背誦這首詩。

（李光羽）

原文

駐軍大定與苗胞歡聚即席賦詩[1]

太平天國•石達開

千顆明珠一甕收[2]，君王到此也低頭[3]，

五嶽抱住擎天柱[4]，吸盡黃河水倒流[5]。

註釋

〔1〕 這首詩是作者率太平軍路過貴州大定時，與苗胞飲酒歡聚，為感謝苗族人民的心意，即席所賦。

〔2〕 千顆明珠，形容酒的清洌。

〔3〕 君王，隱寓作者自己，石達開是太平天國翼王。低頭，指低頭吸酒。

〔4〕 五嶽，一般是指東嶽泰山、西嶽華山、南嶽衡山、北嶽恆山、中嶽嵩山，這裏指五個手指。擎天柱，傳説天由一些柱子撐住的，這裏借指吸酒的通心稈子。

〔5〕 這一句寫痛飲。與上句一起，既寫吃酒情形，同時也充分表現出氣吞山河的英雄氣概和與苗族同胞真率無間的友誼。

莫遣寸心灰

嚴復（1854－1921），字幾道，福建侯官人。少年時治經史百家之學，14 歲進福州船政學校讀書。五年後，嚴復從船政學校畢業，被派到建威、揚武等軍艦上實習、工作。光緒三年（1877），嚴復被派往英國留學，進入格林尼茨海軍大學學習海軍戰術及炮台建築諸學。

留學期間，嚴復成了圖書館的常客。他除了學習海軍各科外，還廣泛研究了中西學術政制的差異等重大問題。當時，郭嵩燾任駐英國大使，常與嚴復討論中西學術，政制異同，往往通宵達旦。為此，郭嵩燾曾寫信給清廷大臣稱譽嚴復道：“出使茲邦，惟嚴君能勝其託。”光緒五年，嚴復學成歸國，在洋務大臣李鴻章創辦的北洋水師學堂中任總教習。這時，日本通過變法，國勢日強，吞併了我國的琉球半島。為此，嚴復悲憤祖國之不振，認為洋務派不是依靠，主張變法。這種不滿時局的激烈言論傳到了李鴻章的耳朵裏，李鴻章感到很不高興。他關照左右，不能給嚴復委以重任。

李鴻章的不信任，加之嚴復不是科第出身，因而在腐敗的清廷官場中，他無法謀得一官半職以實現抱負。為此，他把努力放到了理論宣傳上，開始翻譯赫胥黎的《天演論》。嚴復是第一個把《天演論》中的進化論介紹進中國的人，他覺得，當用“物競天擇，適者生存”的規律來教育國人變法圖存，中國應走資本主義道路。他的譯作對維新運動起了很大的推動作用。光緒二十四年，光緒皇帝在康有為、梁啟超、譚嗣同等人的支持下，決心進行維新運動，以變法圖強。當時，光緒召見了嚴復，徵詢他對變法的意見，並讓他將《上皇帝萬言書》抄呈。但光緒皇帝還未來得及用他，以慈禧太后為首的頑固派勢力發動政變，囚禁了光緒皇帝，殺死了譚嗣同等六人，殘酷鎮壓了變法維新運動。

嚴復對此無限感慨，寫下了《戊戌八月感事》一詩，竊哀悼索然無辜被殺的維新黨人，為他們大鳴不平。詩中寫道：“求治翻為罪，明時誤愛才。”意思是說維新黨人要求治理好國家，反倒成為罪人；較開明的光緒皇帝因為愛才、用才，結果卻使有才華者遭到迫害，誤了性命。“伏屍名士賤，稱疾詔書哀。”嚴復在這句詩中表達了自己的無比憤懣之情：西太后假傳詔書稱光緒皇帝生病由她垂簾聽政，大肆搜捕、殺害維新黨人。"燕市天如晦，宣南雨又來。"此句意思是：600年前宋代文天祥在北京菜市口被元朝統治者殺害，壯烈殉國；今天主張變法強國的譚嗣同等六人在此被頑固派殺害，這實在令人傷心不已。嚴復在這裏用了一個典故：在春秋時期，孔子準備西行去晉國，面見執掌國政的趙簡子，宣傳他的治國謀略，但他走到黃河邊，聽到竇鳴犢因上言被殺的消息，就臨河歎息而還。現在雖然譚嗣同等變法志士犧牲了，但詩人則表示："莫遣寸心灰。"決不臨陣脫逃，灰心喪氣，將繼續投入運動。此後，嚴復翻譯了《穆勒名學》、亞當•斯密的《原富》、孟德斯鳩的《法意》、甄克斯的《社會通詮》等近代西方重要社會科學著作，傳播自由、民權、科學、民主等近代思想。

（斯元）

原文

戊戌八月〔1〕感事

清•嚴復

求治翻為罪，明時誤愛才。
伏屍名士賤，稱疾詔書哀。
燕市〔2〕天如晦，宣南〔3〕雨又來。
臨河嗚犢歎〔4〕，莫遣寸心灰。

註釋

〔1〕戊戌八月，指光緒二十四年戊戌（1898）夏曆八月，慈禧太后發動政變，維新運動失敗。

〔2〕燕市，指北京。

〔3〕宣南，指宣武門南的菜市口，譚嗣同等六人於此被殺害。

〔4〕臨河嗚犢歎，史載孔子將西見趙簡子，至黃河時，聽到竇鳴犢、舜華被殺，臨河而歎道："美哉水，洋洋乎！丘之不濟此，命也夫！"

我自横刀向天笑

清朝末年，中國出現了一批向西方尋找真理的維新派人物。其中有一位湖南瀏陽人譚嗣同，能文章，通劍術，為人慷慨任俠，在維新派中素有“少年英傑”之稱。

1898 年 6 月 11 日，清光緒帝在維新派鼓動下，決定變法，實行新政，一方面增強國勢，鞏固清朝統治，另一方面，藉此削弱以慈禧太后為首的頑固派。第二天，他就下詔要譚嗣同進京。譚嗣同得知自己有機會施展變法救國的抱負，大為振奮，途中因生病耽擱了些日子，8 月下旬抱病抵京，9 月初即被光緒帝委以“參預新政”的重任。變法由言論發展為行動、維新派與頑固派的鬥爭立刻短兵相接。

慈禧太后暗中策劃廢掉光緒帝，絞殺變法運動。光緒帝恐慌無計，連下兩道密詔，要維新派領袖康有為和譚嗣同等設法相救。康有為、梁啟超等人讀了密詔，一籌莫展，只是抱頭痛哭。譚嗣同自告奮勇，去找主持督練新軍的袁世凱，策動兵變對付頑固派。譚嗣同見到袁世凱後，要他率領新軍進京，殺舊黨，助新政。袁世凱藉口兵力不足，最後答應下個月皇上到天津閱兵時，一定奉命殺掉慈禧太后的親信榮祿。譚嗣同見他説得肯定，也就信以為真。不料袁世凱是個反覆無常的奸詐小人，他當面答應了譚嗣同，背轉身卻向榮祿告了密。榮祿大驚失色，慌忙進京報告西太后。西太后勃然大怒，先下手為強，幽禁了光緒帝，旋即下令對維新派首要人物進行鎮壓。

這時康有為已離開了北京，清軍便將康有為之弟康廣仁捕去。譚嗣同見情勢危急，勸梁啟超儘快出京避禍。梁啟超要他一起出奔，他卻準備犧牲，回答説：“不有行者，無以圖將來；不有死者，無以召後來！”譚嗣同少年時代結交的義俠“大刀王五”也勸他逃走，並自願充當保鏢。可是譚嗣同堅決不肯，解下寶劍贈給王五。他這樣認為：“各國變法沒有不流血而成功的，中國變法的流血，就從我開始好了！”

（李光羽）

原文

獄中題壁[1]

清·譚嗣同

望門投止思張儉[2]，忍死須臾待杜根[3]。

我自橫刀向天笑，去留肝膽兩崑崙[4]。

註釋

〔1〕這首詩是1898年戊戌政變發生後，作者被拘獄中，於就義前三天題在獄壁上的。

〔2〕張儉，東漢人，因彈劾殘害百姓的侯覽，被侯覽誣陷，只得逃亡，人們敬重他的名聲品行，都冒險接納他。

〔3〕杜根，東漢人，曾上書要求鄧太后歸政，太后大怒，把他裝入口袋重摔，他裝死得逃。張儉、杜根都是與權貴鬥爭的著名人物，他們逃亡或忍死的遭遇與維新派有相似之處。

〔4〕兩崑崙，一說指康有為與作者自己，一說指康有為與大刀王五。崑崙喻兩人巍峨高大，意思是去者留者都是頂天立地、光明磊落的。

乾坤只兩頭

鄒容（1885—1905），字蔚丹，四川巴縣人。1902年留學日本，參加留日學生愛國運動。次年夏天，回國在上海愛國學社撰成《革命軍》，宣傳革命，號召推翻清朝統治，建立中華共和國。

鄒容把《革命軍》的稿子拿到章太炎那兒，請他潤色修改。章太炎是近代民主革命家、思想家。他讀完《革命軍》，連聲叫好，並為這本書寫了"序言"。這書由章太炎出面，交大同書局印行出版。在出版前，鄒容寫了《〈革命軍〉自序》，發表在1903年5月27日《蘇報》上。出版後，《蘇報》又發表了兩篇評論文章。隔一天，又刊載了章太炎寫的

《序〈革命軍〉》。書評發表後，社會反響極大。它震撼了搖搖欲墜的清朝政府。兩江總督魏光燾催逼上海道台袁樹勳，要他設法與租界工部局聯繫，查封愛國學社，查封《蘇報》，秘密捉拿鄒容等人。6月12日，《蘇報》刊登章太炎、鄒容合寫的《駁〈革命駁議〉》，反擊保皇黨人的改良主義。不久，又發表章太炎的《駁康有為論革命書》，文中斥光緒皇帝為"小丑"，矛盾激化了。中外反動派勾結起來，準備捉人。

有一天，外國巡捕和中國員警突然闖進愛國學社，指名要抓蔡元培、章太炎、鄒容等人。這時，只有章太炎一人在。他看了拘票名單，大聲說："餘人都不在，要拿章炳麟（太炎的名），就是我！"暫居虹口的鄒容聽說章太炎被捕，心急如焚，打算自動投案。同志們勸他另想別法。鄒容說："章太炎因我被捕，我必須和他同生共死！"7月1日，鄒容親自到工部局自首。不久，清政府要求"引渡"章太炎和鄒容，打算押到南京殺害。工部局礙於輿論，沒有同意。清政府又勾結、買通工部局，查封了《蘇報》館，解散了愛國學社。7月15日，中外反動派在租界的公審公廨組織了"額外公堂"，非法審訊二人。這就是震驚中外的"蘇報"案。章太炎和鄒容在獄中堅持鬥爭，並互相幫助。章寫了一首五律《獄中贈鄒容》："鄒容吾小北，被髮下瀛洲。快剪刀除辮，乾牛肉作餱。英雄一入獄，天地亦悲秋。臨命須摻手，乾坤只兩頭。"鄒容看後，既感動，又受到鼓舞。詩中三四兩句，使他回憶起在日本東京留學時的情景。當時，清朝學監姚文甫對愛國學生橫加迫害。鄒容和同學們團結一致，進行鬥爭，他用剪刀剪掉姚文甫的辮子，使他狼狽不堪。那時，他已開始寫作《革命軍》，非常刻苦，往往日以繼夜。鄒容伏在一張簡陋的寫字台上，上面放着一包乾牛肉。有時餓了，就吃一塊乾牛肉，喝一口水，又埋頭工作。鄒容極為興奮，寫了一首和詩《獄中答西狩》："我兄章枚叔（太炎的字），憂國心如焚。並世無知己，吾生苦不文。一朝淪地獄，何日掃妖氛？昨夜夢和爾，同興革命軍。"兩首詩都寫得非常真摯，感人至深，反映了章、鄒二人的高尚情操和和視死如歸的愛國精神。

1903年12月24日，額外公堂宣判章太炎和鄒容為"永遠監禁"，但立刻遭到社會輿論強烈反對。第二年五月，額外公堂在輿論壓力下，被迫改判章太炎監禁三年，鄒容監禁兩年。鄒容在獄中受到反動派的摧殘、拷打，他的病重了，章太炎託人從獄外買來了一名貴中藥，細心地調治給鄒容服用，仍然不見好轉，他於1905年4月3日夜裏慘死獄中。章太炎悲憤異常，痛斥反動派的野蠻殘暴。1906年，章太炎出獄了，被孫中山迎到日本，參加同盟會，主編同盟會機關報《民報》，與改良派展開論戰，推動了民主革命的發展。

（楊兆林）

原文

獄中贈鄒容

清·章太炎

鄒容吾小北，被髮[1]下瀛洲[2]。
快剪刀除辮，乾牛肉作餱[3]。
英雄一入獄，天地亦悲秋。
臨命須摻[4]手，乾坤只兩頭。

註釋

〔1〕被髮，即披髮。當時，男人留辮子，鄒容已把辮子剪掉。
〔2〕瀛洲，借指日本。
〔3〕餱，乾糧。
〔4〕摻，持。

不惜千金買寶刀

秋瑾，字璿卿，出身於浙江紹興的一戶書香門第。她性格豪邁堅毅，是近代史上一位奇女子、激進的女革命家和詩人。

秋瑾自幼敬佩岳飛、文天祥、花木蘭等民族英雄。11歲時她曾賦詩：“身不得，男兒列；心卻比，男兒烈。”可見其不同等閒的豪邁性情。15 歲時，秋瑾跟隨表兄學武。每日聞雞即起，登山練武，從不間斷，很快學會了騎馬、擊劍等武藝。1902 年，隨丈夫進京的秋瑾與安徽桐城才女吳芝瑛結識。兩人意氣相投，共同搜求新書報，討論國事，或者吟詩填詞，互作酬和。隨着過往日久，兩人感情日厚。1904 年，秋瑾與吳芝瑛正式換帖，結為盟友。其時，帝國主義在中國猖獗橫行，清政府昏庸腐朽，國權淪喪，民族危機深重。秋瑾為國而憂心，她向吳芝瑛表示要拋子別女，東渡日本留學，尋求救國之路。秋瑾向多方籌借留日的資金，均告無效。最後，她毅然變賣了自己全部的首飾。正在這時，她得知戊戌維新人士王照被逮入獄，急需用錢打點。秋瑾毫不猶豫地將自己湊足的錢轉送到獄中，且不留姓名，終使王照得以開釋。

此後，秋瑾隻身來到日本，進入青山實踐女子學校求學。 她一邊學習，一邊參加當地留日學生組織的革命活動。很快，她結識了劉道一、陶成章等愛國志士。1905 年，秋瑾為籌集學費回國。途經上海，秋瑾與故友吳芝瑛重逢，兩人均是激動不已。吳芝瑛擺下酒宴與秋瑾暢談。在酒酣耳熱之際，秋瑾拿出她在日本高價購得的倭刀給吳芝瑛觀看，並拔刀起舞，慷慨高歌：“不惜千金買寶刀，貂裘換酒也堪豪。”分手之際，吳芝瑛叮嚀好友珍重。秋瑾說：“我會珍重的，將來革命需要我獻身時，我會用一腔熱血化作碧綠的浪濤，掀起革命的狂飆！”不久，秋瑾再次赴日。經黃興介紹，她加入了孫中山組織的“同盟會”，成為首批會員中唯一的女會員，並被推為評議部議員和同盟會浙江主盟人，積極開展革命活動。這時的秋瑾滿懷豪情，颯爽英姿，一反中國舊女子的柔弱氣息，平時穿和服，有時索性着男裝，佩帶鋒利的倭刀，並改字“競雄”，自號“鑒湖女俠”。她的“休言女子非英物，夜夜龍泉壁上鳴”詩句一時傳為美談。此後不久，與清廷勾結的日本當局頒佈“取締中國留學生規則”，驅逐留日的革命黨人。秋瑾與在日的反清志士商量，決定於 1906 年春一起離開日本，回國發展反清革命運動。回國前，秋瑾在浙江同鄉會上宣佈：“倘若回國後，有人投降，欺壓漢人，賣友求榮，吃我一刀。”說畢，從靴筒中抽出一把短刀，“嚓”地一聲插在桌上，以示回國矢志不移的決心。

回國後，秋瑾在上海創辦《中國女報》，旗幟鮮明地提出：“掃盡胡氛安社稷，由來男女要平權。人權天賦原無別，男女還須一例擔。”第一次把反清民族革命與婦女解放聯繫起來。後來，秋瑾回到自己家鄉紹興主辦“大通學堂”，招收學生，進行文化教育和軍事訓練，秘密培養革命力量。秋瑾與安徽的光復會首領徐錫麟聯繫，準備聯絡一部分會黨成員，在浙江、安徽兩地同時舉行反清起義。不料，由於一些地方會黨被破獲，起義的秘密被泄漏。不得已，徐錫麟於 1907 年 7 月行刺安徽巡撫恩銘，倉促起義。但因寡不敵眾，隨即宣告失敗，徐錫麟被捕後慘遭殺害。清廷到處搜捕革命黨人，一時間白色恐怖籠罩大地。 由於奸人告密，紹興大通學堂起義之事也被暴露。秋瑾迅速遣散有關人員，將槍械投入河底，並焚毀檄文和花名冊。秋瑾謝絕眾人讓她撤離的勸説，決心以身獻國，留下堅持戰鬥。是夜，秋瑾給女友徐雙韻寄去一首絕命詩：“雖死猶生，犧牲盡我責任；即此永別，風潮取彼頭顱。”7 月 13 日下午，紹興知府貴福率清兵包圍大通學堂，秋瑾和少數學生持槍抵抗，擊斃清兵數人，終因寡不敵眾而被捕。貴福連夜密審，但秋瑾臨危不懼，只是説：“革命黨的事，就不必多問。”次日，貴福氣急敗壞地再次審訊，逼秋瑾寫出有關革命黨人的情況，秋瑾冷笑，舉筆在紙上寫下“秋風秋雨愁煞人”七個大字，以示對風雨飄搖的祖國命運的憂思。第三日凌晨，秋瑾從容就義於紹興軒亭口，實現了她“一腔熱血”“灑去猶能化碧濤”的誓願，激勵了無數革命志士的鬥志。

（斯元）

原文

對酒

清·秋瑾

不惜千金買寶刀，貂裘[1]換酒也堪豪。

一腔熱血勤珍重，灑去猶能化碧濤[2]。

註釋

〔1〕 貂裘，珍貴的裘皮衣服。

〔2〕 碧濤，即碧血，春秋時萇弘怨死，其血三年化為碧玉。又相傳春秋時伍子胥為吳王夫差所冤殺，屍體被裝入皮袋投入江中。伍之怨氣化為江豚，駕狂濤，幫助越國軍隊衝開吳國京城大門。這句含有終將推翻滿清王朝的意思。